Traductrice de l'italien, docteur en histoire, Nathalie Bauer publie ici son troisième roman, après *Zena* et *Le feu, la vie.* Se fondant sur de nombreux documents intimes (carnets, photos, agendas) de son grand-père, dont certains sont reproduits dans ce livre, elle en a conservé la toile de fond historique, tout en transformant les protagonistes en héros de roman.

DU MÊME AUTEUR

Zena
Jean-Claude Lattès, 2000

Le feu, la vie
Philippe Rey, 2007

Nathalie Bauer

DES GARÇONS D'AVENIR

ROMAN

Philippe Rey

TEXTE INTÉGRAL

ISBN 978-2-7578-2988-2
(ISBN 978-2-84876-188-6, 1re publication)

À Raymond Bonnefous
(1893-1979)

Il ne me semble pas que nous connaissions les règles qui président au retour du passé, mais j'ai de plus en plus l'impression que le temps n'existe absolument pas, qu'au contraire il n'y a que des espaces imbriqués les uns dans les autres selon les lois d'une stéréométrie supérieure, que les vivants et les morts au gré de leur humeur peuvent passer de l'un à l'autre.

W.G. Sebald, *Austerlitz*,
traduit par Patrick Charbonneau

Théâtre des opérations de la Grande Guerre

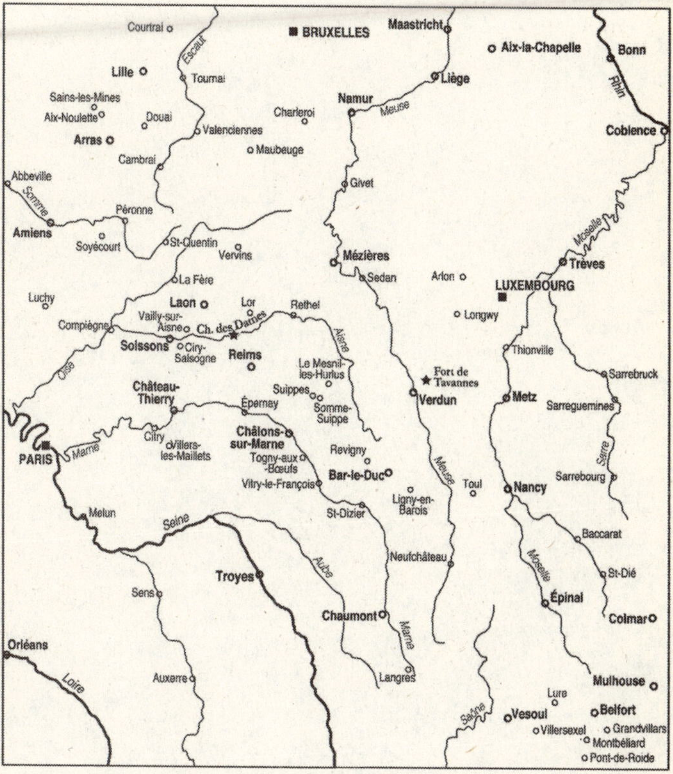

1

Traverser la gare d'Orsay en ce 31 décembre n'avait pas été une mince affaire, tant elle était encombrée de voyageurs et de porteurs, de sacs, de valises, de paquets en tout genre ; je trouvai à grand-peine une place et, une fois installé, tirai de ma poche mon mouchoir dont je caressai machinalement les trois initiales brodées ; enfin, le train s'ébranla et des exclamations retentirent dans le compartiment, dans la voiture entière, accompagnées de rires, de plaisanteries, çà et là de la détonation sèche d'un bouchon de champagne, du cliquetis de quarts. Ne pouvant refuser, j'exhibai le mien et avalai une gorgée tiède, répondis *À la nouvelle année !*, répondis *À une nouvelle ère !* sans grande conviction parce que l'ancienne me retenait encore de ses doigts tour à tour doux et crochus, refusait de me laisser aller. Et pourtant je l'avais désirée, désirée ainsi qu'on désire un prodige, un de ces événements qui n'arrivent jamais ou auxquels on n'ose pas vraiment croire, et maintenant qu'elle se présentait je la repoussais tout en sachant qu'il me faudrait l'accepter, peut-être pas tout de suite, dans ce compartiment de première classe, peut-être pas à la descente du train, ou dans la voiture de mon père, mais certainement au cours des jours qui viendraient, des jours, tout au plus des semaines, puisqu'elle était la vie même. Dans l'ancienne ère, dans l'ancien monde, demeuraient des principes, plus encore des êtres, qui me manqueraient, et il importait qu'ils vivent au fond de moi ce jour-là, le lendemain, les mois suivants, le plus longtemps possible, aussi nettement qu'à présent.

Car, en fermant les paupières, je pouvais tout revoir, non plus les arbres, les champs, les sentiers familiers auxquels je m'étais raccroché dans mes moments d'effroi, ni même les labyrinthes qui avaient hanté mon sommeil, mais le reste maintenant, et en premier lieu le compartiment d'un autre train le jour où tout avait commencé, d'autres compagnons de voyage, trois Montpelliérains rencontrés à la caserne de Perpignan, les fleurs que des mains de femmes ou d'enfants nous tendaient à chaque gare, dahlias, marguerites, soucis, pois de senteur, leurs couleurs vives s'ajoutant au bleu horizon de nos tenues, aux teintes des uniformes étrangers, anglais, marocains et même hindous, entrevus sur les quais – par exemple à Amiens où, à la faveur de l'arrêt, je remplis à l'intention de ma famille une carte postale des armées, notant la date, *5 juillet 1915*, inscrivant par mégarde mon titre, *médecin auxiliaire*, sur la ligne de l'adresse, ce qui m'obligea à raturer. Et encore l'officier d'administration qui nous indiqua le lendemain à l'aube, à la gare terminus de Barlin, comment rejoindre, à quarante kilomètres de là, la ville de Nœux-les-Mines où était installée la direction du service sanitaire du 21e corps d'armée[1], la campagne environnante à larges ondulations, les rues sales des patelins traversés, les maisons en briques construites sur le même modèle et souvent précédées d'un jardinet : nous étions

1. Les termes militaires sont expliqués dans un glossaire en fin de volume. On trouve en début d'ouvrage une carte des lieux les plus cités.

tous quatre de la classe 13, nous avions auparavant peu voyagé, visité Paris pour la première fois quelques jours plus tôt, nous échappant de la caserne d'Aubervilliers où nous attendions notre feuille de route, et le silence qui s'était abattu sur nous en disait long sur notre stupeur, sur notre curiosité.

Nous atteignîmes Nœux, les pouces glissés dans les courroies des sacs d'alpiniste que, par chance, des majors évacués nous avaient conseillé d'acheter juste avant notre départ, et nous nous séparâmes un peu plus tard devant le bureau du médecin inspecteur, chacun muni de sa destination – la mienne, Sains-les-Mines, une cité minière à quatre kilomètres du front où cantonnait le GBD, groupe de brancardiers divisionnaires, de la 43e division d'infanterie, auquel j'étais affecté. En y arrivant je fus frappé, je m'en souviens, par l'animation de la rue qu'empruntaient estafettes, cavaliers, canons, convois et voitures d'ambulance, surtout par le bruit des marmites qu'on entendait distinctement, malgré la distance ; pourtant le secteur était calme depuis plusieurs jours, me confia le médecin-chef à qui je m'étais aussitôt présenté, un petit homme barbu, médecin de l'active à quatre galons qui avait l'air d'un dur à cuire. Comme je lui apprenais que je venais de Rodez, il me dit y avoir été en garnison en 1893, l'année de ma naissance donc, me demanda des nouvelles de gens qu'il avait connus à l'époque : Votre père aussi, Bonnefous, puisque vous me dites qu'il est chirurgien, ajouta-t-il tandis que ces noms familiers retombaient, auréolés de souvenirs, dans cette pièce du Nord où jamais je n'aurais imaginé me trouver un jour. Puis il me parla du service qui consistait à assurer une garde au cantonnement, à passer, par roulement, deux journées et deux nuits à l'avant avec des brancardiers pour procéder à l'enterrement des morts et diriger l'évacuation des blessés sur telle ou telle ambulance, selon la gravité des blessures ou de la maladie – Rien de dangereux, vous verrez, demain vous monterez en surnombre, avec un autre médecin –, énuméra les hommes qui étaient sous ses ordres, trois officiers, du train, d'approvisionnement, d'administration, trois aumôniers et six médecins auxiliaires, six en me comptant.

J'en rencontrai quatre à la popote après avoir déniché une chambre dans une bâtisse toute rouge, une pièce exiguë où tenaient à peine un lit, une table et une chaise, et dont la propriétaire laverait mon linge en échange de quelques sous, après m'être entendu avec l'ordonnance de mon prédécesseur, un Parisien prénommé Jules, maraîcher dans la vie civile, qui s'occuperait de mon fourbi au cantonnement, me suivrait avec ma musette, ma couverture et mes objets de toilette au poste de secours où il prendrait aussi son service de brancardier. Ils étaient réunis autour d'une table à part, le médecin-chef partageant la sienne avec les officiers, l'aide-major et les aumôniers, et ils s'assirent dès que je les eus rejoints, me questionnèrent aussitôt, s'étonnant que je n'eusse pas encore été au front, même s'ils étaient tous un peu plus âgés que moi, possédaient dix ou douze inscriptions à la faculté de médecine, alors que je n'en avais que huit. Je répondis que j'avais fait mes classes à Perpignan et avais été affecté à un hôpital temporaire de Rodez en qualité d'infirmier jusqu'à ma nomination, quelques jours plus tôt, au grade de médecin auxiliaire, et entendis ricaner mon vis-à-vis, un dénommé Perret, petit homme maigre, insignifiant – Ah, les Méridionaux, dit-il, le contingent le plus nombreux à la visite et le dernier à enjamber le parapet ! –, tandis que son voisin aux joues rouges opinait du bonnet. J'avais beau m'attendre à ce

genre de flèches, les Montpelliérains m'ayant averti que de telles opinions circulaient dans l'armée, je n'étais pas prêt à les accepter d'un étudiant en médecine, mais je n'eus pas à répliquer car les deux garçons qui étaient assis, l'un à ma droite, l'autre à l'extrémité de la table, se chargèrent de le remettre en place au moyen de quelques mots ironiques.

Alors je les regardai mieux : ils paraissaient désinvoltes, à leur aise dans cette salle à manger, même gais, étrangement gais. S'ils étaient tous deux grands, bruns, le premier, Morin, affichait un front large et une solide charpente, de longues mains, le second, Declercq, des traits réguliers, des prunelles gris-bleu, cette beauté qu'on qualifie de classique. Morin me cligna de l'œil et décrivit à mon intention le secteur, énumérant des noms de lieux, *fond de Buval*, *tranchée des Saules*, *fossé aux Loups*, ou encore *bois Carré*, qu'il prononçait, un sourire sauvage aux lèvres, comme si les combats qui s'y étaient déroulés début mai et à la mi-juin l'enchantaient ; du même ton, il aborda ensuite un tout autre sujet, les spectacles auxquels il comptait assister une semaine plus tard, lors de sa prochaine permission à Paris, une pièce de théâtre sur les grands boulevards et des ballets où se produisait une certaine Mathilde – C'est la nouvelle coqueluche des foules et je ne suis pas loin d'en être fou, affirma-t-il –, ainsi qu'un récital de Francis Mayol, avant d'inviter Declercq à s'y rendre puisqu'il partait le lendemain. Mais Declercq rétorquait qu'il avait déjà les oreilles pleines de bruits et de voix, qu'il aspirait à du silence – Du silence, la porte de la bibliothèque fermée, des tartines convenablement grillées et de la confiture de groseilles, de quoi retomber en enfance. Il déclara que la poésie n'avait pas sa place au front, à cause des bruits, des voix, justement, et étaya son propos par quelques vers – *Mais pour ton cruel larcin je te gronde : / Puis-je à la guerre me réjouir, / Moi qui ne peux, dépouillé de mon cœur, / Avoir du cœur à la bataille ?* Ajouta : Savez-vous que Sir William Davenant laissait croire qu'il était le fils naturel de Shakespeare ?, tandis que Morin riait, que Perret et son voisin haussaient les épaules et grommelaient, confirmant qu'il y avait bien deux camps à cette table, les mêmes sans doute qu'à la faculté de médecine, pensai-je, ceux qui regroupaient respectivement les laborieux et les flamboyants, ainsi que je les avais qualifiés au début de mes études à Toulouse, fuyant le premier mais ne décelant en moi ni les qualités ni le caractère nécessaires pour appartenir au second. Il me demanda si j'avais déjà choisi un ordonnance, ne tarit pas d'éloges sur le sien, qui parvenait à débusquer le moindre pou dans ses vêtements – Ces petites bêtes assommantes pullulent en ligne, vous savez ? – et je m'aperçus alors qu'il arborait une vareuse parfaitement repassée, que tout en lui était soigné sans paraître recherché, sans donner d'autre impression que celle d'une élégance innée, ce qui n'était pas le cas de Morin. Lequel voulut savoir si j'étais bon cavalier et affirma qu'il faudrait me dégoter un cheval pour me joindre à leurs promenades, les jours de repos : l'officier d'administration et les aumôniers prêtaient volontiers les leurs, n'étant pas très portés sur l'équitation ; mieux, ils étaient toujours à la recherche d'une bonne âme qui les sortît, les entraînât un peu. Bon cavalier, je l'étais, avais-je répondu, et je me disais que j'aurais peut-être cet avantage sur eux, des Parisiens, moi qui avais des origines rurales, qui étais habitué à parcourir à cheval le domaine de mon grand-père devenu celui d'un de mes oncles, et les terres que mon père venait d'acheter aux environs de Rodez.

Mais Morin s'attardait sur ce sujet, décrivant les anglo-arabes et les selles français qui l'attendaient dans la propriété de ses parents, non loin de Paris, où il se précipitait chaque fois qu'il le pouvait et où il aurait aimé vivre, n'eussent-ce été ses maudites études de médecine, raconta-t-il, et je compris bien vite qu'il était connaisseur en la matière. Il ajouta, après avoir jeté un regard taquin à Declercq : Contrairement à certains, je laisse mes bêtes loin du front, ce n'est pas un endroit pour elles, trop de chahut, un terrain infect, des abris indignes de ce nom, et je me contente de celles que me prête le vétérinaire. Parla de la chasse avec le sourire sauvage qui avait accompagné sa description de notre secteur et l'énumération des batailles qui s'y étaient déroulées quelques jours plus tôt, et, comme je déclarais la pratiquer moi aussi, au petit gibier, lança une invitation pour l'après-guerre qui concernait également Declercq ; à l'entendre maintenant, le conflit ne constituait qu'un empêchement, un regrettable incident, un caillou qui se glisse à l'intérieur de votre chaussure et dont on se débarrasse facilement, or j'aurais juré qu'il y prenait un certain goût, le goût du chasseur peut-être pour la proie, le sang, le danger – son sourire et l'éclat qui avait brillé dans ses yeux le prouvaient. Pendant ce temps les plats se succédaient, servis par des brancardiers, et je constatais que l'ordinaire était bon et copieux à l'exception du vin, exécrable ; cela n'empêchait pas mon vis-à-vis et son voisin d'en boire de longues rasades, qui expliquaicnt sans doute les joues rouges du second, plutôt comiques chez un homme qui se nommait Leblanc. Ils quittèrent la table sans un mot, une fois le café avalé, saluèrent le médecin-chef et les officiers, engagés dans une conversation animée dont quelques bribes nous parvenaient, par exemple les mots *cons de députés* et *milieux autorisés* ; selon les milieux autorisés, disait-on à cette table, la guerre se terminerait en décembre, pas plus tard, et je me réjouis d'être arrivé à temps pour participer à ce qui m'apparaissait comme une grande aventure, songeai que mon frère Pierre, de la classe 16, ne partirait peut-être pas. S'ensuivirent des considérations sur les maigres gains qu'avaient valus les batailles de mai et de juin, et sur la grande attaque qui ne saurait tarder, mais je ne pus les écouter car Morin et Declercq se levaient à leur tour, me proposaient de me joindre à leur promenade : ils me dénicheraient une monture pour une heure ou deux, ils n'avaient pas l'intention de trop traîner, le second ayant des affaires à expédier avant son départ en permission. Je les accompagnai un moment en direction de leurs logements, les remerciant encore de leur proposition, mais j'avais des emplettes à faire avant de commencer le service le lendemain, leur dis-je, et je voulais aussi me familiariser avec les lieux.

De fait, j'entrepris de parcourir les rues de cette cité minière, intrigué par les maisons coquettes, ceintes de jardins fleuris, qui se succédaient selon un plan régulier : construites en briques, elles étaient toutes identiques, à un ou deux détails près, une petite avancée, ou une frise blanche à hauteur des fenêtres, et dégageaient une impression d'aisance et de modernité. Mais Jules, mon ordonnance, que je rencontrai un peu plus loin sur le trottoir, m'apprit d'un ton plein de mépris qu'elles appartenaient aux propriétaires de la mine, non à leurs occupants, et qu'elles visaient à mieux les attacher à leur *esclavage* ; de taille moyenne, il avait les yeux un peu saillants et marchait, les mains fourrées dans ses poches, en mâchonnant une allumette. Et comme il ajoutait que la plupart des commerçants s'enrichissaient sur le dos des combattants, je le laissai me guider, montrer du doigt les devantures des boutiques *honnêtes*, où j'achetai une petite glace, une carte topographique et du cirage, avant de l'inviter à boire une fine dans un estaminet dont les serveuses étaient effectivement souriantes et jolies. Il m'expliqua que les maisons en briques formaient ce qu'on appelait des *corons*, que les *fosses* étaient constituées d'une ruine et des habitations qui l'entouraient, et portaient toutes un numéro, celle où nous cantonnions le 10, me conseilla de me méfier du médecin-chef, qui ne badinait pas avec la discipline et, après m'avoir demandé si mes camarades m'avaient favorablement impressionné, tint à préciser que Declercq était le plus populaire auprès des brancardiers et des *bonshommes* – Non seulement il se moque de la discipline, mais il est aussi très chic, oui, très loyal, avec tout le monde, un vrai

monsieur dans tous les sens du terme, vous auriez dû voir la chemise qu'il a donnée à mon copain Lucien, son ordonnance, qui avait déchiré la sienne, oui, il lui a donné une de ses propres chemises, et c'était un article surchoix, vous pouvez croire Lucien, qui est tailleur. D'ailleurs, tout ce qui lui appartient est de valeur, vêtements, nécessaire de toilette, linge et livres, il possède même un gramophone valise et un grand choix de disques. J'appris aussi par cette voie détournée que Perret et le rouge Leblanc faisaient l'objet d'une aversion unanime, tout comme Thibaud, le sixième médecin, au poste de secours à l'heure qu'il était, car ils distribuaient largement les punitions et maniaient les exemptions de service avec parcimonie ; quant à Morin, il suscitait un respect mêlé de crainte – Il est attiré par les coins où ça barde comme un bout de fer par un aimant, et non seulement il a du sang, mais il est aussi verni, affirma Jules avant de redire en des termes plus compréhensibles pour moi : Du courage et de la chance.

Il le répéta le lendemain matin alors que se rapprochait la grande silhouette de mon collègue, chargé de m'expliquer le fonctionnement du service, et rejoignit l'ordonnance de ce dernier, nous laissant échanger quelques propos banals concernant la qualité de nos matelas respectifs, le peu d'eau mis à ma disposition pour la toilette et la limpidité de ce matin d'été, puis nous nous acheminâmes tous quatre vers le village d'Aix-Noulette, dont le nom ne m'était pas inconnu puisqu'il était apparu dans les communiqués à plusieurs reprises au cours des derniers mois ; c'était là, en effet, à deux kilomètres des lignes, précisément dans un bâtiment dénommé la Malterie, que le poste de secours était installé. Comme je le découvris, il était impossible de se tromper, car c'était le seul édifice qui tenait encore debout au milieu des tas de décombres, des carcasses de maisons exhibant cloisons, meubles, rideaux, restes de charpente, et du squelette d'une église, à croire que l'ennemi l'épargnait à dessein ; il se composait d'une pièce destinée aux médecins de service, servant de bureau, salle à manger et chambre à coucher, d'une cuisine, d'une cour intérieure, d'un hangar où dormaient les brancardiers, et abritait dans ses caves les postes de secours centraux des régiments de la division employés dans le secteur. Notre arrivée ayant suscité un mouvement d'intérêt, je serrai la main des médecins régimentaires, du dénommé Thibaud, homme austère à petites lunettes, ainsi que de l'abbé Lemoine, un des trois aumôniers qui se relayaient là toutes les quarante-huit heures, dont la longue barbe grise, le brassard de la Croix-Rouge et le crucifix pendu au bout d'un ruban se détachaient sur le noir de sa soutane resserrée à la taille par un gros ceinturon. Mais Morin coupa court aux présentations et m'emmena visiter les trois postes de recueil où les blessés étaient transportés par les brancardiers régimentaires et pris en charge par ceux du GBD, notre groupe, qui les conduisaient à la Malterie afin qu'ils fussent pansés et évacués. Nous déambulâmes dans les boyaux et les sentiers, à travers un paysage qui n'était que terre retournée, comme labourée, arbres abattus, déchiquetés, calcinés, petits tourbillons de fumée s'effilochant rapidement au loin ; de temps en temps, mon camarade tirait un appareil photo d'une poche de sa vareuse et appuyait sur le déclencheur. Il me le tendit pour que je pusse l'examiner : c'était un Kodak, modèle Vest Pocket, pourvu d'un stylet qui permettait d'inscrire une légende sur le film en soulevant une trappe, à l'arrière ; je pratiquais moi-même la photographie depuis plusieurs années mais, avouai-je, je n'avais jamais vu d'appareil si peu encombrant et apparemment si facile à utiliser. Mon vieux, il est impossible que vous songiez à traverser la guerre sans un tel engin, lança alors Morin, tout le monde en possède un ici – et il me dit qu'à la première occasion il me conduirait chez un photographe à Bruay.

Dans l'après-midi, je montai avec l'aumônier et une équipe en deuxième ligne jusqu'à un coin bouleversé par les obus, où nous repérâmes deux ou trois cadavres qui attendraient la nuit pour être ensevelis ; c'était ainsi que le travail se déroulait : on parcourait le secteur à la recherche des corps et l'on revenait vers minuit creuser des fosses en essayant de ne pas attirer l'attention de l'ennemi. N'étant pas de service, je me contentai ce soir-là de jouer aux cartes avec l'abbé et d'autres médecins auxiliaires, avant de m'étendre sur un brancard où je dormis jusqu'au matin.

Je ne reçus le baptême du feu que deux jours plus tard, à mon retour au poste, tondu par un coiffeur taciturne que Jules m'avait envoyé à mon réveil : parti avec deux brancardiers et vingt territoriaux pour un point, au sud du fond de Buval, où nous avions aperçu trois cadavres, je fus arrêté par un terrible marmitage et dus m'abriter dans un boyau inoccupé. Accroupi auprès du caporal, j'entendis pour la première fois les obus éclater de près, les fusants au sifflement de serpent, les percutants grondant comme le tonnerre, et les balles bourdonner et taper contre le parapet, plus inquiétantes que les marmites, car totalement imprévisibles. Des fumées âcres se dégageaient autour de nous, la terre tremblait, giclait en longues gerbes et retombait dans un bruit sourd ; à la lumière intermittente des fusées je remarquai qu'un certain nombre de territoriaux remuaient les lèvres, que d'autres rivaient les yeux au ciel, comme s'il était possible d'y déceler les projectiles : contrairement au caporal, ces hommes d'âge mûr ne se souciaient pas de dissimuler leur terreur. Comme frappé de suffocation, je me dis que telle serait ma vie maintenant, non plus l'existence paisible et souvent superficielle des étudiants universitaires, mais un effort quotidien pour résister à la peur, la masquer du mieux possible alors que tout en moi, muscles, entrailles, pensées, se tordrait, renâclerait, se révulserait, je compris que seule l'horreur m'attendait dans les semaines, les mois, peut-être les années à venir, et me demandai avec quel courage les bonshommes enjambaient le parapet pour faire face à l'ennemi. Un éclat d'obus atterrit entre mes genoux, je le ramassai, le cœur battant, en songeant à mes deux jeunes frères, qui avaient posé sur moi un regard grave et vaguement admiratif le jour où m'étaient arrivés la notification de ma nomination et l'ordre télégraphique de départ. Je n'étais pas sûr que notre tâche au front avait vraiment de quoi susciter l'admiration, le caractère héroïque qu'ils lui prêtaient à l'évidence, puisqu'il s'agissait en fin de compte de fouiller les poches des défunts, les narines obstruées par des boules de coton camphré et les mains glissées dans des gants de caoutchouc, à la recherche de leur feuille d'identité et de leur portefeuille, puis de diriger des tâches de vulgaires croque-morts.

La vague de permissions de huit jours octroyées aux hommes présents au front depuis longtemps avait dépeuplé la popote. Nous prenions désormais nos repas à la table du médecin-chef, ce que Perret et ses amis considéraient à l'évidence comme un grand honneur et qui nous agaçait, Morin et moi, contraints d'écouter dans un silence poli les discours grandiloquents du patron et de quelques officiers. Jusqu'alors nous n'avions pas été de repos en même temps, mais ce fut le cas la veille de son départ et, dès qu'il nous fut possible de nous éclipser, nous courûmes enfiler culotte de cheval et bottes, filâmes vers le hangar où les chevaux étaient parqués. Je m'étais entendu avec l'abbé Lemoine, qui utilisait peu sa monture, même si ce robuste bai brun dénommé Maurice était particulièrement adapté à sa forte corpulence ; une fois en selle, je m'aperçus aussi que c'était une bonne bête qui marchait bien. Morin était monté, quant à lui, sur un splendide alezan à la tête et aux membres fins qui semblait danser en avançant sur la route de Bruay, et qui se calma toutefois dès que son cavalier consentit à lui lâcher un peu la bride ; il se nommait Sidi, m'apprit-il, et il appartenait à Declercq qui l'avait chargé de le sortir en son absence – N'est-il pas dommage de gâcher pareil cheval au front ? Je lui ai pourtant dit et redit : le terrain, les abris, les marmitages qui pourraient réduire à néant ce qu'on appelle ici des écuries. Et s'il prenait l'envie à un Boche de lui tirer dessus par simple vacherie ? Un bonhomme que j'ai eu à la visite les a vus faire, oui, sur des chevaux, sur des animaux de ferme, les salauds, c'était un petit paysan et il était encore tout retourné. Je fus moi-même troublé à cette pensée mais n'eus pas le temps de m'y appesantir, car Morin parlait maintenant de Declercq, disait qu'ils fréquentaient la même faculté, mais pas la même classe, qu'un de ses cousins en revanche avait connu notre camarade avant la guerre – Ne croyez pas que c'est le petit saint qu'on pourrait imaginer, non, il aimait, paraît-il, organiser des plaisanteries d'un goût douteux aux dépens de certains professeurs. D'après Charles, il s'était lié avec les pires éléments du cours et aurait même travesti et mis en scène un cadavre un jour où il avait bu, mais la famille a de l'argent, des relations, et ses frasques ne lui ont jamais valu de renvoi. La famille, surtout le beau-père en vérité, qui aurait un tas d'affaires lucratives. La mère, veuve, a fait semble-t-il une sorte de mésalliance en l'épousant, mais croyez-moi, le monde change, et dans dix ans, peut-être cinq, la société consacrera ces gens que nos parents considèrent encore comme des individus douteux. Le père est mort quand Declercq était enfant, un suicide. Il était, paraît-il, neurasthénique, bref, une sale affaire… Je crois me souvenir qu'il y a aussi une brebis galeuse dans la famille, le frère aîné sans doute, et une sœur qui est une vraie beauté, Charles a fait sa connaissance lors d'un raout où tout Paris se pressait, mais il n'a pas eu l'occasion de la courtiser, d'autant plus qu'il s'est fâché en cours d'année avec notre ami pour une stupide histoire de fille… J'ai oublié quelque chose… ah oui, je me demande si Declercq n'est pas originaire de cette région par feu son père, comme le nom le prouverait, et c'est ici au reste que Sidi est apparu un bel après-midi.

Nous poursuivîmes notre conversation dans un salon de thé, après avoir confié les rênes de nos chevaux à deux gosses qui jouaient devant ; j'avais appris entre-temps que le père de mon camarade était professeur à la faculté de physique, qu'il avait trois sœurs et pas de frère, raison pour laquelle, avait-il affirmé, les femmes ne lui manquaient pas excessivement au front. Mais il ne cessait de lorgner celles qui étaient présentes dans la salle et les silhouettes qu'on voyait passer de l'autre côté de la fenêtre, et il disait que la guerre n'était pas entièrement à blâmer puisqu'elle avait raccourci les jupes, sorti les poitrines de leurs carcans ; il se mit même à courtiser la blonde qui s'assit à la table voisine et persista jusqu'à ce que se présentât l'homme, un officier, qu'elle attendait de toute évidence. Bonnefous, dit-il en quittant les lieux, l'air dégagé, il y a une adresse tout près d'ici qui offre des cinq à sept épatants, nous irons à mon retour, si nous cantonnons encore dans ce pays, mais je pars demain et votre appareil photo attend. Nous nous entendîmes avec les gamins qui tenaient nos chevaux afin qu'ils prolongent leur garde, contre une pièce supplémentaire, et nous dirigeâmes vers l'atelier du photographe, situé à quelques rues de là, parmi des cafés animés et de nombreuses boutiques ; le Vest Pocket Autographic trônait au centre de la vitrine où il paraissait encore plus petit parmi les appareils habituels, avec leurs grands soufflets, leurs guides, leurs boîtes encombrantes. Le photographe l'en tira et me le plaça entre les mains avant de m'expliquer que c'était un tout nouveau modèle, sorti des usines Kodak du Canada au début de l'année, de m'en montrer en détail le fonctionnement, qui était en effet des plus simples ; j'hésitai devant son prix, 50 francs : j'avais des scrupules à trop dépenser, car je savais combien mon père se démenait, opérant sans répit les blessés évacués à l'arrière en plus de ses propres patients, pour nourrir sept enfants, ou plutôt six depuis que ma sœur aînée,

Henriette, s'était mariée, et je ne voulais pas avoir à lui réclamer trop souvent de l'argent. Mais je calculai que mes frais étaient peu élevés, 10 francs par mois pour Jules, 40 pour la popote, en dehors du logement, et finis par emporter l'objet avec quatre rouleaux de film ; en outre, je n'avais pas envie de faire piètre figure devant mon camarade en me dérobant à cet achat.

Plus tard, je le rejoignis chez sa logeuse et lui confiai une lettre à poster le lendemain à Paris afin que ma famille sût où je me trouvais : les missives remises à la poste des armées étaient ouvertes et des punitions sévères attendaient ceux qui contrevenaient aux règles du secret, nous en avions la preuve chaque jour au rapport ; il s'affairait autour de son bagage, posé sur son lit, et je notai d'étranges objets réunis pêle-mêle juste à côté. Des bagues pour mes sœurs, dit-il, ne sont-elles pas affreusement laides ? Mais il paraît que c'est la mode ! Puis il me confia qu'il en avait acheté une de plus à l'intention de sa belle et me demanda ce que j'en pensais car il n'était pas sûr que ce fût une bonne idée. Je les examinais : elles étaient effectivement très lourdes et de mauvais goût, avec leur chaton composé d'une couronne impériale découpée dans un manteau d'uniforme allemand, mais je répondis que j'en commanderais pour mes sœurs cadettes, provoquant aussitôt des questions à leur sujet ; pour y couper court, je promis de prendre d'elles quelques clichés avec mon nouvel appareil, à ma première permission, mais je riais en mon for intérieur en songeant à la plus jeune, Gabrielle, une adolescente effrontée qui n'avait que le nom de Jésus-Christ aux lèvres.

Le lendemain matin, pendant que nous gagnions la Malterie, Jules dit qu'il m'indiquerait un des poilus qui s'étaient créé un commerce de menus objets, bagues, porte-plume, briquets : Que voulez-vous, il faut bien que ces pauvres types se distraient un peu ! Quand il ne se passe rien sur le terrain, ils s'ennuient à cent sous l'heure ! Son ton méprisant ne me surprit guère car je connaissais la réputation injuste que les soldats accolaient au personnel sanitaire, en particulier aux brancardiers, j'en avais moi-même entendu certains s'exclamer dans un boyau, au passage de notre petit cortège, *Alors, toujours peinards, les brancardots !* ou encore *Tiens, v'là les braquignols, les embusqués de la première ligne !* C'étaient en réalité des garçons courageux, pour la plupart, et j'aimais bien bavarder avec eux en fumant une pipe, les soirs de service : détachés des sections d'infirmiers de Paris et de Versailles, ils formaient une petite troupe hétéroclite, puisqu'ils comptaient dans leurs rangs des prêtres, des clercs de notaire, des étudiants dentistes et pharmaciens, et même des acteurs, comme le brigadier de service aux voitures, sociétaire de la Comédie-Française, qui ne se faisait pas prier pour réciter quelques morceaux de bravoure.

Ce jour-là, le bombardement d'Aix nous chassa tous dans les caves du poste ; un obus défonça le soupirail du PS du 158e régiment d'infanterie, tua et blessa dans la rue plusieurs territoriaux, que j'allai ramasser en toute hâte avec quatre hommes ; il y eut ensuite un défilé de blessés, dont quelques-uns très graves, et je passai la nuit à la cave à faire des pansements ; à cause des permissions, j'étais le seul médecin auxiliaire de notre groupe et j'avais hâte de voir arriver le remplaçant.

C'est Declercq qui se présenta le lendemain matin, dans sa vareuse propre, repassée, et je ne cachai pas mon plaisir de le voir : il émanait de sa personne une luminosité, une fraîcheur, une gaieté qui tranchaient sur les airs suffisants de nos collègues, et les racontars que Morin tenait de son cousin m'avaient, je l'avoue, intrigué. Nous eûmes peu de temps, hélas, pour bavarder : les appels téléphoniques se succédaient, d'un commandant réclamant une équipe de désinfection, d'un colonel demandant si j'avais vu tel officier blessé et ce que j'en pensais, d'un autre encore exigeant des désinfectants, et je fus occupé à désigner des équipes, signer des bons, évacuer les blessés qu'on nous amenait ; nous réussîmes toutefois à échanger quelques mots dans l'après-midi, à son retour des lignes, et je l'interrogeai sur sa permission. J'ai l'impression de revenir de Russie,

répondit-il : au programme, *Guerre et Paix*, blinis, caviar et vodka, disques de Stravinski et de Rimski-Korsakov, hélas pas de ballets, vous connaissez la troupe de Diaghilev ?, il faut voir ça au moins une fois dans sa vie. Cette découverte, je l'admets, est à mettre au crédit de ma mère – et il me raconta la première du *Sacre du printemps*, à laquelle il avait assisté deux ans plus tôt au théâtre des Champs-Élysées. – Des sifflets et du chahut, alors que musique et chorégraphie n'étaient que pur génie, il fallait être aveugle et sourd pour ne pas s'en rendre compte. Sur ce, il entreprit de mimer Nijinski, se déplaçant de profil, les pieds en dedans, les coudes écartés à la hauteur des épaules, et feignit de s'offusquer tandis que je riais, avant d'affirmer : Je suis content de vous entendre rire, j'avais peur que vous ne soyez trop solennel. Mais je remarquai que les auxiliaires régimentaires qui étaient présents au poste ne s'étaient pas joints à moi, mieux, que certains secouaient la tête ou affichaient des sourires moqueurs. Ce Nijinski est épatant, poursuivit Declercq, mais mes goûts me portent plutôt vers Tamara Karsavina, inaccessible, hélas – et il se lança dans une description détaillée de la ballerine, dont son frère aîné avait en vain rempli la loge de roses rouges, prétendit-il. Je promis que je l'accompagnerais aux ballets pendant la saison russe, lorsque la guerre serait finie, et je songeai que c'était le deuxième rendez-vous que je prenais depuis mon arrivée.

Declercq me rendit visite deux jours plus tard, alors que j'étais de garde au cantonnement ; je n'avais eu que trois ou quatre malades à la visite, le matin, et je trompais le temps en regardant passer sur la route les estafettes, les convois, les troupes de relève, les cavaliers, les voitures d'ambulance, en écrivant quelques lettres ou en lisant le journal. J'étais justement plongé dans la lecture d'un article consacré à la situation des divers fronts quand il survint avec un air sombre que je lui voyais pour la première fois ; mais il se forçait à rire et, par discrétion, je ne le questionnai pas ; je m'aperçus au fil de la conversation qu'il accordait peu d'intérêt aux nouvelles et aux communiqués, aux jeux des grandes puissances, aux tactiques des généraux, aux discussions concernant l'armée à l'Assemblée : la guerre semblait constituer, à ses yeux, une expérience imposée, non l'occasion d'effectuer son devoir, ce qu'elle était pour moi, élevé dans le respect, sinon le culte, du service et de la patrie. Comme le récit de sa permission l'avait égayé deux jours plus tôt, j'abordai de nouveau ce sujet, mais il n'évoqua plus ses distractions russes – Voyez-vous, Bonnefous, dit-il, l'arrière est une sale bête, une bête stupide, comme la foule en général, elle se nourrit de toutes les fausses informations que diffusent les journaux sans exercer son sens critique, ni même son bon sens, elle répète *on les aura*, elle ne pense qu'à ça, aux mètres gagnés, pas aux pauvres bougres qui pourrissent dans les tranchées, elle se persuade qu'ils attendent le moment d'attaquer, un couteau entre les dents, et que les officiers doivent les enchaîner afin de juguler leur enthousiasme. Il eut un rire brusque et, pour balayer peut-être l'impression d'amertume qu'il venait de donner, me décrivit sur le mode humoristique les réunions que sa mère organisait dans son hôtel particulier, au cours desquelles les bonnes âmes s'activaient en dégustant des petits gâteaux – Ma mère a une excellente pâtissière qui réussit les langues-de-chat à merveille, j'écrirai de m'en envoyer et vous les ferai goûter, mais pensez-vous que je devrais croire en Dieu ?, c'est une question que je me pose souvent, et j'aimerais la résoudre un jour ou l'autre. Puis, sans me laisser le temps d'élaborer la moindre réponse : Pourrez-vous compter ces jours-ci sur le cheval de l'abbé ? Je vous emmènerai en promenade dès que nous serons tous les deux au repos, j'ai quelque chose à vous montrer. Enfin, assuré de mon oui, il tourna les talons.

2

Nous partîmes quelques jours plus tard en direction de Barlin, puis virâmes vers le sud-ouest par des sentiers qui évitaient les hameaux et prouvaient que Declercq connaissait bien la région ; c'était un pays de cultivateurs, semé de bois et de collines, un joli pays d'où nous voyions s'évanouir les ruines, les traces de guerre, au fur et à mesure que nous avancions. Sidi ne dansait pas sur le chemin, ainsi qu'il l'avait fait avec Morin, il était vif mais calme, mené par son cavalier habituel, et marchait du même pas que Maurice, pourtant beaucoup plus grand ; il accéléra au bout d'une douzaine de kilomètres en secouant la tête, et je compris à la réaction de Declercq que l'on se rendait dans un lieu qui lui était familier. Je n'avais pas posé de questions, je m'étais abandonné au plaisir de la promenade, à la sensation d'oubli et d'apaisement, presque de torpeur, que la vision de la nature, le balancement et l'odeur des chevaux, le bruit sourd de leurs sabots sur la terre, métallique sur le macadam, suscitaient toujours en moi et qui expliquaient pourquoi je n'étais jamais bavard en ce genre d'occasion. Au reste mon camarade parlait pour deux, évoquant du même ton les Ballets russes, la mauvaise humeur du médecin-chef qui souffrait de rages de dents, le besoin qu'il éprouvait de *régler le problème de Dieu*, et dans la plupart des cas ses questions étaient purement rhétoriques. Puis une allée bordée de *semper virens* vint à notre rencontre, et nous nous y engageâmes, Sidi piaffant désormais, débouchâmes dans une cour pavée, qui précédait une sorte de manoir dont la porte se découpait au sommet d'un perron. Il y eut des jappements et un gros chien noir courut se frotter contre les jambes de Declercq, annonçant l'arrivée d'un vieillard qui accueillit l'étreinte de mon camarade parmi des *Monsieur Henry*, *Monsieur*, s'empara de nos rênes et s'éloigna, poussé par le chanfrein du cheval de la maison.

Je me suis dit que ce serait une bonne idée de goûter ici, plutôt qu'à la fosse 10, déclara Declercq – et je souris parce que ce n'était pas, bien sûr, la phrase d'explication à laquelle je m'étais attendu. Puis il demanda à la femme âgée, la gouvernante, que nous avions trouvée dans l'entrée et qu'il avait, elle aussi, étreinte, après me l'avoir présentée, s'il y avait *quelqu'un à la maison*, et sembla soulagé par sa réponse négative. Nous parcourûmes un couloir au carrelage ancien, blanc et noir, sur lequel donnaient des pièces qui reposaient dans la pénombre et dont je saisis au vol quelques détails, un coin de fauteuil en bois de cerisier, garni de satin clair, la statue d'un Maure soutenant une lampe, une table ronde recouverte de bibelots, une immense bibliothèque, le portrait d'une ondine, et atteignîmes une porte vitrée. Au-delà s'étendait un jardin, ou plutôt un assemblage de jardins, séparés par des allées, des haies, des berceaux, des treillages et renfermant ici une table en pierre, là un minuscule kiosque, un bassin, des plantes aromatiques savamment disposées autour d'un vieux puits ; partout, des roses qui embaumaient l'atmosphère – L'œuvre de ma mère, quand elle fréquentait cette maison. L'ensemble aurait gagné à être un peu plus simple, vous ne trouvez pas ? Je niai, charmé par ce raffinement, et abandonnai moi aussi la veste de mon uniforme sur le dossier d'une chaise en fer : c'était une belle journée d'été et ces lieux me troublaient par le soin, peut-être l'amour, qu'on avait mis à les agencer, par le contraste qu'ils formaient avec ceux d'où nous venions. Nous commençâmes à fumer en causant de tout et de rien ; curieusement, Declercq paraissait plus sombre depuis notre arrivée, et il affirma : Si je ne suis pas tué par une marmite, j'envisagerai sérieusement la possibilité de m'installer ici. Médecin de campagne, ce n'est pas ce que ma mère appelle le summum de la réussite, mais je crois que c'est un métier très honorable, qu'en dites-vous ? Je répondis que mon grand-père l'avait été tout en cultivant son domaine, jusqu'à sa mort ou presque, et que cela l'avait comblé – Vous devez bien avoir quelques petites terres, ajoutai-je, après avoir brièvement brossé le portrait de cet homme sage et fort. – Oui, il y en a, mais je ne sais pas combien exactement. Vous, plutôt, vous deviez beaucoup l'aimer, n'est-ce pas ? J'avouai qu'il était à l'origine de ma décision d'être médecin, et de celle de mon père sans doute. Médecin de père en fils, je vous envie, commenta-t-il. Si je vous disais que ma décision à moi vient en partie du désir de contrarier ma mère et mon beau-père, vous tiendriez encore à être mon ami ?

Il avait prononcé ces mots d'une voix grave, un sourire un peu crispé aux lèvres, et je compris qu'il n'était pas le jeune homme léger et insouciant qu'il s'efforçait d'apparaître, je répliquai que je n'en croyais rien et que, en admettant que ce fût vrai, il constituerait un cas intéressant à étudier pendant la durée de la guerre et peut-être même après. Il éclata de rire – Hélas, les cas doivent toujours être examinés dans leur contexte, dans leur milieu naturel ! Ce ne sera pas une mince affaire. Il faudra que je vous parle un jour de ma famille, vous verrez, ce sont des gens impossibles. Remettons donc cela à plus tard. Pour l'instant, je me demande si nous aurons un gâteau pour le goûter, ou si nous devrons nous contenter de tartines –, l'ombre était passée, le nuage avait poursuivi son chemin au-delà du soleil, Declercq était redevenu le garçon que j'imaginais connaître.

Il n'y avait pas de gâteau mais des crêpes à la confiture de fraises, sur le plateau qu'un jeune garçon nous apporta, des sirops dans de jolis flacons en verre, de minuscules assiettes anciennes semées de fleurs bleues, des petites fourchettes en vermeil, et des serviettes aussi fines que des mouchoirs de femme. La gouvernante, qui était venue s'assurer que nous ne manquions de rien, nous regarda dévorer et réclama à mon camarade des nouvelles de sa famille, qu'il lui avait dit avoir vue quelques jours plus tôt, mais Declercq demeurant évasif, je ne glanai pas plus de détails, sinon que le frère avait une jambe raide qui le faisait souffrir et qui expliquait sans doute pourquoi il n'avait pas été mobilisé. Avant de repartir il voulut se rendre à la bibliothèque, dont il ouvrit les fenêtres, révélant de gros fauteuils en velours et des tables de travail, et choisit un ouvrage – Des nouvelles de Tchekhov, pour prolonger l'impression de la Russie, dit-il, et vous ? Et comme j'hésitais, dans la crainte d'abîmer un de ces beaux volumes aux précieuses reliures, il marmonna : Voyons voir – et me tendit *Roudine*, que j'avouai n'avoir jamais lu. Nous remontâmes sur nos chevaux reposés et nourris, parcourûmes en sens inverse le chemin qui nous avait menés là, n'échangeant plus que de brèves phrases insignifiantes ; j'étais parti à regret, je m'en apercevais, et je pensais au portrait photographique que j'avais entrevu, au-dessus d'une table de travail, au moment de quitter la bibliothèque : un couple et trois adolescents aux yeux identiques, ceux du père, le suicidé ; il m'avait curieusement attiré, ainsi qu'attirent les tragédies, suscitant en moi une crainte mêlée de curiosité morbide. Je me demandais aussi pourquoi Declercq m'avait emmené chez lui et attribuais sa décision au spleen, au *cafard* disait-on au front, qui s'emparait de tous à chaque retour de permission. Ce soir-là, avant de me coucher, j'ouvris *Roudine* : sur la page de garde s'étalait un ex-libris aux arabesques et entrelacs subtils, où apparaissaient deux initiales, J.D., et je m'endormis en songeant à son propriétaire, qui avait été de toute évidence celui de la maison et des jardins où je m'étais trouvé dans l'après-midi et où je brûlais de retourner.

Mais la routine du service reprit, et je fus désigné pour assister à une exécution puis constater le décès du fusillé. Drôle de métier qu'on nous fait faire au front, me confia Declercq en me voyant anxieux la veille au soir, nous avons déjà eu cet honneur, Morin et moi. Considérez cela comme un autre baptême du feu, d'ailleurs tout est organisé dans le moindre détail et après le réveil du condamné, le moment le plus difficile, on n'a plus le temps de penser. Jules vint me secouer à trois heures du matin et je montai dans un fourgon d'ambulance avec l'abbé Lemoine et deux brancardiers, qui réussirent à somnoler jusqu'à notre arrivée. Il n'y eut pas de réveil du condamné à proprement parler, car l'homme, un réserviste du 1er BCP, bataillon de chasseurs à pied, attendait, assis sur sa couchette, calme et résigné, à croire qu'il préférait mourir plutôt que de continuer à se battre – j'appris d'ailleurs, pendant la lecture de la sentence, qu'il était accusé d'insultes à ses supérieurs et d'abandon de poste en présence de l'ennemi, récidiviste. Tout s'était déroulé jusque-là selon le cérémonial que mon camarade avait décrit : transport du condamné en voiture, défilé devant les troupes alignées, sonneries de clairon ; l'homme, très crâne, s'agenouilla alors devant le poteau, puis l'aumônier le signa et lui banda les yeux. Glacé d'horreur, je m'obligeai à garder les miens ouverts, tandis que les douze détonations retentissaient, et m'approchai, comme prévu, après le coup de grâce et le défilé du peloton : le chasseur était tombé en avant, mort et bien mort, les projectiles l'ayant tous atteint dans les régions du cœur et de la tête. Nous l'ensevelîmes dans un coin du cimetière, sans croix ni signes extérieurs, sans un mot de commentaire non plus, tels les complices d'un crime ; le jour se levait, le chant des oiseaux égayait l'air, mêlé aux bruits de pelle et de terre.

De retour à la fosse 10, comme je manifestais à l'abbé Lemoine le désir de me confesser, il m'invita à prendre le petit déjeuner dans son logement ; il était l'hôte d'une vieille femme qui avait mis à sa disposition une chambre et un petit salon, et nous nous assîmes pendant que son ordonnance s'activait à la cuisine. La pièce était meublée très simplement et remplie de souvenirs, des portraits, des bouquets de fleurs complètement desséchés ainsi que des bibelots agencés sur un guéridon, et ce fut peut-être cette atmosphère qui incita le capucin à m'interroger d'abord sur ma famille, ainsi qu'on le fait avec un invité. Je parlai de mon père, de ma mère qui s'était transformée en infirmière pour l'aider à la clinique, de mes sœurs et de mes deux plus jeunes frères, encore des enfants, de mon cadet, Pierre, qui préparait le concours d'entrée à Centrale avant la mobilisation, je dis que je redoutais son départ prochain au front. C'est par ce biais que nous retournâmes au motif de ma présence ; j'avouai que j'étais secoué par ce à quoi nous avions assisté, tiraillé entre mon patriotisme et les principes religieux qu'on m'avait inculqués, les Commandements dont le premier interdisait justement de tuer – Comment s'en accommoder en temps de guerre ? L'abbé tira d'une de ses poches une flasque, versa un peu de gnôle dans les tasses de café que son ordonnance avait apportées entre-temps, accompagnées de tartines, et déclara que nous autres Français avions dû répondre à l'invasion, que nous n'avions pas eu le choix, puis : Croyez-moi, ne cherchez pas Dieu dans cette guerre, car l'anéantissement ne Lui appartient pas, ou plutôt non, cherchez-Le dans la camaraderie, la solidarité, songez à soulager la souffrance des corps, ainsi que je veille à soulager celle des âmes, et n'ayez jamais honte, comme certains de vos collègues, de ne pas être un combattant. Il s'interrompit pour manger ses tartines et lorsqu'il eut terminé nous causâmes encore un peu, lui me racontant ses origines et pourquoi il avait choisi un ordre qui prônait le détachement des biens matériels ; c'était un homme jovial et doux, qu'il était agréable, réconfortant d'écouter. Enfin, il me lança : Voulez-vous que nous priions un peu pour notre chasseur à pied ? J'acquiesçai et, agenouillé sur le tapis à côté de lui, priai aussi pour n'avoir jamais à utiliser le revolver dont j'étais doté, pour que la guerre épargnât mon frère, pour mes parents et tous ceux que j'aimais, puis allai prendre mon service au cantonnement.

Les plaisanteries de Declercq et, surtout, le retour de Morin achevèrent de me changer les idées. Vous parlez d'un repos… annonça le second à la popote, mes parents n'ont pas arrêté de me traîner d'une maison à l'autre en m'exhibant comme un trophée ! Je bombe un peu le torse, presque persuadé que je suis un héros, mais on me regarde en fronçant les sourcils et me dit que, décidément, on me trouve bonne mine, puis on secoue la tête, l'air de penser que j'en fais tout un plat, qu'en fin de compte je ne cours aucun risque, bien à l'abri dans mon poste de secours ! Non, pour avoir vraiment du succès, il faut être aviateur ou artilleur, surtout aviateur, vous les auriez vus parader au pavillon d'Armenonville dans leurs belles bottes lacées, leurs beaux képis noirs ou bleu ciel, on aurait dit des figurines ! Mais passons, là n'est pas l'important, c'est maintenant que vient le plus beau : je suis littéralement fou d'amour. Declercq et moi éclatâmes de rire, songeant à la danseuse dont il nous avait parlé quelques jours plus tôt, et il sembla se vexer : la jeune personne en question était la fille d'amis de sa famille, une gamine ingrate qui, à ses dires, s'était transformée en beauté en l'espace de quelques mois. Il baissa le ton pour la décrire, préférant à l'évidence ne pas être entendu de nos collègues, or, occupés à parler d'études, d'inscriptions, des avantages que la situation apporterait à leur carrière, de citations et de croix de guerre, ils ne nous prêtaient aucune attention ; au reste, la barrière qui nous séparait ne cessait de s'élever et je n'avais plus de scrupules à les ignorer, ayant constaté qu'ils ne rechignaient pas à se dénigrer l'un l'autre pour apparaître sous leur meilleur jour au patron.

Avec le retour de Morin, nous décidâmes de modifier nos tours de service à la Malterie : en avançant le mien, je me plaçai entre mes deux camarades, auparavant séparés par Perret, ce qui me permettait d'avoir une journée en commun avec chacun d'eux au poste ; et nous passâmes au tutoiement. Les opérations militaires favorisèrent ce rapprochement : fin juillet, à la suite d'un bombardement, nous déménageâmes au coron 100 et prîmes tous trois possession d'une maison abandonnée ; Jules me prépara une vaste chambre dotée d'une armoire à glace, d'une table de nuit et d'une table de toilette, où nous transportâmes un lit déniché dans une bâtisse voisine, et je m'entendis avec mon ancienne propriétaire afin qu'elle lavât mes draps. Quant à la popote, elle était installée chez un ingénieur mobilisé, où se trouvait déjà celle des officiers de l'ambulance ; cette demeure offrait une immense salle à manger à plafond peint, pourvue d'une cheminée monumentale, une table de jeu, un piano droit, une bibliothèque bien garnie et un bureau de correspondance aux fauteuils en tapisserie. Morin nous y attirait, en quête de suggestions, lorsqu'il voulait écrire à sa nouvelle conquête, après avoir soutiré du papier à lettres à Declercq, puisqu'il utilisait en général des cartes postales des armées sur lesquelles il se contentait de tracer à l'intention de ses parents les mots *Ça va !*, ou *Beau temps !*, ou encore *En bonne santé !* Parfois, il nous lisait des passages des missives qu'il recevait de la jeune fille, et nous le taquinions tant les propos et le style étaient enfantins ; par chance, son zèle épistolaire faiblit quand il découvrit que des institutrices habitaient tout près de chez nous et se tarit dès que nous commençâmes à échanger des invitations. Le secteur était très calme depuis quelques jours, et nous profitions du départ du médecin-chef en permission pour nous accorder de bons repas et nous amuser à table ; il n'était pas rare que Declercq offrît du champagne, se gagnant ainsi la sympathie de nos voisins de l'ambulance.

Un dimanche soir, passablement éméché, il s'éclipsa un moment, après le repas, et réapparut dans la salle à manger, les bras chargés d'un buste de femme, avec lequel il se mit à danser en fredonnant une valse ; aussitôt, Morin et moi tirâmes le piano dans la salle à manger et nous assîmes devant le clavier ; notre camarade déposa son fardeau sur le manteau de la cheminée et, l'ayant baptisé Emma et qualifié de muse, donna le signal de départ à un concours de poèmes, de tirades et de chansons. Les officiers de l'ambulance se prirent au jeu, contrairement à Leblanc et Thibaud qui, après avoir hésité, décidèrent de bouder dans leur coin, et chacun y alla de son couplet ; Declercq fut le seul à déclamer des vers, drapé dans une nappe : son interprétation d'un passage d'*Hernani* recueillit certes soupirs et sifflets, mais c'était pour la forme : l'œil brillant sous ses mèches en bataille, et pas seulement du feu de l'ivresse, il avait, je m'en rendis compte, le physique d'un héros romantique, était nimbé dans un halo qui le plaçait au-dessus de la mêlée, et le charme qu'il exerçait involontairement sur la plupart d'entre nous provoquait tout aussi involontairement de l'antipathie chez quelques autres. Je choisis quant à moi un air de l'opéra *Les Brigands*, à une représentation duquel j'avais assisté à Toulouse dont j'avais fréquenté les théâtres pendant mes deux années d'études, et obtins un franc succès. Mais ce fut Morin qui remporta tous les suffrages : un bout de salade coincé entre deux boutons de sa vareuse, il exécuta, accompagné au piano par Declercq, un morceau de Mayol qui disait *Y s'app'lait Bou-dou-ba-da-bouh / Y jouait d'la flûte en acajou / Et voilà qu'il s'en va / Dans le Sahara / Avec la Nouba / Ah ! Ah ! / Toutes les femmes sont folles de lui...*, se déhanchant de manière si comique que nous le rejoignîmes tous devant le buste et nous mîmes à gigoter à notre tour.

S'il n'y avait eu les canonnades intermittentes pendant la journée et les cadavres à inhumer la nuit, certains noirs, enflés, aux yeux, à la bouche et au nez remplis d'asticots, d'autres mêlés à la terre des parapets ou des sapes, à emporter le long de boyaux où l'éclatement soudain de marmites provoquait des encombrements, puisque surgissaient immanquablement des territoriaux chargés de madriers, des hommes du génie apportant des gabions, des compagnies entières munies de fil de fer barbelé et d'outils, qui nous obligeaient à nous plaquer contre le mur, nous accrochant au passage et enjambant tant bien que mal les dépouilles, s'il n'y avait eu quelques blessés à panser après des coups de main, nous aurions presque oublié les circonstances qui nous réunissaient, absorbés comme nous l'étions dans de longs bavardages complices, des commentaires de lectures, des parties de cartes, des repas pantagruéliques, des promenades à cheval ou à bicyclette, par exemple à Béthune où nous allions de temps en temps boire de la bière avec un officier interprète et un sous-lieutenant anglais dont nous avions fait la connaissance dans un café de cette ville qu'on eût crue étrangère en raison du grand nombre de soldats britanniques qui la peuplaient. Je traversais ces jours-là dans un léger état d'ivresse, résultat de l'exaltation et de la consommation d'alcool : on nous offrait toujours un verre dans les PC où nous passions lors de nos reconnaissances de secteur, et les amendes que nous nous imposions pour des motifs aussi futiles qu'un étui de pipe oublié sur la table étaient acquittées en « liquide ».

N'ayant rien connu de tel pendant mes deux années d'études, où je m'étais partagé entre ma passion pour l'art lyrique et les bras d'une dénommée Jeanine avec qui j'étais allé jusqu'à échanger des promesses avant la mobilisation, je savourais pleinement notre amitié. Mieux, je n'avais maintenant que *les copains* en tête, je parlais d'eux à mes parents dans mes lettres, où je glissais leurs portraits réalisés avec mon Vest Pocket en les priant de les ranger dans le tiroir central de mon secrétaire : Declercq debout, bras croisés, sur un arbre coupé en deux par un obus ; Morin, l'air désinvolte, devant le poste des brancardiers que nous avions baptisé la « maison hantée », en réalité une bicoque en ruine située au bord d'une route et en face des lignes ; lui et moi dans la même pose, au même endroit, presque identiques ; ainsi qu'un cliché, pris par l'abbé Lemoine, qui nous montrait avec Maillet assis sur l'herbe. Même si mes premiers tirages, effectués de manière rudimentaire à la cave à l'aide de deux vieux quarts, l'un rempli d'hyposulfite et l'autre de révélateur, ainsi que d'une lampe de poche voilée de papier rouge, n'étaient pas très au point, j'y étais déjà attaché.

Puis le patron revint, pour nous annoncer qu'il était remplacé par le médecin divisionnaire par intérim, et nous souhaitâmes tous que nous serions chargés de fonctions plus médicales, mais nous continuions d'enterrer des cadavres, certains datant du mois de mai, et de planter des croix dans des petits cimetières improvisés de Noulette, de rechercher des tombes pour écrire aux familles qui réclamaient des renseignements. À la fin août, je partis un après-midi en compagnie de Morin et de l'abbé Lemoine afin de déterminer l'emplacement d'une sépulture à la demande d'une famille, arpentant en leur compagnie une partie de notre secteur et de celui de la 13e division. Nous parcourûmes le vallon de Marqueffles entre les bois de Noulette et de Bouvigny, tout creusé de trous, visitâmes à la Faisanderie un petit cimetière sous les arbres et, toujours bredouilles, atteignîmes le plateau de Lorette où un autre cimetière était aménagé en face de la chapelle ; de là, on pouvait embrasser d'un coup d'œil les immenses

étendues d'herbes folles, les arbres en lambeaux, les cheminées d'usine et de puits de mine brisées, les villages abandonnés, les lignes blanches des tranchées ; dans toute cette dévastation, la nature reprenait ses droits çà et là sous forme de roses, de pavots et de giroflées, et, alors que nous redescendions vers Marqueffles, une compagnie de perdreaux s'envola dans nos pieds, arrachant à Morin un *Mince, quel beau coup de fusil !* Au loin Angres brûlait, frappé par nos propres obus, et dans tout le secteur on redoublait d'activité : on creusait des tranchées de repli, des places d'armes et des boyaux d'évacuation, on remuait tant de terre que les cadavres finirent par disparaître et les corvées d'inhumation par s'achever ; la canonnade s'intensifiait de jour en jour, causant de fortes migraines, soulevant des colonnes de fumée d'une cinquantaine de mètres ponctuées d'éclats de toutes sortes, faisant trembler la terre et les vitres, au point qu'il fallait tendre l'oreille pour saisir les mots qui couraient désormais sur toutes les lèvres, *offensive* et *Jour J*, ou encore *commencement de la fin* ; de nouveaux Anglais ne cessaient de débarquer, et l'on vit aussi arriver des chiens sanitaires ainsi qu'un septième médecin auxiliaire, un étudiant russe dénommé Makline, que Declercq assaillit aussitôt de questions. Maigre, les pommettes saillantes et les yeux clairs, originaire de Saint-Pétersbourg, il évoquait volontiers les officiers de sa famille qui s'étaient illustrés dans les guerres contre Napoléon et décrivait un grand domaine rempli de framboisiers où il avait passé son enfance, si bien que Declercq disait de lui *C'est* Guerre et Paix *incarné !*, tandis que Morin lui voyait des airs d'*apache* et me demandait ce que notre camarade lui trouvait.

Et l'attaque vint. Le 24 septembre au soir, alors que je somnolais à la Malterie après une longue marche de poste en poste sous la pluie et dans la boue, l'abbé Lemoine m'appela à l'extérieur, et j'assistai avec lui et mes collègues au défilé des troupes de relève destinées à leurs emplacements de combat, une coulée d'hommes aux musettes gonflées, au dos piqué d'un carré de toile blanche pour être mieux vus de notre artillerie, certains sombres et tendus, d'autres en revanche l'air crâne et

la bouche pleine de plaisanteries – Vous inquiétez pas, les toubibs ! lança l'un d'eux. On a numéroté nos abattis ! Reconnaissant des fantassins des 149e et 158e régiments, des chasseurs du 31e bataillon et des territoriaux du 144e que j'avais soignés à la visite, j'échangeai avec eux un signe, une accolade, leur assenai des bourrades et des tapes amicales, aussitôt imité par les médecins régimentaires, Morin et l'aumônier, et nous baignâmes un moment dans une grande communion fraternelle ; nous étions avec ces poilus qui montaient en ligne et qui, pour certains d'entre eux, ne reviendraient pas en vie, je le savais et j'en avais le cœur serré, je comprenais maintenant ce que l'abbé avait voulu dire par les mots *n'ayez jamais honte de ne pas être un combattant*. Vers minuit, nous fûmes rejoints par les autres médecins auxiliaires, ainsi que par cinquante brancardiers de renfort ; juste le temps d'échanger quelques mots avec Declercq, et je partis vérifier l'emplacement des postes avancés des brancardiers de la division voisine, la 13e, à la limite du secteur, pour éviter que nous ne fassions double emploi. Je ne pus toutefois être présent à l'heure H : malgré mes protestations, le médecin-chef me renvoya au matin à la fosse 10 afin que je m'y repose et m'occupe des blessés légers qui s'y rendraient par leurs propres moyens ; c'est donc en soignant les éclopés et les contusionnés, en ôtant des éclats de projectiles, que j'appris les premières nouvelles : la prise de Loos par les Anglais, juste à côté de nous, le déclenchement de l'attaque à midi vingt-cinq, les nombreux morts, l'occupation partielle du bois en Hache, l'avancée jusqu'à la route de Souchez à Angres. Et le surlendemain j'étais de nouveau à Aix, où les blessés plus graves se succédaient, bruns, blonds, frêles ou costauds, plus ou moins jeunes, épouvantés par leurs chairs lacérées ou ravis de leur *bonne blessure*, inconscients ou prostrés ; il y avait aussi parmi eux de nombreux prisonniers, dont un médecin à trois galons qui me prêta main-forte. Il régnait au poste une agitation quasi électrique : le patron et Maillet, l'aide-major, y étaient installés à demeure, à la différence de nous autres, médecins auxiliaires, également chargés de diriger les évacuations, ce qui constituait en réalité la tâche la plus désagréable, car il continuait de pleuvoir et les boyaux menant aux postes avancés étaient gluants de boue, les routes glaciales ; les balles sifflaient autour de nous et, lorsque nous étions repérés, il fallait beaucoup de sang-froid aux conducteurs des voitures sanitaires pour maîtriser les chevaux affolés par les éclatements de marmites. Gelés, trempés, crottés, nous nous abritions où nous le pouvions, par exemple dans les caves du Cabaret rouge, qui n'avait plus ni portes, ni fenêtres, ni toit et, de retour au cantonnement, nous abandonnions à un profond sommeil, passant le reste de la journée dans un pénible état d'abrutissement.

Pour cette raison, peut-être, les événements semblèrent nous emporter et se mélanger en un tout indistinct, d'où ressortaient quelques images, pareilles aux clichés que Morin et moi avions cessé de prendre, des images, des sortes de cartes à jouer qu'une main invisible abattait devant mes yeux jusque dans mon sommeil, quand celui-ci n'était pas hanté par des cauchemars de plus en plus fréquents de labyrinthes : nos chemises grouillantes de poux au retour des tranchées ; les joues sillonnées de larmes d'un sous-lieutenant au bois du Ravin où l'abbé Lemoine disait la messe ; un blessé de la Garde prussienne, récupéré après la seconde attaque du 11 octobre, si grand que le haut de son corps et ses pieds dépassaient du brancard ; la route d'Arras, que je parcourus un matin à l'aube à la faveur du brouillard, réduite à l'état d'un sentier entre des champs ravagés, bouleversés et semés de cadavres ; Morin et Declercq jouant au jacquet à côté du poêle, à la Malterie, où nous nous étions provisoirement installés afin d'échapper à un cantonnement sordide ; le terrible fond de Buval devenu si calme qu'on pouvait se promener sur les parapets, et le cimetière allemand, un peu plus haut, détruit par l'artillerie ennemie, amas de débris où les bras, les jambes et les têtes roulaient de tous côtés ; quelques lignes tracées de la main de mon père sur son papier à lettres bleu pâle m'annonçant la mort de Jean, un de mes cousins germains. Oui, tout se mélangeait, pas seulement les images, mais aussi les sentiments, les émotions, et plus rien ne paraissait devoir m'étonner, ni la multiplication des morts pour quelques mètres gagnés ou perdus, ni la rencontre inattendue que je fis au bois Carré avec une connaissance aveyronnaise qui, malgré la pluie diluvienne et le vacarme des batteries, me parla de vagues parents communs comme si nous nous trouvions dans un salon de thé, ni même l'arrivée inopinée, dans la petite chambre où Declercq et moi partagions un matelas rembourré de noyaux de pêche, de la jeune propriétaire et de son amie en tenue légère.

Puis le calme revint, et les images concrètes, tangibles, plus fiables parce qu'elles ne couraient pas le risque de s'effacer, parce qu'elles étaient la preuve que je ne rêvais pas, justement, reprirent leurs droits : pour notre première promenade, nous emportâmes nos appareils photo à Vermelles, en pleines lignes britanniques, et les silhouettes de mes deux camarades se stabilisèrent dans le cadre, sur fond d'église en ruine, de château au jardin découpé en tranchées ; les jambes des soldats écossais et anglais qui se donnaient le change s'immobilisèrent dans le pas cadencé, tandis que se figeait l'esquisse d'un sourire d'une sentinelle hindoue au turban exotique. Ce calme persistant, le médecin-chef me proposa de but en blanc de m'envoyer en permission, aussi, après un grand dîner bien arrosé et une nuit de sommeil écourtée, profitai-je d'une voiture pour aller prendre le train à Bruay.

3

Cela faisait quatre mois que j'avais déserté la maison familiale, et le retour que j'effectuais maintenant n'avait rien à voir avec ceux qui avaient ponctué mes deux années d'études : j'avais l'impression d'avoir quitté non pas une autre ville, ou un autre département, mais un autre monde, un monde doté de mystérieuses portes qui s'ouvraient tantôt sur des précipices, des bois sombres, des taudis à l'odeur irrespirable, tantôt sur des landes parfumées, des jardins secrets, le plus remarquable étant à mes yeux celui de l'amitié que j'avais nouée avec Morin et Declercq. J'avais mille choses à raconter et je regrettai que mon père, qui était venu me chercher en automobile, n'eût pas le temps de s'arrêter au buffet : il avait hâte de regagner la clinique, où plusieurs opérations l'attendaient. Parmi ses patients se trouvaient, me dit-il, des blessés évacués de l'Artois, et son ton grave laissait entendre qu'il savait d'où j'arrivais, d'où, ou plutôt de quelles épreuves ; au reste, bien qu'il s'efforçât de mener une conversation anodine, il détournait sans cesse le regard de la rue, à l'évidence désireux de mesurer sur moi les effets de la guerre, comme s'il traquait des traces de fissures et d'éboulement sur une montagne familière. Il me déposa devant la maison, m'abandonnant à mes sœurs et à ma mère, laquelle me bombarda de questions, rivalisant avec Lily, ma cadette d'un an, et Gabrielle, de six. Mon lit, de vrais draps, c'était plus que je ne pouvais désirer, lui répondis-je quand, pareille à une fée, elle me demanda de lui exposer mes souhaits pour les jours à venir.

Je dormis quelques heures puis, lavé et changé, embrassai avant de déjeuner mes jeunes frères, Louis, gamin de neuf ans et André, tout juste sorti de l'enfance, ainsi que ma sœur aînée et son premier-né ; c'est dans ce beau tableau familial que j'exhibai, au moment du café, mes photographies, en particulier celles du terrain qu'on n'avait pas le droit de glisser dans nos lettres, des éclats d'obus, ainsi que le briquet à essence fabriqué par un chauffeur avec deux sous anglais soudés par une bande de cuivre de fusée allemande que j'avais acheté pour mon père, à l'occasion de sa fête, et n'avais pas été autorisé à lui envoyer. En voyant ces objets survoler les tasses en porcelaine et les petites cuillers, parmi les volutes de fumée, je compris qu'ils étaient ridicules et vains dans leur réalité froide, privés de leur contexte, et que j'étais le seul en mesure de les apprécier, comme ces rêves qu'on raconte avec passion le matin et qui ne provoquent autour de nous qu'une attention polie, sinon de l'ennui, même si mes jeunes frères dévoraient des yeux les deux éclats d'obus que je finis par leur offrir.

Le lendemain, après le déjeuner, je partis pour la campagne avec mon père qui, m'ayant confié le volant de sa BB Peugeot, me relata la mort de mon cousin, porté disparu puis retrouvé, cadavre, dans les anciennes lignes ennemies, près de Belfort, et le chagrin de la famille qui en avait résulté. La nouvelle m'avait moi aussi bouleversé quand je l'avais apprise pendant la dernière attaque, mais je l'avais curieusement enfouie dans un coin de mon esprit, d'où elle ressurgissait maintenant que nous nous approchions de sa maison. C'était également la demeure où mon père était né et où j'avais passé les moments les plus heureux de mon existence, en vacances auprès de mes grands-parents, au point que je pouvais, où que je fusse, tout revoir, l'immense tilleul qui se dressait près du grenier à blé et celui qui ornait le terre-plein devant la grille, des tilleuls Sully disait souvent mon grand-père avec fierté, le chemin bordé de houx et ponctué de silex menant à *la Plaine*, comme s'il n'y en avait jamais eu qu'une au monde, les champs étalés des deux côtés tels de grands draps verts, jaunes ou marron selon la saison, dont il m'arrivait de murmurer les noms bout à bout sans raison, et au fond de ce chemin, un sentier d'où l'on parvenait à embrasser du regard une partie du domaine, notamment un de ses bois dont l'allée cavalière était entretenue avec soin. En fermant les yeux je pouvais aussi, n'importe où, sentir les odeurs, odeur moisie de champignons et des feuilles mortes amoncelées sur le sol en un doux tapis pour les sabots des chevaux, odeur entêtante des pins et du foin, poussiéreuse des grains de blé qui remplissaient de vastes cuves où mon frère Pierre, mes cousins et moi plongions les mains, autres pinces que celles des perce-oreilles qui semblaient y nager, odeur de vase et d'écorce à l'étang où nous pêchions et nous baignions, et même l'odeur du fumier, l'odeur des bouses de vache sèches qui, transpercées d'un bâton et projetées en l'air, nous faisaient de parfaits projectiles. Et voilà que la mort de Jean scellait ces souvenirs d'enfance, mieux, modifiait son image, l'auréolant d'une lumière tragique, celle des êtres marqués par le destin.

Ce fut une étrange visite qui nous mit tous mal à l'aise : sous son bonnet à rubans d'un autre temps et dans sa robe noire à brandebourgs, ma grand-mère m'invita, d'un geste, à m'asseoir auprès d'elle dans le salon, où se tenaient aussi mes jeunes cousins et ma tante Jenny, dont les larmes redoublèrent à ma vue. Sans doute lui était-il cruel de me voir en vie alors que son fils avait péri, cependant il était également pénible pour nous tous, en particulier ses enfants, d'assister à pareil désarroi. Telles devaient être les pensées de ma grand-mère, dont les soupirs n'étaient de toute évidence pas de chagrin mais d'agacement : elle ne cachait pas qu'elle jugeait sa bru trop sensible, elle qui était une femme forte ; de plus, Jean avait toujours été son préféré, et il était probable qu'elle s'estimât la plus concernée par ce deuil. Je ne fus donc guère étonné quand, quittant la pièce avec mes cousins sous prétexte de me recueillir devant le sapin qui avait été planté au départ de leur frère, au bout du jardin, j'entendis ses reproches fuser ; mon père s'était éclipsé à la recherche de l'actuel administrateur du domaine et m'avait prié de ne pas trop m'éloigner. L'atmosphère était décidément plus légère à l'extérieur, et nous eûmes tout loisir de bavarder ; Berthe, la plus jeune, suscita même les rires de ses frères et sœurs quand elle me demanda de lui envoyer, pour son herbier, des plantes et des fleurs *de la guerre*, comme s'il s'agissait d'un lieu de villégiature, d'une contrée tropicale et lointaine. Je promis puis rejoignis mon père qui, flanqué des deux femmes en noir, m'adressait des signes sur le seuil.

Il s'installa au volant et, au bout de quelques kilomètres, arrêta sa BB à la hauteur de l'abbaye de Bonnecombe, située dans une gorge où les couleurs de l'automne commençaient à pâlir, et, appuyé contre la carrosserie, m'offrit une cigarette avant d'en glisser une entre ses lèvres. Ces manières me touchaient : il lui fallait toujours un certain temps pour passer aux confidences, c'était un homme renfermé, et il y avait de nombreuses choses que j'ignorais à son sujet, par exemple les années de son premier mariage qui l'avaient laissé veuf et père de ma sœur aînée, Henriette. Cependant il ne se dérobait jamais et il n'y avait jamais eu entre nous le moindre malentendu, mieux, c'était tout naturellement que j'avais décidé de poser mes pieds dans ses larges et profondes empreintes. *Médecin de père en fils, je vous envie*, avait dit Declercq, mais, plus que le choix d'un métier, c'était l'immense admiration que j'éprouvais pour l'homme, pour sa droiture morale et son sens du service, qui me liait à lui. Bien que décidé à minimiser les faits, je finis par tout lui raconter, les plaies béantes, abyssales, privant les visages de nez, de bouche, de mâchoires, et nous obligeant à injecter aux blessés de l'eau et du café par une sonde placée dans l'œsophage, les yeux effarés, les mains resserrées sur mes poignets avec la force de la peur, les corps souillés de sang, de terre et de merde, les corps projetés en l'air, coupés en deux, déchiquetés, les corps en putréfaction mêlés à la boue du parapet, les corps sur lesquels les soldats marchaient, les enfonçant davantage dans la terre, les corps grouillant d'asticots et de mouches, oui, je racontai tout cela, tout ce dont on s'abstenait de parler entre copains par nécessité de crâner, puis, à bout de souffle, au bord des larmes, je m'abandonnai à son étreinte, accompagnée de *mon petit*, de *Raymond, mon cher enfant* réconfortants.

Au cours des sorties que je fis en ville, les jours suivants, je mesurai le nombre de décès qui frappaient les familles au noir des vêtements qui se déversaient telles des coulées d'encre dans les rues et les magasins, aux mots échangés avec des parents ou des connaissances, et pour la première fois me demandai ce qu'il resterait de ma génération lorsque ce cauchemar serait achevé. Mais je pensais aussi à Morin et à Declercq et me disais que mes distractions, sorties en ville justement, à la campagne, discussions avec le fermier de mon père sur les résultats de la foire, sur le temps atmosphérique, étaient bien différentes de celles qui, à les entendre, avaient émaillé leurs permissions respectives, les récitals et les ballets, les restaurants russes et le pavillon d'Armenonville ; nul doute, ils auraient ricané en me voyant, vaincu par mille insistances, emmener ma sœur Gabrielle se promener dans les jardins du Foirail puis goûter dans un salon de thé. Elle avait tressé ses cheveux pour l'occasion et passé sur sa jupe et son corsage une pèlerine de drap bleu marine qui la rapetissait et l'élargissait davantage. Posant avec décision ses bottines sur le sol, elle m'avertit qu'elle *voyait bien* la façon dont on me regardait et déclara qu'elle m'aiderait à choisir entre mes prétendantes après la guerre car les femmes en âge de se marier s'arracheraient les rescapés. Et comme j'objectai que je risquais moi aussi de mourir, elle me dit de ne pas m'inquiéter : elle avait récité tant de chapelets pour réclamer ma survie que je pouvais l'estimer assurée. En vérité, tint-elle à préciser, ce n'était pas tant parce qu'elle était folle de moi : il convenait surtout d'éviter que la vie ne devînt un enfer plus infernal qu'elle ne l'était ; depuis mon départ, en effet, on n'avait que mes lettres et l'heure du facteur en tête, on comptait les jours et on tremblait – Parfois il m'arrive de souhaiter qu'un bel obus s'égare et éclate sur la maison, afin qu'il nous délivre tous de cette angoisse, mais les obus n'éclatent que là où cela leur chante, et de préférence dans le Nord. Puis elle revint au mariage : en fin de compte, cette guerre tombait à pic car les rares survivants ne viendraient pas la courtiser, elle qui, contrairement à notre sœur Lily, était laide et trapue, elle surtout qui ne pensait qu'à Jésus-Christ, son futur époux pour l'éternité. Je répliquai qu'elle s'allongerait et s'affinerait au fil des ans, trouverait une coiffure appropriée pour corriger l'effet de son nez prononcé. On voit bien que tu es un homme… jeta-t-elle alors, l'air écœuré.

Nous nous rendîmes au salon de thé sans rien ajouter, comme si nous méditions tous deux cette vérité ; les petites tables recouvertes de nappes blanches étaient presque toutes occupées par des militaires en uniforme accompagnés de leur épouse ou de leur mère. Après avoir longuement hésité, Gabrielle se décida pour trois gâteaux, bien que cela constituât à ses dires un *sacré péché* – Tant pis, ils en valent la peine, conclut-elle, je dirai quelques chapelets de plus, pieds nus sur le carrelage – et j'optai pour un baba au rhum, qu'on servait ici bien imbibé d'alcool. Puis ma sœur se mit à scruter la nappe, comme à la recherche d'une tache, et murmura qu'elle avait trouvé dans la chambre de notre frère Pierre, bien dissimulée à l'intérieur d'un livre de Kipling, une lettre *explosive*, une lettre signée d'une certaine Louisette qui était, elle en mettait sa main à couper, *sa maîtresse secrète*. J'étais au courant de l'existence de cette couturière montpelliéraine de dix ans son aînée, que Pierre m'avait confié vouloir épouser, mais je n'avais guère accordé de crédit à la nouvelle, certain que cette liaison ne résisterait pas au temps et à la guerre. Je m'apprêtais à demander à Gabrielle combien l'indiscrétion valait de chapelets quand j'entendis *Bonnefous, ça, mon vieux, quelle surprise !* et découvris un ancien camarade de classe qui, en raison de ses origines et de ses manières, s'était gagné le surnom de *petit comte*.

Il offrait une diversion parfaite, aussi l'invitai-je à

s'asseoir à notre table, ce qu'il accepta en répondant *un instant, juste un instant*, comme s'il nous accordait une faveur. Mais il se rembrunit, ma sœur ayant levé les yeux au ciel après qu'il eut dit *Je n'ai pas l'honneur de connaître cette jeune fille* du ton sur lequel on parle aux petits enfants, et, décidant de l'ignorer à son tour, me raconta que, grâce aux relations de ses parents, il avait été affecté dans un état-major – Rien que des gens très bien, à une ou deux exceptions près, mais enfin, on ne peut pas se plaindre, c'est la guerre, n'est-ce pas ? J'aurais juré qu'il n'avait pas jamais vu de boyau, de tranchée, de sape, mais je me trompais : régulièrement, il conduisait des visiteurs au front, m'informa-t-il, des journalistes, des députés, mais aussi des curieux – Pas plus tard que la semaine dernière, j'étais en compagnie de la duchesse de M., une femme vraiment compatissante à l'égard des poilus. Rends-toi compte, elle leur a fait distribuer du pâté et du vin de sa propriété et a promis de revenir avec des souliers plus adaptés – ses talons s'étaient cassés pendant la marche, expliqua-t-il, et deux hommes avaient été obligés de la porter. Oui, deux, car elle souffre d'embonpoint, pauvre et chère créature. Puis il exhiba ses propres souliers, sortes de chaussures de montagne faites sur mesure, dont il vanta les qualités, la solidité et la souplesse du cuir, les coutures intérieures, la semelle épaisse et crantée qui s'adaptait à tous les terrains. Il ne releva pas mon ironie quand je lui demandai si elles étaient aussi appropriées aux pavés ruthénois et crut bon d'ajouter : Entre nous soit dit, nos soldats sont d'un débraillé et d'un sale… bien sûr, c'est la guerre, mais ne crois-tu pas que vous autres du service de santé devriez leur inculquer quelques rudiments d'hygiène, à défaut d'élégance ?

Je répliquai non sans moquerie que c'était là une

idée épatante – Tu devrais profiter de ta position pour le proposer en haut lieu. Des leçons d'hygiène après les combats, ce serait également excellent pour le moral, j'en suis persuadé. – N'est-ce pas ? N'est-ce pas ? commenta-t-il en se rengorgeant. Bien entendu, l'idée qu'on manquait d'eau dans les tranchées, non seulement pour se laver, mais aussi pour boire, que les bonshommes en étaient souvent réduits à avaler celle du ciel accumulée dans les cratères, le dénommé *jus d'obus*, ne lui effleurait pas l'esprit. Puis il parla des dîners et des réceptions qu'il lui fallait organiser dans le château où l'état-major était installé, des comités de dames qui se réunissaient en soirées de charité au profit des poilus sans famille et parvenaient à soutirer aux artistes les plus renommés des œuvres à vendre aux enchères, en dehors de petits objets d'art puisés dans leurs collections personnelles, et là aussi c'étaient des dîners, des réceptions, où l'armée se devait d'assister. Ces bienfaitrices écrivaient par l'intermédiaire de leurs secrétaires à un certain nombre de soldats et leur envoyaient régulièrement un petit colis ; d'ailleurs, pour leur faciliter la tâche, ajouta-t-il, il avait établi une liste des produits nécessaires, saison par saison.

C'est alors que ma sœur demanda : Et des comités de prière, vous en avez ? L'aide matérielle, c'est bien beau, mais l'aide spirituelle ? Le bouclier de Jésus-Christ ? La protection ! – Le bouclier de Jésus-Christ… Il hésita un instant puis répondit que, bien sûr, ces comités étaient placés sous la tutelle de l'Église, qu'il y avait toujours un évêque ou un prêtre au sommet de leur hiérarchie. Gabrielle haussa les épaules et expliqua qu'elle avait l'intention, elle, de réunir des petits groupes, non pas de dames faisandées, mais de jeunes filles sans tache, pour prier un ou deux après-midi par semaine, plutôt deux étant donné *le beau tas d'âmes perdues* à sauver. Ah oui ? interrogea mon ancien camarade avec un rire nerveux, apparemment persuadé qu'elle plaisantait. Et vous pensez que j'en fais partie ? – Je ne crois pas vous connaître, répliqua-t-elle, mais j'en mettrais ma tête à couper. Et comme il me glissait *Elle est d'un spirituel !*, j'annonçai qu'il était l'heure de rentrer et poussai ma sœur vers la sortie. Je te remercie pour le goûter, Raymond, affirma-t-elle dans la rue, suspendue à mon bras, les gâteaux étaient excellents, mais je ne te cache pas que je suis très déçue, je ne savais pas que tu avais des faiseurs et des moules pour amis. Je me contentai de siffloter.

La veille de mon départ, ma mère renonça à ses activités à la clinique pour m'emmener faire des emplettes : j'avais besoin de certains articles qu'on vendait à des prix excessifs dans les villes proches du front. Tandis que nous déambulions, elle me racontait les infortunes de deux patients que mon père avait opérés, et je sus bientôt tout de ces parfaits étrangers, l'emplacement de leurs blessures, leur métier avant-guerre, leurs plats favoris, les endroits où vivaient leurs familles, le contenu des lettres qu'elle écrivait sous leur dictée et de celles qu'elle leur lisait, les unes comme les autres farcies de remerciements à son adresse, de *dettes de reconnaissance* qu'il serait impossible de rembourser. Elle s'interrompait pour saluer une connaissance, s'enquérait d'un fils et se tournait vers moi pour me demander où cantonnait son régiment, comme si j'étais le chef de l'état-major en personne, écartait les bras quand j'avouais mon ignorance. Me reprochait ensuite d'avoir la tête ailleurs et, m'ôtant des mains les articles que j'examinais, avouais s'inquiéter pour moi : comment me débrouillais-je au front si je ne savais pas me concentrer, si je ne savais pas choisir ?

Tandis que l'employé de Clayeux, le tailleur, allait chercher un caoutchouc, elle me dit aussi : Gaby m'a raconté votre goûter, il paraît que tu as des amis abominables, c'est vrai ? Et comme je lui expliquais qui était l'ami en question, elle déclara que, pour une fois, ma sœur avait raison, elle qui était en général *excessivement fa-na-ti-que* – Il est probable qu'elle soit la croix envoyée par Notre-Seigneur, le prix à payer pour vous tous… à moins que ce ne soit Pierre… Gabrielle prétend que c'est un cachotier, mais tu la connais, il faut toujours qu'elle se rende intéressante, c'en est presque maladif.

Dans l'après-midi, j'exhibai mon appareil photo et immortalisai les membres de ma famille ; après avoir rechigné, ma mère accepta de se montrer dans l'embrasure de la fenêtre de sa chambre, au premier étage, bien que j'eusse objecté qu'on ne la verrait presque pas : ainsi placée en hauteur, au-dessus de mes frères, elle évoquait une divinité protectrice, ou un censeur toujours sur le qui-vive. Puis elle retourna aux préparatifs de la petite fête d'adieu organisée pour moi, à laquelle se présenta bientôt Henriette, l'aînée, accompagnée des siens. Lily n'avait pas attendu son arrivée pour se mettre au piano, et si elle exécutait des pièces sans grand talent, elle était fort jolie dans son corsage blanc et sa jupe anthracite ; à en juger par son sourire, mon père le pensait aussi. Il avait posé le coude sur le bras de son

fauteuil et appuyé le front dans sa main, en une attitude familière, et je remarquai qu'il luttait contre le sommeil ; les traits tirés, le teint pâle, il paraissait soudain bien plus âgé que ses quarante-six ans, et quand je lui demandai s'il ne fallait pas qu'il se concédât quelques jours de repos, il eut un geste vague du poignet, pendant que ma mère reparlait des sacrifices à faire pour la patrie, comme si c'était elle qui opérait et opérait sans cesse.

Après le piano il y eut des poèmes, ainsi que l'inévitable cantique chanté par Gabrielle d'une voix de crécelle, puis chacun m'apporta un présent, soldat de plomb, porte-cartes en toile et carton, passe-montagne, chaussettes de laine et tablettes de chocolat. J'eus grand-peine à ravaler mon émotion quand mon père m'offrit un étui à cigarettes en argent marqué de mes initiales, et, pensant à ce que Declercq m'avait dit de sa famille, *des gens impossibles*, je mesurais combien la mienne était aimante, limpide. Ma mère avait, quant à elle, garni mon sac de conserves : je protestai en vain contre son poids, le lendemain matin, puis étreignis longuement mon père sur le quai, où je vis sa silhouette immobile rapetisser, rapetisser, puis disparaître.

4

J'arrivai à destination deux jours plus tard, après avoir voyagé successivement dans un train civil et deux convois militaires, pour apprendre que la division serait relevée le lendemain, qu'on partirait pour les environs de Saint-Pol, à quarante kilomètres au sud. Fatigués par d'incessantes allées et venues dans des boyaux remplis de boue et accablés par la mort d'un des leurs, d'une balle dans la tête, les brancardiers n'étaient pas fâchés de quitter les lieux ; et si l'on dénombrait peu de blessés parmi les bonshommes, on commençait à voir défiler des pieds gelés à la visite, m'annonça Morin. Il me traita de veinard puisque je cumulais une permission et une période de repos, et me prit en aparté pour me confier qu'il était en froid avec Declercq, tombé à ses dires *sous la coupe* de Makline : oui, affirma-t-il, le Russe attirait notre camarade sous prétexte de l'entretenir de Saint-Pétersbourg et de Pouchkine, mais on ne savait pas de quoi il en retournait vraiment – Il faut croire que Declercq apprécie les apaches, ce qui confirme les propos de mon cousin Charles, à savoir qu'il fréquentait les pires éléments de sa classe, commenta-t-il. En vérité, son histoire était fumeuse, car elle se fondait sur la vision d'une somme d'argent passée des mains de l'un à celles de l'autre, et ne tenait pas face à l'éventualité d'un simple prêt accordé puis remboursé. Mais en l'entendant parler de *pigeon*, de *parasite*, j'imputais son amertume à une jalousie enfantine due aux longues conversations sur l'art et la littérature russes qui réunissaient certainement les deux hommes et suscitaient en lui le sentiment d'être exclu.

Bien sûr, il s'agissait de bêtises, Declercq le confirma un peu plus tard avant de me raconter l'épisode qui avait donné lieu à leur brouille : un soir qu'il était ivre, Morin avait prononcé dans la rue des propos méprisants sur la virilité de Diaghilev et autres Nijinski, et Makline, vexé, s'était jeté sur lui. Morin avait alors exhibé son revolver et l'avait tant agité que le coup était parti : la balle s'était fichée dans le talon du seul individu qui passait par là, ou plutôt qui se traînait lamentablement dans le noir, selon les termes de Declercq qui me décrivit la scène en riant. Une fois le malheureux pansé, on avait proposé de le dédommager, mais le soldat, lui aussi éméché, avait refusé ; mieux, il ne cessait de remercier : la *bonne blessure* qu'il attendait depuis des mois lui tombait enfin du ciel – Je lui ai quand même fourré quelques billets dans la poche et nous nous sommes accordés sur une version officielle. Morin, qui se considère comme un fin tireur, en a été doublement vexé, il déclarait qu'il était prêt à subir les conséquences de son geste, à passer en conseil de guerre, c'en était presque touchant. Je crois que je l'aime encore, mais ce qu'il peut être assommant ! Une grosse bête jetée dans la forêt, humant l'air à la recherche d'ennemis ou de femmes, voilà ce qu'il est et voilà pourquoi il apprécie la guerre. Tu pourrais lui dire de se calmer un peu.

Je ne lui dis rien du tout, n'ayant aucune envie de me mêler de leurs disputes, ni le temps, du reste :

je devais servir d'agent de liaison au médecin-chef jusqu'à notre destination, le village de Béthonval, et je fis la route à cheval, en tête de la colonne, avec le convoi du train, les officiers et le patron justement, ce qui me valut d'ailleurs de parcourir dix kilomètres supplémentaires à la recherche d'une voiture en panne au moment de la grand-halte, tandis que mes camarades s'installaient pour le déjeuner dans un estaminet à La Comté. Une fois établi dans le patelin, je fus chargé, en raison de ma permission récente, des malades pour une semaine : une douzaine d'hommes éprouvés par les derniers jours de service, des blessés légers ainsi que des villageois, notamment un gamin qui avait perdu trois doigts en jouant avec une grenade. Après la visite, je me consacrais à ma correspondance jusqu'au déjeuner et montais ensuite à cheval avec mes camarades, puis nous allions en bande au village voisin acheter du tabac, de quoi nous éclairer ou d'autres menus objets ; à neuf heures du soir, nous étions tous au lit. Ou plutôt non, pas tous, car Morin ressortait en cachette pour rejoindre à bicyclette la serveuse d'un estaminet de Wavrans, une grande fille blonde et peu farouche, qu'il n'était pas le seul à avoir remarquée ; il me persuada un soir de l'accompagner en prétextant qu'il y aurait une amie pour moi, or l'amie en question n'avait, elle, rien de déluré et je regagnai, piteux, mon logis, un réduit chez de braves paysans. Il ne cessait de pleuvoir, il neigea même, cependant ni les intempéries ni les engelures ne nous détournèrent de nos sentiers ; seul Makline dut s'aliter, victime d'un sérieux refroidissement : Morin l'interpréta comme un acte de justice, qui non seulement le réjouit mais chassa aussi ses rancœurs, à croire qu'une intervention divine remettait les compteurs à zéro.

Morin installé, ou presque, à Wavrans et Makline alité, nous décidâmes, Declercq et moi, de fausser compagnie aux officiers qui se joignaient parfois à notre groupe ; ce furent de beaux après-midi passés à galoper dans les sous-bois, à franchir la Termoise à gué, à regarder lièvres et perdreaux filer sous les sabots de nos montures, à parler à cœur ouvert. Était-ce cette complicité retrouvée ? Par un jour de brume il me proposa de retourner dans la demeure de sa famille, située presque à équidistance entre notre nouveau cantonnement et l'ancien, et je revis l'allée de *semper virens* venir vers nous, cette fois saupoudrée de neige, la cour pavée s'ouvrir au bout et le vieillard, accompagné du chien noir, se précipiter sur nos chevaux enveloppés de vapeur. Mais tandis que nous gravissions le perron je m'aperçus que mon camarade marquait un temps d'arrêt avant de poursuivre, plus grave, sur sa lancée, et je crus en déceler l'explication dans les notes de musique qui se déversèrent bientôt sur nous. C'étaient celles de la *Marche turque*, jouée par une jeune fille qui pivota au moment où nous pénétrions dans la pièce et déclara *Henry, tu ne pouvais pas mieux tomber, je m'ennuyais à mourir* d'un ton tranquille, comme si elle avait vu son frère la veille au soir : brune, le teint clair, les yeux gris-bleu, elle ne pouvait être en effet que la sœur de Declercq, cette beauté qu'avait évoquée Morin en rapportant les propos de son cousin. Elle tendit la joue à mon ami et, après que celui-ci m'eut informé qu'elle s'appelait Juliette, me serra distraitement la main, trop occupée à raconter que leur mère l'avait envoyée en qualité de chaperon et qu'elle avait été bien obligée d'accepter. Elle eut un vague geste, et nous tournâmes la tête dans la direction indiquée : face à la cheminée, dans un fauteuil dont l'énorme dossier eût caché un obèse, se tenait un homme jeune qui dormait, les doigts resserrés sur le pommeau d'une canne, le pied droit reposant sur un pouf, ainsi que nous le découvrîmes en nous rapprochant. Les mots de Morin remontèrent de nouveau à ma mémoire : *Je crois me souvenir qu'il y a aussi une brebis galeuse dans la famille, le frère aîné sans doute.* Mais déjà Juliette murmurait : Surtout ne le réveillez pas, mieux vaut l'avoir ronflant près de soi plutôt que gémissant sur son sort et celui du monde. Si, au moins, son vice le rendait gai… Reprenant le morceau là où elle l'avait interrompu, elle ajouta à mon adresse : Qu'elle soit forte ou douce, la musique le berce. Au fond, ce n'est qu'un gros bébé. Vous savez jouer ? Que diriez-vous de me remplacer un peu ?

Je la priai de m'excuser en prétendant que je n'avais aucune envie de me couvrir de ridicule ; alors elle enchaîna, pendant que Declercq ramassait le verre et le flacon en cristal vides qui gisaient au pied du fauteuil : Et jouer au bridge ? Non, je n'en ai pas envie, et puis il faudrait réveiller Maxime. Conduire ? Vous savez conduire, Raymond ? nous avons à notre disposition l'automobile d'Émile, notre beau-père. À ma réponse affirmative, elle battit des mains : qu'on lui laissât un instant, un tout petit instant, et elle serait fin prête, annonça-t-elle. Nous nous assîmes et eûmes le temps d'échanger quelques mots en buvant une tasse de thé – Ne t'avais-je pas averti que les membres de ma famille sont des gens impossibles ? me lança ainsi Declercq. Je souris sans pouvoir m'arracher à la contemplation du portrait de l'ondine aperçu lors de ma première visite : la créature qui flottait sur l'eau avait de longs cheveux ondulés ainsi qu'une robe composée de nénuphars et autres plantes aquatiques, dans des tons de rose, de vert et de violet ; ses traits étaient fins, et l'on voyait briller ses prunelles bleues entre ses paupières entrouvertes.

Au bout d'un quart d'heure, Juliette réapparut dans une pelisse et une toque de fourrure qui soulignaient la pâleur lumineuse de son teint. Elle tourna sur elle-même et nous demanda, désinvolte, comment nous la trouvions, avant d'assener un faux coup de poing à Declercq qui avait répondu *Insupportable, comme toujours.* Puis elle dit, tandis que les talons de ses bottines élégantes claquaient sur les marches du perron : Je ne comprends pas pourquoi Maxime s'obstine à retourner dans cette maison où l'on sent encore la présence de papa dans chaque pièce, cela ne peut qu'aggraver son mal. Et, à mon adresse : Vous savez certainement que notre père s'est suicidé il y a plusieurs années. À Paris, tout le monde le sait. Oh, inutile, ajouta-t-elle, interrompant mes mots de circonstance, nous avons cessé d'en souffrir, mais vous n'avez pas idée combien les gens sont rétrogrades. Seul Maxime refuse encore de regarder la réalité en face. Pas un mot donc devant lui, si nous voulons avoir la paix. Je me trompe peut-être, mais il semble attiré par le malheur. Et vous, qu'en pensez-vous ? Est-il possible que certaines personnes ne soient pas taillées pour être heureuses ? Qu'elles aient comme un défaut de naissance ? Mais nous avions déjà atteint la remise, dont Declercq fit coulisser les lourds battants en bois, dévoilant une Delaunay-Belleville verte, et Juliette sembla se désintéresser de ses propres questions.

C'est alors qu'une silhouette trapue nous rejoignit, de toute évidence attirée par le bruit : la soixantaine, vêtu d'une veste en cuir et coiffé d'une casquette, ce ne pouvait être que le chauffeur du dénommé Émile, le beau-père, et il venait de l'écurie voisine, à en juger par les quelques brins de paille qui se détachaient sur sa culotte sombre. Henry… dit Juliette d'un ton suppliant, et Declercq entraîna l'homme à l'écart, parlementa un moment avec lui, trouvant à l'évidence des arguments qui eurent raison du mot *neige*, du mot *glissant* dressés en une frêle barrière ; en effet, le chauffeur finit par hausser les épaules et nous regarda monter à bord ; il n'avait obtenu qu'une concession : que nous demeurions dans l'enceinte de la propriété où nous ne risquions pas de faire de mauvaises rencontres. Quel chameau ! pesta Juliette, c'est justement rouler sur la route qui est amusant, pourquoi as-tu accepté, Henry ? Ce que tu peux être influençable ! Mais elle cessa de récriminer, car je m'engageai à toute allure dans une allée ; c'était vrai, le sol était glissant en raison de la neige récente, et je me concentrai sur la conduite, craignant d'endommager un engin aussi beau et coûteux, même si les petits cris que poussait ma voisine à chaque péril évité, un arbre, un buisson, me fouettaient le sang.

Declercq n'avait pas su ou n'avait pas voulu me préciser l'étendue du domaine familial quand je lui avais lancé, lors de ma première visite, *Vous devez bien avoir quelques petites terres* ; à l'arpenter maintenant, il semblait très vaste : au-delà des allées qui fractionnaient le parc, de nombreux sentiers menaient à des champs, des bosquets, une ferme aux bâtiments anciens et bien ordonnés, dont les cheminées fumaient. C'est dans les environs de cette ferme qu'il me pria de lui apprendre à manœuvrer l'engin ; je m'exécutai et l'invitai à conserver une allure modérée, mais, se découvrant doué pour cet exercice, il accéléra bientôt. Encouragé par sa sœur, il se faufila dans une allée qui bordait une pièce d'eau, la parcourut plusieurs fois, de plus en plus vite, puis s'élança dans les boucles d'un chemin ; soudain, une vache apparut à un détour, et il braqua violemment pour l'éviter. J'eus le temps d'étendre le bras sur ma gauche pour empêcher ma voisine de basculer en avant, alors que le véhicule plongeait dans le fossé, et le seul sang qui coula fut celui d'une égratignure à mon front et d'une plaie minuscule au menton du conducteur, qui avait heurté le volant. L'animal, sans doute échappé du troupeau qu'on apercevait un peu plus loin, avait pris la fuite ; quant à l'automobile, elle était sérieusement endommagée : nous l'abandonnâmes là, le capot froissé et fumant, avant de nous diriger à pied vers la maison. Accablé par ce gâchis, je gardais le silence, or Declercq le brisa rapidement : Tant mieux, je m'en serais voulu toute ma vie si j'avais tué cette bête –, indifférent à l'air désolé avec lequel sa sœur contemplait non la voiture, mais ses jolies bottines que la neige gâcherait. Elle siffla : On voit bien que ce n'est pas toi qui vas rester cloué à la campagne avec un dipsomane ! – et ne s'adoucit que lorsque je lui proposai de la porter. Vous êtes bien sûr de ce que vous avancez ? me jeta-t-elle alors en croisant les bras autour de mon cou. Sûr, je l'étais, je me demandais juste combien de temps je résisterais au trouble que me causaient le contact de son corps et la proximité de ses joues rougies par le froid.

Elle était presque câline quand Declercq me relaya à mi-chemin, elle lui disait : Ne t'inquiète pas, mon chou, je me charge d'Émile. Je lui demanderai de cacher ça à maman, je n'ai pas envie de subir une de ses scènes de furie, même si elles sont en général suivies de huit merveilleux jours de silence pour cause de migraine. Mais Declercq ne semblait guère inquiet, il se contentait de répéter avec une surprenante désinvolture qu'il était bien heureux de ne pas avoir tué la vache. Il parut se ressaisir lorsque nous touchâmes au but : après un détour à la remise, il avala comme moi un petit verre de cognac et nettoya sa plaie, tandis que Juliette s'éclipsait en lançant à la gouvernante un *Henry a eu un accident d'automobile !* si sonore que le frère aîné nous accueillit au salon, une grimace narquoise sur les lèvres, et bredouilla, toujours enfoncé dans son fauteuil : P-peste ! Qu'est-ce que j'en-tends ? L'auto-mobile d'É-mile est en m-miettes ? P-peste ! Ce n'est vrai-ment, vrai-ment pas chic de t-ta part, Hen-ry.

Il éclata de rire sans m'accorder un seul regard pendant que mon camarade me présentait, et je lui en voulus un peu : sa morgue me repoussait à la frontière du paradis que ces lieux m'évoquaient depuis ma première visite. Mais déjà Juliette ressurgissait, enveloppée dans un châle en soie brodé, déjà elle se penchait sur lui – Réveillé, mon gros chou ? Tu as raté quelque chose ! Cela t'apprendra à te mettre dans ces états... Elle l'ébouriffa d'un geste rapide, trop rapide pour qu'il pût lui saisir le poignet, ralenti comme il l'était par l'alcool, et sa main se referma sur le vide alors que la jeune fille nous rejoignait devant la cheminée. Serrant contre sa poitrine les pans de son châle, elle se mit alors à gourmander son frère aîné et à murmurer des cachotteries à l'oreille du cadet, auquel elle vola la Maryland qu'il venait d'allumer, puis : Ne me regardez pas comme ça, me réprimanda-t-elle en exhalant un peu de fumée, ne prenez pas cet air terriblement rétrograde. Je suis une fille perdue, Henry ne vous l'a pas dit ? En réalité, je crois que nous sommes tous perdus dans cette famille. Est-ce mal ? Elle ajouta qu'elle espérait que la réparation de l'automobile ne serait pas trop longue : elle tenait à assister à une réception dont les invités d'honneur étaient des diplomates américains qui tentaient de pousser leur pays à entrer en guerre, des diplomates et des hommes d'affaires.

Af-faires ! s'exclama l'aîné. Af-faires ! On c-croirait en-tendre É-É-mile ! T-tu sais, Hen-ry, J-Ju-liette est pas-sée dans son c-camp, elle aus-si ! Af-faires et b-beaux m-ma-riages ! Ar-gent ! Oui, p-plus, p-plus de fa-mille ! P-plus ! Il eut une nouvelle grimace et essaya de se lever, mais comme il retombait dans le fauteuil, Declercq m'adressa un signe et nous l'empoignâmes chacun d'un côté. Nous gravîmes l'escalier, suivis de la gouvernante et d'un adolescent, domestique ou petit-fils, tandis que les notes de la *Marche turque* résonnaient de nouveau dans le salon, et je découvris ainsi une partie du premier étage dont je glanai avec curiosité les détails, le parquet lustré, les guéridons fleuris, les grandes glaces, les tableaux qui tapissaient les murs de la chambre de l'aîné et s'entassaient contre les meubles, des impressionnistes, des pointillistes, de la peinture abstraite aux sujets déformés, parfois incompréhensibles : toutes ces toiles témoignaient d'une passion que l'attitude de leur propriétaire ne laissait pas soupçonner. Nous allongeâmes celui-ci sur son lit où il cria, moqueur, Ah, les b-bons, les b-bons p-petits doc-teurs ! –, puis l'abandonnâmes aux soins de la gouvernante et de son aide. Merci, mon vieux, je suis navré, me dit Declercq dans le couloir, et je refermai la main sur son épaule, incapable de trouver une formule appropriée, acquiesçai quand il eut déclaré qu'il était peut-être temps de rentrer. Nous regagnâmes le salon où Juliette, assise au piano, pivota une nouvelle fois – Déjà ? interrogea-t-elle. Vous vous en allez déjà ? Et moi qui pensais passer la soirée avec vous… Vous n'étiez donc pas au repos ? Ce qu'elle est barbante, votre armée ! Elle nous fit promettre de revenir au plus vite – Trois jours, c'est plus que je ne pourrai supporter, enfermée entre ces quatre murs avec Maxime. Il faudra bien ensuite que je trouve un moyen de rentrer à Paris avec ou sans lui, et tant pis pour maman, elle n'avait qu'à l'accompagner elle-même ou envoyer une infirmière.

Trois jours plus tard nous remettions pied à terre devant la bâtisse ; c'était une journée de grand soleil, et j'avais emporté mon Vest Pocket. Au salon, Juliette abandonna son fauteuil et répondit à Declercq qui s'enquérait de leur frère : Nous sommes en froid. J'ignore ce qu'il a manigancé, mais maman sait tout de l'accident, elle m'a envoyé un télégramme extrêmement désagréable. Un de ces petits messages secs et glaciaux dont elle a le secret. Je l'ai brûlé. Je ne sais plus maintenant si j'ai envie de rentrer – puis sur un ton beaucoup plus léger : Nous allons nous promener, n'est-ce pas ? Je l'aidai à enfiler son manteau pendant que mon camarade partait à la recherche de la gouvernante et la regardai enfiler ses gants, s'assurer de l'effet de sa toque dans le miroir et dans mes yeux ; ses gestes étaient lents, étudiés, ils avaient quelque chose de captivant. Elle dit : Aujourd'hui, vous n'êtes pas bavard – comme si j'avais beaucoup parlé lors de notre première rencontre. Puis : Que d'histoires pour cette maudite automobile, vous ne trouvez pas ? Je suis sûre qu'elle n'a rien du tout. Il faut toujours que les gens grossissent la réalité. Suivez-moi, Jeanne doit être en train de rapporter tous nos faits et gestes à Henry, qui est son préféré, il en a pour un moment. Nous sortîmes par la porte-fenêtre qui donnait sur le jardin et gagnâmes l'allée principale, que nous commençâmes à arpenter ; un bras glissé sous le mien, Juliette revenait sur la *trahison* de son frère aîné, sur les préjugés qu'il nourrissait à l'égard de leur beau-père, expliquait qu'il en voulait à ce dernier pour des motifs *terriblement infantiles* : que lui importait, à elle, que l'homme ne fût pas oisif et du même milieu qu'eux ! Il travaillait ? Il s'enrichissait davantage avec la guerre ? Et alors ? L'argent était important, comment le nier ? Même sa mère l'avait compris. Et puis, il était gentil et généreux. En vérité, il ne lui refusait jamais rien, il multipliait les petits cadeaux dès qu'elle se mettait à renifler un peu.

Elle fut surprise quand je lui demandai si le tableau de l'ondine qui trônait dans le salon représentait un membre de sa famille – C'est le portrait de ma mère. Ne le trouvez-vous pas affreux ? Maxime, qui est collectionneur, affirme qu'il ne vaut pas un clou, que les préraphaélites sont des imposteurs. Mais comme notre père l'aimait, il ne se résout pas à le décrocher. Peut-être les Allemands avanceront-ils jusqu'ici, si votre armée n'arrive pas à les contenir, et alors ils en feront ce qu'ils voudront. Tournons autour du bassin, voulez-vous ? Tenez, voici Henry. Mon camarade traversait en effet la terrasse ; dès qu'il nous vit, il troqua son air grave contre une expression enjouée, et sa sœur l'imita.

Ce fut un après-midi gai ; un peu de neige avait résisté dans un coin du jardin à l'ombre ; nous la pressâmes, nous lançâmes dans une bataille, que je fixai sur le film de mon appareil, comme les tableaux que le frère et la sœur improvisèrent ensuite : Juliette se penchant pour éviter une boule de neige ; Declercq allongé sur le dos, bras en croix, jambes écartées ; les deux mimant un couple en train de danser un menuet à la cour du Roi-Soleil ; et encore, près du bassin, dos à dos, un bras replié et deux doigts tendus dans une caricature de duellistes ; la jeune fille en gros plan, le visage appuyé sur la paume d'une main, telle une ingénue du théâtre ou du cinéma ; Declercq, képi enfoncé sur le front, expression courroucée, singeant le médecin-chef. Plus tard, pendant que nous rentrions, Juliette nous interrogea sur nos camarades et, exagérant le trait, son frère lui raconta l'épisode au cours duquel Morin, désireux d'intimider Makline, avait tiré par mégarde sur un soldat ; mais alors que nous atteignions la maison, nous vîmes une silhouette sombre se détacher à une fenêtre du premier étage, appuyée sur une canne, et nos rires moururent sur-le-champ. Declercq s'élança dans l'escalier, je demeurai de nouveau en tête à tête avec sa sœur, qui disait : Pourquoi n'emmèneriez-vous pas votre Morin la prochaine fois ? Et comme mon camarade faisait sa réapparition avec l'aîné, je les priai de m'excuser, préférant les laisser entre eux.

Dehors, je suivis la direction dans laquelle le vieillard s'était éloigné avec les chevaux ; tandis que j'admirais les massifs de vendangeuses bordant l'allée, le chien noir vint à ma rencontre et, une fois caressé, me précéda dans l'écurie où son gardien graissait une selle, assis sur un tabouret. Je m'installai sur un coffre, tout près, et observai l'homme ; tout en travaillant, il se plaignait des boxes vides qui abritaient autrefois des pur-sang, et je me demandais si cet *autrefois* désignait les années précédant la guerre ou l'époque de l'ancien maître de maison. Je demeurai là un moment, comme bercé par l'énumération des hongres, des étalons, des juments qu'il avait soignés, par le bruit du chien qui se léchait sur son tapis, par le frottement des mâchoires de Maurice et de Sidi, mangeant du foin dans leurs boxes respectifs ; de là où je me trouvais je pouvais apercevoir leurs oreilles et les globes parfaits, luisants, de leurs yeux ; je me surpris à me détendre : peut-être, me dis-je, était-ce là l'atmosphère que je préférais. De fait, me rejoignant un peu plus tard : J'étais sûr que tu t'étais caché ici, affirma Declercq avant d'éclater de rire parce que je lui demandais l'autorisation de cueillir une tête de vendangeuse à envoyer à une jeune cousine propriétaire d'un herbier. Il tint les rênes de Maurice, devant le perron, pendant que je prenais congé des membres de sa famille et mc dit en chemin qu'il ne voulait pas de moi pour beau-frère : il voulait pour beau-frère un être fat, léger, à persécuter par de petites phrases lapidaires. J'eus beau objecter que je ne croyais pas avoir plu à Juliette, il affirma : Jamais personne ne semble lui plaire, mais ce n'est qu'une impression. Tu veux la vérité ? Je n'aimerais pas que cela ne colle pas entre vous et que je te perde par la même occasion. Je m'abstins de répondre : je n'avais pas de fortune, contrairement à lui, et il était de toute façon absurde d'envisager un mariage à l'âge de vingt-deux ans, au début de longues études. J'aurais préféré qu'il revînt sur un sujet plus intime, celui qui avait tant bouleversé sa famille, la mort de son père, mais il entama une conversation superficielle qu'il entretint tout seul, attendant que nous eussions touché au but pour proposer : Et si nous allions saluer ce vieux Makline ? Il doit être rétabli à l'heure qu'il est.

Vêtu d'une robe de chambre rouge foncé, la gorge enfermée dans un foulard en soie, le Russe nous invita à nous asseoir dans la chambre que lui avait cédée un couple de villageois ; son visage s'était émacié depuis son arrivée, sa barbe courte semblait le dévorer comme une flamme, ses yeux évoquaient plus que jamais deux tisons. Sur sa table de nuit je remarquai une icône, ainsi que le portrait photographique d'un groupe montrant des officiers en somptueux uniformes et des femmes richement vêtues, sa famille m'apprit-il. Mais il n'eut pas le temps de s'y appesantir : Declercq lui demandait s'il avait *avancé* et où il en était. J'appris ainsi qu'il traduisait en français un ouvrage spirituel, le récit anonyme d'un pèlerin arpentant les campagnes de Russie, publié dans sa langue une quinzaine d'années plus tôt ; bien qu'il parlât à la perfection la nôtre, il consultait régulièrement notre camarade sur le choix du vocabulaire. Il résuma le livre à mon intention : il s'agissait, pour son héros, de parvenir à la pratique de ce qu'on appelait la *prière de Jésus*, une prière incessante procurant paix, quiétude et silence du cœur ; il l'expérimentait lui-même, précisa-t-il, et en tirait de véritables bénéfices. J'étais abasourdi, mais aussi amusé : l'homme que Morin prenait, ou voulait prendre, pour un *apache*, un *parasite*, versait dans le mysticisme. Et Declercq ? Il n'avait donc pas lancé en l'air, comme je l'imaginais, au début de notre rencontre, qu'il entendait *régler le problème de Dieu*, allant même jusqu'à me demander *Pensez-vous que je devrais croire ?* Il précisa alors qu'il avait essayé à plusieurs reprises, ces derniers temps, de prononcer *Seigneur-Jésus-Christ-aie-pitié-de-moi* sans observer le moindre changement en lui, ni gaieté ni satisfaction, rien de rien – Peut-être suis-je maudit ? interrogea-t-il. Est-il possible que certaines personnes ne soient pas taillées pour le bien ? Qu'elles aient un défaut de naissance ? C'étaient presque mot pour mot les questions que sa sœur avait formulées à propos de leur frère aîné alors que nous gagnions la remise où trônait, encore intacte, la Delaunay-Belleville, et elle avait dit aussi *Je crois que nous sommes tous perdus dans cette famille. Est-ce mal ?* Pour une mystérieuse raison, l'écho de ces réflexions qui m'étaient apparues comme une provocation, un jeu frivole, rien de plus, me fit soudain frissonner.

Les jolies tasses en porcelaine un peu ébréchées que Makline posa devant nous m'arrachèrent à ces pensées ; bien qu'il fût tard, il les remplit d'un thé très noir après avoir fait chauffer de l'eau sur un réchaud à alcool. Il se rassit et lut un passage de l'ouvrage qu'il traduisait : il racontait comment le pèlerin, attaqué par un loup, avait été sauvé par son chapelet, qui s'était resserré autour de la gorge de l'animal ; l'homme s'était hâté de le délivrer, et le loup avait disparu dans la forêt. Je jugeai cette histoire un peu simpliste, comme ces contes qu'on raconte aux enfants assis au bord de leur lit, mais le regard du Russe, empli de force et de lumière, me troubla ; peut-être était-ce aussi le contraste avec l'après-midi passé chez Declercq, à moins que ce ne fût l'incessante stupeur dans laquelle me plongeait la guerre, me présentant des individus, des situations, des mentalités auxquels je n'étais pas habitué : il y avait quelque chose d'exaltant dans cette confrontation et, bien que la mort fût chaque jour présente, ou plutôt parce qu'elle était chaque jour présente, j'en retirais le sentiment intense d'être vivant, d'aimer la vie plus que jamais.

Rencontrant Morin, le lendemain, je ne pus m'empêcher de lui dire qu'il s'était trompé sur le sort de notre camarade russe et de lui expliquer vers où il tournait ses pensées ; il haussa les épaules et déclara que décidément les gens n'étaient jamais ce qu'ils paraissaient, avant de m'annoncer que la blonde de Wavrans lui avait préféré un officier. Pour le consoler, je lui proposai de développer des photos et, dissimulant mon dernier rouleau, choisis celui que j'avais pris lors de ma permission. Je vis donc surgir et se préciser sur le papier les contours et les traits de ma sœur Gabrielle, appuyée sur un arbre dans le jardin ; elle, encore, le bras glissé autour de la taille de Lily ; Lily seule et pensive ; André penché sur son chien et Louis accroché à sa bicyclette, tous deux surveillés par la figure pâle de ma mère à la fenêtre du premier étage. Une fois l'opération achevée, nous rallumâmes nos lampes et nous tendîmes nos tirages respectifs, assortissant notre examen de considérations techniques ; puis Morin affirma que Lily était une beauté, qu'elle ne me ressemblait en rien, qu'il se sentait déjà *fou* d'elle. Il fut impossible de lui soutirer le cliché, qu'il glissa dans son portefeuille en disant qu'il me donnerait, avant mon prochain départ en permission, une photo de lui afin que je la lui montre, et il ne me resta plus qu'à espérer qu'il ferait une nouvelle conquête entre-temps. Si je l'avais connu alors ainsi que j'ai ensuite appris à le connaître, je n'aurais pas eu à m'inquiéter : plus que des femmes il était amoureux d'une idée, d'une image, raison pour laquelle il était condamné à ne jamais être satisfait de son incarnation réelle. Quoi qu'il en fût, Makline guéri et Morin planté là par sa belle, nous recommençâmes à galoper ensemble dans les sous-bois, à nous promener à pied dans les villages voisins ; la maladie et la déconvenue avaient rapproché les deux garçons

et, sans formuler d'excuses, Morin s'efforçait à l'évidence de se faire pardonner ses propos. Mais notre période de repos touchait maintenant à sa fin, et nous nous résolûmes à reprendre le chemin de Boyeffles ; c'était dans le village qu'il nous faudrait trouver un gîte car il n'était pas question que les médecins auxiliaires se réinstallent au PS, avait déclaré le patron dans un élan d'autoritarisme : au PS, on travaillait, on ne jouait pas aux cartes, on ne rôdait pas dans les couloirs.

5

Le soir de notre arrivée, nous nous éparpillâmes dans le village, où je dénichai à grand-peine une petite chambre située dans un appentis attenant à un estaminet sur le chemin d'Aix et m'y installai avec Morin en espérant qu'il ne songerait pas à séduire la serveuse, car nous n'avions qu'un lit pour deux. Nous nous coulâmes sans trop réfléchir dans le roulement du service, quatre jours à Boyeffles, dont un de garde au cantonnement, deux jours à Aix, au PS, et pûmes vite mesurer à l'avant l'œuvre de la pluie : les parapets et les abris s'effondraient, les tranchées étaient des lacs, et les poilus de véritables paquets de boue, les fusils presque inutilisables ; compte tenu de l'état des boyaux, tout le monde circulait à découvert, aussi la route était-elle très marmitée, notamment à la hauteur du fossé aux Loups. Nous réintégrâmes la Malterie, toujours debout parmi les décombres, sans retrouver nos anciennes habitudes : comme il n'y avait pas de blessés, mais des éclopés et quelques tués, nous ne nous en éloignions que pour une corvée d'inhumation au cours de laquelle il nous arrivait de découvrir de vieux cadavres gelés et collés au sol. Les veillées étaient donc longues, d'autant plus que la nuit tombait à présent à quatre heures ; nous les passions autour d'un poêle qui ronflait bien, buvant, fumant, jouant aux cartes, écrivant à nos familles, discutant des dernières nouvelles, en particulier de l'expédition de Salonique, où la situation n'était guère brillante.

Au fil des jours, la pluie et la boue devinrent notre obsession à tous : les combattants des deux camps étaient trop occupés à s'en protéger pour songer à se blesser mutuellement ; début décembre, certains d'entre eux montèrent sur les parapets et commencèrent à s'interpeller ; des Français allèrent manger chez l'ennemi, des hommes du 149e RI se rendirent, ainsi que quelques Allemands, et si les officiers condamnaient vivement ces actes, je ne pouvais m'empêcher de songer aux conditions dans lesquelles vivaient les poilus, des conditions indignes que nous partagions seulement lorsque nous étions en ligne, jouissant le reste du temps d'un brancard ou d'un lit, d'un grenier ou d'une chambre, tandis qu'ils devaient se contenter de dormir sous un hangar ouvert aux quatre vents ou sous une tente. Seul le passage du vaguemestre parvenait à relever un peu le moral des troupes ; à l'approche de Noël, les lettres apportaient de bons vœux, et les colis des dattes, des fruits confits, des truffes au chocolat, des terrines de foie et de la galantine, toutes sortes de douceurs qui étaient, pour nous autres médecins aussi, une consolation à notre inactivité et qui, réunies pour le déjeuner du 25 décembre, nous offrirent l'illusion d'une véritable fête. Plus le temps passait, plus nous nous abrutissions, et nous nous disions que, si nous redevenions un jour civils, nous serions incapables d'un effort intellectuel quelconque, mais le service de santé se chargea bientôt de nous occuper en nous employant à des besognes moins nobles que celle à laquelle nos études nous prédisposaient ; certains d'entre nous furent mis hors rang pour *fonctions spéciales* ; Makline écopa de la dératisation et s'appliqua donc à empoisonner à grande échelle des rongeurs devenus si gênants que les poilus touchaient un sou par tête de bête tuée, répondant aux sarcasmes de Morin que la médecine menait à tout. Les plaisanteries de notre camarade n'avaient toutefois plus rien d'offensif : comme Declercq et moi-même, il en était venu à apprécier le caractère du Russe, son mélange d'extravagance et de mysticisme, ses accès de colère et aussitôt après de mélancolie, sa profonde culture ; seule la traduction du livre spirituel dont la lecture par fragments nous était régulièrement offerte continuait de le désarçonner, et chaque fois que nous nous retrouvions en tête à tête au terme d'une de ces séances, il me demandait si *ça* – la fameuse prière de Jésus – *marchait* à mon avis.

En vérité, la pluie et la boue semblaient avoir modifié jusqu'aux relations au sein du groupe. Au cours de cette période je me liai avec Maillet, l'aide-major de deuxième classe, venu de l'active, un garçon à la moustache blonde, discret et franc, qui me proposa de l'accompagner lorsqu'il donnait des consultations, par exemple dans les familles de brancardiers originaires de la région ; nous étions toujours reçus comme des rois, avec du champagne, du vin vieux, de la bière anglaise, et nous revenions de ces expéditions immanquablement ivres et gais. Quant à Perret, Leblanc et Thibaud, les trois *laborieux*, ou plutôt *ambitieux*, ils paraissaient usés, délavés, et ne s'efforçaient plus que par habitude de se montrer sous leur meilleur jour afin d'attirer les bonnes grâces du patron ; plus aucun d'entre nous ne leur prêtait attention, ils faisaient désormais partie du paysage au même titre qu'une pierre ou un buisson sur lesquels le regard se pose un instant avant de se porter plus loin.

Fin décembre, je reçus une lettre m'annonçant que mon frère Pierre partait pour le front : il était incorporé au 56e RAC, et je commençai donc à m'intéresser aux mouvements de la 31e division à laquelle appartenait ce régiment d'artillerie de campagne ; ma mère y avait joint un portrait de lui, exécuté dans un studio de photos à Montpellier, trop grand pour que je puisse le ranger dans mon portefeuille, déjà garni d'images saintes qu'elle m'adressait à intervalles réguliers. Il y figurait, debout, solennel, le menton relevé, et je me surpris à le trouver étrange, privé de son sourire habituel : on aurait dit un autre garçon, un garçon qui n'avait rien à voir avec celui que je connaissais. Il ne m'envoya directement de ses nouvelles qu'un mois plus tard, d'un camp d'instruction au sud-ouest de Reims où il semblait heureux de son sort, comme d'habitude ; au reste, il avait toujours été *verni*, comme on le disait à Paris et au front, et je me persuadais que ce serait le cas jusqu'à la fin de la guerre ; je me répétais aussi les affirmations de Morin, selon lesquelles les artilleurs *ne risquaient rien – Rien, presque rien, tu peux te mettre l'âme en paix, Bonnefous. Ces gars-là ne montent pas à l'attaque, sans compter qu'ils n'ont pas à pourrir dans la boue et le froid, à traîner leur sac, leur fusil, leur baïonnette,*

à entendre les hurlements des blessés empêtrés dans le fil de fer entre les lignes. Ce n'est pas un hasard si les fantassins les détestent. Ou les envient, ce qui revient un peu au même.

Les miens ne partageaient pas cette opinion, ainsi que je m'en aperçus lors de ma permission suivante, au terme d'une période d'instruction au camp de Saint-Riquier, dans la Somme, où nous avions subi marches, exercices, mais aussi l'exploitation des habitants qui pratiquaient des prix exorbitants en matière de blanchissage, d'éclairage, de graisse, de cirage et surtout de *pinard*, vendu aux bonshommes à vingt-trois sous le litre, un prix jamais atteint jusque-là, pas même dans les villages du front : toute la famille attendait ses nouvelles avec appréhension, et la gaieté qui régnait la fois précédente s'était évaporée. Tolérant de plus en plus mal les procédés de la Croix-Rouge qui essayait d'imposer sa loi dans sa clinique, mon père était souvent saisi d'accès de mauvaise humeur et il me dévisagea, étonné, quand je rétorquai que dans tous les hôpitaux, auxiliaires comme militaires, le médecin-chef était le seul maître, qu'il convenait donc de résister et de donner quelques coups de balai ; pour ce qui concernait les fonds, il n'y avait que moitié mal car le nombre de blessés était peu important ces derniers temps, et une souscription lancée dans les journaux réglerait vite l'affaire : c'était la première fois que je me permettais de lui dispenser des conseils. Même Gabrielle oubliait de m'ennuyer avec ses élucubrations, trop occupée par le groupe de jeunes bigotes qu'elle venait de fonder et qu'elle avait transformées en *marraines de guerre* avec le soutien du curé ; quant à Lily, elle n'accorda qu'un regard distrait au portrait que Morin m'avait solennellement confié et déclara qu'elle n'avait guère envie de correspondre avec un homme qui risquait de mourir à la guerre, se montrant moins romantique que je ne le croyais, à moins qu'elle ne l'eût jamais été, que j'eusse trouvé agréable de l'imaginer, et que la guerre ne révélât pas uniquement la personnalité des individus exposés au danger. Dans les rues où je me promenais, on ne cessait de m'aborder pour me demander des nouvelles de connaissances communes, et les inévitables énumérations de *mort-blessé-disparu* achevèrent de gâcher ce séjour.

Je n'étais donc pas mécontent quand, huit jours plus tard, je débarquai de bon matin à Paris. Après un petit déjeuner au buffet de la gare, je m'engouffrai dans une bouche de métro flanquée de vendeurs de journaux et ressortis du côté de Passy où, je le savais, la famille de Declercq habitait. *Si nous ne nous revoyons pas avant mon départ*, m'avait dit Juliette lorsque je lui avais fait mes adieux, *passez donc chez nous, à Paris* – elle m'avait donné le nom de la rue et le numéro – *lors de votre prochaine permission, vous me montrerez vos photos*. J'en avais développé deux jeux à Rodez, et avais glissé le mieux réussi dans la poche de mon uniforme : la jeune fille y apparaissait dans toute sa beauté, notamment sur le premier plan où elle jouait l'ingénue. En arpentant le trottoir, j'observais l'hôtel particulier, dont une grille tapissée de vigne vierge dissimulait le rez-de-chaussée : une élégante et riche demeure, comme je m'y attendais, avec des rideaux de velours grenat aux fenêtres. Le coup de trompe d'une auto m'en détourna soudain et je me laissai distraire un moment par le mouvement de la rue, les taxis, les fiacres ; contrairement au quartier des boulevards où je m'étais plu à déambuler au mois de juin avec les Montpelliérains, on ne voyait ici ni ouvriers en croquenots ou savates, ni commis en blouse bise, ni compagnies de maçons ou de plâtriers ; les portails s'ouvraient sur des domestiques aux bras glissés dans l'anse d'un gros panier, sur des livreurs de quatre saisons pressés de regagner leur voiture, sur des messieurs adressant un signe de tête au chauffeur en livrée qui leur tenait la portière, et l'on apercevait alors un bout de jardin ou de cour, touffes d'herbe, gravier pâle, bassin, buis taillé en boule. Je traversai la rue et m'attardai ; certes, l'heure matinale m'empêchait de sonner à la porte des Declercq pour demander à être reçu, ou déposer l'enveloppe des photos assortie de ma carte, mais je me rendais compte que je n'étais pas venu voir Juliette, qui m'avait sans doute invité par ennui ou par politesse : c'était sa mère, l'ondine du portrait, le dragon des descriptions, qui m'intriguait, c'était cette demeure, et tout ce dans lequel mon camarade avait baigné, baignait encore à chaque permission, c'était de la curiosité, finis-je par songer, et je m'éloignai aussi vite que si je m'étais brûlé.

À la gare régulatrice, Danlos, l'aspirant du train, que je retrouvai par hasard, me communiqua que notre groupe était parti pour une destination inconnue, et j'entamai avec lui un voyage interminable qui nous conduisit de Troyes à Langres, puis, en arrière, à Chaumont où nous rejoignirent quatre officiers ; à chaque changement de convoi Danlos éclatait de rire, disait que le groupe s'était peut-être volatilisé, affirmait que personne, pas même l'armée, ne savait où il se cachait, et qu'avec un peu de chance nous pénétrerions nous aussi dans un endroit inaccessible où nous attendrions bien tranquillement la fin de la guerre, une grotte habitée d'amazones par exemple, ou de créatures divines. Mais ses rires cessèrent bientôt : à Saint-Dizier on nous informa que nous rembarquerions deux heures plus tard pour Bar-le-Duc, ce qui signifiait pour Verdun. Il nous fallut encore gagner Revigny où, nous apprit-on, un zeppelin avait été abattu trois jours plus tôt par une de nos autos-canons, longer à pied le canal au milieu d'un paysage qui portait les traces de la bataille de la Marne, avant d'apprendre, au téléphone, du directeur du service sanitaire, où le GBD cantonnait : non pas dans une grotte remplie d'amazones et de créatures divines, non pas dans la cité ou la vallée merveilleuse que cette longue quête semblait en tout cas mériter, mais à Chardogne, un village bourré de troupes dont les habitants, constatâmes-nous aux premiers regards croisés, considéraient les militaires avec hostilité.

Ils sont aussi désagréables que possible, me confirma Morin à notre arrivée à la popote qui servait aussi de dortoir, sans doute croient-ils qu'on se rend à Verdun par plaisir, et que les bonshommes s'amusent en ligne. Il attendit le lendemain pour m'interroger sur mon séjour en Aveyron, qu'il appelait l'Auvergne comme la plupart de mes camarades, et sur les réactions de ma sœur devant son portrait. Nous étions partis en excursion à Bar-le-Duc avec Declercq et Maillet, nous cheminions dans un vieux quartier pittoresque de la ville haute, dont les rues grouillantes de monde étaient ponctuées de beaux magasins. Je répondis que j'avais fait un piètre ambassadeur, car ma mère s'en était mêlée et avait apposé son veto à l'affaire, estimant que Lily était trop jeune pour correspondre avec un homme. Il parut se contenter de ce mensonge ; pourtant, au bout d'un moment, il déclara : N'avons-nous pas terriblement l'air de Roméo et Juliette, ta sœur et moi ? Je t'annonce que je ne m'avoue pas vaincu. Je trouverai un moyen de me faire aimer ou je ne m'appelle pas

Morin. Je ris et m'engouffrai derrière lui dans une maison de la rue de Polval pas si secrète que ça et dont la réputation en tout cas devait être justifiée, à en juger par la mine réjouie des officiers qui en sortaient. Je ris et plaisantai, et pas seulement parce que nous étions bien ensemble : nous n'avions pas trouvé meilleur moyen pour exorciser la crainte que nous causait la proximité de Verdun.

Le matin où nous nous y rendîmes en promenade, en ce mois de mars 1916, le ciel était sillonné d'avions des deux camps et l'air, glacial, secoué par le grondement ininterrompu du canon ; nous longeâmes la Meuse semée de péniches et bordée de grands arbres, dont les eaux, répandues dans la plaine, formaient de vastes nappes au pied des collines qui reliaient des ponts en bois. Au fond d'un cirque aux pentes entaillées par des routes et par des chemins conduisant à une maison, à une caserne, à un ouvrage fortifié, ou encore à un bois, je reconnus la citadelle et la cathédrale dont les deux tours carrées occupaient fréquemment les pages des journaux illustrés. L'abside avait été touchée, constatai-je bientôt, et les maisons environnantes émergeaient d'une marée de débris en tout genre ; certaines, à moitié soufflées, tenaient debout comme par miracle et non grâce aux étais de bois que leurs habitants avaient coincés, avant de s'enfuir, entre le sol et les volets du rez-de-chaussée ou aux dos des armoires poussées dans l'embrasure afin d'en combler le vide. Morin et moi tirâmes nos Vest Pocket de nos vareuses et prîmes place l'un après l'autre devant ces amas de décombres, nous transformant en petites silhouettes sépia ou grises à jamais figées dans ce décor désert, auquel des flocons de neige vinrent s'ajouter, s'accrochant à nos vareuses, glissant entre nos doigts,

piquetant nos sourires, dernière vision de gaieté, de pureté, avant l'enfer.

Car ce fut bien l'enfer, ou plutôt ce fut *La Guerre*, selon l'acception de Morin, comme si ça ne l'était pas le reste du temps : un pilonnage effroyable, incessant, qui dévastait le paysage, telle la route montant au fort de Tavannes que j'empruntai le surlendemain afin d'établir la liaison avec Maillet, installé en compagnie de mon camarade, succession de trous d'obus, de cadavres de chevaux, de caissons défoncés, de morceaux de fer tordus, de troncs d'arbres déchiquetés. Tel le village de Belrupt, où je redescendis en fin d'après-midi juste à temps pour assister au bombardement et à l'affolement du groupe, voir s'effondrer et mourir l'ordonnance de l'abbé Lemoine, touché devant le bureau d'un éclat au ventre, les chevaux du médecin-chef et de Danlos, ainsi que Maurice, bonne bête que j'avais empruntée tant de fois à l'aumônier, corps déchirés, hachés, qui me hantaient encore l'esprit tandis que je chargeais et évacuais les nombreux blessés, essayais de dormir, tandis que je repartais pour le fort à quatre heures du matin avec Declercq et le patron, contournais les entonnoirs énormes devant l'entrée, pénétrais à l'intérieur du tunnel principal, encombré de blessés, et dans ce qui serait notre logement, une casemate obscure à partager avec les médecins du GBD/120.

Le soir, j'effectuai une sortie au fort de Souville, vieil ouvrage doté d'une tourelle cuirassée vomissant flammes et obus, où se trouvait l'un des six postes de secours régimentaires que notre groupe était chargé de *vider*, et écrivis au retour à mes parents, essayant de domestiquer derrière des expressions anodines, *je vois de la guerre un aspect tout nouveau et certainement intéressant*, par des phrases neutres, *j'ai vécu cette nuit de vives émotions*, le bruit du tonnerre assourdissant, la perte de la notion du temps, l'angoisse et la poussière âcre qui donnent soif, les cris des blessés, fous de douleur ou de peur, au visage noirci par la fumée des explosions et sillonné de rigoles de sueur, aux vêtements en charpie, aux chairs broyées, les portes claquant, les papiers volant, les bougies s'éteignant à chaque explosion, *et je m'en suis tiré sans autre dommage qu'une toute petite ecchymose à la cuisse par éclat de pierre projetée.*

Nous ne quittions notre abri que la nuit, et c'était au reste avec l'obscurité que tout semblait se ranimer : les autos sanitaires reprenaient alors leur ballet, les officiers de reconnaissance se remettaient à circuler, les caissons d'artillerie surgissaient des bois pour aller ravitailler les batteries, les hommes réparaient les parapets éboulés, retendaient du fil du fer, reconstituaient dépôts de munitions et abris, ménageaient des positions de soutien et de repli. Le troisième soir, je me dirigeai à la tête d'un gros détachement vers Damloup, essuyai des tirs de barrage et me perdis deux fois tant il était difficile de distinguer le chemin dans le noir et la neige, enfin atteignis la redoute, violemment marmitée, et me faufilai dans un couloir encombré de cyclistes, d'agents de liaison, de pionniers, pour compter les blessés et demander un guide. Il nous conduisit au village, dans

12 Mars

Ma chère maman

Ça barde, ça barde ! Je suis depuis hier en retraite fermée ; et je ne sors de ma cellule que pour des promenades nocturnes ; ~~cas~~ toute la journée, grand orchestre. – Je vois de la guerre un aspect tout nouveau, et certainement intéressant.

J'ai vécu hier et cette nuit de vives émotions, et je m'en suis tiré jusqu'ici sans autre dommage qu'une toute petite ecchymose à la cuisse par éclat de pierre projetée.

Beaucoup de travail pour nos brancardiers, qui sont d'autre part, et pour raison majeure, fort mal ravitaillés.

Plus tard, quand nous serons au repos, je vous raconterai nos journées ici.

Ça va toujours fort bien pour nous et fort mal pour les Boches.

Adieu, ma chère maman mille tendres baisers pour vous

le bas-fond, véritable amas de décombres, et nous pénétrâmes à tâtons dans les caves où nous découvrîmes, gisant sur des grabats horriblement souillés, dix soldats du 408e et du 409e qui, de joie, fondirent en larmes, expliquant qu'ils étaient abandonnés là depuis sept jours, sans pansements, sans vivres, sans eau, expliquant qu'ils avaient cru qu'on les avait oubliés, qu'ils mourraient de leurs blessures, mais aussi de faim et de soif. Révolté, je les pansai et, malgré les cris, les supplications, désignai à mes hommes, le cœur gros, ceux dont l'état était le plus grave, pas plus de trois parce qu'ils avaient également les blessés de la redoute à transporter sur des brancards à bras puis en brouette jusqu'au fort de Tavannes, un effort si pénible que l'un d'eux tomba en syncope à l'arrivée, au petit jour, et je songeai alors, non sans amertume, aux *toujours peinards, les brancardots !*, aux *embusqués de la première ligne !* que lançaient parfois les poilus.

En fin de soirée, nous retournâmes dans un Damloup lugubre, éclairé par la lune et les ruines en feu, chercher les sept laissés-pour-compte, et leurs pleurs de soulagement maintenant qu'ils se voyaient sauvés, la reconnaissance qu'ils nous témoignaient nous tirèrent à nous aussi des larmes ; mais il fallait faire vite car plusieurs d'entre eux étaient au plus mal, et je repassai dans les autres caves à toute allure afin de m'assurer qu'il ne restait plus personne, pendant que la moitié de mes hommes vidaient la redoute. Nous installâmes nos blessés dans le tunnel de Tavannes où ils affluaient tous, telle une marée sanglante, et j'allai prévenir le patron et Maillet ; tout en m'activant, je jetai un coup d'œil à mes camarades rentrés du fort et du village de Vaux, de Souville, de la batterie de l'hôpital ou d'Eix, me demandant si j'affichais le même air ravagé, incrédule, hébété. Quand ce fut terminé, je m'assis un moment avec Declercq et nous mangeâmes notre repas, ou plutôt dévorâmes les maquereaux à l'huile, le bœuf, la salade de pommes de terre et le fromage en quoi il consistait sans prononcer un mot, car le pilonnage, si fort que tout près de nous un médecin auxiliaire du GBD/120 perdit connaissance, nous empêchait de nous entendre.

L'après-midi étant consacré à l'organisation des équipes et des itinéraires, et à la distribution d'ordres pour la nuit, la matinée était notre seul moment de liberté ; chacun l'occupait à sa façon, essayant de dormir, écrivant des lettres, lisant, faisant des réussites et autres jeux de patience. C'était le cas de Declercq, qui me conviait à des parties de crapette ou de *tapis chinois* et s'absorbait, seul, dans de longues *queues du dragon*, une manière sans doute de conserver son impassibilité ; il était curieux de lui voir les joues noires de barbe, les cheveux sales, la vareuse froissée, même si par je ne sais quel miracle ce négligé n'entamait pas son élégance, alors qu'il nous donnait, à Morin et à moi, l'air de véritables clochards. Cependant ce calme n'était chez lui aussi qu'une façade, je m'en rendis compte un jour où je le surpris la poitrine secouée de spasmes, le front entre les mains, et les lèvres s'agitant en je ne sais quelle litanie, peut-être la fameuse prière de Jésus, et je refermai les yeux, feignant de dormir ; maintenant nous n'avions plus goût à rire ou à plaisanter et le sang-froid, le cran, était tout ce à quoi nous pouvions encore nous raccrocher. Pourtant il m'arrivait de penser que ce *cran*, justement, qui était devenu notre mesure pour évaluer les hommes, n'était qu'un artifice imposé non seulement par notre éducation, mais aussi par l'armée, pour nous unir en une masse obéissante, nous empêcher de nous indigner face à l'horreur, de clamer la peur qui ne nous lâchait pas.

Malgré la fatigue, je m'obstinais à étudier les cartes d'état-major et à dessiner des croquis pour éviter de me perdre, je m'obligeais également à remplir le carnet de bord à couverture de moleskine que je tenais depuis mon arrivée au front et le consultais avant d'écrire à mes parents : sans lui, j'aurais confondu dates et événements. Car les jours passaient, tous identiques, Souville succédait à Damloup, et Vaux à Souville, mais c'était la même route ponctuée d'ornières et de trous d'obus, bordée des mêmes débris informes, roues, brancards, caissons éventrés, des mêmes cadavres d'hommes et de chevaux, c'était la même impression de péril face à ces ouvrages fortifiés qui, avec leurs traverses monumentales et leurs parties saillantes, paraissaient se désigner aux projectiles. C'étaient les mêmes blessés à relever, panser et trimballer, les mêmes heures de sommeil grappillées, le même réconfort d'un café réchauffé sur mon petit réchaud à alcool, les mêmes vêtements, la même crasse à supporter, la même absence de journaux, la même angoisse de ne rien savoir, à l'exception des nouvelles glanées çà et là auprès des blessés et des officiers : un coup de main réussi du 3e BCP et du 86e RI, qui rapportait deux mitrailleuses et quelques prisonniers, la perte de la barricade d'Eix, sur la route d'Étain-Verdun, la mort de tel ou tel caporal, de tel ou tel territorial. Il semblait que jamais rien ne nous arracherait à ce spectacle de mort et de dévastation, au bombardement incessant qui tirait à certains des *ça cogne !* songeurs, secouait d'autres de tremblements, de crises de panique à juguler par des gifles et des injections de calmants, et nous les subissions comme ces rêves dont on n'arrive pas à s'extirper, à la différence près que nous étions conscients de ne pas rêver.

Une nuit où je n'étais pas de service, on vint me réveiller parce qu'une équipe de brancardiers avait essuyé un tir de barrage. Je me précipitai sur la route où je découvris certains d'entre eux touchés de plein fouet et si bien mutilés que seule l'amputation pourrait les sauver, d'autres déchiquetés ; je les pansai, les mains tremblantes, à la lumière éblouissante des fusées, tandis que retentissaient cris, sifflements, craquements, explosions, et les ramenai avec l'aide des plus vaillants à l'intérieur du fort. Après les avoir confiés au patron et à Maillet, je regagnai ma couche ; j'étais allongé dans le noir, bouleversé, quand je vis soudain le plafond, les murs de la casemate, s'estomper, et une voûte de feuilles se matérialiser au-dessus de ma tête, précisément les feuilles des noisetiers au pied desquels j'avais coutume, l'été, depuis l'enfance, de faire la sieste ou de rêvasser, une canne à pêche à la main ; et voilà que surgissaient aussi la gaule et, au bout, l'étang de mon grand-père, enchâssé dans son bois telle une pierre, non pas une émeraude, bien sûr, mais un jade qui eût possédé des reflets, un jade dans toutes ses nuances possibles, du blanc olivâtre au vert sombre. Car je pouvais tout reconnaître, la haute et large jetée, la grille destinée à retenir les poissons, piquée sur le ruisseau comme un peigne, la barque dont on se servait pour aller relever les nasses ou pour se promener, la maisonnette qui l'hébergeait après la belle saison, les rais de lumière entre les feuilles pareils aux rayons des représentations sacrées. Et encore le silence de l'après-midi à la campagne, que seuls éraflent le bourdonnement des insectes, le bruit sourd des poissons bondissant un instant hors de l'eau, le frémissement des herbes sur le passage d'un rongeur, d'un lézard, d'une couleuvre, les cris des martinets, des freux, le chant des merles, et puis la tiédeur de l'été, la brise fine dans les cheveux, le picotement des insectes sur la peau. Tout cela était vivant, mes cinq sens en témoignaient, et d'autres détails encore, puisqu'il y avait aussi dans un seau, à l'ombre, la lame argentée d'un gardon, il y avait sur l'ovale du ciel une buse volant en plané, et au-dessus de la jetée des groupes de papillons occupés à danser.

J'ignore combien de temps je flottai dans cette vision ; j'eus soudain la sensation d'être catapulté dans mon corps, tout ce qui m'entourait ressurgit, la casemate obscure, le vacarme du marmitage, l'impression qu'on actionnait au-dessus de nos têtes un marteau pneumatique. Par chance, la couche de Declercq était vide, car je me surpris haletant et en nage, redressé sur la mienne. Je me rallongeai et, feignant de me rendormir, je pleurai sur ces lieux de mon enfance, pleurai sur les hommes que j'avais vus mourir, agoniser, réduits à des troncs ou des jambes, pleurai sur moi, soumis à ces images, à ce chambard, loin de ma maison, de ma famille, pleurai de peur et d'angoisse. Au petit matin Declercq me rejoignit, épuisé, et accepta la tasse de café que je lui réchauffai puis, parlant à mon oreille à cause du vacarme ambiant, me dit qu'il revenait de Vaux – Quel spectacle ! Mon vieux, si tu avais vu ça… si tu avais vu ça… Il me décrivit la route parsemée de cadavres et réduite dans son dernier tronçon à une succession de trous d'obus de gros calibre, l'entrée du fort obstruée par des blocs de béton arrachés, le portail en miettes, les tunnels à l'intérieur desquels morts et vivants gisaient pêle-mêle dans une odeur épouvantable ; et comme il hoquetait désormais, je le saisis par l'épaule, l'aidai à boire.

une casemate obscure avec les
médecins du GBD 120 ; on y
couche, on y mange, on y écrit.
Expédition tranquille au fort
de Souville, d'où je ramène cinq
blessés. – Seconde expédition
le soir à Souville de 10 h. à
minuit (douze blessés
13 mars. – A minuit, départ pour le
village de Douaumont en 1ère ligne.
Longues difficultés pour trouver
la route ; après nous être perdus
deux fois, nous arrivons enfin
à la redoute de Douaumont, violem-
ment marmitée, d'où un guide
nous conduit au village dans le
bas fond. – Ruines complètes. Nous
pénétrons à tâtons dans les caves
sous les décombres où se trouvent
des blessés des 408 et 409, blessés
graves abandonnés depuis sept

jours sur des grabats sans nourriture et sans boisson. Je prends les trois plus graves et avec mes brancardiers exténués, je rentre au petit jour sans pertes par miracle, après 1 kilom. de brancard à bras et 1 kil. 1/2 en brouette. Nos brancardiers sont vraiment des héros.

Repos dans la journée... A 8 h. du soir, je repars pour Daucourt. Je laisse la moitié de mes équipes à la redoute, qui en font l'évacuation complète, puis descente au village, où des décombres brûlent et l'illuminent. Aspect singulier des ruines au clair de lune. Enlèvement des 7 derniers abandonnés, dont plusieurs sont au plus mal et retour à 3 h. du matin, sous un bombardement

Nous fûmes relevés le surlendemain par le GBD/77 et redescendîmes à quatre heures du matin à Belrupt, où nous pûmes enfin nous laver et changer de linge, ce qui nous apparut comme un plaisir incomparable. Il ne s'était rien passé de très notable durant les huit jours de notre absence en dehors de l'évacuation de Jules, que j'avais laissé se reposer au cantonnement, prenant l'ordonnance de Makline, muté au 158e RI en vertu d'un tirage au sort. Et pourtant tout semblait différent, en particulier pour Declercq et moi-même, car le patron clamait à qui voulait l'entendre combien nous avions été *épatants*, nous chargeant des relèves les plus éloignées et les plus pénibles, ce qui nous valut les regards respectueux des membres les plus sédentaires du groupe et les poignées de main des officiers, qui se multiplièrent après que nous fûmes proposés pour une citation à l'ordre du jour de la division. Declercq réagit par un haussement d'épaules que j'attribuai à sa nonchalance habituelle et, peut-être, à la crainte d'être déçu : pour obtenir le ruban rouge et vert, il fallait en effet compter sur l'avis favorable du directeur du service de santé du corps d'armée, ceux du médecin divisionnaire et du général de division ; j'évitai donc de me rengorger moi aussi. Nous gagnâmes en autobus Stainville, un village de l'arrière, mais en nombre restreint : Leblanc, victime de la varicelle, avait été évacué dès notre retour, et Thibaud muté dans un régiment, tout comme Morin, destiné pour sa part au 10e BCP, prestigieux bataillon de chasseurs à pied : nous ne serions pas très éloignés puisqu'il demeurait au sein de la division, avait-il dit en nous serrant la main, sans parvenir toutefois à dissimuler sa déception à l'idée que nous ne partagerions plus ni les PS ni les logements.

6

Le groupe ayant été séparé du reste de la division pour la période de repos, nous ne revîmes ni Morin ni Makline et regrettâmes bien vite les rires et les plaisanteries du premier, les réunions qu'organisait le second autour de son fameux livre spirituel et d'un thé très foncé. Malgré tout, nous profitions pleinement de chaque instant, après l'épreuve à laquelle nous avions été confrontés, et la bonne marche des opérations militaires, notamment du côté russe, nous confortait dans l'idée que tout irait bien à l'avenir. La grande affaire, désormais, c'était l'énucléation qui nous menaçait à plus ou moins brève échéance : chaque jour le directeur du service de santé réclamait des médecins pour les régiments, et l'idée d'être séparés ne nous enchantait guère ; certes, le patron ne semblait pas disposé à nous lâcher, cependant nous savions qu'il serait obligé de se conformer aux ordres supérieurs ; les médecins manquaient, en effet, et en vertu d'un décret récent deux dentistes et un pharmacien furent affectés au GBD. Nous en discutions avec Maillet, l'aide-major, lors de nos promenades à Bar-le-Duc où je commandai un nouvel uniforme qui engloutirait toutes mes réserves puisqu'il était impossible maintenant de s'habiller à moins de 150 francs. Assis à une terrasse de café, nous parlions aussi du patron qui, depuis notre arrivée à Stainville, affichait une étrange attitude : il enfilait parfois un burnous rouge que lui avait offert un confrère servant chez les spahis et nous demandait s'il ne lui donnait pas belle allure. En vérité, c'était surtout moi qu'il interrogeait : pour une mystérieuse raison, il m'avait brusquement pris en affection et chargé, honneur suprême, de panser deux fois par jour les anthrax qui ornaient son postérieur ; il me confia que le burnous des spahis, il en était certain, le protégeait contre les mauvaises influences et le danger, une idée originale, pensai-je, l'armée française ayant justement abandonné la couleur garance parce qu'elle attirait l'attention de l'ennemi. Et puis, expliquait-il, il avait le bleu en horreur, c'était une couleur *fausse*, à ses dires, une couleur *hypocrite* – Vous ne croyez pas, Bonnefous ? Je répondais qu'avec la boue et la saleté nos vêtements n'avaient plus du bleu que le souvenir. C'était la terre qu'ils rappelaient maintenant, pas le ciel. Vous voyez bien que le bleu est faux ! commentait-il. Il se travestit !

Declercq ironisait quand je rapportais ces propos à la table de café, Maillet riait tout doucement, lissant sa moustache blonde qui, comme ses prunelles bleues, concentrait sur lui les regards féminins, puis un ange passait : en réalité, nous n'avions guère envie d'être privés du patron. Malgré ses accès de colère, il avait toujours été chic pour nous, et puis que se produirait-il si la guerre rendait fous jusqu'à nos supérieurs ? J'eus, hélas, tout loisir de méditer ces réflexions et même de les approfondir : victime d'une grosse grippe, je fus évacué avec lui dans un hôpital de Bar-le-Duc quand l'ordre de départ arriva. *En fin de compte, son burnous possède peut-être bien des vertus magiques !* s'était exclamé Declercq venu me dire au revoir. *Pour le coup, il le sauve de Verdun. Et l'onde de protection s'est étendue jusqu'à toi, sacré veinard !* J'avais ri, mais je me sentais honteux d'être exempté de cette corvée par une banale grippe, coupable de ne pas accompagner mes camarades.

Pareils sentiments animaient aussi, je le constatai, mes deux compagnons de chambre, un sous-lieutenant du 1er Zouave et un vieux lieutenant du 142e Territorial qui ne cessaient de marmonner *immobilisés dans un plumard*, de marmonner *alors que les copains turbinent en ligne*. Ce n'était pas le cas, en revanche, du patron ; posté à mon chevet, il les écoutait les sourcils levés, comme s'ils s'exprimaient dans une autre langue, et me prédisait que je ne resterais pas longtemps dans cette chambre : on m'expédierait certainement dans un hôpital militaire, où je serais surveillé, de crainte que je ne m'échappe à l'intérieur ; c'était le sort de tous les médecins auxiliaires, trop peu nombreux au front. Il s'interrompit à l'arrivée de l'infirmière militarisée de la Croix-Rouge et demanda pourquoi il n'avait pas droit, comme moi, à de la limonade. Vous n'avez pas de fièvre, répondit la femme avant de repartir du même pas feutré qu'elle était entrée. Grecque, mariée à l'un des plus riches industriels de l'Est, elle prenait ses ordres de la veuve d'un aéronaute célèbre qui s'était noyé en ballon quelques années avant la guerre ; en vérité, il y avait là toute une collection de baronnes, de marquises et de grosses fortunes qui se mouvaient, légères et élégantes, dans leurs costumes immaculés, tranchant sur les affables infirmiers toulousains chargés de m'administrer huile de ricin, aspirine, caféine et phénacétine. Chaque fois qu'elles approchaient, le patron se levait et tournait sur lui-même pour qu'elles admirent son burnous, puis, vexé par leur indifférence, les soumettait à des interrogatoires sur la façon de panser telle ou telle plaie, mais elles le priaient de les excuser sous prétexte que leurs patients les réclamaient, et il dirigeait son fiel contre moi : ah, comme j'allais souffrir à l'hôpital militaire ! me lançait-il, là-bas, on ne servait pas de limonade avec de grands sourires, c'était une sorte de caserne où il convenait de filer doux, ah, comme j'allais souffrir !

Malgré ces prédictions funestes, je demeurai à Bar-le-Duc. Mon état s'améliora dans un premier temps, puis je rechutai : pour échapper au médecin-chef, j'étais allé rôder du côté des salles d'opération où l'on pratiquait des trépanations, j'avais aussi arpenté les couloirs afin d'interroger les blessés qui affluaient, car nous étions sans nouvelles du groupe. Il y avait eu de violentes attaques contre Vaux, appris-je, des jets de liquide enflammé, et l'on avait perdu des tranchées au nord du village et du chemin creux, on avait perdu également le commandant par intérim du 158e RI, tué par un obus durant la relève. Et les médecins ? Et les brancardiers ? Les blessés secouaient la tête : ils ne se souvenaient de rien ; après l'explosion, il y avait eu comme un trou noir, et ils s'étaient retrouvés là, à l'hôpital. Je subis donc les réprimandes du toubib à trois galons qui me soignait, ainsi que les conséquences de la fièvre, sombrant dans une torpeur traversée d'images tantôt muettes – les sacs de terre et les planches qui obstruaient les ouvertures du fort de Tavannes, l'inscription 1875-1877 gravée sur un rectangle de pierre au-dessus de l'entrée, la tête bandée d'un officier fumant une cigarette devant le PS, les semelles des morts alignés face contre terre à quelques mètres de là –, tantôt bruyantes et animées, puisqu'elles s'accompagnaient parfois d'épouvantables

bruits d'acier, de plaintes, de hurlements. D'autres bruits me réveillaient, les soupirs du patron, à mon chevet, le journal qu'il froissait et défroissait – Ne faites pas attention à moi, mon petit ! s'exclamait-il. Dormez encore un peu. Vous ne voulez pas ? C'est bien sûr ? Alors il énumérait les nouvelles qu'il avait lues, baissait le ton et, une main en coupe devant la bouche, pronostiquait que la guerre s'éterniserait, oui, elle s'éterniserait, ce serait peut-être une nouvelle guerre de Trente Ans, parlait de ses mauvais pressentiments.

À cause de ces pressentiments sans doute, il ne quittait plus son burnous et je le surpris même, un jour, en train de lorgner mon voisin de lit, le sous-lieutenant du 1er Zouave, qui avait refusé la permission que lui valait son séjour à l'hôpital et se préparait à rejoindre son régiment, enroulant son immense ceinture sur ses culottes bouffantes, passant sa veste courte et coiffant son fez. Mon ami, lui lança-t-il, refusez donc, mais je serais ravi d'essayer votre couvre-chef. Et quelques secondes plus tard il arpentait la pièce en secouant la tête, tournoyait, les bras écartés : les manches du burnous lui couvraient en partie les mains, car il était de petite taille, et le fez lui donnait un air martial du plus grand comique. Le sous-lieutenant promit de lui envoyer un couvre-chef pareil au sien, nota sur un bout de papier son tour de tête et les coordonnées du groupe, acquiesça parce que le patron se ravisait, le priait d'adresser directement l'objet à l'hôpital : le courrier destiné au GBD s'enlisait sans qu'on pensât à nous le retourner, expliqua-t-il, il s'enlisait, et l'on était sans nouvelles de nos amis, de nos familles. Brusquement le médecin-chef était ragaillardi, il ne songeait plus à la guerre qui s'éterniserait, durerait trente ans ou plus, il oubliait tous ses pressentiments, ne savait que dire pour agréer mon camarade, il lui demandait si un petit colis lui ferait plaisir, un colis de cigarettes par exemple, ou plutôt de bons cachets contre la constipation et la migraine, ou contre la diarrhée s'il préférait, mais motus et bouche cousue, c'était interdit par le règlement, il se frottait les mains à la pensée du fez qui consoliderait le pouvoir du burnous.

Or le seul envoi que nous reçûmes du sous-lieutenant deux jours plus tard fut une lettre dans laquelle il m'annonçait qu'il errait à la recherche de son régiment. Visiblement déçu, le patron commenta l'événement par un *comme c'est regrettable !*, un *comme c'est fâcheux !* puis m'invita à le suivre dans le parc, s'emportant tandis que je tentais de décliner son invitation : J'étais faible ? Je me le figurais ! En réalité je me portais comme un charme, c'était écrit sur mon front. Il consentit toutefois que je m'asseye sur un banc et, après m'avoir imité, examina d'un air sévère les infirmières qui se promenaient dans le parc, un malade au bras ; voilà tout ce dont elles étaient capables, dit-il, elles qui n'avaient pas la moindre notion d'asepsie : c'étaient des infirmières

de pacotille qui feignaient d'exercer ce métier pour se rendre intéressantes. Il s'épancha un long moment de la sorte, puis retomba dans son état neurasthénique, affirmant derrière sa main en coupe que nous serions peut-être battus, car les Allemands étaient taillés dans une autre étoffe, ils avaient de la discipline, ils ne se laissaient pas troubler, comme les Français, par un mauvais repas ou par quelques misérables rats, ils ne pleurnichaient pas à la visite pour se faire exempter de service – Vous en savez quelque chose, Bonnefous, vous qui tamponnez les exemptions, qui les tamponnez encore et encore ! N'avez-vous donc pas compris que les poilus mentent comme des arracheurs de dents ? Ou aspirez-vous à devenir populaire ? – Avec tout le respect que je vous dois, je n'exempte de service que les hommes malades ou mentalement ébranlés, vous ne l'ignorez pas, et vous n'ignorez pas non plus les conditions effroyables dans lesquelles ils se battent et vivent. – Qu'est-ce que je disais ?! Ils vous ont embobiné !

Je commençais à perdre patience quand une lettre de

l'officier gestionnaire du groupe lui arriva, apportant de mauvaises nouvelles : Makline, détaché au 158e RI juste avant notre premier séjour à Tavannes, avait été tué à Vaux, tout comme Vannier, notre meilleur sergent, Thibaud avait été blessé et évacué. Je fus navré par la mort du Russe et j'espérais qu'il n'avait pas souffert, qu'il était parti en paix, sa prière sur les lèvres, mais mes pensées se tournaient maintenant vers Declercq et Morin : la lettre étant datée du 4 avril, cinq jours s'étaient écoulés depuis, qu'avait-il pu se passer entre-temps ? Je ne parvins pas à me réjouir de la bonne nouvelle que la missive de l'officier gestionnaire contenait également, à savoir que Declercq et moi avions obtenu la fameuse croix de guerre, et je décidai de ne pas y songer tant que mes amis ne seraient pas redescendus. Pour me distraire j'ouvris l'enveloppe volumineuse que le GBD m'avait retournée et décachetai les missives qui la gonflaient. Il y avait notamment une carte de Jules, écrite d'un autre hôpital de Bar-le-Duc où il avait été opéré d'une appendicite aiguë, ainsi qu'une enveloppe bleu pâle sur laquelle s'étalait une écriture fine et pleine d'arabesques. Elle venait de Juliette, la sœur de Declercq, et renfermait une lettre assez formelle : après les civilités d'usage, la jeune fille me remerciait des photos que son frère lui avait envoyées de ma part et me transmettait une invitation : *Ma mère est très curieuse de vous connaître, et pas pour les motifs que vous croyez (l'accident d'automobile). Vous êtes attendu à dîner lors de votre prochain passage à Paris, un petit dîner entre nous. Il suffira que vous télégraphiiez la date dès que vous la saurez.* Je la repliai en pensant que cette date se rapprochait : n'étant pas aussi zélé que le sous-lieutenant du 1er Zouave, je comptais profiter des sept jours de convalescence auxquels j'avais droit, je les réclamerais dès que mes camarades auraient gagné notre cantonnement de repos.

Je le fis deux jours plus tard après qu'un cycliste du groupe nous eut annoncé qu'on était maintenant installés à Montplonne, à huit kilomètres de Bar, et qu'il n'y avait pas eu de décès dans nos rangs, juste quelques blessés parmi les brancardiers. Je sortis aussi en ville afin d'acheter de quoi fêter cette nouvelle, une bouteille de vin bouché et des gâteaux, essayai et payai mon uniforme. Le lendemain matin, je reçus la visite de Maillet et de Declercq ; ils étaient tous deux amaigris et visiblement épuisés, mais ils riaient de bon cœur : le patron les avait accueillis dans sa chambre vêtu de son burnous, coiffé du fez qu'il étrennait, et ils avaient accompli mille efforts sur eux-mêmes pour garder leur sérieux. Puis Declercq me transmit les amitiés de Morin, qu'il avait croisé à Belrupt avant de partir pour notre cantonnement de repos, et me tendit le texte de ma citation. Je m'aperçus alors que ses mains tremblaient et j'attribuai ce symptôme à l'extrême tension nerveuse qu'il avait endurée au cours de ces deux séjours à Tavannes : on évoquait déjà un grand nombre de morts parmi les officiers et les hommes de troupe de notre division, respectivement autour de cent et de cinq mille. Cependant Maillet, plein de l'assurance que lui valait sa promotion temporaire au rang de médecin-chef, ramena toute l'attention à lui, racontant en détail les opérations, énumérant les morts, les blessés, les prisonniers, et quand nous bûmes un peu de vin en l'honneur de notre citation, je constatai que les doigts de Declercq étaient solidement refermés autour de son verre. Il voulut boire aussi à la mémoire de Makline ; c'était lui qui l'avait ramené à Tavannes et, à la vue de ses blessures, il avait compris que c'en était fini, il avait aussi rapporté sa besace ; il conserverait le livre spirituel et le début de la traduction, adresserait le reste à la famille. Il observa un instant de silence puis, éclatant de rire : Mon vieux, tu n'as pas dû t'ennuyer, avec le patron ! dit-il. Il a l'air sacrément atteint !

Ce n'était pas la première fois que je le voyais changer d'humeur en l'espace de quelques secondes, et je n'en fus pas surpris, mais j'aurais aimé m'entretenir en tête à tête avec lui afin de mieux juger de son état, or l'abbé Lemoine, Danlos, le tringlot, et l'un des deux dentistes se présentèrent au même moment et je dus me contenter de l'observer à la dérobée ; quand il revint le lendemain, c'était moi qui n'étais pas seul : le médecin-chef tenait salon dans ma chambre, parlait en secouant la tête pour mieux faire sautiller le gland de son fez. Il pria Declercq de se rapprocher et l'interrogea sur le compte de Maillet : avait-il montré une autorité suffisante ? L'avait-il remplacé dignement ? Surtout, avait-il reçu les félicitations de la division qu'on lui avait transmises, à lui, au retour du premier séjour ?

Oui, il les avait reçues, répondit mon camarade, et, s'il pouvait se permettre, les combats avaient été plus violents au cours du second séjour que du premier : le 2 avril, par exemple, les Boches avaient mené plusieurs attaques avec des *Flammenwerfer* et laissé une traînée de cadavres de Vaux jusqu'à la digue. Non ! s'exclama le patron, non, il ne pouvait rien se permettre du tout, surtout pas ce genre d'affirmations, parce qu'il était impossible de comparer les menus combats du 2 avril avec les batailles qui s'étaient déroulées lors du premier séjour, oui, ces batailles avaient duré sans interruption du 10 au 13 mars et avaient recommencé le 19. Ah ! il savait, lui, combien de blessés avaient défilé sous ses instruments, il le savait et comment, il n'avait dormi que quelques minutes au cours de ces jours-là, des minutes, pas des heures, et il était prêt à parier que Maillet avait roupillé dans son lit des nuits entières, la preuve, sa jolie moustache blonde n'était pas défrisée, et il n'y avait pas de cernes sous ses yeux bleus de séducteur !

Declercq s'apprêtait apparemment à lui livrer une réponse ironique quand l'infirmière grecque entra dans la chambre avec un plateau de petits fours destinés à fêter la croix de guerre dont le général Sarrail venait de décorer sa sœur à Salonique, et les choses en restèrent là. Je le raccompagnai jusqu'à la sortie un peu plus tard et, avant de lui confier mon casque, mon revolver, mon masque à gaz et mes courroies de ceinturon, qui m'auraient encombré pendant mon voyage, le questionnai enfin. Il répondit qu'il se portait comme un charme – En fin de compte, mon vieux, le patron a beau paraître timbré, il a raison, les choses n'ont pas été aussi terribles la seconde fois. À moins qu'on ne s'habitue, oui, on s'habitue à tout, c'est la pure vérité – puis il m'assena une tape sur le bras – Alors, c'est pour demain, le départ ? Quinze jours de lit et sept jours de permission, les civils vont finir par croire qu'on ne fiche sacrément rien au front. À entendre Morin, ils en sont déjà persuadés. Il m'annonça que nous nous reverrions dans une autre région : on quittait enfin ce fichu secteur, c'était certain, mais on ignorait encore où l'on allait, cela ressemblait un peu à la roulette russe. Et comme je lui apprenais que Juliette m'avait écrit et invité à dîner, il ajouta : Tu vas donc connaître la sainte famille au complet. Inutile que je te mette en garde, mais je serai assez curieux de recueillir tes impressions –, sur ces mots il coiffa son képi et me serra la main, se coula dans la rue animée.

J'étais donc très intrigué quand je me présentai neuf jours plus tard devant la demeure de sa famille dans mon nouvel uniforme, que j'avais fait repasser à l'hôtel où j'étais descendu le matin, à mon arrivée de Rodez. Je traversai la cour dont j'avais déjà entrevu quelques détails derrière la grille tapissée de lierre : elle était plus grande qu'elle ne paraissait, renfermait un bassin garni de poissons rouges, des plantes de toutes sortes, et son gravier crissait sous mes pas. Une domestique escamota mon bouquet de roses – j'avais choisi ces fleurs en me rappelant ma première visite chez Declercq, en Artois, les jardins débordant de mille variétés de rosiers et le commentaire de mon camarade : *L'œuvre de ma mère, quand elle fréquentait cette maison. L'ensemble aurait gagné à être un peu plus simple, vous ne trouvez pas ?* – qui réapparut un peu plus tard, bien disposé dans un vase. Il faut que je vous gronde, en tant que camarade de mes enfants vous êtes ici chez vous, me dit la maîtresse de maison, mais c'est exquis, comment avez-vous deviné que je voue un véritable culte à ces fleurs ? Je venais de lui baiser la main et j'étais sous son charme, je retrouvais en elle l'ondine du portrait, ses longs cheveux non plus bruns, mais argentés, non plus épars, mais relevés en un lourd chignon, son visage fin, anguleux, maintenant semé de rides, ses yeux bleus si bien dépeints qu'il était facile de comprendre pourquoi l'époux défunt avait tenu à ce tableau. L'air hiératique du sujet était également le reflet de la réalité : elle semblait investie d'un pouvoir, auréolée d'une lumière, si bien que, malgré sa jeunesse, sa fille faisait pâle figure à côté d'elle. On ne m'avait pas convié à un *petit dîner entre nous*, comme l'avait prétendu la lettre, mais à une réception mondaine, où je me sentis un peu déplacé, même si Juliette glissait son bras sous le mien et me disait : Cet uniforme vous va à ravir, Raymond, vous avez dû faire tourner les têtes dans votre province. Elle n'était qu'un tourbillon de mousseline blanche et en tourbillonnant elle rejoignit un petit groupe qui interrompit sa conversation pour me saluer : des Américains, dont une femme d'âge mûr, écrivain, un peintre et son épouse, un jeune diplomate très fringant qui ne cessait d'annoncer la prochaine entrée en guerre de son pays.

Je cherchai Maxime des yeux et le découvris près de la table à alcools, où un domestique préparait des cocktails ; il m'adressa un vague signe de tête et se replongea dans la contemplation du liquide ambré que contenait son verre ; seul dans son coin, il n'était toutefois pas loin des regards, de ceux de sa mère surtout, qui semblaient tisser une toile d'araignée entre eux. Son beau-père, posté à quelques pas de là, le surveillait également ; la face ronde et rubiconde, les cheveux pommadés, il tranchait sur les individus pâles et maigres qui constituaient cette assemblée, et je n'avais pu m'empêcher de le trouver sympathique lorsque la maîtresse de maison me l'avait présenté : deux mots, voilà ce que nous avions échangé, et la main de Juliette était apparue sur mon bras. Il se dirigea vers moi alors que nous abandonnions le salon – Mes félicitations pour votre croix de guerre, il paraît qu'elle est amplement méritée. Oui, Henry a tout raconté dans une lettre à sa mère où il parle plus de vous que de lui-même. Un charmant garçon, n'est-ce pas ? Le meilleur de cette famille. Et votre permission ? Pas d'excès de vitesse, j'espère ! Il éclata de rire et m'apprit que l'automobile avait été réparée, puis : Regardez Juliette, n'est-elle pas exquise ? Féroce mais exquise, et je suis prêt à parier que Monsieur le diplomate américain ne saura pas lui résister. Il me serra le coude en un geste amical et nous pénétrâmes dans la salle à manger.

Jamais je n'avais dîné dans une pièce aussi somptueuse : longue, rectangulaire, éclairée par des lustres aux innombrables gouttelettes de cristal, pourvue d'un parquet à bâtons rompus, elle aurait passé aisément pour une salle de bal s'il n'y avait eu diverses dessertes et, aux murs, un papier peint qui jetait d'un panneau à l'autre, dans des tons doux et lumineux, des champs, des collines, des bois, des maisonnettes, de minuscules troupeaux et leurs minuscules gardiens. On m'avait placé à côté d'une dame âgée au visage très poudré et aux mains couvertes de bijoux, qui s'adressait à moi sans me regarder, alternant des commentaires sévères sur des mets pourtant délicieux et des considérations sur les privations que la guerre engendrait ; j'avais grand-peine à imaginer que les individus présents à ce repas souffraient d'une façon ou d'une autre des conséquences de ce conflit : ils semblaient tous nager dans une richesse difficilement concevable à mes yeux de provincial. Dans le brouhaha général, la vieille femme m'entretint bientôt d'une cousine, duchesse de M., qui avait été blessée lors d'une visite au front, et je me demandai s'il s'agissait de l'aristocrate dont mon concitoyen avait parlé quelques mois plus tôt dans le salon de thé où je goûtais en compagnie de ma sœur Gabrielle. Si tel était le cas, il ne devait plus s'occuper de réceptions et de visites au front à l'heure qu'il était, mais croupir dans une tranchée, chaussé de ses gros souliers confectionnés sur mesure pour lui. C'est alors que ma voisine déplia sa serviette et, la plaçant sous son nez, entreprit d'ôter son dentier, craignant peut-être d'être gênée par les arêtes du poisson qu'on venait de servir ; personne ne remarqua son geste, ou plutôt personne n'eut la mauvaise éducation de poser les yeux sur elle durant l'opération, ni de rire, d'autant plus qu'elle plongeait maintenant l'objet dans son verre à eau.

Par chance, ma voisine de gauche, l'écrivain américain, me demanda au même moment si c'était la première fois que je dînais ici, et me confia qu'elle était allée au front, non toutefois pour distribuer les produits de sa propriété aux poilus mais pour visiter des hôpitaux, glaner des impressions et des détails à verser dans des articles destinés à ses compatriotes, car il fallait que l'Amérique réagît, dit-elle, qu'elle sortît de son égoïsme, même si la guerre était une atrocité sans nom, ou plutôt justement parce que c'était une atrocité sans nom. Elle m'interrogea sur les théâtres d'opérations que j'avais fréquentés et réclama sur mon séjour à Verdun des détails qu'elle écouta, très concentrée, contrairement à la plupart de mes interlocuteurs en ces lieux et ailleurs, lesquels avaient hoché la tête avec distraction, changé aussitôt de sujet ; seul mon père, en vérité, avait accueilli mon récit ainsi que cette femme l'accueillait, il avait réagi par un mouvement de rage, comme si c'était sa chair à lui qui avait été exposée, puis m'avait étreint, et j'avais eu le sentiment entre ses bras que toutes mes craintes s'apaisaient.

Ma voisine ne trahit, elle, aucune émotion : elle voulait des faits, rien que des faits, à réunir, brasser, analyser d'un œil clinique et livrer à l'opinion publique, pas d'anecdotes, pas de conjectures, pas d'attendrissements inutiles, et se plaignait que bon nombre de témoins livraient de mauvais récits – Les uns ne savent pas voir, les autres ne savent pas s'exprimer ; quelques-uns, dès qu'ils veulent sortir du simple compte rendu de leur besogne, tombent dans une sentimentalité de cinéma, expliqua-t-elle. Puis elle revint à son ambulance – Il y a parmi le personnel, employons donc ce mot, dit-elle avec un sourire, un grand nombre d'aristocrates, de grosses fortunes, et en particulier un essaim de petites sottes, comme notre Juliette, qui feignent de se dévouer aux blessés dans le seul but de tisser des liens censés les mener à de beaux mariages. Elles n'ont pas compris que le vieux monde a pris fin, que désormais rien ne sera plus comme avant. Ou plutôt non, je ne suis pas juste, Juliette est moins sotte que les autres, elle a jeté son dévolu sur le jeune diplomate que vous voyez à côté d'elle, héritier d'un gros industriel dans un monde qui a déjà changé.

J'examinai la jeune fille : elle s'entretenait avec son diplomate en mettant savamment en valeur les dons que la nature lui avait offerts, telle une pierre précieuse qu'on incline afin d'en faire briller toutes les facettes. Son beau-père avait employé les mots *féroce* et *exquise* pour la définir, et, éclairé par ma voisine américaine, je comprenais combien ils étaient appropriés : elle évoquait une chatte, câline mais toujours prête à sortir ses griffes. Non loin de là, Maxime jouait avec un verre à pied, le penchant périlleusement, le vidant, incitant à le remplir, à le remplir davantage, le domestique chargé du service des vins qui, à en juger par les regards échangés avec la maîtresse de maison, obéissait à des instructions précises ; à la vue des ricanements que lui tiraient ces refus, je pensai qu'il risquait de provoquer un esclandre, mais on lui avait attribué des voisines de table compréhensives, une vieille femme munie d'un cornet acoustique et une adolescente rougissante ; surtout, sa mère et son beau-père veillaient à tout instant. Ce dernier jouait son rôle avec une certaine jovialité ; ayant intercepté mon regard, il m'adressa un clin d'œil, qui trancha une fois de plus sur l'attitude des autres convives et me le rendit définitivement sympathique, même si je continuais de me demander pour quelle raison on avait tenu à me recevoir dans cette maison.

Je le compris un peu plus tard : alors que, après le dîner, je tentais de prendre congé, arguant mon départ pour le front à une heure matinale, la maîtresse de maison m'entraîna dans le couloir, puis dans une pièce qui était à l'évidence son boudoir ; tout, des meubles aux tentures, y était vert pâle et rose, et les fleurs auxquelles elle *vouait un culte*, selon son expression, y répandaient leur parfum entêtant. Émile prétend que cette pièce est une sorte de petit Trianon, qu'il n'y manque que des moutons et des bergères, dit-elle en m'indiquant un fauteuil en face de la méridienne où elle s'asseyait. Dans ce cas, je devrais être une espèce de Marie-Antoinette dans l'attente d'être décapitée. Par qui ? Je l'ignore, mais il est vrai que j'ai parfois le sentiment d'être en sursis. J'hésitai à sourire : son ton froid, son air sérieux n'étaient pas ceux de la plaisanterie, et ses doigts fuselés, qui jouaient avec les pampilles d'un coussin, trahissaient de la nervosité. Elle poursuivit : Je suis inquiète pour Henry. Certes, il écrit régulièrement, je ne peux m'en plaindre, mais il ne se confie pas dans ses lettres, non, il y parle de vous et d'un certain Morin, ainsi que d'un Russe dont je n'ai pas retenu le nom, comme si je brûlais de recevoir de vos nouvelles, non des siennes, n'est-ce pas inouï ? Je ne sais pas ce que pense mon fils, comment il réagit à la guerre, mais je sais tout de vous et de vos amis. Je crains qu'Henry ne le fasse à dessein, pour me punir, oui, comme son frère et sa sœur, qui me reprochent un incident arrivé à leur père, dont je ne suis pourtant nullement responsable, mais qu'y puis-je ? Sans doute n'ai-je pas su les élever correctement, je n'ai jamais été attirée par les petits enfants. Pourtant, avant la guerre, Henry était un garçon gai et clément, très différent de Maxime et de Juliette.

Je rétorquai que mon camarade s'employait certainement à taire les événements pour ne pas l'inquiéter, comme la plupart d'entre nous : je dissimulais moi-même bon nombre de faits à mes parents et en édulcorais d'autres afin de les ménager. J'ajoutai qu'il avait une attitude exemplaire, ne se plaignant jamais de nos conditions de vie, gardant en toutes circonstances une humeur égale, bref, qu'il suscitait l'admiration aussi bien des médecins que des hommes de troupe. Alors : Vous semblez bien l'aimer, déclara-t-elle, j'en suis heureuse, même si cela ne m'étonne guère. Pour une raison que j'ignore, tous les êtres qui l'approchent finissent par l'adorer. Le service que je vais vous demander ne vous gênera donc pas : prévenez-moi au cas où il lui arriverait quelque chose, au cas où, comment dire ?, son moral… fléchirait. Émile a beaucoup de relations parmi les députés, les ministres, il n'aurait aucun mal à le faire nommer dans un hôpital à l'arrière. Mais surtout, ne lui dites rien, ni de cette éventualité ni de notre conversation. Il compte au nombre des hommes pour qui la noblesse du geste l'emporte sur tout le reste. Il refuserait, peut-être même s'exposerait-il davantage par défi.

Je balbutiai que je ne pouvais m'engager à agir contre sa volonté, mais elle se pencha vers moi et murmura : Je vous en prie, aidez-moi. Puis, sans me laisser le temps de répondre : Je ne vous poserai pas les questions d'usage sur votre famille et sur vous-même. Je sais déjà tout, que vous venez de Rodez, que votre père est chirurgien, que vous êtes patriote et très croyant. Et que vous avez beaucoup de cran, oui, Henry dit que vous avez du cran, il dit aussi que vous parvenez à dormir sous les marmitages les plus violents comme si vous vous trouviez en villégiature au bord d'un lac. C'est véritablement admirable, et dois-je ajouter que je vous envie, moi qui souffre d'insomnie ? À propos, j'imagine que vous coucherez ce soir dans un de ces endroits horribles qu'on appelle des hôtels. La prochaine fois, vous passerez la nuit ici, cette maison n'est peut-être pas très centrale, mais elle est assez confortable. Et maintenant, allez vite vous reposer. L'automobile et le chauffeur d'Émile vous attendent dans la rue. Allez.

Le chauffeur n'était pas le seul à m'attendre : coiffé d'un haut-de-forme, le maître de maison fumait un cigare sur la banquette arrière où je pris place, encore troublé – Recevez tous mes remerciements, me jeta-t-il, vous m'offrez le prétexte idéal pour quitter un moment cette assemblée de vieilles barbes. Après vous avoir déposé, je ferai un tour en ville, pas trop long, car un homme marié n'est plus un homme libre, ne l'oubliez jamais. À propos, vous ne vous êtes pas trop ennuyé ? J'acceptai le cigare qu'il m'offrit et répondis que j'avais grandement apprécié la compagnie de ma voisine américaine, que j'achèterais dès que possible ceux de ses livres qui étaient traduits en français. Il répliqua que, les affaires passant désormais par les cabinets ministériels et les chambres, il avait peu de temps à consacrer à la lecture, il parvenait tout juste à suivre et à régler en partie les petits problèmes de la famille, les excès de conduite de Maxime, les exigences de Juliette qui avait toujours une fanfreluche à commander et se heurtait sans cesse à sa mère. J'étais abasourdi : comme sa femme, il m'introduisait, moi, un inconnu, dans l'intimité de leur foyer, et je me demandais si cette impudeur traduisait du désarroi, ou plutôt une assurance à toute épreuve, l'idée que leurs interlocuteurs brûlaient de connaître leur vie de famille ; jamais pareille chose ne se fût produite avec mes parents, qui ne parlaient en public de leur progéniture qu'en des termes flatteurs. J'avais également la sensation désagréable qu'on essayait de me mettre le grappin dessus, que la présence du sympathique Émile dans l'automobile n'était en rien fortuite, mais tout aussi orchestrée que le discours de son épouse juste avant mon départ, et je n'en comprenais pas les motifs : certes, Declercq avait paru ébranlé par ses séjours à Verdun et la mort de Makline, mais nous l'avions tous été, n'importe qui l'eût été, étant donné ce que nous avions vécu. J'étais plongé dans ces réflexions quand mon compagnon déclara, l'air complice : Avouez-le, vous avez eu droit à un petit sermon d'Adélaïde, n'est-ce pas ? C'est plus fort qu'elle, j'en ai peur, elle ne peut s'empêcher de phagocyter tous les êtres qui pénètrent dans sa maison, tous ceux qui lui plaisent, bien sûr. N'y faites pas attention, et si vous avez besoin de quoi que ce soit, adressez-vous à moi.

Il me tendit sa carte et me déposa un peu plus tard au coin de la rue où était situé mon hôtel, établissement modeste que je n'avais pas envie de montrer, me laissant en proie à une perplexité encore plus grande qu'avant et à une curiosité irrépressible.

7

Je ralliai le GBD deux jours plus tard non loin de Châlons-sur-Marne, précisément dans le village de Coupéville où était établi notre cantonnement de repos, et tombai nez à nez avec Jules, de retour de convalescence. Il me montra la popote et le grenier où nous logions, puis partit à la recherche des lettres, des *babillardes* comme il disait, qui étaient arrivées pendant mon absence et de l'équipement que j'avais confié à Declercq à l'hôpital de Bar-le-Duc. M'apporta une grosse enveloppe bourrée de courrier, mon casque, mon revolver, et déclara que Lucien, l'ordonnance de mon camarade, ne parvenait pas à mettre la main sur ma cagoule et mes courroies de ceinturon – J'ai bien peur qu'on ne vous les ait barbotées, ici on barbote tous les objets qui ne sont pas bien accrochés au bonhomme auquel ils appartiennent, mais ne vous inquiétez pas, je vous en dégoterai d'autres. Comme je le priai d'empaqueter mes chaussettes et mes tricots de laine, puis de les envoyer à ma mère dès qu'il aurait un moment, il formula le vœu qu'on n'en aurait plus besoin en campagne, que les Boches seraient rentrés chez eux avant la fin des beaux jours, puis me raconta l'accueil glacial que lui avait réservé sa famille, déçue qu'il eût été opéré d'une appendicite et non d'une véritable blessure causée par une balle ou un éclat d'obus – L'appendicite, c'est peut-être pas reluisant, mais ça fait rudement mal, affirma-t-il. À ma question concernant l'état de ses serres, il répondit qu'il préférait ne pas en parler, car c'était un spectacle triste à voir.

Le temps était radieux dans cette vallée fertile de Champagne, et Declercq était allé galoper dans les bois de sapins et les landes en compagnie de Maillet, ainsi qu'il me l'apprit en fin d'après-midi, à la popote, avant de me demander comment ma permission s'était passée, surtout comment j'avais *trouvé* sa famille. Je me rendis compte alors qu'on ne m'avait transmis à son intention aucun message oral ou écrit, ni de douceurs ni de linge, et décrivis essentiellement Juliette et son diplomate, Maxime qui avait feint de ne pas me connaître et ma voisine au dentier : il rit de bon cœur et quand il m'interrogea enfin sur sa mère, je déclarai qu'elle ressemblait de façon singulière à son portrait en ondine, puis enchaînai sur mon autre voisine. Il avait lu *Chez les heureux du monde* et en tressa les louanges, commenta la maestria avec laquelle l'écrivain décrivait la chute progressive de son héroïne tout en brossant le portrait de l'aristocratie new-yorkaise, s'enflamma comme chaque fois qu'il parlait de littérature. Je fus soulagé de changer de sujet de conversation : la promesse que sa mère avait tenté de m'extorquer m'avait troublé. Mais ses appréhensions me paraissaient d'autant plus infondées que Declercq avait recouvré son insouciance et sa gaieté ; il n'était pas le seul à s'agiter dans son sommeil, je m'en rendis compte le soir, dans le grenier transformé en dortoir : bon nombre de nos camarades se tournaient et se retournaient sur la paille, se réveillaient brusquement, poussaient des gémissements.

En réalité nous n'étions que trois, parmi les auxiliaires, à avoir vécu l'expérience de Verdun, Morin, Leblanc et Perret ayant intégré des régiments, et nous ne fûmes bientôt plus que deux puisque Thibaud, évacué pour blessure, demanda à son retour à être versé au génie ; en qualité d'anciens, nous bénéficiions de petits avantages, de la considération des nouveaux arrivés et des brancardiers. Il y avait également l'abbé Lemoine, toujours aussi enrobé et jovial, qui mit à ma disposition sa nouvelle monture, dénommée Russie, et me confia qu'il avait célébré une messe pour Maurice, déchiqueté par un obus à Belrupt, tout comme les chevaux du tringlot et du médecin-chef ; oui, il l'avait célébrée, répéta-t-il, avais-je donc oublié qu'il était capucin ? Saint François avait l'habitude de s'adresser aux oiseaux, aux poissons, et il avait ramené à la raison le loup de Gubbio, qu'on ne lui dise pas alors que les animaux manquaient d'entendement ! Je le remerciai. De quoi ? me demanda-t-il. – Voyons, de me prêter Russie, répondis-je, mais ce n'était peut-être pas vrai, c'était peut-être plus que cela, je me sentais à mon aise et heureux, de retour au groupe. Certes, je souhaitais la fin du conflit, comment aurais-je pu ne pas le souhaiter ?, cependant je me disais déjà, moins d'un an après mon incorporation, que si je devais regretter un jour quelque chose de la guerre, ce seraient cette proximité de vues, la camaraderie, la sensation de découvrir le monde et d'appartenir à un tout.

Il ne manquait plus que le médecin-chef, en permission de convalescence, pour que nous nous retrouvions entre vieilles connaissances ; j'allai le chercher quelques jours plus tard en voiture à la gare de Châlons où, en compagnie du toxicologue, j'avais acheté le livre que m'avait vanté Declercq et effectué des emplettes pour la popote, le dentiste qui en était chargé étant occupé. Il m'étreignit sur le quai, comme un vieil ami de famille, me dit *Un séjour abominable ! L'arrière perd la boule de jour en jour !*, ajouta avec un soupir : *Les jeunes filles en particulier*, et en resta là. Il ne s'expliqua pas non plus le lendemain tandis que, en tête de la colonne, nous partions à pied pour le front situé à une quarantaine de kilomètres au nord ; mieux, il s'enfonça dans un silence impénétrable, ruisselant de sueur sous son casque Adrian auquel nous avions préféré, quant à nous, képis et autres calots, et, malgré sa vanité coutumière, s'abstint de prendre la pose chaque fois qu'un membre du groupe courait en avant, coinçait sa canne entre ses cuisses et brandissait son appareil photo afin d'immortaliser la scène. Il attendit le soir de la deuxième étape pour me raconter, sous prétexte de me confier ses pieds endoloris à soigner, que ses quatre filles, des adolescentes, s'étaient tordues de rire à la vue de son burnous et de son fez, que sa femme n'avait pas été en reste – Je vous l'ai dit, mon petit, les civils ont perdu la boule, les enfants oublient même de glorifier leur père, ainsi que l'ordonne l'Évangile. Cette guerre est un désastre, elle a tout changé, et nous n'en voyons que le commencement. Je n'ai plus de goût à rien, ni à l'avant ni à l'arrière, voilà comment la vie est faite. Puis il me révéla qu'il songeait à partir pour les colonies : le climat y était plus agréable et il y aurait tout loisir de s'habiller comme bon lui semblerait, sans subir ricanements et commentaires désobligeants. Peut-être prendrait-il même une maîtresse, car dans ces pays les femmes étaient belles et douces, et ce serait tant pis pour son épouse, ce serait tant pis puisqu'il n'y avait plus de règles. Il observa un moment de silence, puis, regrettant à l'évidence ces confidences, s'écria : Vous ne savez rien ! Vous n'avez rien entendu ! Motus et bouche cousue ! Jusqu'à preuve du contraire, vous êtes toujours sous mes ordres ! J'avais envie de rire, moi aussi, mais j'obtempérai.

Le lendemain soir, nous atteignîmes notre nouveau cantonnement, le camp de l'Arbre R, composé de cagnas, de baraques à demi enterrées, d'une grande tente plantée au milieu d'un immense causse ponctué de pins rabougris – Un véritable camp de vacances ! s'exclama Declercq à la vue des deux cadres en grillage, des deux tables en bois, des étagères, de la cheminée, des murs tendus en toile de tente de notre cagna commune. *Un paradis terrestre*, écrivis-je le lendemain à mes parents du Mesnil, à cinq kilomètres de là, où était installé le poste avancé que j'avais gagné pour relever le GBD/126 et organiser le service avec un ser-

gent et vingt brancardiers, *une organisation merveilleuse*, ajoutai-je dans ma cagna-bureau pourvue d'un téléphone et d'une fenêtre aux carreaux en gaze à pansement qui donnait sur un mur en sacs de terre dressé à un mètre de là, *un secteur idéal, une tranquillité absolue.* Il y avait aussi une cagna-chambre à coucher dotée de quatre cadres en bois superposés qui évoquait une cabine de bateau, une sape où loger les blessés, ranger les réserves de pansements et de désinfectants, et un tunnel en fer à cheval destiné aux brancardiers, *la vie de château, un calme extraordinaire, pas un coup de canon ni d'un côté ni de l'autre.*

En réalité, nous nous en aperçûmes bien vite, nous avions échoué au milieu d'un désert, où tout manquait et en premier lieu l'eau, à tel point qu'il fallait parcourir quatre kilomètres pour se laver, où tout coûtait plus cher dans les villages environnants, notamment les journaux, deux sous au lieu d'un. Mais nous refusions de nous en priver car leur lecture était une de nos seules distractions, étalés sur les tables de notre cagna que Jules n'oubliait jamais d'orner d'un bouquet – Que le ciel te remercie, ces fleurs sont merveilleusement déplacées, lui disait Declercq avant de lui donner un pourboire consistant et de l'encourager, en l'absence de jardin, à cultiver salades et autres légumes, ainsi qu'il en avait émis l'idée. Nous lisions aussi à voix

haute les passages les plus amusants des lettres que nous recevions, en particulier de ma sœur Gabrielle qui, ayant tenté en vain de troquer son *filleul de guerre*, un dénommé Ernest, contre celui d'une de ses amies, proposait, pour s'en libérer, la solution suivante : *Je pourrais dire au curé que les missives de son protégé sont farcies d'incongruités et exhiber comme preuve une lettre dégoûtante que tu aurais rédigée tout exprès. Si tu ne connais pas assez de termes, fais-toi aider par tes collègues. Aligne aussi quelques absurdités : s'il croit qu'il a perdu la boule, l'abbé lui pardonnera son indécence.* Se prenant au jeu, Declercq rédigea une lettre non pas obscène, mais démente, qui me tira des larmes de rire, et comme j'émettais la crainte de nuire au poilu, il la rangea dans ses papiers en prétendant qu'il l'adresserait un jour à sa famille. À propos, dit-il, ma mère t'envoie son meilleur souvenir et en profite pour dresser ton panégyrique. *Un jeune homme charmant, distingué et courtois*, ce sont ses propres mots. *Fin et intelligent.* Nul doute, tu es le fils qu'elle aurait rêvé avoir. Puis-je t'avouer que je meurs de jalousie ? Il n'est pas facile de lui plaire, et je crains de n'y avoir jamais réussi.

Gêné, je m'emparai du roman américain et en ôtai le marque-page, la lettre d'une cousine, Cécile, que j'avais reçue quelques jours plus tôt et glissée là. Ayant appris où je cantonnais par mes parents, que j'instruisais au moyen d'un code consistant à souligner d'un point çà et là, dans mes missives, des caractères dont la réunion formait le nom d'un village ou d'une région, elle me priait de retrouver la tombe de son mari, qui avait péri par ici l'année précédente comme un certain nombre de Ruthénois du 122e RI, et de réciter un *De profundis* à sa mémoire. Oui, un an s'était écoulé depuis mais elle était toujours inconsolable, à en juger par les traces de larmes qui délavaient l'encre violette et dilataient les caractères à l'instar de minuscules loupes. Je me promis d'entamer mes recherches dès le lendemain dans le grand cimetière militaire qui se dressait au Mesnil, juste en face du poste avancé ; c'était tout ce à quoi était réduit le village, à l'exception des décombres et de la carcasse d'une église. Comme il était interdit de s'y montrer le jour, j'attendis la tombée de la nuit et y pénétrai muni d'une torche, dans le faisceau de laquelle surgirent des noms aux consonances familières ; il y avait aussi quantité de croix anonymes et de tombes bouleversées, à l'abandon. De temps en temps je surprenais le bond d'un animal, lièvres, petits rongeurs, mais aussi chats sauvages, ou redevenus sauvages en l'absence de leurs maîtres ; en cette nuit tiède de mai, le ciel était constellé d'étoiles et traversé d'engoulevents, de chauves-souris reconnaissables au bruit d'averse que produisaient leurs ailes. Je regagnai le poste sans avoir distingué les six lettres que je cherchais et m'en ouvris à Maillet : il m'informa qu'il y avait de nombreux autres cimetières militaires dans le secteur et me promit de me fournir les listes des tombes, en possession du GBD, chargé de leur entretien.

Declercq partit en permission et je me plongeai dans mes recherches, qui avaient l'avantage de me distraire des besognes quotidiennes, paperasseries idiotes à remplir, inspections de postes d'eau en postes de secours, et de postes de secours en postes de commandement, en compagnie du médecin-chef, de plus en plus neurasthénique, ou du médecin divisionnaire. J'avais retrouvé Morin, dont le PS était situé à un kilomètre du Mesnil par les boyaux, et il se joignait à moi à ses heures perdues. Certes, il fanfaronnait un peu maintenant qu'il appartenait à un prestigieux bataillon de chasseurs à pied, disant qu'il ne perdait plus son temps à enterrer les morts et à évacuer les blessés, qu'il vivait dangereusement, mais c'était toujours le même Morin, gai et insouciant, et je rétorquai sur le ton de la plaisanterie que, à Verdun, les médecins de régiment étaient restés bien blottis dans leurs postes pendant que nous autres du GBD sortions à découvert par tous les temps et sous les tirs de projectiles en tout genre. Un peu pincé, il déclara qu'il n'avait pas oublié que j'avais obtenu la croix de guerre : il avait juste oublié de me féliciter, voilà tout ; avant trois mois il l'aurait à son tour, pour peu qu'il y ait un minimum de grabuge, que ça se remette à barder. Et comme je répliquai qu'une décoration ne changeait rien, qu'il importait surtout de sortir de ces épreuves sans casse, il me lança : Bonnefous, tu dis ça parce qu'elle est bien accrochée à ton uniforme. Moi, je sais ce que ça change, les yeux des filles ne mentent pas.

Mais ça ne *bardait* pas, il n'y avait pas de grabuge, juste un coup de main de temps à autre qui nous valait quelques blessés, après quoi nous retombions dans notre torpeur, dont rien ne semblait devoir nous tirer, ni les séances de cinéma et de théâtre qu'on nous offrait en plein air à trois kilomètres des lignes, preuve ultérieure de la quasi-absence de danger, ni la revue de détachements du 6e et du 21e corps d'armée que passa à Suippes le général Gouraud, dont la manche vide et la canne m'impressionnèrent. La chaleur faisait aussi son œuvre, tout comme la réverbération, parfois insupportable, du soleil sur la craie ; peu à peu le désœuvrement s'emparait de tous, et chacun cherchait une occupation pour tromper son ennui ; sous l'impulsion d'un de nos sergents, les brancardiers entreprirent de creuser une vaste cagna pour Declercq et moi, les deux plus anciens du groupe, du coup j'empoignai pioche et pelle afin de ne pas être en reste. Jules projetait de disposer des petits sapins devant dès qu'elle serait achevée ; en attendant il s'occupait de son potager, un rectangle de terre qu'il avait délimité à l'intérieur du camp – Dans trois semaines, nous aurons de bonnes petites salades toutes fraîches, annonçait-il, ravi des plants que nous avions achetés dans un village voisin.

Je reçus une nouvelle lettre de ma cousine Cécile, à laquelle j'avais réclamé des indications plus précises concernant l'emplacement de la tombe de René, son mari ; elle m'adressait aussi un portrait de lui dans un médaillon ovale et une palme en perles à déposer sur la sépulture : ces objets me plongèrent dans l'embarras, car je craignais de me tromper, j'étais également gêné par ce geste d'amour, un amour qui aurait dû s'atténuer au bout d'un an de deuil, mais qui s'obstinait à vivre malgré tout. Tu n'as qu'à choisir une tombe au hasard, me conseillait Declercq, tandis que je scrutais le visage revêche de mon cousin par alliance, comme s'il devait me livrer les renseignements dont j'avais besoin. Avec un peu de chance, ce sera la bonne, ou plutôt non, ce sera celle d'un pauvre malheureux sans femme pour entretenir sa mémoire, et tu auras fait une bonne œuvre. Il était rentré de Paris en racontant que son séjour avait été émaillé de querelles, des querelles entre sa mère et Maxime qui refusait d'aller à Londres apprendre le métier de banquier auprès d'une connaissance d'Émile. Mais sa mère était un vrai stratège doublé d'un soldat de terrain, racontait-il aussi : elle creuserait sa petite galerie tel un mineur du génie, puis placerait son engin explosif, et Maxime céderait, il traverserait la Manche, c'était sûr et certain. Il répétait les mots *génie* et *engin explosif*, demandait aux potards du groupe combien ils donnaient de boules de gomme pour un sou, selon la plaisanterie traditionnelle, arrosait avec les brancardiers notre nouvelle cagna qui nous offrait, grâce à sa construction ingénieuse, le grand jour et le soleil à un mètre quatre-vingt-dix sous terre, et dont la profusion de planches et de tôles nous mettait à l'abri de l'humidité. Était-ce la chaleur ? l'ennui ? Le vin et la gnôle coulaient à flots, tout prétexte étant bon pour en verser, l'arrivée d'un nouveau pharmacien, une visite dans un PS régimentaire, surtout la nouvelle, à la mi-juin, que les Russes avaient fait 107 000 prisonniers.

Puis le départ du médecin-chef pour les colonies fut confirmé et, étant les plus anciens des auxiliaires, nous fûmes conviés, Declercq et moi, à son dîner d'adieu, tout comme Maillet, les aumôniers, les officiers de la division et le médecin divisionnaire. Le patron n'avait lésiné ni sur les mets, copieux et raffinés, ni sur les vins fins, et nous fûmes vite gris, à commencer par le premier intéressé qui souriait, béat, chaque fois qu'un officier se levait, entre deux plats, afin d'évoquer ses prétendues actions d'éclat. Declercq avait rédigé un petit laïus à la demande de Maillet qui l'avait aussi prié de le débiter au nom de tout le groupe ; il le tira de sa poche au moment du dessert et tressa les louanges du patron, insistant, cette fois sans ironie, sur notre séjour à Verdun, au cours duquel l'homme avait dormi non pas des heures mais des minutes, tant les blessés étaient nombreux. L'allocution se terminait par une chanson qui le mettait en scène incisant, suturant, distribuant des ordres aux membres de son équipe au plus fort des marmitages sans jamais perdre son calme ; c'était un texte enfantin, à la manière des chansons militaires, que Declercq avait composé tout exprès. Tout le monde reprit le refrain, et les yeux du médecin-chef débordèrent ; il voulut alors nous serrer sur son cœur et nous distribua des compliments.

Un peu plus tard, tandis que nous sirotions du champagne debout dans la pièce, il m'entraîna un instant à l'écart et m'avoua qu'il regrettait de partir : il ne savait pas quelle mouche l'avait piqué, il aurait aimé reprendre les dés et les jeter une nouvelle fois, réunir son burnous et son fez et les fourrer au fond d'un sac, ne plus en entendre parler, mais c'était impossible. Et comme je rétorquais que tout le monde rêvait des colonies, où le climat était agréable et les mœurs plus relâchées, il agita la main en l'air et dit que je ne comprenais pas : il ne se fiait guère à son successeur, dont l'air sournois lui déplaisait ; d'ailleurs il était roux, et le roux était une couleur de cheveux antipathique, elle hésitait entre le brun et le blond, elle n'était pas franche. Dès qu'il aurait une adresse, il me la communiquerait, ainsi je pourrais l'informer de l'état du GBD, et si l'homme devait mal agir ou remettre son œuvre en question, il ferait aussitôt un rapport dans les *hautes sphères* – Vous croyez peut-être que je vous abandonne ? Vous vous trompez !

En vérité, je le soupçonnais d'être jaloux : jeune, grand, tiré à quatre épingles, son successeur était un médecin de l'active à trois galons, qui avait commandé un GBD aux Dardanelles puis à Salonique et ne paraissait nullement sournois, mais énergique et plein de bonnes dispositions. Il nous convoqua le lendemain à déjeuner et déclara qu'il était regrettable que notre grand nombre nous empêchât de manger tous à sa table, ne formions-nous pas une seule et même famille ? Désormais, deux d'entre nous à tour de rôle seraient invités à sa popote ; d'autres règles changeraient, mais nous le saurions en temps utile, il n'entendait pas nous brusquer. Il souhaita bon appétit à toute la tablée puis s'écria *Marcel !* et l'on vit bientôt surgir son ordonnance tenant dans ses bras un chihuahua qu'il déposa dans son giron – Messieurs, dit le patron, je vous présente Juanita. Je compte sur vous pour veiller à son bien-être et son confort. C'est une petite créature délicate et surtout très sentimentale, la séparation lui est intolérable. Comme il se penchait, ajustait le ruban rose qui était noué à son collier, la petite bête frétilla et lui lécha le nez, puis elle se rassit, en rien troublée par le vacarme de la popote. Juanita ? murmurai-je à l'oreille de Declercq. – Cette race de chiens vient du Mexique, répondit-il, ma mère en avait trois quand j'étais petit. Et : Après un cinglé, nous avons droit à un dandy, mais je le trouve plutôt sympathique.

Étrangement, notre ancien patron ne s'était pas trompé : son successeur réorganisa aussitôt le GBD, classant les brancardiers par sections et attribuant chacune d'elles à un auxiliaire ; par chance, il me confia la première, composée de vingt costauds d'élite, la fleur du groupe. Très *service*, il nous mit en garde contre les méfaits de l'alcool et déclara qu'il ferait traduire en conseil de guerre tous ceux qu'il surprendrait ivres durant les opérations – Bientôt, vous aurez l'impression d'appartenir à un tout nouveau groupe ! répétait-il. Ce fut le cas, d'autant plus que les anciens éléments s'en allaient l'un après l'autre : Maillet, nommé chef de service au 20e BCP, dans la 2e DI, puis le meilleur de mes brancardiers, rappelé à l'intérieur comme boulanger, enfin le troisième médecin auxiliaire, envoyé dans un dépôt de division à l'arrière. Declercq et moi nous attendions à chaque instant à être séparés, mais mon camarade, qui remplaçait provisoirement Maillet, fut nommé aide-major – C'est toi qu'on aurait dû récompenser, me confia-t-il après m'avoir annoncé la nouvelle. – Voyons, tu as plus d'ancienneté et plus d'inscriptions à la faculté ! – Oui, mais toi, tu es un vrai patriote et tu as un sens du devoir inné. J'éclatai de rire, j'étais heureux qu'il eût obtenu cette promotion, et puis c'était l'assurance de demeurer ensemble pour quelque temps encore. Certes, j'étais parfois tenté de poser ma candidature à un régiment prestigieux : les pharmaciens qui avaient remplacé les médecins auxiliaires étaient des bons à rien, ce qui nous obligeait à accomplir la moitié de leur besogne, notamment à assister à leur place aux exécutions, tâche qui me répugnait. Début juillet, le médecin-chef du 10e BCP m'offrit la place de Morin, très malade à la suite d'une formidable ingestion de liquide, et je faillis accepter car c'était un bataillon d'élite, mais mon camarade se rétablit et, presque soulagé, je me résignai à faire enterrer les morts, fabriquer des croix, effectuer des travaux d'assainissement, boucler un de mes deux caporaux, une crapule, toujours plein comme une barrique et bien inférieur à tous ses hommes, évacuer quelques blessés.

Armé de mon Vest Pocket, je photographiais aussi des tombes à la demande de mes parents, dont amis ou connaissances avaient perdu un fils dans le secteur ; après avoir visité tous les cimetières, je m'étais résolu à l'évidence : mon cousin par alliance avait été enterré anonymement, sans doute au premier emplacement indiqué par sa femme, au Mesnil. Mais je me tourmentais à propos de la palme en perles et du portrait qu'elle m'avait envoyés : devais-je les lui retourner ou les déposer sur une tombe au hasard, comme le suggérait Declercq ? J'y pensais en parcourant les boyaux en compagnie de Morin, après que la division se fut étendue à gauche du secteur, et en inventoriant le matériel, des désinfectants et des médicaments à transporter dans la tranchée de Marmara, reprise à l'ennemi, où j'étais chargé d'installer deux postes de brancardiers. J'y pensais pendant mes heures de liberté, tandis que, pour tuer le temps, je bricolais à l'atelier, sciais des planches destinées aux abris en construction, fabriquais des étagères. J'y pensais encore en abattant mes cartes devant l'un des derniers pharmaciens arrivés, avec qui j'étais de garde, un bon gros, établi depuis six ans et père de famille, quand Declercq apparut dans la pièce. Machinalement je jetai un coup d'œil circulaire, songeant qu'il avait dû oublier un objet important puisqu'il était redescendu au cantonnement le matin même, puis je craignis qu'il n'eût une mauvaise nouvelle à m'annoncer, une nouvelle qui l'avait obligé à parcourir cinq kilomètres à pied dans le noir. Mais il dit *Viens*, il dit *Suis-moi*, invita le potard à s'adresser à Jules en cas de problème : Jules savait exactement où nous serions.

Je lui emboîtai le pas et allumai ma lampe électrique, la pointai sur mon ordonnance, posté devant l'entrée, et crus distinguer sur son visage un étrange sourire, mais déjà Declercq me pressait, indifférent à mes questions, déjà il traversait la rue et s'engageait dans le cimetière, braquant sa propre lampe devant ses pieds. La nuit était claire, c'était une de ces nuits de fin juillet où les étoiles semblent vibrer, respirer, et où, en temps de paix, on sent aussi l'odeur piquante du foin monter et se mêler au hululement des chouettes. L'allée étant étroite, je me laissai conduire par mon camarade, tournai là où il tournait, puis j'entendis un *chut*, un *les voilà*, et Declercq s'immobilisa devant moi. Il leva le faisceau de sa lampe et dans sa clarté apparurent plusieurs silhouettes, dont le visage était tourné vers nous : il y avait là l'abbé Lemoine, Morin et Lucien, l'ordonnance de Declercq, appuyé sur une pelle, et à leurs pieds une fosse, son monticule de terre. Lucien et Jules l'avaient creusée, m'expliqua l'abbé, et ils avaient nettoyé aussi les tombes voisines, les tombes anonymes parmi lesquelles devait se trouver celle de mon cousin – Vous êtes prêt ? lança-t-il à Morin. Celui-ci exhiba alors un grand rectangle qui miroita et se révéla être un tableau, un portrait au fusain et à la sanguine, le portrait de René, identique à celui que m'avait envoyé sa femme, renfermé dans un médaillon ovale, et agrandi. Qu'est-ce que… commençai-je, mais Declercq m'interrompit, tirant de sa vareuse le médaillon justement et l'écrin contenant la palme en perles, qu'il me tendit : C'est Laborde qui l'a dessiné, il fréquentait les Beaux-Arts avant-guerre. Je me suis permis de t'emprunter l'original un jour où tu étais de service.

Morin ricana un peu et déposa le tableau, face vers le ciel, dans la fosse que Lucien entreprit de combler, et tandis que la terre s'éparpillait sur le verre, le recouvrait, l'ensevelissait, je mesurai, au comble de l'émotion, ce que m'offraient ces hommes : un faux enterrement, une fausse tombe sur laquelle ma cousine pourrait venir se recueillir une fois le conflit achevé, une fausse tombe plus vraie que vrai. De fait, il y avait, gravées sur la croix que Lucien planta ensuite, les cinq lettres que j'avais tant cherchées et, dessous, deux petits clous, auxquels, obéissant à un geste de l'aumônier, j'accrochai le médaillon et le bijou. Messieurs – dit l'abbé, et nous nous découvrîmes, inclinâmes le chef, alors que retentissaient les premiers mots du *De profundis*, *De profundis clamavi ad Te, Domine : Domine, exaudi vocem meam*, nos voix s'unissant l'une après l'autre à celle du capucin, celles de Lucien et de Morin, les plus fortes, *Fiant aures Tuae intendentes in vocem deprecationis meae*, celle de Declercq beaucoup plus sourde, *si iniquitates observaveris, Domine*. Je crois que je tremblais pendant toute la durée de la prière, et peut-être fut-ce la raison pour laquelle l'abbé me dit à la fin, après m'avoir assené une bourrade comme mes camarades : Vous allez bien nous offrir un verre de gnôle avant de nous laisser repartir ? – Bien sûr, balbutiai-je, et nous regagnâmes le PS où, en compagnie de Jules et d'un potard ahuri, nous sirotâmes un verre de prune, parlant maintenant de la période de repos qui nous attendait pour on ne savait combien de temps, parlant surtout de notre prochaine destination en ligne – la Somme, affirmait Morin, la Meuse, selon l'abbé. Je les écoutais, écrivant mentalement les mots que j'avais tant remâchés, *Chère Cécile, j'ai trouvé aujourd'hui la tombe de René et fait tout ce dont tu m'avais prié…* La Meuse, la Somme… intervint Declercq, au point où on en était, peu importait ; certes, on s'était ennuyés dans ce camp de l'Arbre R, mais il regretterait nos installations confortables créées de toutes pièces, les petites salades et les fleurs, et, tandis que Jules promettait qu'il en replanterait ailleurs, qu'il en replanterait et comment, il leva son menton vers moi en un signe interrogateur. Moi aussi, je m'en moquais, je souhaitais seulement que nous restions ensemble, entre copains, partageant un verre de gnôle et nos pensées, mais je n'osai pas le dire, je le fixai, comme hébété.

8

Tout le monde se pressait à la descente de l'autobus, en ce 24 juillet 1916 au soir, car si le voyage en direction de nos cantonnements de repos, à quarante kilomètres du front, était achevé, il fallait trouver un logis pour huit, dix ou quinze jours, peut-être plus, espérions-nous. Les premiers descendus se précipitèrent vers les maisons les plus proches, tandis que le médecin-chef, inséparable de Juanita, était accueilli par le maire du village, Togny-aux-Bœufs, un patelin situé au bord de la Guenelle, affluent de la Marne, un patelin cossu et plein de verdure comme nous le constatâmes, Declercq et moi, en nous éloignant de la place principale. Sans surprise, nous essuyâmes les refus de maîtresses de maison qui disaient, gênées, *Nous avons déjà des officiers*, ou plus abruptement *Pas de place !* dans l'entrebâillement d'une porte ouverte de mauvais gré et vite refermée, puis Declercq pointa le doigt vers une villa à l'écart et accéléra le pas pour se planter devant un portail en bois blanc et demander, sa main allant et venant sur sa vareuse : Suis-je présentable ? Je n'eus pas le temps de répondre qu'il l'était, évidemment, ni même de tirer sur la chaîne qui actionnait la cloche : un monsieur à barbe blanche, coiffé d'un chapeau de paille, apparaissait de l'autre côté, suivi et bientôt

dépassé par une meute de chiens de toutes sortes, surtout des bâtards. Nous étions deux médecins auxiliaires, s'écria Declercq afin de couvrir les aboiements quand le propriétaire fut arrivé à notre hauteur, et nous cherchions un logement pour notre période de repos, huit ou dix jours, nous l'ignorions, y avait-il ici un débarras de libre, ou un grenier ? Ayant intimé le silence à ses bêtes, l'homme ouvrit le portail et nous serra la main – Dr Lévêque, chirurgien à la retraite, vous ne préféreriez pas plutôt des chambres ? Ne craignez rien, ces créatures sont inoffensives.

Au même moment, lesdites créatures pivotèrent et, nous devançant, rebroussèrent chemin, sans doute parce qu'elles avaient entendu, elles aussi, un chapelet de *John, Emily*, *Thomas*, *Jane* et autres prénoms anglais, non pas criés, mais prononcés d'une voix ferme, celle de la jeune personne qui se tenait devant la porte d'entrée. De taille moyenne, elle portait un long tablier sur une jupe en toile grise et un corsage blanc aux manches retroussées, et ses cheveux roux, tirés en une énorme tresse, formaient autour du crâne une espèce d'auréole où s'accrochaient les derniers rayons du soleil, ainsi qu'une perruche vert émeraude, blottie dans ce nuage comme dans un nid douillet. Elle avait la peau très claire et semée d'éphélides, comme si l'on avait tamisé du cacao au-dessus de son visage, et ses yeux étaient noisette, très lumineux. Elle ôta ses gros gants et nous tendit la main, ajoutant au *Je vous présente ma fille Élisabeth* du vieil homme : Tout le monde m'appelle Zouzou – après que nous eûmes énoncé nos noms et prénoms respectifs. La perruche se nommait, quant à elle, Sylvia, et elle était neurasthénique depuis le matin – C'est certainement un malaise passager, mais je n'ai pas le cœur de la chasser. Il est possible aussi que les deux nouveaux arrivés ne lui plaisent pas. Elle éclata de rire – Non, ne vous croyez pas visés ! Je parle des deux matous que j'ai ramenés hier. Alors le Dr Lévêque expliqua qu'elle recueillait, depuis le début de la guerre, les animaux perdus, abandonnés, il l'expliqua avec un mélange de résignation et de fierté, puis pria sa fille de faire préparer deux chambres, un repas plus consistant et, balayant d'un revers de la main nos *une chambre suffira*, nos *nous irons dîner à la popote*, déclara que ce serait sa manière à lui de contribuer à la guerre. Tandis que la jeune fille obtempérait, son oiseau toujours perché sur la tête, nous posâmes nos sacs dans l'entrée et pénétrâmes dans un petit salon, meublé de fauteuils à fleurs, où se tenaient une dizaine de chats et de chiens, ainsi qu'une femme âgée.

C'était la sœur du maître de maison, et elle nous toisa d'un air revêche : peut-être n'aimait-elle pas les uniformes, peut-être craignait-elle du bruit, du tracas, des ennuis pour sa nièce ; mais quand le Dr Lévêque lui apprit que nous étions médecins, elle sembla se radoucir un peu. Petite, massive, elle portait une robe vert sapin, un bonnet à rubans démodé, semblable à ceux de ma grand-mère, et avait un ouvrage posé dans son giron. Tant mieux, dit-elle d'une petite voix qui jurait avec sa rogue apparente : elle était fatiguée de voir des hommes qui ne songeaient qu'à s'entre-tuer, qui n'aimaient que la pluie et le sang, et qu'on ne nous rebattît pas les oreilles avec la *der des ders*, la der des ders était la chose la plus stupide qui fût, il y aurait d'autres guerres et d'autres encore jusqu'à ce qu'il n'y eût plus un seul individu pour combattre, jusqu'à la fin des temps. Elle avait parlé très vite et elle s'interrompit, hors d'haleine, comme effrayée par ses propres propos, mais déjà Declercq rétorquait *Madame, pas un jour ne s'écoule sans que je me félicite de ne pas avoir à participer directement au massacre*. J'étais, pour ma part, loin de partager cet avis ; de fait, je répliquai, une fois interrogé, que la France n'avait pas eu le choix, mais au même instant la jeune fille, Zouzou, réapparut, et le débat en resta là. Reprochant à son père de laisser sa tante s'énerver, elle déposa un baiser sur le front de la vieille dame et se blottit sur l'accoudoir de son fauteuil ainsi que l'oiseau était blotti dans ses cheveux. Elle devait avoir vingt ans et ne ressemblait ni à sa tante ni à son père, qui l'avait eue de toute évidence sur le tard, étant donné leur différence d'âge.

Il nous le confirma au cours du repas après qu'on nous eut conduits à deux chambres confortables, à l'étage, et que nous nous fûmes débarbouillés un peu, expliquant qu'il était veuf deux fois et que sa seconde et bien-aimée épouse, de nationalité anglaise, avait eu le temps de transmettre à leur fille son amour pour les animaux et la poésie de son pays, avant de la laisser orpheline à l'âge de huit ans. Comme nous avions, Declercq et moi, évoqué nos origines respectives, nous ne fûmes guère surpris par ces confidences ; au reste, depuis le premier instant on nous traitait avec simplicité et gentillesse dans ce foyer. Declercq sauta sur le mot *poésie* comme sur un tremplin, récita des vers auxquels Élisabeth, ou plutôt Zouzou, répondit aussitôt. Les joues rosies, elle était véritablement délicieuse, et je regrettai de ne pas avoir les mêmes connaissances que mon camarade dans ce domaine, son ton chaud et vibrant, mais cet intermède avait achevé d'égayer l'atmosphère : même la tante Louise avait abandonné son air bougon. Pour ce qui est des animaux, reprit Declercq, je n'ai hélas aucun savoir et je suis bien incapable, contrairement à mon ami ici présent, de distinguer, à leur chant, les sansonnets des martinets, les merles des freux, et les mésanges des rouges-gorges. Il connaît aussi toutes les races de quadrupèdes. Je déclarai que je n'avais aucun mérite, ma famille étant originaire de la campagne, et fus surpris d'entendre la dénommée Zouzou pousser un profond soupir : elle ne savait pas, dit-elle, si elle avait envie de devenir poétesse ou vétérinaire, et cela l'ennuyait car elle n'était pas du genre à mélanger, ce serait l'une ou l'autre carrière, pas les deux. Enfin, il lui faudrait convaincre son père, qui était fait à l'ancienne manière, la manière qui voulait que les jeunes filles de bonne famille ne travaillent pas, qu'elles cousent auprès du feu et s'occupent du foyer, ce qui, somme toute, manquait de logique quand on songeait aux femmes de chambre, aux cuisinières et autres couturières dont ces jeunes filles n'étaient jamais privées. Le Dr Lévêque secoua la tête, bienveillant, et nous pressa de nous resservir, tandis que la domestique se rapprochait.

Nous allâmes nous coucher de bonne heure, ce soir-là. Le lit dans lequel je me glissai était moelleux et parfumé, inespéré après les banquettes de notre cagna et du poste de secours, et je m'enfonçai dans un profond sommeil, que le ronflement d'un vieux chat dont c'était, m'avait-on dit, la chambre ne dérangea pas. J'entendis vaguement, de bon matin, des bruits de moteur et d'aboiements, puis me rendormis ; aussi le soleil brillait-il depuis un bon moment quand je descendis. Le Dr Lévêque m'accompagna à l'extérieur, à une table en fer où l'on me servit le petit déjeuner, et j'eus tout loisir de contempler le jardin que je n'avais fait qu'entrevoir la veille : il dessinait une légère pente qui s'achevait par une rangée de saules, dont les branches les plus basses semblaient caresser le bord de la rivière ; plusieurs massifs de dahlias, de phlox, de zinnias étaient disposés autour de la maison, et l'on apercevait, au fond, un de ces hauts grillages qui entourent en général les courts de tennis, mais pas de terre battue, pas de filet, derrière : juste des arbres et une bâtisse. C'est le royaume de Zouzou, me confia le vieux médecin. Je ne vous y conduis pas, elle sera trop heureuse de vous le faire découvrir. J'appris que la jeune fille était, comme chaque jour, partie de bonne heure en automobile avec le chauffeur et sa tante à la recherche d'animaux perdus, abandonnés, blessés – Je n'aime pas qu'elle se déplace ainsi, dans ces lieux qui pullulent d'individus plus ou moins bien intentionnés, mais qu'y puis-je ? Je ne sais résister à sa volonté. Par chance, ma sœur veille. Elle m'a aidé à l'élever et elle l'aime comme une fille. Croyez-moi, c'est un excellent cerbère. Puis il parla de sa carrière de chirurgien à Reims et m'interrogea sur les opérations que pratiquait mon père, voulut avoir des détails sur les greffes osseuses qu'il avait réussies.

Un peu plus tard, je gagnai avec Declercq le centre du village, où les pharmaciens et le dentiste s'affairaient autour de plusieurs bicyclettes ; ils comptaient se rendre à Cernon, à dix kilomètres de là, afin de visiter un camp de prisonniers récemment arrivés de la Somme et nous invitèrent à les accompagner. Nous nous acheminâmes plutôt le long de la Guenelle, un cours d'eau si paisible que Declercq déclara qu'il serait agréable d'y piquer une tête et, joignant le geste à la parole, entreprit de se déshabiller. Je me coulai à mon tour dans l'eau avec une maladresse sans doute manifeste car : Tu veux que je t'apprenne ? me lança-t-il en revenant vers moi, les cheveux collés au crâne. Je répondis que j'en serais heureux : la honte m'avait saisi quand on avait inscrit sur mon livret militaire la mention *ne sait pas nager*. Alors il me montra les mouvements et m'avertit : Tant pis si tu bois la tasse, imagine-toi en grenouille, en poisson, en autre animal aquatique, et pense à la musique, la musique délasse, elle nous projette dans un autre monde. Il entonna un air et éclata de rire quand j'objectai qu'on aurait dit un requiem, que cela donnait à l'opération un je ne sais quoi d'inquiétant ; il m'éclaboussa, je l'éclaboussai, mais il continua de chanter tout en corrigeant ma position.

Quand nous nous fûmes lassés, nous nous allongeâmes sur le talus où nous avions entassé nos effets et contemplâmes le ciel d'été et les chevelures des arbres qui semblaient grignoter le bleu des deux côtés. Au bout d'un moment, Declercq m'apprit que son père nageait, hiver comme été, dans leur étang, en Artois – Il prétendait que nager n'est pas seulement bon pour la santé, mais aussi pour l'esprit, que le fait de se trouver entre deux éléments, dont l'un peut être synonyme de mort, vous rapproche de je ne sais quel royaume, j'ai oublié. – Un royaume ? – Oui, un royaume… Parfois je me demande si je lui ai pardonné. À ma mère, je sais que je ne l'ai pas fait, ce qui est paradoxal puisque ce n'est pas elle qui a appuyé sur la gâchette, mais c'est plus fort que moi. Puis, en une de ses pirouettes habituelles, il passa à un autre sujet, voulut que nous énumérions nos défauts respectifs, se taxa de léger, d'irresponsable, d'insouciant, et opina tandis que j'affirmais que j'avais toujours besoin dc tout expliquer, étais indécis, mettais trop de sérieux en toutes choses, encaissa le *mondain* que j'ajoutai à sa propre liste, et me qualifia de *moralisateur*. Alors nous nous abandonnâmes aux rires, comme un peu plus tôt au courant, moi, savourant le calme de cette matinée ensoleillée, le vol des mésanges semblable à d'invisibles fils jetés de branche en branche, surtout cette amitié qui consistait à se raconter ce qu'on taisait aux autres, à se confier sans éprouver l'envie de rien cacher, sans rien avoir à prouver, sans ces petits ou grands ressentiments souvent mêlés de jalousie qui ligotaient inexorablement frères et sœurs, à se sentir chez soi n'importe où pourvu qu'on soit ensemble, à partager les mêmes expériences et à en discuter ensuite. Peu à peu, nous en vînmes à parler des Lévêque, de leur maison, des chats et des chiens qui y avaient droit de cité, et Declercq murmura : Zouzou… n'est-elle pas remarquable avec sa perruche sur la tête ? – Remarquable. – Qu'attendons-nous pour y retourner ?

En rebroussant chemin, nous nous heurtâmes au médecin-chef : il prenait le soleil en costume de bain, tandis que son ordonnance abritait Juanita sous une ombrelle ; il se redressa à notre approche et nous demanda si nous souhaitions saluer la petite chienne, puis, quand nous l'eûmes caressée, s'enquit de notre logement ; en ce qui le concernait, dit-il sans donner l'impression qu'il avait écouté notre réponse, il n'aurait pas pu mieux rêver, le maire, un propriétaire terrien, et toute sa famille étaient aux petits soins pour lui, qu'on ne s'inquiétât donc pas si on ne le voyait pas et qu'on profitât de ces jours de repos. Qu'on ne bût et ne mangeât pas trop, mieux valait ne pas appesantir notre estomac et notre esprit en vue des marches et autres exercices qui seraient bientôt notre lot. Ses cheveux impeccablement plaqués sur son crâne, il s'exprimait avec autant de désinvolture que s'il se fût trouvé dans un établissement balnéaire, et à en juger par la façon dont il étirait un bras, un mollet, il semblait fort satisfait de sa personne. Nous acquiesçâmes, trop heureux de ne pas avoir de comptes à rendre sur notre emploi du temps, et attendîmes d'avoir parcouru quelques mètres pour pouffer de rire – Tu avais raison, dis-je à Declercq : après un cinglé, nous avons écopé d'un dandy. Je me demande comment il réagira aux prochaines offensives. – Tu crois qu'il a du cran ? – L'autre en avait bien au début, avant Verdun. – Bah, on le saura vite. D'après les bruits qui courent, nous serons bientôt engagés dans la Somme.

Nous ne revîmes la fille de notre hôte qu'en milieu d'après-midi, après avoir passé une bonne partie de la journée à lire et à écrire dans le jardin ; elle fut la première à sortir de l'automobile et, m'autorisant à la délester de sa panière en osier, nous invita à la suivre dans la cuisine. Elle s'empara d'une bouteille de lait et d'une écuelle remplie de nourriture, puis réclama le silence et fit glisser la baguette qui maintenait le couvercle en dévidant une série de mots, ou plutôt de sons, d'une voix mélodieuse, d'une voix de fée, d'ensorceleuse, puisqu'un chat noir, ou plutôt une chatte à en juger par son gros ventre, sortait calmement de cet abri et se dirigeait vers les gamelles, lapait le lait, mangeait les morceaux de viande. L'animal alla ensuite se lover dans la jupe en toile de sa protectrice, où il parut tout misérable, avec son oreille coupée, son œil voilé, mais maintenant des doigts couraient sur lui en de légères caresses, et il les acceptait comme un dû. Alors Zouzou leva le front et nous jeta au visage ses yeux noisette tout embués et ses joues rosies, parlant d'*animaux abandonnés à eux-mêmes*, de *maîtres en fuite vers l'arrière*, d'*incapables de se nourrir*. Ici ils entamaient une nouvelle vie, poursuivit-elle, ils bénéficiaient des soins de son père et d'un ami vétérinaire qui venait une fois par semaine, c'était sa seule prétention, oui, s'occuper de ses animaux et peut-être un jour pouvoir les soigner elle-même. Elle étudiait des manuels de médecine vétérinaire en cachette et elle était confiante en la possibilité d'exercer à l'avenir, car le monde changeait à cause de la guerre, le monde que nous connaissions et auquel nous étions habitués avait déjà pris fin, elle le sentait, elle le sentait sur sa peau, oui, elle sentait le souffle que le monde produisait en s'effondrant, elle en sentait la caresse chaude, et tantôt elle en frissonnait de peur, tantôt elle se surprenait à espérer que le nouveau monde serait un monde meilleur.

Un monde meilleur ? répéta Declercq. – Oui, un monde où les hommes agiraient moins par égoïsme, un monde où ils se soucieraient des créatures avec lesquelles ils partagent la Terre, sans devoir toujours les utiliser à leurs fins. Oh, ne croyez pas que je sois optimiste, non, ce serait une fausse impression, je suis pessimiste de la tête aux pieds, et j'ai souvent des idées noires. Elle précisa que dans ces moments-là mieux valait ne pas l'approcher, car elle griffait comme un chat sauvage, elle griffait sans même s'en rendre compte, sans établir de distinction entre les lâches qui abandonnaient leurs animaux, ceux qui les maltraitaient et les autres. J'avais remarqué la veille, au dîner, que la domestique ne lui présentait pas le plat de viande, et je lui demandai si elle avait pour habitude de ne pas en manger. Bien sûr, jeta-t-elle, comment pourrait-elle regarder dans les yeux veaux, vaches, moutons, poules et autres cochons, l'estomac plein de leurs semblables ? Elle baissa la tête, comme saisie d'une pudeur subite, et reprit : Ah, elle oubliait ! Qu'on ne crût pas qu'elle faisait du sentiment, ou qu'elle était mélancolique parce qu'elle était à moitié orpheline. Non, la mélancolie la dégoûtait, elle avait huit ans quand sa mère était morte en couches avec son bébé, et elle avait tant souffert, elle avait tant pleuré qu'elle avait fini par oublier ses traits, les larmes les avaient dilués, elle était maintenant obligée de regarder un de ses portraits pour se la rappeler. Mais en fin de compte ce n'était pas un mal, sa mère était devenue au fil du temps une entité supérieure, non une image à révérer, une de ces images devant lesquelles on dispose des lumignons en rang d'oignons. Puis elle s'exclama qu'elle ne comprenait pas pourquoi elle nous racontait tout cela, ou plutôt si, elle comprenait, nous lui étions sympathiques, sympathiques d'emblée, pourvu que son impression ne fût pas erronée : il lui arrivait de temps en temps de se tromper sur le compte des gens, en réalité très rarement.

Elle nous fit visiter le reste de son *royaume*, comme l'avait dit le Dr Lévêque et comme elle le répéta, m'amenant à songer que c'était la troisième fois que j'entendais ce mot dans la journée, puisque Declercq l'avait employé à propos de son père ; signifiait-il l'essence d'un être, l'ensemble de ses rêves, une Jérusalem terrestre ou céleste ? Il désignait ici, en tout cas, un pré, une écurie où somnolaient un vieux cheval ainsi que quelques chats, pelotonnés sur des bottes de paille, une immense volière en forme de pagode, où Zouzou voulut que nous entrions et où, après nous avoir enjoint de fermer les paupières et d'observer quelques secondes de silence, elle réapparut à notre vue, les épaules, la tête et ses bras en croix couverts de volatiles, riant aux éclats, riant et glissant entre ses lèvres des graines que les oiseaux vinrent picorer, riant tandis qu'ils se posaient aussi sur nos bras. Bien sûr, ils seraient libérés, rétorqua-t-elle, ils seraient libérés dès qu'ils seraient guéris, comment pouvions-nous imaginer qu'elle aimait les garder prisonniers ? Les cages étaient la pire chose qui soit. Et la perruche verte était de nouveau sur son crâne, et elle nous accompagnait dans le jardin, à la table de fer, indifférente aux chats, se blottissait sur l'épaule de la jeune fille qui proposait de la grenadine, du cake, du gâteau de Savoie, tendait des verres, des assiettes à gâteaux et des petites fourchettes en argent. En cet après-midi d'été, la lumière les faisait miroiter autant que l'eau un peu plus loin et les couleurs, le blanc surtout, se détachaient avec une grâce extrême sur le fond de pelouse, de fleurs et d'arbres. Soudain, Declercq et moi avions l'impression de connaître depuis toujours le vieux médecin, sa sœur, sa fille ; mieux, Élisabeth, Zouzou, était déjà, pour nous, une sœur, plutôt une cousine germaine avec qui l'on partage premiers émois et confidences, et nous décidâmes de passer à ses côtés tout notre temps de liberté, de renoncer à la viande tant que nous serions à sa table, de l'accompagner partout où elle irait.

Ce furent des journées nimbées de lumière et d'insouciance : le matin, nous dégringolions de nos lits de bonne heure, sautions dans l'automobile, dont je prenais le volant, arpentions les routes en direction du front, à la recherche de boules de poils ternes, cachées, égarées, marchions dans des chemins de traverse, à la lisière de hautes futaies, nous hasardions à l'intérieur quand un bruit y retentissait. J'appris à Zouzou et à Declercq à siffler ainsi que sifflait mon grand-père, du sifflement perçant et bref qui rappelait ses chiens des plaines, des bois, de l'étang, et qui nous valut l'apparition d'un petit épagneul pelé, d'abord méfiant, grognant, et enfin rassuré, animal misérable transformé en sorte de graal dans les bras d'une Zouzou si heureuse que nous pensions qu'il eût été agréable de la conduire et de l'escorter ainsi jour après jour, pendant toute une vie. Je leur appris aussi à tresser des couronnes de fleurs et de feuillages, en confectionnai une avec du chèvrefeuille que la jeune fille coiffa sur-le-champ et qui répandit des volutes de parfum à chaque mouvement de sa tête – C'est affreux, dit-elle, elle sera flétrie ce soir. – Je vous en fabriquerai une autre demain matin, je vous le promets –, je riais, répétais en mon for intérieur les vers qu'elle déclamait et auxquels Declercq répondait en un contre-chant plus grave, je riais, pensant qu'un écrivain du siècle précédent aurait volontiers fait de notre trio un prétendant instruit, policé, citadin ; son rival rustique, homme des bois ou des champs ; une jeune fille troublée par le choix qui s'offrait à elle. Or il n'y avait rien de tout cela, il n'y eut rien de tout cela tant que nous demeurâmes à Togny-aux-Bœufs : nous étions jeunes, à l'orée de la vie, la guerre nous interdisait toute possibilité d'avenir ; si nous en réchappions, nos études s'y substitueraient, nous le savions, et elles dureraient de longues années ; enfin, aucun de nous n'eût accepté de perdre l'un des deux autres, ce fut bientôt une évidence.

Croyez-vous qu'il est mal d'être aussi bien ensemble ? demanda Zouzou un jour où nous nous promenions dans le jardin. – Mal, mal, vous vous mettez donc, vous aussi, à la morale ! répondit Declercq avec un clin d'œil pour moi. – En vérité, je ne sais comment m'y prendre pour décrire ce que je ressens, car c'est la première fois qu'une telle chose m'arrive. Voyons… cela ressemble un peu à un creux à l'estomac lorsque vous n'êtes pas là, et… à une sorte de feu autrement ! – Ignorez-vous que ces déclarations ne sont pas convenables dans la bouche d'une jeune fille ? – Si vous souhaitez que nous restions amis, ne me considérez jamais comme une jeune fille. Être une jeune fille, c'est être incapable de veiller sur soi-même, et cela ne saurait m'arriver. Jamais je ne me mettrai à la merci d'une autre vie, à la merci d'un homme. – Dans ce cas, intervins-je, comment devons-nous vous considérer ? – Ayez donc un peu d'imagination, Raymond. Ou plutôt non, considérez-moi comme un camarade, un de vos camarades habituels. Non, un de vos camarades préférés. Voilà, c'est exactement cela, je serai pour vous ce que vous êtes pour Henry et pour Henry ce que vous êtes pour lui. Et je le serai jusqu'à ma mort. Êtes-vous satisfait ? Je l'étais, nous l'étions, comment aurions-nous pu ne pas l'être ? Nous jurâmes à notre tour d'être ses camarades, ses camarades préférés tant que nous aurions assez de souffle pour respirer, nous le jurâmes d'un ton solennel, la main de Zouzou entre les nôtres.

Souvent, dans nos recherches, nous faisions halte à l'heure du déjeuner ; Zouzou tirait de l'automobile ses provisions et étalait une nappe et un plaid sur l'herbe ;

s'il y avait non loin de là un ruisseau, nous y plongions une bouteille de vin blanc, que nous finissions de siroter, allongés l'un près de l'autre en T, disant qu'il eût été si bon que la guerre ne fût pas là, qu'il ne devrait pas être permis de venir au monde pour se rencontrer, bien s'aimer puis se séparer. J'étais toujours celui, des trois, qui affirmait que le conflit ne durerait pas, que rien ne nous empêcherait par la suite de renouer les liens que nous tissions maintenant, non pas des faveurs qui s'envolent au vent, non, des cordes, de rudes cordes de chanvre. Les feuilles formaient au-dessus de nos têtes une voûte verte qui semblait retenir nos mots, nos souffles, les empêchant de s'évaporer dans l'atmosphère, feuilles de catalpa, de noisetier, feuilles de tilleul, de châtaignier, feuilles de robinier, arbre qui était un des derniers à verdir et à se parer de fleurs blanches, pensai-je un jour que le silence s'abattait sur nous, pas le silence, me corrigeai-je, mais le murmure du cours d'eau, les gazouillements d'oiseaux, le bruissement des feuilles, sorte de respiration de ces lieux.

Zouzou se redressa et puisa dans le panier un ouvrage à la reliure en cuir un peu abîmée, déclara qu'elle tenait de sa mère ce livre, ses yeux, la couleur de ses cheveux et sans doute des traits de caractère, ajouta que lire des vers était une façon de s'élever au-dessus du monde réel, de s'élever assez haut pour ne plus entendre le vacarme, une façon de flotter dans une atmosphère pure où la laideur n'existe pas. Le dos tourné, elle fredonna une vieille chanson anglaise qui se terminait par les mots *O the wi'-il-lo'w tree' will' twist', / and the wil'-low tre'-ee wi'-ill twine'*, et dit que si les feuilles du robinier étaient agréables à regarder, elle nous conseillait de fermer les yeux pour écouter, que nous fermions les yeux pour écouter John Keats, nous les rouvrions ensuite et boirions toute la chlorophylle que les feuilles contenaient. Alors les vers se dévidèrent, *Quel mal t'accable, chevalier, / Pris de pâleur et seul errant ? / Les joncs du lac sont desséchés, Et des oiseaux nul chant !*, et ils étaient célestes, et Declercq les récitait lui aussi, tout bas, parce qu'il les connaissait, bien sûr, et la voix de Zouzou s'essoufflait, s'asséchait, s'éraillait. Elle faiblit et se transforma en murmure, *Et c'est pourquoi je vis ici, / Pris de pâleur et seul errant ; / Malgré les joncs du lac séchés, / Et des oiseaux nul chant*, elle s'était tue quand elle referma le livre, pour laisser la place à nos commentaires, et comme ils ne venaient pas elle pivota vers nous : nous ronflions, les paupières closes, ou plutôt nous feignions de ronfler après nous être donné le mot dans son dos, assortissant nos ronflements de grognements et de claquements de lèvres. Nous attendîmes qu'elle se penchât davantage et nous nous redressâmes brusquement dans des éclats de rire, suscitant ses cris et une grêle de tapes qui s'abattirent sur nos épaules, nos bras, nos mains, rencontrant une faible résistance jusqu'à ce qu'elle s'effondrât, les joues rouges et la natte en bataille, non plus seulement sur le plaid maintenant, mais aussi sur nous. Alors le silence revint, pas le silence, bien sûr, mais le murmure du cours d'eau, les gazouillements d'oiseaux, le bruissement des feuilles, la respiration des lieux et la nôtre, plus forte et désormais tactile puisque nous sentions ce poids sur nos corps, le mouvement de cette poitrine.

Puis Zouzou bâilla ou feignit de bâiller, et l'envoûtement parut se dissiper, nous l'aidâmes à ranger la vaisselle du pique-nique et remontâmes en voiture – Ne rentrons pas tout de suite, poussons plus loin, là-bas, dit-elle, le doigt tendu vers une ferme. Et vous, ajouta-t-elle à mon adresse, ne prenez pas cet air de découragement. Ce n'était pas du découragement, répliquai-je, juste une objection : les paysans n'abandonnaient pas leurs bêtes, je le savais – Nous ne trouverons aucun animal là-bas. – En êtes-vous sûr ? reprit-elle une fois notre destination atteinte. Je crois entendre un bruit, au loin, oui, un bruit faible, écoutez ! – Restez là, intima Declercq, nous allons jeter un coup d'œil – et nous nous éloignâmes en contournant les bâtiments déserts. Or il n'y avait pas de bruit, pas de jappement ou d'aboiement, il y avait en revanche le cadavre, couvert de mouches, d'un chien qu'on avait *oublié* à la chaîne. Nous le dissimulâmes aussitôt sous des branchages afin que notre amie ne le vît pas, mais elle se tenait à quelques pas de là, constatâmes-nous en pivotant, et elle se jeta sur moi, tapa de ses poings sur ma poitrine – Vous voyez bien que vous ne connaissez rien à vos maudits paysans ! Et puis, pourquoi seraient-ils meilleurs que les autres ? J'espère qu'ils n'auront plus jamais un instant de paix ! Maudits soient-ils, eux et toute leur race ! Je la saisis par les coudes, mais elle s'échappa et nous précéda vers l'automobile, à laquelle elle assena un coup de pied, s'emportant d'autant plus que Declercq lui demandait maintenant pourquoi elle s'infligeait ces déceptions, s'exposait à des visions sinistres, le jeu en valait-il la chandelle ? Le jeu ! s'exclama-t-elle, hors d'elle, et elle expliqua que bien sûr, ces visions la poursuivaient, la nuit comme le jour, mais qu'elle n'était pas de ces femmes qui se cachaient la réalité pour un peu de confort : se la cacher équivalait à l'accepter, et elle, elle ne l'acceptait pas, elle la combattait de toutes ses forces, elle la haïssait, elle lui crachait dessus, la maudissait. Pour la calmer, je hasardai que la guerre n'avait pas que des aspects négatifs, que dire par exemple de la camaraderie et de la solidarité ? Parfois, ajoutai-je, je craignais que ces aspects ne disparaissent avec la paix, que les gens ne redeviennent indifférents, égoïstes, calculateurs. Elle lança : Bien sûr, ils le redeviendraient, puisque c'était dans la nature humaine ! Certes, personne ne savait vraiment ce que réserverait le nouveau monde, ce monde qui s'ouvrait, s'était peut-être déjà ouvert, sur les décombres de l'ancien ; à son avis, de mauvaises surprises, puisque le monde était à l'image des hommes, et que celui-ci serait à l'image d'individus habitués à tuer sans scrupules ! Le souffle court, elle se cacha le visage contre son bras, puis contre l'épaule de Declercq, enfin contre la mienne, et je mesurai combien il était doux de la consoler.

Il était doux aussi de lui enseigner, ainsi qu'elle l'avait réclamé, les gestes de secours que nous avions coutume d'apprendre aux infirmiers, de l'écouter lire ses manuels de médecine vétérinaire et nous demander notre avis sur tel ou tel point ; une fois qu'on connaissait leur anatomie, prétendait-elle, il convenait de soigner les animaux comme les êtres humains, ne descendions-nous pas des primates, comme le disait M. Darwin ? Et les animaux ne possédaient-ils pas, tout comme nous, une intelligence et un cœur ? N'importe qui pouvait le constater, même un petit enfant. Ils n'avaient pas le don de la parole, et alors ? Ils savaient moduler des cris et des chants que nos gorges à nous s'efforçaient en vain d'imiter. En poursuivant cet absurde critère de jugement, on serait contraint de ravaler les muets à un rang inférieur à celui qu'ils occupaient dans la société et, elle nous le demandait, cela avait-il bien un sens ? Lorsqu'elle se lançait dans des discussions de ce genre, elle parlait à toute allure et s'échauffait, il lui arrivait aussi de taper du pied ; Declercq surenchérissait alors : *Parfaitement !*, ou *Voilà qui est joliment assené !*, il se mit même un jour à quatre pattes en imitant des aboiements – Puisque vous semblez préférer les bêtes aux hommes, voudriez-vous prendre sous votre aile ce gros chien malheureux ? – Il n'a pas l'air malheureux du tout, répondit Zouzou hésitant entre la bouderie et le rire, il est bien nourri et satisfait de lui-même. À en juger par son pelage, personne ne l'a maltraité ou abandonné, il n'est pas malade non plus. – Vous vous trompez, ce gros chien est plus malheureux que vous ne le croyez, peut-être a-t-il juste honte de le montrer. Peut-être est-il seulement un peu stupide… Et s'il jappait et gémissait… ébranlerait-il votre cœur sec ? – S'il jappait peut-être, qu'il essaie donc, il n'a rien à y perdre – et, un peu désarçonnée, se tournant vers moi : Regardez plutôt ce chat si sérieux et si calme dans son coin, on dirait qu'il craint de faire tomber les objets de porcelaine dont on vient de l'entourer. Joli matou, faites donc entendre le son de votre voix. Je dus paraître si embarrassé, émettre un *miaou* si faux, que Declercq et elle furent pris de fou rire, et une grande gaieté s'empara de nous, nous amenant à nous poursuivre à quatre pattes sur la pelouse, l'un aboyant, l'autre miaulant et la troisième sifflant comme un merle.

Bien que le médecin-chef fût occupé ailleurs, au bord de la Guenelle où nous le croisions parfois lorsque Declercq me donnait ma leçon de natation, surtout dans la propriété du maire, nous nous montrions de temps en temps à la popote afin qu'on ne s'étonnât pas de notre absence, mais n'évoquions jamais Zouzou quand on nous interrogeait : elle était devenue notre secret, peut-être notre royaume. Nous n'en touchâmes pas mot, non plus, à Morin, rencontré à Pogny, à quelques kilomètres de là, lors de la grande représentation théâtrale que donnaient la troupe militaire du corps d'armée et la Comédie-Française, et qu'avait précédée une cérémonie officielle au cours de laquelle le 31e BCP avait rendu les honneurs au général Gouraud accompagné d'officiers russes et de son état-major. Notre camarade s'éventait avec le programme, animant par ce mouvement la marquise en bleu-blanc-rouge dessinée sur la première page près d'un poilu qui lui baisait la main, son fusil au sol, et il me taquina un peu, l'index pointé sur les *bourrées auvergnates* qui seraient dansées après le *Salut des comédiens aux soldats du front* et les *chansons du terroir*. Il rit, de son rire carnassier, dit qu'il était traité comme un coq en pâte par la famille qui l'hébergeait dans un patelin voisin, une famille comptant une ribambelle de sœurs toutes aussi jolies les unes que les autres, et je songeai qu'il avait déjà oublié ses déclarations à propos de Lily, son *Roméo et Juliette*, son *Je trouverai un moyen de me faire aimer, ou je ne m'appelle pas Morin*. Et comme nous répondions à ses questions en restant dans le vague, il demanda si nous ne lui cachions pas quelque chose : nous avions un drôle d'air, peut-être un air supérieur ; était-ce notre croix de guerre qui nous valait cet air-là ? ou le grade d'aide-major que Declercq avait obtenu et qui avait déteint sur moi ? Ou était-ce plutôt sa plaisanterie sur les bourrées auvergnates ? Il savait très bien que j'étais originaire de l'Aveyron, pas de l'Auvergne, en revanche il ne savait pas que j'étais soupe au lait. Puis, nous ayant ainsi tiré des rires, il reparla de son bataillon de chasseurs à pied, des soldats d'élite qui le composaient, des hommes qui avaient de l'endurance, et nous le taquinâmes à notre tour.

Après l'avoir quitté, à minuit, sur une lointaine promesse de retrouvailles à Châlons, nous tombâmes nez à nez avec le médecin-chef, qui nous embarqua dans son automobile et se plaignit du spectacle, fort ennuyeux à ses dires, surtout des feux de Bengale de la clôture : ils l'avaient obligé à confier au maire, pour la soirée, la pauvre Juanita qui les avait *en horreur*. À propos, ajouta-t-il, il avait décidé d'organiser un tournoi de tennis dans la propriété de son hôte et il nous invitait à nous y inscrire, ou plutôt il nous l'ordonnait : il nous avait vus nous baigner dans la Guenelle et avait remarqué que nous étions légèrement enrobés, ne savions-nous donc pas qu'il était important de prendre soin de notre physique ? Lui, par exemple, il n'avait pas de graisse inutile, et il ne s'en portait que mieux en ligne ; au reste, il tenait à avoir sous ses ordres des éléments en bonne forme, des athlètes, capables de porter des poids et de courir sans perdre haleine, pas des poussahs. Oui, un joli tournoi de tennis serait une excellente mise en jambes, beaucoup plus efficace que les marches, les contremarches auxquelles l'armée nous soumettait, et il était certain que nous ne rechignerions pas à contribuer à l'achat de l'équipement nécessaire ; sur quoi, il nous déposa sur la place du village en nous invitant à nous informer à la popote des modalités d'inscription et du reste.

Le tournoi commença début août, en fin d'après-midi, et pas seulement le tournoi, les marches et les exercices prévus depuis notre arrivée : le matin, il fallait se lever à 4 h 45 et parcourir progressivement de huit à vingt kilomètres un jour sur deux ; l'après-midi, nous étions conviés à des exercices de relève de blessés, de soins d'urgence, d'immobilisation progressive des fractures, d'arrêts d'hémorragie, de transports, après un cours théorique dont Declercq, en qualité d'aide-major, était chargé. Les jours de repos, nous poursuivions nos recherches avec Zouzou, qui regrettait notre absence, tout comme, à notre grande surprise, sa tante Louise, laquelle nous confia qu'elle s'était habituée à nous, qu'elle en était même arrivée à nous apprécier : que nous lui pardonnions son accueil bougon et sa méfiance, le jour de notre arrivée, mais les événements de la vie l'avaient troublée, elle avait dû élever sa nièce, après la mort de sa belle-sœur, et cela n'avait pas été une mince responsabilité, car Zouzou avait un certain nombre de lubies dans la tête, elle soufflait le chaud et le froid, était à la fois tendre et entêtée, d'un courage qui se transformait soudain en dureté, certes, mais tout bien réfléchi ce n'était pas un mal, mieux valait être dur dans ce monde d'acier et de fer. Où en était-elle ? Ah oui, elle considérait Zouzou comme sa propre fille, plus que sa fille si cela avait un sens, elle était ce qu'elle avait de plus cher, et elle n'hésiterait pas à tuer pour elle ; voilà, il lui avait fallu attendre la vieillesse, attendre ce mois d'août 1916, pour découvrir que tuer n'était pas si inconcevable que ça, tuer pour défendre ceux qu'on aimait, peut-être s'était-elle trompée en accusant les gouvernements et les états-majors, peut-être les nôtres considéraient-ils la France comme ce qu'ils avaient de plus cher, même si, pour être honnête, elle en doutait.

Et comme nous protestions, déclarions qu'elle n'était pas vieille, qu'elle avait l'esprit d'une adolescente, d'une fillette, elle nous pria de lui donner le bras : elle avait envie de marcher un moment, en marchant on laissait derrière soi les bêtises qu'il vous arrivait de prononcer, on les laissait s'évanouir en fumée. Hélas, elle n'avait plus rien d'une adolescente, si elle l'était encore elle se lancerait dans l'alpinisme : comme on devait être léger quand on atteignait les sommets, débarrassé de toutes ses bêtises, de toutes ses idées noires, oh, comme on devait être léger !, mais l'ironie de la vie voulait qu'on désirât certains plaisirs quand il était trop tard pour se les offrir, quand il ne vous restait plus que les yeux pour pleurer et l'esprit pour accumuler regrets sur regrets.

Mais non, il n'était pas trop tard, il n'était jamais trop tard ! s'exclama Declercq : s'il était encore en vie lorsque la guerre s'achèverait, il viendrait la chercher, il l'emmènerait à Chamonix, il l'emmènerait en Suisse, et les montagnes verraient ce qu'elles verraient ! Encore en vie ! rétorqua la vieille femme, bien sûr qu'il serait encore en vie, que nous serions tous deux encore en vie ; nous reviendrions dans ce petit village de Champagne rendre visite à nos vieux amis, nous nous assiérions à la table de fer, boirions de la limonade, de la grenadine, boirions ce que nous voudrions, raconterions tout ce que nous avions traversé, les batailles et les offensives, ce que nous avions appris du monde et des hommes. Pourvu, seulement, que la guerre ne durât pas trop longtemps, pourvu qu'elle ne se prolongeât encore que quelques mois, tout au plus un an, elle avait beau avoir l'esprit d'une adolescente, l'esprit d'une fillette, elle sentait l'âge peser sur ses épaules. Et comme l'émotion la saisissait, elle nous dit de la ramener à son fauteuil d'osier : ses bêtises s'étaient évanouies à l'heure qu'il était, ce n'étaient pas de si grosses bêtises que ça, oui, que nous nous en allions maintenant, elle en avait assez de notre présence, et puis elle oubliait toujours que les discours la lassaient, et nous, nous la faisions parler, pour une raison qu'elle ne savait pas s'expliquer nous réussissions à la faire parler, elle qui était taciturne et bougonne. Que nous passions plutôt à la lingerie, la chatte noire de Zouzou avait accouché et l'un des trois chatons était rose pâle, que nous admirions les miracles que la nature faisait, pas les hommes.

Nous nous exécutâmes, et comme j'avais mon Kodak dans la poche de la vareuse je photographiai la chatte et sa portée, entraînai Zouzou dehors et l'immortalisai à genoux dans sa volière, riant, la tête et les bras couverts de volatiles, et assise sur la pelouse du jardin, entourée de ses chiens, de ses chats ; je pris aussi un portrait de la tante Louise trônant dans son fauteuil en osier, digne dans sa robe de soie noire et son bonnet à rubans, digne et bougonne, bien sûr, tel le cerbère qu'elle se voulait ; un portrait du Dr Lévêque debout dans l'allée, en veste blanche et canotier, plus proche de l'artiste peintre sur ses vieux jours que du chirurgien à la retraite, du notable. Il me demanda ensuite comment marchait ma machine et nous figea, Declercq et moi, sur un fond d'arbres, de chaque côté de sa fille. Elle portait un corsage à col montant, petits volants et rayures bleues et blanches, une longue jupe de toile marine, et sa couronne, son auréole de cheveux capturait, je l'imaginais, toute la lumière de cet après-midi d'été ; juste avant qu'il appuie sur le déclencheur, elle rejeta sa lourde natte dans son dos et glissa ses bras sur nos épaules, en un geste audacieux, mais si léger, si rapide, que nous ne le sentîmes à peine et peut-être, pensai-je, le vieil homme ne le remarqua-t-il pas.

Puis je photographiai père et fille contre le tronc d'un tilleul. Tout en pointant le viseur, j'eus l'impression que Zouzou s'enfonçait, se fondait dans l'écorce, qu'elle en était le prolongement, de même que ses mains se fondaient dans le pelage des animaux qu'elle caressait, et sans doute était-ce le secret qui suscitait leur confiance immédiate : il n'y avait pas de confins entre elle et ces bêtes, pas d'hésitation, pas de peur, mais un élan si généreux qu'elles le comprenaient, se livraient sans inquiétude. L'été, à l'époque des moissons, me rappelai-je, j'avais remarqué combien mes cousines et les paysannes appelées en renfort se mouvaient aisément dans les champs, courant çà et là, maniant les gerbes de chaume, les liant, les entassant en faisceaux, oui, elles semblaient être partie intégrante de la nature environnante, alors que les hommes s'en détachaient nettement, des corps étrangers tranchant sur l'élément naturel, incapables de s'y assimiler vraiment, incapables d'accéder aux secrets que les femmes paraissaient posséder dans ce domaine, telles de mystérieuses divinités païennes, et, les huit prises étant terminées, je glissai l'appareil dans ma poche.

Contrairement à nos intentions, nous n'avions pu couper au tournoi de tennis ; le QG cantonnant aussi à Togny-aux-Bœufs, ces parties réunissaient de nombreux officiers et sous-officiers, qui se pressaient dans la propriété du maire en chemise et pantalon clairs, joyeux, arrogants, et le patron nous avait avertis : il ne tolérerait pas de défaillance de la part de son équipe, il entendait montrer à ces *messieurs de l'armée* ce que valaient les membres du service de santé, que nous nous le tenions pour dit. Par chance, nos adversaires étaient coriaces, et nous n'eûmes pas à feindre ; rapidement battus, nous nous bornâmes à nous montrer de temps à autre en qualité de spectateurs, plongeant dans l'atmosphère de villégiature qui régnait en ces lieux, applaudissant les exploits du médecin-chef, toujours en lice, riant des aboiements stridents que poussait Juanita, dans les bras de l'ordonnance, chaque fois que son maître triomphait. Alors que les bruits de départ commençaient de circuler, les joueurs semblaient davantage se soucier du bon déroulement des parties, de la prochaine finale, que de la perspective d'une nouvelle montée en ligne ; Declercq et moi redoutions ce moment, bien sûr, même si nous savions qu'il finirait par se présenter : trois semaines de repos étaient plus que nous avions osé espérer à notre arrivée. Pour entretenir le souvenir, les photos ne suffiraient pas, il fallait laisser des objets de tous les jours, aussi décidâmes-nous d'aller faire des emplettes à Châlons où un train, au départ de Vitry-la-Ville, menait en vingt minutes. Nous nous baladâmes dans la vieille ville et finîmes par dénicher ce que nous voulions pour notre amie, un nécessaire à écriture orné de guirlandes de fleurs et d'oiseaux, sur le plumier duquel nous fîmes graver nos prénoms ; puis choisîmes à l'intention de notre hôte un livre d'un dénommé Maurice Genevoix, jeune normalien blessé à Verdun, et pour la tante Louise un bâton qui avait des allures de canne d'alpiniste.

L'ordre de départ arrivé le 10 août au soir laissait deux jours de sursis, ce qui permit aux joueurs de tennis d'organiser leur fameuse finale ; par chance, le médecin-chef avait été battu au tour précédent et, se révélant mauvais perdant, nous dispensa d'y assister. Nous passâmes donc notre dernier après-midi en compagnie de Zouzou, qui voulut nous entraîner dans une promenade au bord de la rivière, désertée grâce à la manifestation sportive ; nous lui emboîtâmes le pas avec trois de ses chiens, après avoir poussé un portillon en bois au fond du jardin. Fébrile, elle s'immobilisait de temps à autre, comme en proie à une soudaine pensée, elle coiffa presque machinalement la couronne de fleurs sauvages que je lui avais tressée en marchant, et affirma : Prenez bien soin de vous, si l'un de vous devait mourir, je le saurais tout de suite et je serais horriblement triste. Declercq fut plus prompt que moi à répliquer que nous n'avions pas la moindre intention de périr ; d'ailleurs, en qualité de médecins, nous étions plus protégés que les bonshommes, c'en était presque une honte ; et puis, nous l'avions déjà promis à sa tante, nous reviendrions après la guerre et nous nous assiérions tous à la table de fer, nous y parlerions de nos souvenirs et de l'avenir ; nous serions, nous autres, prêts à poursuivre nos études de médecine, et elle, peut-être, à entreprendre celles de vétérinaire dans le monde jailli de l'ancien ; peut-être les ferait-elle à Paris, et dans ce cas il serait facile de se revoir souvent, peut-être aurait-elle renoncé à ce projet et se consacrerait-elle plutôt à la poésie ? En attendant, intervins-je, nous nous écririons, nous nous écririons pendant des semaines, des mois s'il le fallait, même si ce courrier devait lui donner plus de travail qu'à nous, car elle serait dotée de deux correspondants. Oh, je vous écrirai à tour de rôle, dit-elle, mais chaque lettre aura deux destinataires. J'ai beau m'y efforcer, je ne sais pas faire de différence entre vous. Est-ce très mal ?

Il y eut un moment de silence, puis Declercq lança : Eh bien, nous serons comme ces bustes bifrons qu'on voit sur les monuments italiens ! Le tout, pour nous, sera d'afficher un air assez solennel. – Ou comme une de ces anomalies de la nature, veaux, moutons, êtres humains, qui naissent avec deux têtes, ajoutai-je. J'avais la gorge serrée, et j'aurais juré que c'était aussi le cas de mon camarade malgré son habileté à dissimuler, mais justement, son masque mondain avait ressurgi en un éclair et s'il continuait de rire c'était, comme Zouzou et moi, sans la moindre gaieté, de même qu'il n'y avait pas de gaieté dans la chanson désuète qu'elle voulut entonner avec nous : *Loin de nous la mélancolie / Au diable tous les tristes vers / Sur l'existence et la folie / Chantons plutôt ce joyeux air, / Lanlaire !* Si bien que nous reprîmes le chemin du retour sans plus échanger un mot. Le soir, au dîner, nous offrîmes les petits présents que nous avions achetés ; dans la lumière dorée des bougies allumées pour l'occasion, Zouzou promena le bout de ses doigts sur nos prénoms gravés, et les yeux de la tante Louise s'embuèrent, puis le maître de maison prononça un court laïus, remerciant la Fortune de nous avoir poussés vers sa maison et d'avoir rempli ces jours de joie malgré la gravité des temps, de joie, de rires et même de miaulements, d'aboiements pas très bien imités, mais peu importait – Ne prenez pas cet air embarrassé, mes amis, considérez-vous ici comme chez vous. Écrivez, donnez des nouvelles et revenez dès que possible. Ce dîner ne sera pas le dernier, faisons-en la promesse solennelle. Nous choquâmes nos verres, émus, en particulier Zouzou, qui avala le vin de travers et se mit à hoqueter jusqu'à ce que Declercq lui eût tapé dans le dos, non sans lui en avoir demandé l'autorisation. Passâmes au salon, où nous disputâmes plusieurs parties de Nain jaune avec la jeune fille et sa tante, dont c'était à ses dires le jeu préféré, pendant que le maître de maison fumait le cigare non loin de nous, mais nos distractions soudaines, notre enthousiasme forcé, les silences qui s'abattaient sur la table prouvaient clairement que nos pensées étaient ailleurs.

La tante Louise monta à l'étage la première, bientôt imitée par son frère, et nous nous dirigeâmes tous trois vers l'escalier, mais parvenus au pied Zouzou nous retint, puisant de sa poche deux petits morceaux d'étoffe qu'elle nous tendit d'un geste brusque. Il s'agissait de mouchoirs en batiste sur lesquels étaient brodées *H.E.R.*, nos trois initiales – Voyez, c'est très mal exécuté, dit-elle, et, malgré nos protestations : Les lettres ne sont pas aussi joliment entrelacées que je l'aurais souhaité, mais je ne m'y entends guère en broderie… J'y ai travaillé la nuit dernière, je tenais à ce que vous conserviez une preuve tangible de notre serment. Pour ce qui est de moi, j'y serai fidèle, je le sais dès maintenant – et, avant que nos *moi aussi* se fussent dissipés, elle dénoua le ruban qui attachait sa natte, dont elle coupa deux mèches à l'aide de minuscules ciseaux tirés de son vêtement. Elle eut un petit rire – Je n'imaginais pas faire un jour du sentiment, mais je ne peux m'en empêcher, je vais devoir m'habituer – et tenta de lancer, par défi, son *Tra deri dera* moqueur, or sa voix se brisant elle se jeta dans mes bras, puis pressa sa poitrine sur celle de Declercq. Quand elle se fut écartée, elle se rua dans l'escalier, dont elle avala les marches quatre à quatre, mais le lendemain matin elle avait recouvré son sang-froid, elle se tenait toute droite près de son père et de sa tante, devant le portail d'entrée, et elle s'attarda là quelques instants après qu'il eut été ouvert et refermé.

9

Avions-nous oublié notre rendez-vous avec Morin, durant notre séjour en Champagne, l'avions-nous vraiment pris ? Telles furent les questions qui m'assaillirent lorsque je le retrouvai dans la Somme, à Herleville, village en ruine où étaient réunis les postes de secours régimentaires et le poste avancé du GBD que j'étais parti relever à mon arrivée au cantonnement, à deux kilomètres de là. Il était affairé dans son PS et, pivotant au son de son nom, il afficha ce sourire sauvage que je lui avais vu lors de notre première rencontre en Artois, un an plus tôt, alors qu'il énumérait *fond de Buval*, *tranchée des Saules*, *fossé aux Loups*, ou encore *bois Carré*, réjoui par les victoires obtenues dans ce secteur et les perspectives de combat ; un instant les deux images se superposèrent, comme si rien, ni les mois passés ensemble ni les liens tissés, ne les séparaient, et la plus vive, la plus précise, se rapprocha bientôt de moi – Ça va barder, mon vieux, dit-il. Jamais vu autant d'artillerie lourde et de tous calibres rassemblés au même endroit. Les Boches quitteront Soyécourt la tête basse, tu peux me croire. Si l'on considère que les affaires sont plutôt bonnes à l'extérieur, surtout du côté roumain, c'est le commencement de la fin ! Et toi, tu es bien installé ? Je répondis que mon poste était situé dans une cave étayée à douze mètres sous terre, où les seize hommes de ma section avaient eu grand-mal à s'entasser, et me laissai inviter à déjeuner à la popote de son commandant, absent : la veille au soir nous avions dû nous contenter d'une boîte de singe et d'un morceau de pain, j'étais affamé. Pénétrai derrière lui dans une sape qui semblait à toute épreuve, serrai la main d'un sous-lieutenant grenadier et de l'adjoint au commandant, serrai celle de l'abbé Lemoine, qui se présentait à son tour : gai, jovial, comme à son habitude, il évoquait lui aussi la fin de la guerre maintenant que *le grand jour* était presque arrivé.

Les choses étaient simples, dit tout bas l'adjoint au commandant, qui m'avait réclamé le silence sur ce que j'entendrais, il s'agirait vraisemblablement de s'insinuer à l'intérieur du bois de Soyécourt avec l'aide de la 61e division, tandis que la 132e se dirigerait sur Vermandovillers après une grosse préparation d'artillerie et, sans doute, un coup de main au sud du bois dont son bataillon serait chargé – Comme toujours, nous serons le fer de lance, c'est dans la tradition du 10e BCP. Morin ricana, et je compris que c'était par fierté, je compris aussi pourquoi il éprouvait pareil sentiment : l'adjoint au commandant continuait d'illustrer la situation des fronts, l'emplacement des divisions, des régiments, des brigades, avec une ferveur qui avait de quoi galvaniser ; grand, sec, il paraissait se consumer pour sa mission, et ses yeux marron lançaient des feux. C'était presque une veille de bataille, et déjà tous les esprits se tendaient vers les combats en une sorte de communion ; je l'avais expérimenté en Artois, avant l'attaque du 25 septembre, l'année précédente, il s'agissait d'une excitation de chaque instant, terrible mélange de bravade et de peur, qui unissait tous les hommes en une sorte de grande fraternité, se jouant des opinions qu'on pouvait avoir sur l'armée, ses règlements, ses hiérarchies, sa façon de récompenser des incompétents notoires, l'aveuglement de certains chefs, vous propulsant naturellement vers l'action, et peu importait qu'on fût révolté par le *grand massacre*, ainsi que l'appelait Declercq, ou qu'on estimât, comme le sous-lieutenant qui prenait maintenant la parole, logique, normal, pour tout homme de bonne volonté, de se tenir là sur ces terres boueuses et noires, en face de l'ennemi.

Le secteur était relativement calme, mais nous sentions le jour J approcher : tous les après-midi Declercq et moi parcourions les boyaux en compagnie du médecin-chef et du médecin divisionnaire afin de reconnaître le secteur, mémoriser les noms, déterminer l'emplacement des futurs postes de secours, surveiller l'aménagement d'une voie d'évacuation, qu'une équipe de travailleurs creusait chaque nuit. Il y avait aussi le service normal à assurer au cantonnement et au poste central de Herleville, les blessés à relever en ligne et à Framerville, le village à cent mètres duquel se dressait la ferme où le GBD était installé, village, ou plutôt ensemble de ruines qui abritaient encore une douzaine de vieux civils, réunis autour de leur curé : bien que situé en arrière, il était la cible de bombardements. Dans ce tourbillon d'acti-

vités, le patron se révélait agité et brouillon, multipliant les ordres, se contredisant, semblant vouloir que tout se fît en même temps, être de garde au poste, visiter les boyaux et occuper les futurs emplacements, réclamant d'innombrables rapports et reprenant souvent à son compte les idées de Declercq, son aide-major, dont il réclamait sans cesse la présence si bien que : Mon vieux, j'ai bien peur de concurrencer Juanita, plaisantait ce dernier, je pourrais peut-être me mettre à aboyer pour la supplanter tout à fait, qu'en penses-tu ? Je répliquais : Avoue-le, tu rêves qu'un ordonnance te porte dans ses bras toute la journée – mais je me demandais en quoi l'agitation nerveuse du médecin-chef se résoudrait au moment de l'offensive, je le regardais taper du pied par terre en des gestes de colère ou, le soir, caresser sans relâche sa petite chienne, comme absent, et j'étais de plus en plus inquiet.

À ce régime, nous perdîmes rapidement les bénéfices de notre période de repos et eûmes bientôt l'impression qu'elle s'était déroulée non quelques jours mais des semaines, des mois plus tôt ; nous avions adressé, depuis le cantonnement de l'Oise où nous avions attendu notre départ pour la Somme, une lettre de remerciement au Dr Lévêque puis écrit à Zouzou la première missive de notre correspondance à trois. Et sa réponse vint : elle était à son image, disait *je pense à vous trop souvent, bien trop souvent sans doute, mais j'ignore comment vous arracher de mon esprit. Quelques minutes de répit me suffiraient pourtant, le matin et l'après-midi. Croyez-vous que vous pourriez m'envoyer vos portraits dans une prochaine lettre ? et le nôtre, celui que mon père a pris dans le jardin ? À cause de vous, je ne peux plus maudire la guerre : sans elle, je ne vous aurais jamais connus ; non, ce n'est pas vrai, je la maudis encore, je ne peux pas m'en empêcher, et je me traite ensuite d'hypocrite*, décrivait l'état d'un certain nombre d'animaux, transmettait les amitiés de sa famille et soulignait une phrase qu'elle nous avait déjà adressée de vive voix, *Prenez bien soin de vous, si l'un de vous devait mourir, je le saurais tout de suite, et je serais horriblement triste*. Nous la relûmes une, deux, dix fois, c'était une sorte de réaction chimique : ses mots flottaient dans l'air un moment, pareils à des flocons de pollen, puis se déposaient dans nos esprits avant de s'évanouir tout doucement, et il fallait alors rouvrir l'enveloppe, déplier la feuille de papier – À ce train-là, ce petit rectangle bleu deviendra vite de la charpie, commentait Declercq.

Maintenant, nous guettions l'arrivée du vaguemestre avec plus d'impatience que jamais et, comparées à celles que nous attendions, les nouvelles de nos foyers respectifs nous paraissaient presque insignifiantes ; pourtant, ma famille, réunie à la campagne pour la convalescence de mon père, victime d'une amygdalite et surtout surmené, me décrivait les foins, la moisson, la récolte du miel, en des tableaux bucoliques qui m'eussent rempli de nostalgie en d'autres circonstances, elle m'apprenait aussi l'obtention du grade de sous-lieutenant de mon frère Pierre et son succès au concours d'entrée à Centrale, sa descente sans casse de Thiaumont. Quant à la mère de Declercq, elle l'informait que Maxime avait cédé, qu'il irait s'initier aux secrets de la banque à Londres, auprès de l'ami de leur beau-père – Qu'est-ce que je t'avais dit ? lança mon camarade. Cette femme n'est-elle pas merveilleusement diabolique ? –, lui demandait quand il comptait revenir en permission afin qu'on pût célébrer les fiançailles de

Juliette et de son diplomate américain, comme s'il se trouvait dans un lieu de villégiature, et non au front. Je reçus aussi une missive de notre ancien patron : il voguait vers Saigon non sans appréhension, les deux paquebots qui avaient quitté Marseille avant le sien ayant été torpillés l'un comme l'autre, et m'envoyait un menu merveilleux de sa table – Regarde ça, dis-je à Declercq, c'est tout simplement une incitation au crime. Le vieux bouc n'a rien d'un fou, il s'est défilé au bon moment, voilà tout. – Tu crois qu'il arborait son burnous et son fez pour simuler l'épuisement nerveux ? Je répondis que je l'ignorais, mais qu'un fait était certain : avant Verdun, l'homme était aussi normal que nous.

Les permissions étaient désormais supprimées et la préparation d'artillerie commença le 29 août 1916, un concert inouï qui ébranlait tout, faisait trembler la terre, soufflait les lampes et produisait d'énormes panaches de fumée noire, verte et jaune dans les ruines de Soyécourt, le principal objectif de notre division. Mais un orage éclata dans la soirée, inondant chemins et boyaux, et l'attaque n'eut lieu que l'après-midi du 4 septembre ; j'y assistai de mon poste de la Boulangerie avec les sections de brancardiers qui nous avaient rejoints, je vis les troupes, précédées d'un formidable barrage de 75, sortir des tranchées et monter au pas, à distances égales, sur le champ d'entonnoirs jaunâtres, à droite de Soyécourt, suivis par les lourdes saucisses et une nuée d'avions français, et, avant que la vue ne fût obstruée par un nuage de fumée, distinguai des groupes qui se détachaient du village – Des prisonniers ! s'écria Jules. Et j'exultai à mon tour, distribuai et rendis les poignées de main, comme si j'étais un peu responsable de ce succès, comme si j'étais sur le champ de bataille, près des bonshommes, des officiers, puis replongeai dans l'abri parce que des sifflements retentissaient un peu trop près et me contentai de passer la tête dehors de temps en temps jusqu'à l'arrivée des premiers blessés.

Il plut encore et encore, ce jour-là et les suivants, on aurait dit que le ciel ne se lassait pas de déverser de l'eau, des obus et des torpilles, en une sorte de punition divine, ce qui nous obligeait tous à patauger, trempés, dans les boyaux, puisqu'il fallait transporter les blessés et, en ce qui me concernait, inspecter les PS de relais et ceux des régiments, reconnaître de nouveaux emplacements, déplacer mon poste au fur et à mesure que les troupes progressaient afin de rester en liaison avec elles, rendre compte de mes mouvements à Framerville, au poste central du GBD. Et les attaques se succédaient, avec leurs lots de morts et de blessés, des Français et de sympathiques Saxons des 102e et 103e RI qui multipliaient les *Kamarad* ; ils se substituaient les uns aux autres, la même grimace sur le visage, les mêmes plaintes sur les lèvres, alors que les brancardiers les soulevaient, les emportaient, les déposaient, trop peu nombreux pour cette énorme tâche en dépit des renforts. Et de nouveaux boyaux défilaient sous mes pieds jusqu'aux PS régimentaires, et mes joues crissaient de plus en plus, et mes idées s'embrouil-

laient sous l'effet de la canonnade, et les labyrinthes, parois de terre infranchissables, hantaient de nouveau mon sommeil, interrompus par des images qui se dévidaient sans que je parvienne à m'y accrocher, par exemple le visage de mes parents, ou celui de mon frère Pierre qui était je ne savais où.

Parmi elles, il y avait maintenant la silhouette de Zouzou tourbillonnant dans une danse sans fin, passant de mes bras à ceux de Declercq et de nouveau aux miens, mais elle s'effaça elle aussi au point de me laisser croire qu'elle n'avait jamais existé et je me retrouvai enfin dans ce grand champ que mes cousins et moi nommions *la Plaine* comme s'il n'y en avait qu'une au monde, je m'y retrouvai non pas un jour de septembre pluvieux mais en plein été, après la moisson, quand la terre se fendille, vous brûle les pieds, quand les chaumes vous égratignent les chevilles ; que tout est écrasé par la chape de chaleur, tout, les douces courbes des collines s'étageant jusqu'à l'horizon, les murs en pierre sèche, les haies de genêts, de chèvrefeuille et de houx délimitant les prés, festons carrés et rectangulaires dont le vert semble roussi par le soleil ; que les feuilles les plus minces s'affaissent et les plus dures réfléchissent les rayons comme de minuscules miroirs. Et cette vision aussi, ce rêve, disparut, parce qu'un avion survolait mon poste à basse altitude et qu'un brancardier venait me chercher ; alors je me précipitai avec lui au-dessus des ruines, des boyaux et des fils de fer jusqu'aux maisons de Soyécourt, au milieu desquelles l'appareil anglais s'était abattu, le pilote tué d'une balle dans la tête, et l'observateur bouleversé mais indemne. Comme Perret accourait aussi, je lui laissai l'*honneur* de conduire l'homme au PS et, après avoir renvoyé Jules, allai errer un moment dans les ruines pour me calmer, chasser le sentiment d'être prisonnier qui m'envahissait de plus en plus, la fatigue, l'écœurement. Mais je finis par tomber à genoux derrière un reste de mur, et je pleurai dans cette boue de la Somme dont aucun masque, aucun instrument ne protégeait, cette boue dont aujourd'hui encore je me rappelle l'odeur, la consistance.

Je redescendis à Framerville dix jours après la première attaque afin de me laver, changer de tenue, et allai voir Declercq. Tout en fumant, il me raconta les dernières journées, le travail harassant auprès d'un médecin-chef agité, colérique, et s'il riait en singeant le patron je ne pouvais croire que c'était par gaieté. Il braqua sur moi des yeux ébahis quand je tirai de ma poche une rose cueillie la veille dans la partie de Soyécourt reconquise où j'étais allé reconnaître des puits et faire des prélèvements en compagnie du toxicologue : je l'avais coupée à l'intention de Zouzou. Il répéta ce nom tout doucement et finit par murmurer : Elle nous a sans doute déjà oubliés – puis se ressaisit – Je me suis rappelé un poème au plus fort du marmitage, *Garde en toi tes soupirs, belle prodigue, / afin d'en purifier les airs ; /et tes larmes pour en faire des perles / aux bracelets de tes cheveux*. C'est l'histoire d'un soldat qui part pour la bataille. Très adapté, n'est-ce pas ? Il rit encore, mais cette fois la pirouette avait été laborieuse, comme effectuée au ralenti, au prix d'un effort visible. Tandis qu'il me tendait un verre, les propos que sa mère m'avait tenus juste avant que je prenne congé remontèrent à ma mémoire : *prévenez-moi au cas où il lui arriverait quelque chose, au cas où, comment dire ?, son moral... fléchirait*, *Émile a beaucoup de relations parmi les députés, les ministres, il n'aurait aucun mal à le faire nommer dans un hôpital à l'arrière.*

Puis je souris : au cours des bombardements les plus violents certains perdaient conscience, d'autres devenaient fous ; Declercq, lui, se remémorait des poèmes ; et j'interrogeai, le voyant glisser la flasque en argent dans sa poche : Tu t'es mis à la gnôle, toi aussi ? – Comme tout le monde, non ? – Si tu as besoin de quoi que ce soit, je suis là, n'oublie pas. – Je le sais, mon vieux, je sais que je peux compter sur toi, dit-il, puis il ajouta qu'il n'était pas certain de m'accompagner le lendemain au PS du 10e BCP où Morin, croisé la veille dans les boyaux, nous avait invités à déjeuner : le patron ne le *lâchait* pas.

De fait, il n'était pas à la lisière du bois de Soyécourt quand je m'y présentai, et nous bûmes sans lui à la proposition de citation de Morin et à celle de l'abbé Lemoine pour la Légion d'honneur. Le 10e BCP s'était distingué, et bien que tout le monde fût éreinté la bonne humeur régnait à la popote ; les rires et les plaisanteries de mon camarade, les chansons qu'il entonnait de temps à autre me confirmaient que les combats avaient sur lui un tout autre effet que sur Declercq. Il me relata les opérations comme s'il y avait participé lui-même, en particulier la première attaque du 4 septembre, au cours de laquelle on avait gagné 1 700 mètres en l'espace de trente-cinq minutes, l'occupation de la tranchée Siegfried, le lendemain, omettant de préciser que les trois premières journées de combat avaient valu à l'infanterie de la 85e et de la 86e brigade la perte d'environ soixante-dix officiers et deux mille hommes de troupe. L'abbé Lemoine avait voulu qu'on priât quelques secondes pour les disparus au début du repas, et quand il avait relevé la tête Morin m'avait invité à faire coïncider ma prochaine permission avec la sienne : il savait comment nous fêterions ces succès, il le savait et comment, il connaissait un tout nouveau cabaret, où il m'emmènerait ! Volontiers, mais je craignais que les permissions ne fussent pas rétablies avant longtemps, avais-je répondu, puis je racontai la mésaventure qui m'était arrivée trois jours plus tôt, alors que je cherchais des puits dans les ruines de Soyécourt, comment un gros éclatement m'avait projeté, jambes en l'air, sur mon guide et obligé à *en jouer un air*, selon l'expression des poilus, à sauter dans le boyau le plus proche et à battre en retraite. Mais je ne pouvais le nier, admis-je en moi-même pendant que les rires fusaient, j'enviai un peu Morin et son bataillon prestigieux, et je commençais à penser que le poste de médecin auxiliaire du 1er BCP, par exemple, le premier à avoir eu la fourragère, m'assurerait un travail plus intéressant qu'au GBD et ne m'éloignerait pas trop de Declercq puisqu'il appartenait à notre division : d'après certains bruits, Perret, son actuel occupant, n'était pas opposé à l'idée de céder sa place, mais nous étions en mauvais termes depuis le jour de mon arrivée au front, quand il s'était exclamé en apprenant que je venais du sud de la France *Ah, les Méridionaux, le contingent le plus nombreux à la visite et le dernier à enjamber le parapet !*, et tenter un rapprochement me paraissait impossible.

L'artillerie se remit à tirer activement le surlendemain, en préparation de la nouvelle attaque, et la pluie, cauchemar des brancardiers, revint aussitôt après, transformant encore une fois les boyaux en ruisseaux de boue, qui s'engouffraient jusque dans les escaliers des postes de secours, dégoulinaient partout, nous plongeant tous dans un noir cafard dont rien ne semblait pouvoir nous tirer. De fait, nous étions abrutis, éreintés, quand l'ordre de relève arriva après plus d'un mois en ligne, et nous débarquâmes avec soulagement à Luchy, dans l'Oise, bourg cossu habité par des cultivateurs aisés et de gros fermiers. Je dormis tout mon soûl dans un lit qu'une avare petite vieille m'avait cédé après avoir fait des façons pour me recevoir, puis développai les photos de Togny : le visage de Zouzou ressurgit enfin entre celui de Declercq et le mien, et il était bien réel sur le fond d'écorce et de feuillage, avec son teint pâle et ses taches de rousseur, son nuage de cheveux roux. Nous confiâmes le film à un photographe de Beauvais, à quinze kilomètres de là, afin qu'il effectuât un tirage plus élaboré pour chacun d'entre nous, et allâmes le chercher le lendemain. Munis de cette précieuse photo et de la rose de Soyécourt que j'avais conservée, nous écrivîmes une lettre à notre amie sur la table de l'Hôtel Continental où nous avions déjeuné, mais Morin survint dans notre dos alors que nous les glissions dans l'enveloppe, nous arracha le portrait des mains puis, après l'avoir longuement contemplé, fit le geste de jouer sur un violon imaginaire. Qui était cette jeune fille et à qui, de nous deux, était-elle fiancée ? voulut-il savoir. Nous répondîmes en même temps, Declercq criant mon nom et moi le sien, puis nous corrigeant par des *Lui !* des *Moi !* contradictoires, si bien que Morin se vexa et quitta la salle de restaurant. Nous dûmes le poursuivre un moment dans la rue avant de le ramener à de meilleurs sentiments ; comme il était bon garçon, l'incident s'acheva dans les rires, et il nous invita à l'accompagner à l'adresse de cinq à sept prétendument *épatante* qu'un officier lui avait fournie.

Mais il n'avait pas renoncé à connaître le fin mot de l'histoire, et il continua de m'interroger au cours des jours suivants quand nous nous rencontrions dans les rues de Beauvais, où désormais je me rendais quotidiennement en fin d'après-midi : au lieu de partir en permission, comme je l'espérais, j'avais été détaché au CVAD, convoi administratif, dont le cantonnement était situé à Villers-Saint-Lucien, à deux kilomètres de là. Certes, cela comportait des avantages : une popote très agréable, composée du capitaine, type parfait du vieux beau, d'un vétérinaire et de trois jeunes sous-lieutenants, dont Danlos, vieille connaissance du GBD avec qui j'avais rallié Verdun en février ; une voiture et un cheval de selle à ma disposition, une belle infirmerie et une chambre spacieuse ; mais c'était un métier des plus embusqués et, si le médecin divisionnaire m'avait assuré que cette affectation ne durerait pas plus d'une semaine, j'en avais un peu honte. Le capitaine aimant bien l'apéritif, nous gagnions tous les soirs à cinq heures un café de Beauvais à bord de mon véhicule médical, une grande et superbe voiture attelée de deux chevaux gris aux harnais nickelés, qui ne semblait pas avoir d'autre utilité. De la terrasse, je voyais Morin aller à ses rendez-vous galants ou en revenir : il faisait invariablement le geste de jouer du violon avant de m'attirer à l'écart et de m'obliger à répéter des explications auxquelles il ne croyait pas. Declercq s'en amusait lorsque je les lui rapportais pendant nos promenades à cheval, après l'avoir retrouvé à mi-chemin entre nos deux cantonnements, il enchaînait ensuite sur la description des épouses des pharmaciens venues pour la période de repos, singeait le médecin-chef qui les examinait, les sourcils froncés, et lui demandait plusieurs fois par jour s'il croyait qu'elles étaient toutes *authentiques*. Mais sa gaieté avait quelque chose de sombre, de forcé, et je ne savais s'il fallait l'attribuer aux combats que nous avions subis, à la perspective de remonter en ligne ou à l'attente de nouvelles de Zouzou.

J'avais rejoint le groupe et, avec lui, le front, quand la lettre de la jeune fille arriva. Elle nous remerciait de notre portrait, qu'elle avait placé sur la cheminée de sa chambre, et nous détaillait des petits faits quotidiens, concluait sa missive par des vers d'Edmund Gosse qu'elle avait elle-même traduits, expliquait-elle, en prenant quelques libertés avec le poème. *Si je vous oublie /*, disaient-ils, *c'est que la grève peut oublier l'océan : / oui, si j'oublie / ces cœurs qui firent naître en mon cœur / ce doux et merveilleux tourment, / je veux sombrer dans le malheur, / plus bas que la plus misérable, / solitaire, exilée, maudite, /si je vous oublie ! / Si vous m'oubliez !, / je ne veux gâter votre bonheur. / Si vous m'oubliez, / je ne vous dirai point ma peine, / votre présence a comblé mon cœur : / vous demeurez mes souverains, / moi, sujet à jamais soumis ; / votre souvenir reste béni, / si vous m'oubliez !* Et ils étaient suivis d'un commentaire : *Ce n'est pas du sentiment !!!* qui semblait les contredire. Je conservai la lettre un moment et, avant de la rendre à Declercq, recopiai le poème sur un carton, que je glissai dans mon portefeuille déjà bien gonflé par les photos de famille, les images saintes et la mèche de Zouzou, que je tirais de temps en temps, la nuit, et pressais sur mes narines, tout comme le mouchoir brodé à nos initiales. Ce *H.E.R.* signifiait *elle* anglais, notre amie ne pouvait l'ignorer, c'était peut-être même la raison pour laquelle elle avait choisi de broder la première lettre de son prénom, Élisabeth, plutôt que celle du surnom par lequel nous l'appelions, pensais-je en caressant le fil tandis que la pluie ruisselait à travers les fissures de mon poste de secours, un ancien abri allemand en béton armé, près du château de Deniécourt.

Car, en ces jours d'automne, il tombait une pluie incessante qui faisait dégringoler les parapets par blocs, renvoyait les attaques *sine die*, transformait en paquets de boue les hommes, dont le moral ne cessait de baisser. Souliers, chaussettes et vareuses séchaient en permanence autour du poêle que nous alimentions avec du bois ramassé dans les ruines, et le thé alcoolisé que nous préparions aux

brancardiers afin de les réchauffer n'était jamais suffisant. Declercq en proposait aussi à son équipe, à l'intérieur du PS du groupe, un cercle militaire pompeusement appelé le Kasino sur le fronton duquel on pouvait lire, dans la langue de nos ennemis, une inscription démentie par les faits, *Ici, les obus de Joffre ne nous atteindront pas*, et je le soupçonnais de préparer des tasses particulièrement corsées à l'intention du patron afin de le punir d'avoir tant clamé son dégoût de l'alcool. Gris, celui-ci le complimentait comme s'il était l'inventeur d'une nouvelle potion médicale, envisageait de le dépêcher à Paris afin d'y conduire Juanita qui souffrait à ses dires de rhumatismes, puis se ravisait : le temps changeait, il le sentait, il était extrêmement doué pour prévoir le temps. Mais les averses se succédaient et les tasses de thé continuaient de circuler, elles étaient aussi un moyen pour mon camarade de boire en toute quiétude, parce qu'il buvait, il buvait de plus en plus.

En vérité, c'était un peu le cas de tout le monde maintenant que le froid s'était ajouté à la pluie et aux bombardements, que les attaques échouaient les unes après les autres, le mauvais temps empêchant de procéder au réglage d'artillerie. Obligés d'avancer à la grenade juste en face d'une ligne ennemie très énergique, les poilus étaient invariablement repoussés, et il n'était pas rare que les équipes de brancardiers parties à leur secours demeurent enlisées, des blessés sur les épaules. Muté début novembre au 1er BCP afin de remplacer le médecin en second, je faisais des pansements toutes les nuits à des individus aux chairs lacérées, j'eus notamment à m'occuper d'un chasseur auquel un obus avait arraché les fesses, et il me fallut deux heures pour nettoyer une bouillie de chairs, de capote, de culotte, de chemise et de merde. Certains blessés passaient la nuit sous la pluie dans des trous d'obus remplis d'eau, à la merci des patrouilles allemandes, et attendaient là que d'autres chasseurs, également blottis dans des trous en avant, les ramènent au petit jour. Chaque matin, à la visite, j'assistais à un défilé presque ininterrompu de contusionnés, d'enterrés et d'enlisés ; certains se plaignaient d'avoir à *remonter sur le billard*, comme ils disaient, c'est-à-dire sur les parapets, et malgré la consigne féroce du bataillon il m'était pénible de devoir désigner ceux qui repartiraient et ceux qui resteraient au train de combat. Un matin, un jeune chasseur en larmes me prévint que si je le renvoyais en ligne il se tirerait une balle dans le mollet, et peu importait le conseil de guerre, peu importait la peine de mort : sa terreur et sa détermination étaient telles que je l'exemptai de service. Au même moment le médecin-chef, un as doté de la croix de guerre, de cinq étoiles et d'une palme, avec lequel j'entretenais des relations amicales, survint et, interceptant le garçon, lui tint un discours paternaliste avant de déchirer sa feuille. Je fus indigné et protestai, mais, me rappelant curieusement mon ancien patron, le major prétendit que l'individu en question n'en était pas à son premier *essai* et je n'eus plus qu'à obtempérer.

Pareils scrupules étaient, comme je le constatais, étrangers à Perret, qui occupait un PS avancé au sein du même bataillon : un jour où j'effectuais un tour des postes avec le médecin-chef, je l'entendis traiter de tire-au-flanc des chasseurs éreintés et rabrouer un pauvre petit poilu de la classe 18, engagé, qui sanglotait de misère et de fatigue ; s'il n'osa me lancer des piques, il s'enquit des membres du groupe et m'interrogea en particulier sur Declercq. Ainsi, il levait le coude à présent ? demanda-t-il avec un sourire méchant avant d'ajouter : Les épreuves ont démontré qu'il n'est pas l'homme fort et impassible qu'il voudrait, et je ne donne pas cher de sa résistance. Bientôt, son arrogance se dégonflera comme un ballon de baudruche. Je réfrénai l'envie de lui sauter à la gorge et répliquai sèchement que Declercq valait dix hommes de son espèce à lui, Perret. Dix hommes ? Que disais-je ? Cent, mille, dix mille. Je tournais les talons quand le médecin-chef pénétra dans le PS, et le rire mauvais de mon confrère s'éteignit à la vue des manifestations d'amitié que l'homme me témoignait. Mais je n'en tirai aucune espèce de triomphe ; ce court échange avec Perret prouvait qu'il était inutile de le prier d'échanger son poste contre le mien, ainsi qu'on me l'avait laissé entendre, et je le regrettais : en raison de la proximité avec les poilus, le travail au sein d'un régiment était beaucoup plus intéressant qu'au GBD, Morin ne mentait pas.

Et la nouvelle, à mon retour au groupe, qu'on versait dans l'infanterie neuf excellents brancardiers des classes 14 et 15, dont un de ma section, accentua ce sentiment : les pharmaciens avaient déjà remplacé les médecins, comment allions-nous travailler dans des conditions aussi dures avec des brancardiers inexpérimentés ? J'avais également du mal à comprendre pourquoi on ne relevait pas les hommes, épuisés, maintenant qu'Ablaincourt était conquis et que Gouriécourt se dressait devant nous. Je ruminais mon dégoût au Kasino quand un violent bombardement éclata : c'étaient des obus lacrymogènes et je me retrouvai bientôt en larmes auprès du patron, qui me réclama un linge afin de protéger Juanita. Je m'exécutai et me demandai, en voyant Declercq rire et pleurer à la fois, un peu plus loin, si ce que Perret m'avait dit à son sujet n'était que pur bluff, ou si j'étais le seul à ne pas mesurer ce qui sautait aux yeux de tous.

Enfin, l'ordre de relève arriva, et nous regagnâmes Luchy. Cette fois, le médecin-chef ne put me refuser ma permission et, après avoir fourré dans mon sac les lettres de Declercq, de Jules, des potards et d'un certain nombre de brancardiers, je filai en auto sanitaire à la gare de Beauvais. Dans le hall, je tombai sur Morin, qui se réjouit que notre plan eût été couronné de succès : nous fêterions sa croix de guerre comme il se devait et commencerions par un bon déjeuner. En vérité, j'avais un peu oublié ses promesses, mais j'acceptai volontiers son invitation : je ne partirais que le lendemain soir pour Rodez, où ma famille ne m'attendait pas, puisque je comptais lui faire une surprise. Il plaisanta pendant tout le trajet, mais ne m'interrogea ni sur *la jeune fille du portrait*, ainsi qu'il l'appelait, ni sur Declercq, et je préférai ne pas éveiller sa curiosité à son sujet ; au reste, son silence était la preuve qu'il n'avait rien remarqué d'étrange dans le comportement de notre camarade.

Morin habitait rue d'Assas dans un appartement cossu dont les fenêtres donnaient sur le jardin du Luxembourg, il étreignit sa mère, une grande femme robuste, puis la repoussa en la priant de ravaler ses larmes qui lui mouillaient le cou et le col de sa chemise : il était vivant, qu'elle se réjouît donc, lui lança-t-il, qu'elle attendît qu'il fût mort pour pleurer ! Il examina ensuite les mains de ses sœurs, trois adolescentes et une fillette blondes, et les rudoya car elles ne portaient pas les bagues qu'il leur avait rapportées du front et que, je m'en souvenais, il avait qualifiées devant moi d'*affreusement laides*, ce qu'elles étaient en effet. Il attendit qu'elles eussent réapparu, munies de ces bijoux, non pas contrites, mais pouffant de rire, pour commencer à raconter, assis sur le canapé du salon, les dernières semaines en ligne, en particulier l'attaque de la tranchée Siegfried, le 4 septembre, et celle de la tranchée Besse quelques jours avant notre départ : ses descriptions étaient fort réalistes et l'on aurait pu croire qu'il commandait lui-même le 10e BCP, alors qu'il était resté tout ce temps-là enfermé dans son poste de secours. Il se levait, se rasseyait, gesticulait, il finit par se fâcher, ses sœurs s'étant remises à babiller au lieu de l'écouter. Il s'en plaignit à leur mère, qui les gourmanda, mais il abandonna quelques secondes plus tard son air de commander : son père était entré, il nous serrait la main, demandait à déjeuner sans tarder car, expliqua-t-il, il avait rendez-vous de bonne heure avec un confrère à la faculté. De fait, l'homme refusa les bouchées à la reine que la domestique lui présentait et réclama le plat de résistance : il était pressé, pressé, par quel mystère ne le comprenait-on pas ?

Morin tenait de lui sa grande taille et sa carrure, mais ni ses gestes secs ni l'expression de supériorité qu'il afficha lorsque mon camarade, interrogé, décrivit, cette fois d'un ton plus modeste, les batailles de la Somme auxquelles nous avions participé. L'homme leva les sourcils comme s'il entendait des sottises, puis déplia le quotidien qui, je l'avais remarqué, était posé à côté de son assiette, et s'absorba dans sa lecture jusqu'à ce qu'on lui apportât le café. Nous en étions encore à l'entrée, dont je m'étais resservi en partie pour me donner une contenance pendant que la maîtresse de maison, le visage cramoisi, multipliait les *chut !* à l'adresse de ses filles, toujours ricaneuses, et que Morin faisait des boules en mie de pain. Enfin le père quitta la pièce, emportant, telle une écharpe coincée par mégarde dans une portière, la chape d'embarras qui pesait sur la table, et une sorte de frénésie de parler s'empara curieusement des autres membres de la famille. Morin en profita pour reprendre les manières autoritaires que je lui avais vues à notre arrivée, réprimandant de nouveau ses sœurs qui se chamaillaient.

J'assistai à ces scènes familiales avec amusement et répondis aux questions polies de la maîtresse de maison, qui dévia ensuite la conversation vers les connaissances de mon camarade tombées au champ de bataille. Au beau milieu de cette lugubre énumération, Morin jeta sa serviette sur la table et déclara qu'il en avait assez : voilà donc ce qu'étaient les permissions ! Non pas des moments de réconfort et de repos après les épreuves, mais une affliction sans fin ! S'il avait su, il serait resté au front, parmi les copains ; avec eux, au

tion chez des amis parisiens pour couper à un nouveau déjeuner en présence du maître de maison qui, à en juger par l'expression apeurée de son épouse, accablerait certainement mon camarade de ses réprimandes et de son mépris.

10

Je retrouvai Declercq en Picardie et lui relatai mon aventure au cabaret de la rue des Petits-Champs avec Morin et son cousin, dont je lui transmis les amitiés. Il rit et répliqua qu'il ne voyait pas très bien de qui il s'agissait, ou plutôt si, il avait un vague souvenir, un garçon bien charpenté aux yeux ronds, c'était cela ?, mais il ne pensait pas le connaître, et je me demandai s'il avait vraiment oublié, ou si sa popularité était telle à l'époque que ses camarades de cours s'inventaient des liens avec lui. Tirant de sa poche une enveloppe dont la couleur lilas m'était désormais familière, il dit qu'il m'avait attendu pour l'ouvrir et, une fois décachetée, lut la lettre à voix haute. Exhortations à la prudence exceptées, Zouzou n'y parlait pas d'amitié mais se plaignait du sort réservé aux femmes : *Nous sommes contraintes d'assister à tout comme des spectatrices, à cette guerre qui fauche les êtres sans que nous puissions protester ou agir, à l'avenir que pères et époux préparent pour nous. Autant avoir les jambes et les bras coupés, autant être muettes, puisque notre avis ne compte pas !* Peut-être la guerre obligerait-elle les hommes à réfléchir, ajoutait-elle, peut-être les temps changeraient-ils aussi pour les femmes, même si elle n'avait pas confiance en l'être humain, trop superficiel et calculateur à son goût. Une indignation que je commentai un moment avec Declercq, avant de l'interroger sur le médecin-chef et les membres du groupe. Il n'y avait rien de nouveau depuis mon départ, répondit-il, les potards étaient toujours là et, en fin de compte, ils n'étaient pas si désagréables que ça ; certains, en particulier Calippe, le plus jeune, étaient même de gais lurons, je m'en rendrais compte ; pour le reste, les permissions roulaient grand train et quarante pour cent des hommes étaient dehors ; c'était la preuve que notre retour en ligne n'était pas imminent ; de fait, le médecin-chef partait le lendemain.

Jules partait également, mais il m'accompagna d'abord au logement qu'il avait eu soin de me trouver, une chambre confortable chez une brave femme qui tint à me donner une bouillotte, supposant sans doute qu'on m'avait bien soigné pendant ma permission. Je l'acceptai volontiers : l'air était saturé d'humidité, du brouillard qui coulait, qui continua de couler au cours des nuits et des jours suivants, écourtant nos promenades, nous ramenant bien vite au coin du feu, chez l'un, chez l'autre, ou à la popote ; Declercq y organisait de grands dîners arrosés de vins fins, de champagne, et il avait toujours une bonne idée pour animer la soirée. En vérité, je ne l'avais jamais vu aussi gai et je me rassurai sur son état d'esprit, même si j'avais parfois l'impression que ses rires grinçaient, tel un train lancé à vive allure dans un virage. Je constatai à mon tour que si les pharmaciens n'étaient pas d'un grand secours en ligne, ils aimaient s'amuser ; ils avaient pris l'habitude de convoquer pour un jour ou deux leurs épouses qui, à une exception près, n'étaient pas *authentiques*, comme disait le patron. Un soir, Declercq réquisitionna une auto sanitaire et nous allâmes en cachette chercher l'une d'elles à une petite gare, à cinq kilomètres de là, avec son prétendu mari, la ramenâmes à Luchy à la nuit noire : par sa présence, elle acheva d'égayer nos repas, dansant avec chacun de nous au son du gramophone de mon ami, participant dans de grands rires à nos divers concours de chant et de déclamation, applaudissant à tout rompre le caporal toulousain, récemment arrivé, qui aimait débiter son répertoire de ténor méridional. Et quand Declercq et moi raccompagnions Morin sur la route de son cantonnement, il n'était pas rare que nous reprenions en chœur ces chansons, appuyés l'un à l'autre comme des ivrognes ; à mi-chemin, nous le saluions et tournions les talons, puis nous nous ravisions et parcourions encore deux ou trois cents mètres en sa compagnie, avant de changer d'avis une nouvelle fois. Morin accueillait chaque retour par de grandes effusions, et nous nous étreignions en multipliant les promesses pour l'après-guerre : ballets, pièces de théâtre, Folies-Bergère, parties de chasse, dîners pantagruéliques, nous nous adonnerions ensemble à tout cela une fois le conflit achevé.

Comme on accordait des permissions de vingt-quatre heures à Beauvais, Declercq et moi envisageâmes d'en profiter pour nous rendre secrètement à Châlons, où Zouzou, avertie par un télégramme, pourrait nous retrouver, mais la complexité du parcours et le peu de temps dont nous disposions finirent par nous en dissuader et nous décidâmes d'aller tout aussi secrètement à Paris. Compte tenu de la réputation qui auréolait mon camarade, j'étais curieux de découvrir où il me conduirait, dans quels lieux de plaisir raffinés, certainement différents du cabaret de Morin, d'autant plus que : Je n'ai qu'un seul désir, me dit-il en haussant le ton pour couvrir le vacarme des officiers permissionnaires dont le train était bondé, me remplir les yeux de beauté au point de les laver, d'en chasser toutes les images qui s'y sont accumulées au cours de ces derniers mois, oui, pas définitivement, c'est impossible, mais au moins quelques heures. Les bruits, c'était autre chose, ajouta-t-il, ceux des marmitages surtout, ils vous assourdissaient un moment, vous remplissaient les oreilles de bourdonnements, où le reste finissait par se fondre, les appels des blessés entre les lignes, leurs hurlements de douleur dans les postes de secours, les hennissements des chevaux, oui, il préférait presque les bruits : quelques notes de musique ou des voix amies parvenaient à les dissiper.

Il me poussa dans un taxi qui nous déposa place des Vosges et s'engouffra dans un escalier aux marches recouvertes d'un épais tapis bordeaux – C'est ici qu'habite mon parrain, se contenta-t-il d'expliquer sur le palier du troisième étage en attendant que la porte s'ouvrît. Une domestique l'accueillit avec de grandes exclamations et nous précéda dans un couloir fort singulier : des tableaux étaient disposés aux murs non pas selon un ordre artistique, mais cadres contre cadres, telles les tesselles d'une grande mosaïque, sans distinction d'époque ou de style. Une multitude de paysages, de natures mortes et de portraits obéissant aux caprices, ou à une logique secrète, du maître de maison, un vieillard assis dans un fauteuil roulant près de la fenêtre d'un petit salon. Malgré ses cheveux blancs et la maigreur de son corps d'infirme, il ressemblait étonnamment à mon camarade, ne fût-ce que par ses yeux gris, les yeux du père suicidé, je le savais ; de fait, il s'agissait du frère aîné de ce dernier.

Je peux ? demanda Declercq une fois les présentations achevées et, l'homme ayant acquiescé avec un sourire complice, il m'entraîna au fond du couloir jusqu'à la lingerie, curieusement ornée de tableaux mais aussi de vitrines, dont les sujets et les automates s'animèrent après qu'il eut actionné leurs mécanismes à l'aide de clefs qu'il saisissait dans leurs cachettes sans même les chercher. Ce furent comme autant de coups de baguette magique : soudain, des montgolfières s'élevaient dans un ciel de carton pâte ; un maréchal-ferrant déposait sur sa cuisse le sabot d'un cheval à l'intérieur d'une cour que des servantes se mettaient à arpenter ; un petit train franchissait un pont au-dessus d'un gouffre vertigineux et se perdait un moment dans une grotte ; trois ouistitis aux manteaux jaunes et verts et aux chapeaux pointus de prestidigitateurs renversaient leurs gobelets respectifs sur des dés ou des cartes ; des bateaux s'enfonçaient au milieu de vagues saccadées ; des chevaux de course s'élançaient sur une piste ; des personnages réunis dans une salle de bal exécutaient une danse mystérieuse au cours de laquelle ils disparaissaient sous une voûte avant de se faire de nouveau face. Tant de mouvements et de sons indisposaient presque, pensai-je quand Declercq eut terminé et se fut placé à mes côtés, au milieu de la pièce ; étourdi, je me tournai vers lui : il riait, il riait d'émerveillement et de joie, comme un enfant, il riait, apparemment retourné à son *royaume*, ce territoire que chacun d'entre nous possède au fond de lui, je le savais désormais, et qui oriente le destin, devenant rêve parmi les rêves, rêve suprême à retrouver, à atteindre dans un monde qui, souvent, n'a pas de place pour lui. Dans mes efforts pour saisir la personnalité complexe de mon ami, j'avais réussi à écarter le masque mondain que lui imposaient son éducation et sa pudeur, à distinguer plusieurs de ses facettes, et voilà qu'il m'offrait soudain l'essence de lui-même, l'enfant émerveillé qui continuait de l'habiter.

Puis les sujets des tableaux et les automates se figèrent les uns après les autres, et dans le silence revenu j'entendis : Je me demande si tu te lasseras un jour de ces objets, Henry. Sur le seuil qu'il avait gagné sans être entendu dans tout ce brouhaha d'engrenages, de carillons, de musiquettes, le maître de maison ajouta : Veille à rentrer sain et sauf de cette guerre, car ils t'appartiendront bientôt. Maxime les guigne, mais c'est à toi que je les destine. Retournons au salon, veux-tu ? Et, tandis que Declercq poussait son fauteuil : Je réserve à ton frère, qui se prend pour un collectionneur, quelques tableaux bien cotés sur le marché, car c'est ce qui lui plaît, non pas ce que ces œuvres sont en elles-mêmes, leur secret, mais ce qu'elles représentent pour la société. Il est en cela le digne fils de votre mère. Au reste, c'est sans doute parce qu'ils se ressemblent comme deux gouttes d'eau qu'ils sont comme chien et chat. Une fois retourné à la fenêtre où nous l'avions trouvé à notre arrivée, il expliqua que l'aîné lui avait rendu visite avant son départ pour Londres, sa dernière visite, avait-il annoncé, car tel était le prix de cette expatriation : il acceptait de quitter la France pour agréer sa mère et son beau-père, mais il ne rentrerait pas tant que ceux-ci seraient en vie. Il imagine les punir, dit le vieil homme, or c'est lui qu'il condamne ainsi, de même qu'il se condamne à expier le geste de votre père, comme s'il pouvait y avoir un autre responsable que celui qui l'a accompli… Maxime croit appartenir à la race des damnés, ou plutôt il veut s'en persuader. Pour ma part, j'appelle cela de l'orgueil. Orgueilleux, vous l'êtes tous à divers degrés, d'ailleurs.

J'étais un peu gêné d'assister à pareilles confidences mais le vieillard m'incluait avec naturel dans cette conversation au point de me laisser entendre que Declercq lui avait parlé de moi. Il s'interrompit pendant que la domestique, survenue avec une table roulante, dressait la table du thé, et poursuivit sur le même sujet. J'appris ainsi qu'il entretenait des relations tendues avec son ancienne belle-sœur, laquelle se présentait cependant une fois par mois à cette heure de la journée : était-ce par politesse ? ou par fidélité à la famille dont elle avait fait partie ? l'homme était incapable de le déterminer – Tu la connais, Henry, elle s'assied en jetant des regards inquiets à la ronde comme si elle s'attendait à trouver je ne sais qui caché sous la table ou chevauchant le lustre. La guerre nous aide à combler un certain nombre de silences, et de fait elle en parle, elle parle des batailles et de ses œuvres de bienfaisance sur un ton austère qui ne lui va pas si mal, le ton qu'elle adoptait autrefois pour se plaindre de ses insomnies. Mon Dieu, comme cette femme manque de spontanéité, de chaleur ! Comme elle complique tout… nous avons pourtant été amis avant… avant… Insouciante, elle ne l'a jamais été, mais gaie, légère, oui, d'ailleurs, quand j'ai fait sa connaissance, ton père en était fou… Mais venons-en à Juliette ! Elle l'accompagne de temps en temps et elle est de plus en plus ravissante, une ravissante petite panthère, voilà ce qu'elle est devenue…

Et tandis que la conversation adoptait un tour plus gai, Declercq se détendit un peu : jusqu'alors il avait écouté son parrain, un sourire ironique aux lèvres, sans manifester le moindre désaccord, le moindre agacement, pas même quand le vieillard avait évoqué le départ définitif de l'aîné, dont, en vérité, il ne m'avait guère semblé proche lors de notre rencontre en Artois. Je me demandais si l'inimitié déclarée du vieil homme pour sa belle-sœur ne dissimulait pas une blessure secrète, ou le désir déçu de la prendre sous son aile après le suicide de son frère. Puis je m'arrachai à ces pensées : il venait de dire *Naturellement, vous dînez et couchez ici ce soir, à moins que vous n'ayez d'autres obligations*, et Declercq acceptait après s'être assuré d'un regard que je n'avais pas d'objection. Cela signifiait donc qu'il n'entendait pas se rendre chez lui, et je me surpris à ressentir un élan de dépit.

Mais je me trompais. Nous dînâmes chez le vieillard de mets délicieux arrosés de vins fins qui se prêtaient parfaitement à la conversation sur l'art, la musique et surtout la littérature, au cours de laquelle il dévida des anecdotes à propos d'écrivains célèbres qu'il avait connus, révélant qu'il s'était essayé à ce genre dans sa jeunesse, et c'était soudain un autre monde qui s'ouvrait à moi, un monde où les hommes se mesuraient autour de quelques vers, de quelques pages de prose, à la recherche d'un idéal, un monde balayé par la guerre, aurait dit Zouzou qui, je m'en souvenais, percevait sa *caresse chaude*. Et nous y déjeunâmes aussi le lendemain, nous étant levés en fin de matinée. Juste avant de partir, Declercq voulut admirer une dernière fois le tableau devant lequel je l'avais trouvé planté en quittant la salle de bains un peu plus tôt, le portrait d'une jeune fille aux cheveux roux dont il me dit : Ne trouves-tu pas qu'elle lui ressemble ? J'imaginai qu'il parlait de sa sœur, puis je regardai mieux : le sujet tenait sur son doigt un oiseau, ce ne pouvait donc qu'être une allusion à la fille du Dr Lévêque.

Oui, je me trompais sur ses intentions car : Nous allons à Passy, lança-t-il au chauffeur de taxi hélé sur la place, au lieu de le diriger vers la gare, et nous descendîmes un peu plus tard devant l'hôtel particulier qui était venu la veille encore hanter mes pensées. Nous fûmes surpris par le grand branle-bas de combat qui y régnait, les préparatifs d'un concert organisé par le Comité franco-américain afin de réunir des fonds, pour lequel la maîtresse de maison ouvrait ses salons, nous apprit cette dernière et aussi : J'ai décidé de convertir notre maison de campagne en hôpital. Elle se trouve près du front et plus personne ne l'utilise maintenant que Maxime est parti. Elle nous avait accueillis dans son boudoir sans pousser les cris de joie auxquels ma propre mère et tous les membres de ma famille m'avaient habitué à chaque retour et, après avoir reçu mon baisemain et posé ses lèvres sur le front de mon camarade, avait sonné pour qu'on nous apportât du café. John a convaincu ta sœur, qui a réussi à vaincre mes dernières résistances, ajouta-t-elle, désignant par ce simple prénom le fiancé de Juliette. Tu la connais… elle parvient toujours à ses fins. Elle prétend que, par les temps qui courent, on ne peut se permettre d'être égoïste, et sans doute n'a-t-elle pas tort. L'écrivain américain, cette Mme Wharton que j'ai reçue, y a mis elle aussi son grain de sel, et je n'ai rien pu opposer. Oh, je sais, je sais, les objets de ton père ! dit-elle sans que Declercq eût émis la moindre remarque. John a promis qu'il seraient bien emballés et mis à l'abri au grenier. D'ailleurs, ce sera peut-être du temps gagné, je n'ai jamais dit que je conserverais éternellement cette maison dans ce pays si gris.

J'étais abasourdi par la légèreté avec laquelle elle annonçait à mon camarade des nouvelles qui ne pouvaient que le troubler, lui que j'avais vu se mouvoir, joyeux, dans cette demeure remplie de souvenirs d'enfance et dans son jardin aux innombrables rosiers. Elle avait à l'évidence envisagé toutes les objections susceptibles d'être soulevées car, après avoir mentionné le sort des livres, des meubles et des objets d'art, elle en vint à celui de la gouvernante et du vieux palefrenier, qu'il n'était pas question, précisa-t-elle, de chasser ; ils garderaient leurs appartements sous les combles et continueraient de surveiller le domaine pendant une période indéterminée, dit-elle. Je me souvins que Declercq l'avait comparée à un *mineur du génie* creusant sa galerie et déposant au bout un explosif pour illustrer les efforts de persuasion qu'elle déployait envers l'aîné afin de le pousser vers un avenir de banquier londonien, mais j'étais maintenant plus enclin à voir en elle un chef d'entreprise. Un chef d'entreprise implacable, plus du tout une ondine, et je me demandai si l'on avait emballé aussi ce portrait. Puis une domestique entra, munie d'un plateau sur lequel trônaient un service à café ainsi que des douceurs, et nous distribua les tasses en porcelaine bordées d'une fine bande dorée que Mme Declercq remplissait elle-même. Juliette apparut sur le seuil au même moment et se précipita sur son frère, qu'elle étreignit sans même lui laisser le temps de quitter son fauteuil. J'attendis que leurs effusions prennent fin pour lui serrer la main, or : Vous êtes toujours aussi cérémonieux, mon chou, avez-vous oublié que nous sommes de vieux amis ? me lança-t-elle avant de me coller un baiser sur la joue. Un élan qui, à en juger par ses sourcils levés, ne plut guère à la maîtresse de maison, laquelle voulut savoir si l'on avait averti le fameux John qu'on servait de nouveau du café. Mais le sourire dont elle ne se départait pas depuis notre arrivée, un sourire mondain, à la fois poli et sévère, se figea alors qu'elle achevait sa phrase et elle poussa un glapissement, suivi d'un *Juliette !* aussi sec qu'un coup de fouet.

La jeune fille se jeta à ses pieds et, s'affairant autour de sa jupe, s'exclama : Oh, maman, je vais finir par croire qu'il est amoureux de vous, il tente toujours l'ascension de vos mollets ! Satie, vilain, vous m'entendez ? Vous êtes décidément impossible ! – et, tournée vers nous : Regardez donc cette petite bête, n'est-elle pas délicieuse ? Elle tenait entre ses mains un cochon d'Inde, qu'elle fit semblant de fesser – John me l'a offert pour me tenir compagnie, maintenant qu'il n'y a presque plus personne à la maison. Il a voulu lui donner un prénom indien impossible à prononcer, et je préfère l'appeler Satie, comme le compositeur. Avez-vous bien observé son collier ? Là, incrustés dans le cuir… ce sont de vrais brillants ! Je m'approchai et feignis de m'intéresser au rongeur, que les cris de sa maîtresse apeuraient de toute évidence. Dommage qu'Émile se soit enfui à toutes jambes, Satie raffole de ses chatouilles ! dit-elle. Il s'y abandonne, béat, au point qu'on s'attend à l'entendre ronronner. Qui aurait pensé qu'Émile avait ce genre de dons ? En revanche, il a en horreur les réunions de bienfaisance, c'est peut-être un misanthrope ? À moins que ce ne soit un gros ours timide et maladroit ? Sur ce, elle annonça qu'elle allait chercher son fiancé et déposa le petit animal dans le giron de Declercq. Lequel s'enquit alors de son beau-père tout juste cité, puis affirma : C'est vrai, cette petite bête aime les caresses, regardez-la – ses doigts se mouvant doucement dans la fourrure noire et blanche. Et Maxime ? A-t-on des nouvelles de Maxime ? lança-t-il d'un ton qui eût semblé désinvolte à qui ne le connaissait pas.

Bien sûr, bien sûr, on en avait très fréquemment,

répondit sa mère, sur la défensive, bien sûr, par l'intéressé et par l'ami d'Émile, qui relatait ses progrès à la banque. Il n'avait eu aucune difficulté à s'adapter à son nouvel environnement, et il se mouvait à Londres comme s'il y avait toujours vécu ; au reste, il eût été ingrat de sa part de se plaindre : on lui avait loué un fort joli appartement près de la cathédrale de Westminster, et meublé tout aussi joliment ; avec ses tableaux aux murs, il ne devait se sentir en rien dépaysé, lui qui aimait les pays gris. Et puis, ajouta-t-elle, l'ami d'Émile le recevait souvent dans sa famille, une excellente famille, et l'avait introduit à son club, sorte d'institution qu'on devrait importer en France, car elle offrait à un célibataire tout le confort et la compagnie dont il pouvait être privé. C'est alors que Juliette refit son apparition, flanquée du jeune homme un peu prognathe, mais de belle allure, que j'avais remarqué à ses côtés lors du fameux dîner et, tandis qu'il nous saluait, fondit sur son cochon d'Inde comme si elle ne l'avait pas vu depuis des mois, le couvrit de baisers. L'hôte américain s'assit à côté de sa future belle-mère sur le sofa, ainsi qu'elle l'y avait invité en y abattant la paume, et saisit la tasse de café qu'elle lui tendait. De quoi parliez-vous ? interrogeait déjà la jeune fille. – De Maxime, répondit Declercq, de son existence à Londres. – Oh, pauvre vieux chou, il a déclaré qu'il s'exilait définitivement, mais maman n'y croit pas, elle dit que c'est une façon de faire l'intéressant, comme la boisson, n'est-ce pas, maman ? D'après John, les Anglais ont presque tous un penchant pour l'alcool, son vice passera donc inaperçu. Est-ce pour cette raison que vous l'y avez envoyé ? Ou vraiment pour qu'il apprenne un métier ? Elle s'était exprimée avec la même frivolité que sa mère un peu plus tôt, mais si le ton de cette dernière était empreint de froideur, le sien trahissait de l'insolence ; elle évoquait le chat qui joue avec la souris, ou l'enfant qui provoque pour déterminer jusqu'où il peut aller. Et de fait, tirant davantage sur l'élastique : Savez-vous, maman, qu'il existe des médecins spécialisés dans le traitement de la dipsomanie, n'aurait-il pas été plus simple de s'adresser à eux ?

Le *Juliette !* qui s'ensuivit eût glacé n'importe qui, mais apparemment pas la jeune fille, qui reprit : En tout cas, j'irai le voir, moi. Il paraît que la vie nocturne est très brillante à Londres, que, contrairement à Paris, on ne se fait pas scrupule de s'amuser par temps de guerre. On y joue, m'a-t-on dit, des pièces de théâtre merveilleuses, et maintenant que John m'apprend l'anglais, je pourrais les suivre sans difficulté. Vous m'accompagnerez, *darling* ? – J'en serais ravi, mais cela ne sera guère possible, j'en ai peur. Dans les mois à venir, je n'aurai certainement pas un instant de répit. Mon pays ne peut plus tarder davantage à entrer en guerre : trop de jeunes Américains s'indignent de l'apathie du gouvernement, et nombreux sont ceux, précisément plus de quarante mille, qui se sont déjà engagés, sur les conseils de l'ambassadeur, dans les services d'ambulanciers volontaires ou dans la Légion étrangère, afin de défendre la France qu'ils considèrent comme une seconde patrie. Il mentionna un de ses camarades, un certain William Thaw, qui, possédant son propre aéroplane, avait créé, avec l'aide de quelques officiers français, une escadrille américaine : avant-guerre, cet aviateur l'avait emmené à bord de son appareil de Newport à Manhattan et lui avait causé la plus belle peur de sa vie en s'engageant sous les quatre ponts de l'East River puis en dessinant des cercles autour de la statue de la Liberté. Il était lui aussi originaire de Pittsburgh et possédait rue de Longchamp un appartement où l'on croisait pilotes, artistes, acteurs de cinéma ainsi que, nous ne le croirions peut-être pas, un lionceau dénommé Whisky qui n'était autre que la mascotte de l'escadrille. Un lionceau ! s'écria Juliette, à l'évidence frappée par la petitesse ou le manque de noblesse de son cochon d'Inde. – Oui, j'ai songé un instant à vous en offrir un spécimen, mais j'ai craint que cela ne déplaise à madame votre mère. Ces animaux-là grandissent terriblement, l'ignorez-vous ? Le cochon d'Inde, au moins, conservera sa taille toute sa vie. Et puis il n'est guère facile de trouver ce genre de bêtes sur le marché, ni même de les transporter en ville. Mon ami a acheté son lionceau à un dentiste brésilien qui séjournait au Ritz, et il lui a fallu le conduire dans les Vosges, jusqu'à la base de son escadrille. Dans le train, m'a-t-il raconté, il expliquait aux passagers perplexes qu'ils avaient affaire à un *chien d'Afrique*, mais Whisky a malencontreusement rugi alors que le contrôleur passait, et deux dames se sont évanouies. On l'a contraint à descendre et à faire fabriquer une cage pour poursuivre son voyage.

Sans plus prêter grande attention au discours, j'observai les visages, les mimiques ; je m'aperçus avec une pointe d'envie que le diplomate américain paraissait dans ce boudoir comme chez lui ; il avait de toute évidence été adopté par la maîtresse de maison, qui, peut-être soulagée de ne plus avoir à évoquer de sujets aussi brûlants que la demeure familiale ou la situation de l'aîné, multipliait à présent les sourires aimables et l'interrogeait sur sa ville natale où, m'avait confié Mme Wharton, son père possédait une grosse fortune. Juliette buvait les réponses de son fiancé comme du petit lait, et elle l'eût sans doute applaudi si ses mains n'avaient pas été occupées ; il ne semblait y avoir personne de plus heureux qu'elle en cet instant précis ; quant à Declercq, il avait suivi avec intérêt l'histoire de l'escadrille et demandait maintenant au jeune Américain s'il pouvait lui obtenir, par l'intermédiaire de ses compatriotes, des disques de ragtime et de fox-trot semblables à ceux qu'il lui avait fait écouter lors de sa dernière permission. Tout était donc rentré dans l'ordre, le feu allumé par la maîtresse de maison et alimenté un moment par ses enfants, surtout par sa fille, s'était éteint grâce à l'intervention de l'élément étranger, les braises cessaient peu à peu de rougeoyer, et il ne resterait bientôt plus que de la fumée, cette fumée âcre, toutefois, qui imprégnait les rideaux, les vêtements, et qu'on avait un mal fou à chasser.

Bien sûr, répondit alors le diplomate, et s'il le désirait, si *nous* le désirions, ajouta-t-il en se tournant vers moi, il nous présenterait la prochaine fois une de ses amies du Comité franco-américain qui était professeur de danse et qui nous enseignerait le foxtrot. Juliette s'exclama qu'elle revendiquait elle aussi ce privilège et dévia la conversation sur les prochaines fêtes de fin d'année : dommage que nous ne fussions pas à Paris, nous l'aurions accompagnée aux réceptions données par les amis du cercle franco-américain, dit-elle, semblant oublier ce qui nous retiendrait au loin. Et comme elle énumérait les réceptions en question, son fiancé demanda la permission de s'absenter un moment : le temps passait, il lui fallait contrôler qu'on avait installé correctement le piano, les chaises destinées aux invités et préparé le petit rafraîchissement qui s'ensuivrait.

Après l'avoir salué, nous restâmes un moment encore à parler de tout et de rien, puis Declercq consulta sa montre et déclara que nous ne devions plus tarder si nous voulions rentrer à temps à Beauvais, il tendit son front à sa mère, dont je baisai ensuite la main, et s'approcha de Juliette, mais : Je vous raccompagne jusqu'à la porte, dit-elle en abandonnant son cochon d'Inde sur un fauteuil non sans avoir prié la petite bête de ne pas en bouger. Elle se suspendit au bras de son frère et fredonna un air jusqu'au bas de l'escalier. Tu es heureuse ? interrogea alors Declercq, comme s'il était possible d'en douter. De fait : Voyons ! Je crois que John possède tout ce qu'une femme peut désirer, un caractère aimable, la richesse et une certaine beauté. – Dans ce cas, je suis heureux moi aussi. Oui, ton John est un brave type, mais tu ne devrais pas trop tarder à l'épouser. Il risque de prendre la poudre d'escampette quand il comprendra qu'il a affaire à une vraie peste. Je vous en donnerai du chien d'Afrique ! – et, comme Juliette le traitait de *brute* : Est-il bien vrai que tu iras vivre en Amérique lorsque la guerre sera terminée et que vous aurez convolé ? Maxime à Londres, toi de l'autre côté de l'Atlantique, que me restera-t-il ? – La reine mère et ce brave Émile, le couple le plus désassorti de la Terre ! Il est possible que John garde son poste à Paris, et si jamais il rentre en Amérique, tu n'auras qu'à monter sur un paquebot et me rendre visite. Cette invitation vaut aussi pour vous, Raymond, ajouta-t-elle à mon adresse, ne dit-on pas que plus on est de fous, plus on rit ? Avez-vous lu ce délicieux roman de Henry James, que m'a prêté Mme Wharton ? Nous jouerons les Européens à l'étranger et nous serons si beaux, si extravagants que tous les Américains seront à nos pieds. Puis elle demanda à Declercq pourquoi il avait l'air si contrarié lorsqu'elle était entrée dans la pièce pour le saluer. Il répondit :

Maman venait de m'apprendre qu'elle allait transformer la maison en hôpital, et tout cela grâce à toi ! Elle répliqua que ce serait très amusant, qu'on disposerait d'une grosse automobile frappée du sigle de la Croix-Rouge dans laquelle elle pourrait sillonner les routes, car elle apprendrait aussi à conduire – Vilain garçon gâté, te plaindre d'un hôpital alors que tu as décidé de devenir médecin ! C'est du propre ! Puis elle se jeta à son cou et s'exclama : Oh, Henry, est-on toujours censé te répéter qu'on t'aime, comme lorsque tu étais enfant ? Ce que tu es barbant ! Je t'aime, je t'aime, je suis folle de toi, voilà, tu es content ? Et maintenant, partez vite, il faut que j'aille me changer. Elle continuait de décrire sa nouvelle tenue, achetée pour l'occasion, quand elle déposa un baiser sur ma joue : une robe en soie avec quelques fronces ici et quelques plis là, la taille très ajustée, d'un gris qui, je l'imaginai, serait assorti à ses yeux, et elle n'attendit pas que nous fussions sortis pour s'élancer dans l'escalier.

Nous gardâmes le silence dans le taxi qui nous conduisit à la gare, mais dès que le train se fut ébranlé, Declercq me pria de l'excuser : il avait eu une mauvaise idée en m'emmenant dans sa famille, dit-il, et il était sûr que je m'étais ennuyé, il avait résisté à la tentation jusqu'au dernier moment, il ne savait pas ce qui lui avait pris. J'objectai que je ne m'étais pas ennuyé et que sa sœur était exquise. Tu as vu comme elle griffe ? demanda-t-il. Elle est beaucoup plus courageuse que moi. Et forte. Elle a toujours été comme ça. Petite déjà, elle savait ce qu'elle voulait, ce qui la satisferait, elle ne s'est jamais épuisée en vaines quêtes. Ces derniers temps, je te l'ai dit, j'interroge Dieu, mais sans succès, je me demande si je dois m'obstiner. Juliette, elle, ne se pose même pas la question, à croire qu'elle est son propre dieu, n'est-ce pas singulier ? Et comme il en restait là, songeur, je hasardai que tout le sel de l'existence résidait justement là : à quoi bon vivre si l'on trouvait aussitôt le but de notre quête ? Une banalité, j'en étais conscient, et lui : Bien sûr, mon vieux, mais le sens, le sens de tout cela continue de m'échapper. – Le sens de tout cela ? De la guerre ? – La guerre… je crains, hélas, qu'elle n'en ait pas le moindre. Le sens de la vie… Comment avoir envie de vivre quand on déteste, comme moi, sa propre mère ? Je répliquai que je n'en croyais rien et demandai si c'était le départ, l'exil, de son frère qui le rendait si sombre. Il eut un geste vague de la main – Voyons, il se peut que Maxime ne revienne pas à Paris, mais il sait très bien que nous lui rendrons visite. Juliette ira à Londres pour les théâtres et les bals, tu l'as entendue toi-même, Émile pour ses affaires, et moi par curiosité quand la guerre sera terminée. Ma mère aussi ira, elle ira l'air de rien, sous prétexte d'acheter des gravures, des tissus, ou des biscuits qu'on ne trouve pas à Paris. Elle passera chez lui en coup de vent, comme si elle l'avait vu la veille et avait très peu de temps à lui consacrer. Et ils joueront tous deux leur bon vieux rôle. Oui, tu as raison, il serait peut-être plus juste de dire que c'est moi que je déteste, pour tout ce que ma mère m'inspire, la faiblesse et le reste. Et parce que tout m'échappe encore. Puis il rit, comme chaque fois qu'il imaginait s'être trop dévoilé, et ajouta qu'on l'avait échappé belle : au moins, la guerre nous épargnait le rituel des fêtes de Noël et de la Saint-Sylvestre, les longs repas, les cérémonies, les politesses ! À cette époque-là on serait dans la Somme, et c'était bien mieux comme ça, même s'il avait cru y perdre la tête plus d'une fois lors de notre dernier séjour. Oh oui, répéta-t-il, avec sa boue, la Somme était peut-être pire que Verdun, mais elle était préférable aux fêtes de fin d'année.

11

Nous étions en route le jour de Noël, subissant des ordres stupides et contradictoires, puisqu'on ne cessait de nous envoyer dans une direction pour nous faire rebrousser chemin un peu plus tard, à la grande fureur du médecin-chef qui dut patienter jusqu'au 26 pour déguster la dinde tant attendue. Enfin, nous embarquâmes dans un wagon à bestiaux, où il fallut se serrer les uns contre les autres pour se préserver du froid, et où nous passâmes une bonne partie du lendemain, assis, jambes pendantes sur la porte, à nous amuser des mille détails qu'offrait la grande ceinture parisienne, vue de près et à faible allure. À chaque arrêt dans les gares, nous nous précipitions vers les dames de la Croix-Rouge en quête d'un café et de douceurs ; Declercq fut, de nous tous, celui qui obtint le plus gros butin, ce qui ne m'étonna guère : il y avait en lui quelque chose qui suscitait d'emblée la sympathie et qui avait amené sa mère à me confier lors de notre première entrevue *Pour une raison que j'ignore, tous les êtres qui l'approchent finissent par l'adorer*. L'estomac rempli de sucreries, nous nous lançâmes dans un interminable baccara et nous endormîmes à onze heures du soir, à la hauteur de Troyes. Le lendemain, nous débarquions à Vesoul, où nous apprîmes enfin notre destination : le camp d'entraînement de Villersexel ; c'était dans cette région, me signala Declercq, qu'était basée la fameuse escadrille américaine dont avait parlé son futur beau-frère.

Nous nous installâmes dans le village de Beveuge, dont les cent cinquante habitants, qui n'avaient pas encore eu à héberger de troupes depuis le début de la guerre, accueillirent le groupe chaleureusement, d'autant plus que bon nombre des brancardiers, originaires des environs, s'exprimaient avec le même accent traînant et chantant qu'eux. Nous fûmes hébergés, Declercq et moi, par un couple d'âge mûr qui nous offrit une confortable chambre à deux lits et, avant que ne commencent les exercices, entreprîmes de sillonner à pied et à cheval le pays, qui offrait une alternance de bois et de villages très rapprochés d'aspect gris et plutôt pauvre, avec des clochers arrondis en dôme. C'était, après la Somme, une situation rêvée, et nous nous en réjouissions quand la nouvelle arriva qu'on ajoutait à notre corps d'armée une troisième division formée en partie aux dépens des deux autres ; les 1er et le 10e BCP y seraient incorporés ainsi qu'un médecin auxiliaire, deux pharmaciens et quarante hommes du GBD ; en d'autres termes, nous perdions définitivement Morin et avions une probabilité sur deux d'être séparés puisque j'étais le seul médecin

auxiliaire du groupe avec Legrand, alors en permission. Nous reçûmes ce jour-là un mot de notre camarade nous donnant rendez-vous devant le château du marquis de Gramont, qui dominait Villersexel, et l'y trouvâmes presque hilare, disant que c'était la loi de la guerre, qu'il était déjà bien beau que nous eussions passé tout ce temps-là dans une proximité relative : désormais nous nous écririons et nous reverrions à Paris quand tout serait terminé, à Paris ou sur on ne savait quel quai de gare ; l'important, c'était de ne pas se réveiller, voisins de lits, dans un hôpital de l'arrière !

Il crânait, et je tentai de l'imiter : quoi qu'il en fût, nous demeurions dans le même corps d'armée, déclarai-je, et nous occuperions donc des secteurs voisins lorsque nous serions engagés, nous nous croiserions de temps en temps. Seul Declercq se montrait ouvertement mélancolique, évoquant l'éventualité d'un double départ – Dans ce cas, rien ne changera pour vous. Moi, en revanche, je resterai en tête à tête avec le patron, vous parlez d'un plaisir... Je ne l'ai jamais vu aussi pénible que depuis notre arrivée, il était presque plus calme en ligne ! C'était vrai et, d'ailleurs, cela valait surtout pour moi, qu'il avait chargé de diriger les *travaux d'amélioration*, sa dernière lubie après la sobriété et le sport, soit l'organisation de lavabos et de douches, le choix d'emplacements pour les feuillées, enfin la rédaction de rapports détaillés sur l'hygiène des cantonnements et même du centre d'abattage voisin. Il me convoquait sans cesse pour me questionner sur leur état d'avancement et, lorsqu'il n'était pas satisfait, me refusait par vengeance la permission de déjeuner au CVAD, à la SS ou au génie, où j'étais souvent invité après la visite ; il lui arrivait également de me lancer dans des ricanements *Alors, Bonnefous, comment va madame la mairesse aujourd'hui ?*, furieux d'avoir recueilli à mon sujet les compliments de la femme qu'il m'avait pourtant ordonné lui-même de soigner, arguant qu'elle *le rasait*. Il me confiait enfin des besognes aussi intéressantes que commander un petit manteau pour sa chienne, qui risquait de prendre froid, ou, pour lui, des sabots en prévision de la neige, et quand j'objectais que cela relevait plutôt des compétences de son ordonnance, indiquait ce dernier du menton en poussant un *Ah ! Ah !* énigmatique. Si bien que j'en venais presque à regretter notre ancien médecin-chef, dont je recevais de temps en temps des lettres du Laos où il participait à de grandes parties de chasse, et que je regardais d'un meilleur œil la perspective d'un départ pour la 170e DI.

Rien n'avait encore été décidé quand les officiers du 10e BCP donnèrent leur dîner d'adieu. Nous y fûmes conviés, comme le patron, lequel nous invita à nous y rendre à bord de son automobile, et si, pendant le trajet, il nous entretint un long moment de sujets aussi futiles que les toilettes folkloriques, à ses dires, de sa *propriétaire*, s'il pontifia à propos de la représentation du Théâtre aux armées annoncée prochainement, s'il nous incita à la sobriété, il crut bon de me dire au moment même où nous atteignions notre destination : C'est encore officieux, mais sachez que je ne vous lâche pas. Vous avez beau être moins agréable que Legrand, vous vous êtes toujours montré plus utile. C'est donc lui que je cède à la 170e division. Il la rejoindra à son retour de permission. Passez une bonne soirée. Je bredouillai des remerciements et attendis qu'il eût tourné le dos pour échanger une poignée de main avec Declercq ; il jubilait, comme moi, et j'en fus touché. Mais Morin, retrouvé devant la première maison du village, qui hébergeait la popote du commandant, nous lança, une fois instruit : Inutile de prendre cet air navré. Une seule chose vous intéresse : rester ensemble, et vous vous passerez très bien de moi, je le sais. Vous ne remarquerez même pas mon absence. Il se peut que vous soyez même soulagés d'être débarrassés de ce vieux Morin, trop simple, trop terre à terre pour les rêveurs et les esthètes que vous êtes. Je ris de m'entendre qualifier par ces deux termes, si éloignés de ma personnalité, et Declercq se joignit à moi, il demanda à notre camarade s'il entendait lui rejouer le même refrain qu'avec Makline, Dieu ait son âme, avait-il son revolver sur lui ? Alors, changeant de registre, Morin : Je ne comprends pas pourquoi vous êtes aussi attachés à ce maudit GBD, il faut croire que vous aimez la compagnie des potards et des arracheurs de dents. Mais si vous êtes contents, tant mieux pour vous. En ce qui le concernait, ajouta-t-il, peu lui importait où il irait, pourvu que ce fût au cœur des combats. Et puis comment pourrait-il nous regretter ? Ah, les choses eussent été différentes si nous avions été de jolies infirmières !, hélas, les jolies infirmières travaillaient dans les hôpitaux de l'arrière ; nous, nous ne risquions pas de lui briser le cœur.

Nous nous étions attablés et, le vin aidant, il recouvrait sa gaieté ; par chance, notre patron était assis avec le sien à l'autre extrémité de la pièce, ce qui l'empêchait de nous voir porter des toasts et vider nos verres. En jetant un coup d'œil dans sa direction je m'aperçus que Perret, notre ancien confrère du GBD, dont le bataillon de chasseurs quittait lui aussi la 43e division pour la 170e, assistait au banquet, à la table des officiers, et le fis remarquer à Morin, qui lui tournait le dos. C'est un flatteur dans l'âme, commenta-t-il, il sait toujours bien se placer, il doit souffrir de contractures aux mollets tant il se hausse sur la pointe des pieds, l'aurais-tu oublié ? Non, je ne l'avais pas oublié, et je n'avais pas oublié non plus notre altercation, début novembre, lorsque j'avais remplacé l'aide-major de son bataillon : il s'était moqué de Declercq, insinuant qu'il buvait plus que de raison, il avait dit *Les épreuves ont démontré qu'il n'est pas l'homme fort et impassible qu'il voudrait, et je ne donne pas cher de sa résistance. Bientôt, son arrogance se dégonflera comme un ballon de baudruche.* Je soutins son regard quand il intercepta le mien et me gardai bien de lui rendre la politesse alors qu'il inclinait la tête et levait son verre vers nous ; Declercq leva le sien sous prétexte qu'il refusait de lui donner de l'importance par une hostilité ostentatoire ; et puis, ajouta-t-il, n'était-ce pas, en fin de compte, grâce à lui que nous étions vraiment devenus amis, à mon arrivée au front ? Cela me contraria, mais je me laissai distraire par la conversation ; j'avais presque oublié la présence de notre ancien collègue quand, profitant du mouvement général qui avait suivi l'arrivée des liqueurs, il nous rejoignit : sa main surgit la première, prompte à allumer la cigarette de Declercq à l'aide d'un briquet en argent, et, d'un air ironique que je jugeai fort déplaisant, il nous demanda si nous nous amusions. Pour toute réponse, Morin rit, de ce rire sauvage que faisait monter à ses lèvres l'évocation ou la perspective des combats, et je me contentai de toiser l'importun, bien décidé à l'exclure de la conversation ; or Declercq *marcha* une fois encore, obéissant peut-être à un sentiment d'invulnérabilité, à moins que ce ne fût au désir de provoquer, ou encore à ce goût des amitiés périlleuses que Morin avait mentionné pour le décrire aux premiers jours de notre rencontre. Oui, nous nous amusions, dit-il, si l'on pouvait qualifier d'amusement cette réunion d'individus de sexe mâle animés d'élans belliqueux. – Défaitiste ? insinua Perret d'un ton qui hésitait entre la plaisanterie et la raillerie, et Declercq de répliquer : Franchement, ne croyez-vous pas qu'il serait plus agréable, à l'heure qu'il est, d'enlacer une jolie cavalière et de danser au rythme de sons harmonieux, plutôt que d'entendre ces caquètements de jars et de dindons ? De sentir des effluves de muguet ou de rose, plutôt que ces odeurs de bouc et d'eaux de Cologne douteuses ?

Morin rit, et je l'imitai, croyant enfin attribuer à de la dérision l'affabilité que notre camarade démontrait à Perret, or lorsque ce dernier déclara que nos deux années de voisinage justifiaient un passage au tutoiement, Declercq ne s'y opposa pas. Perret se tourna vers nous, dans l'attente de notre approbation, et je ne pus m'empêcher d'objecter : Je n'en vois guère l'utilité, d'autant plus que vous quittez la division et que nous ne nous verrons donc plus. – Nous nous verrons, nous nous verrons. Nos secteurs seront limitrophes, et puis, il n'est pas impossible que je permute, un jour plus ou moins proche, avec notre collègue du 158e RI… pour des raisons que je qualifierais de personnelles. L'atmosphère chez les petits chasseurs du premier bataillon n'est pas entièrement de mon goût. Trop *service*, vous voyez ce que je veux dire ? Il mentait, lui qui était un *laborieux* dans l'âme, et cela acheva de m'irriter, mais il ne pouvait pas savoir que j'avais un instant guigné son prestigieux bataillon de chasseurs et imaginé lui proposer un échange de postes. Il y eut alors une bousculade et, furieux d'avoir été poussé et contraint à lâcher son verre de liqueur, qui se brisa sur le sol, il pivota vers les individus qui en étaient la cause ; comme de bien entendu, il invectiva le serveur encombré de son plateau et non les véritables responsables, des officiers ivres. J'en profitai pour faire signe à mes camarades, qui m'emboîtèrent le pas vers la sortie.

Il s'était mis à neiger pendant le dîner, et nous levâmes d'instinct la tête vers les flocons qui tourbillonnaient dans le ciel, dessinant de molles arabesques avant de se poser sur nos crânes nus et les épaules de nos uniformes. Les rues du village étaient presque désertes : seuls quelques soldats s'y attardaient encore, jouant à se lancer des boules de neige, au pied de maisons dans lesquelles les étroites fenêtres faiblement éclairées découpaient des prunelles, et leurs exclamations semblaient atténuées par la nuit. En nous éloignant, nous parlâmes de tout et de rien, non de Perret, dont le rictus continuait pourtant de me poursuivre : sans doute mes camarades ne lui accordaient-ils guère d'importance et, en ce qui me concernait, je n'entendais pas divulguer les propos injurieux qu'il avait tenus sur Declercq. Lequel dit Brrr ! Quel froid ! et, s'ébrouant comme un cheval, ou presque, tira sa flasque de sa poche, rapidement imité par Morin ; j'exhibai aussi la mienne, un joli objet gainé de cuir qu'il avait voulu m'offrir quelque temps plus tôt dans un magasin de Beauvais – *Tu veux te donner bonne conscience ?* lui avais-je alors jeté sur le mode de la plaisanterie, et lui : *N'as-tu jamais entendu parler des gages d'amitié ? Cela se faisait beaucoup entre gentilshommes au siècle dernier.* Le bras tendu vers le ciel, nous les choquâmes comme s'il se fût agi de coupes en cristal, en verre de Bohême, et Declercq, toujours lui, affirma : Mes amis, que nous puissions porter des toasts à notre santé dans un an, dans trente, que nous puissions le faire lorsque nous serons des vieillards secs ou ventripotents, chauves ou chenus. Alors, nous aurons peut-être oublié cette guerre, ou nous ne nous en souviendrons que très vaguement. À l'amitié ! Nous répétâmes ce cri ensemble ; la neige faisait friser les cheveux de Declercq, lui donnant l'air d'un héros romantique, alors qu'elle parsemait d'éclats lumineux ceux de Morin, tondus comme les miens. Et tandis que l'écho de nos cris s'évanouissait, je me surpris à songer que je ne souhaitais nullement oublier cette guerre : pour moi elle était le début, pas la fin, elle m'avait ouvert des champs boueux, des landes battues par le froid, certes, mais aussi des jardins secrets, enchantés, où se tenaient mes deux camarades et la jeune fille qui répondait au diminutif de Zouzou, ainsi que tous les hommes dont j'avais d'une manière ou d'une autre contribué à sauver la vie. Et c'était grâce à ces derniers que, contrairement à Declercq, je m'obstinais à trouver un sens à mon existence.

Les toasts se succédèrent, nous transportant en pensée dans l'après-guerre où, nos études de médecine reprises, nous mènerions une vie de bamboche, invités les uns chez les autres, ce qui ne nous empêcherait pas, bien sûr, d'obtenir le doctorat haut la main ; nous aurions alors vingt-sept ? vingt-huit ? trente ans ?, et nous continuerions de nous recevoir régulièrement, car le mariage, la famille n'arriveraient pas tout de suite ; d'ailleurs, il ne serait pas facile de choisir parmi toutes nos prétendantes une fois devenus de brillants chirurgiens bardés de médailles militaires. Non, non, pas chi-rur-gien, protesta Declercq, de plus en plus ivre, mé-médecin de campagne, moi, je se-serai mé-médecin de campagne en Ar-tois, oui, oui, par-fai-tement. Je ra-chè-te-rai ma mai-son à ma m-mère. S-suffit qu'elle-

qu'elle ne la vende pas a-vant. Et Morin : Moi, je-je s-serai ch-ch-chirurgien à P-Paris, j-j-j'opé-re-rai les cé-célébrités et les ac-ctrices de v-variétés ! Ou p-p-peut-être g-g-gynécologue ? Ah non, non, p-p-pardon, tr-trop de m-m-moutards ! Ch-ch-chirurgien à P-Paris ! Et t-t-toi, l'Au-Auvergne ? Je riais, le nez en l'air ; désormais ce n'étaient plus les flocons de neige qui tourbillonnaient au-dessus de ma tête, mais le ciel tout entier, et il était noir, noir comme de l'encre sous le plumetis glacé. Je riais, savourant l'instant, cet instant du mois de janvier 1917 qui me voyait là, à cet endroit précis, dans la ruelle de ce village des Vosges où, en temps normal, je ne me serais jamais trouvé et qui me transmettait curieusement la sensation que rien n'existait en dehors de ces quelques mètres carrés sous mes pieds, du ciel sur ma tête, de Declercq et de Morin, dont les mots parvenaient tel un écho à mes oreilles – L'Au-Auvergne, disait-il encore, puis : Tu-tu t-te v-vexes ? Ne t-t-te vexe pas, p-pas ce ce soir. C-c'est l'A-Aveyron, j-je le s-sais. Tu-tu es v-vexé ?

Puis il me reprocha de rire : lui, il pleurait sur ce départ, dit-il, et moi, je riais, j'étais un faux frère, voilà tout, je me moquais de *l'a-a-amitié*, j'avais beau être méridional, j'étais froid comme un glaçon, d'ailleurs mes rires n'étaient pas de vrais rires, ils avaient quelque chose de personnel, d'égoïste, qui mettaient mal à l'aise. Il me saisit par le col et me secoua un peu, alimentant par là même mon hilarité, mais Declercq intervint, et nous finîmes par tomber dans les bras l'un de l'autre. Nous décidâmes de porter un dernier toast avant de regagner la popote car il faisait trop froid pour rester indéfiniment dehors sans capote, et prîmes le pas de course afin de nous réchauffer un peu ; glissades et chutes s'ensuivirent, bien sûr, aussi arrivâmes-nous à notre destination souillés de neige et, en ce qui concernait Declercq, le cheveu en bataille. De l'extérieur, on entendait des bruits de conversations et de la musique jouée au piano qui semblaient battre tel un cœur et gonfler les murs au point de les faire éclater, et nous nous apprêtâmes à entrer. C'est alors qu'une silhouette se détacha du mur où elle paraissait fondue, dans le noir – Eh bien, dit l'abbé Lemoine, vous vous êtes mis dans un bel état ! Je vous rappelle que, jusqu'à preuve du contraire, vous appartenez à l'armée. Et l'armée est bête, vous le savez. Rajustez-vous un peu, je reviens dans un instant. Il ouvrit et referma la porte, provoquant par ces deux gestes comme un appel d'air, qui consistait plutôt en une bouffée de vacarme, réapparut, muni d'un plateau sur lequel trônaient des tasses de café – Cela vous dégrisera un peu. Oui, bien sûr, de nombreux officiers sont également ivres, mais ils ne seront pas ennuyés. Telle est l'armée. Puis il tira d'une de ses grandes poches des cigares que nous fumâmes côte à côte, adossés au mur en pierre ; de temps en temps, des silhouettes surgissaient de l'intérieur et s'attardaient un moment sur le seuil avant de regagner l'assemblée, rappelées par un nom ou un grade criés.

Maintenant plus aucun d'entre nous ne pipait : Morin ricanait comme s'il suivait une pensée amusante ou méditait une plaisanterie, et je voyais luire dans l'obscurité ses dents serrant le cigare ; les paupières closes, Declercq ondoyait sur ses jambes en une espèce de danse ; j'avais, pour ma part, la sensation tantôt d'être tiraillé entre mille pensées, tantôt d'avoir pour esprit une masse noire aussi ouatée et compacte que le ciel, traversée non de flocons de neige, mais de papillons aux couleurs vives, aveuglantes, et je m'efforçais de me tenir bien droit en espérant que le médecin-chef ne viendrait pas se planter sur le pas de la porte, en quête d'air frais. Puis l'abbé déclara : Nous nous mettons en mouvement demain, mais nous restons dans les parages, ce ne sont donc pas de véritables adieux, en tout cas pour le moment. Comme par un fait exprès, Declercq fut secoué par une sorte de spasme, il eut tout juste le temps de parcourir quelques mètres avant de se vider l'estomac ; je le rejoignis et lui tendis mon mouchoir tout en lui demandant s'il avait besoin d'aide, voulait-il que j'aille chercher sa capote ? Mais l'aumônier me pria de lui indiquer où nous avions laissé nos effets : il les récupérerait lui-même, il était inutile que le médecin-chef me vît tituber.

Il s'attarda un moment à l'intérieur et réapparut avec un sous-lieutenant du 10e BCP qui le conduisit, après la distribution des capotes, vers ce qui devait être la remise : Je vous raccompagne à votre cantonnement, dit-il quand l'officier fût rentré non sans nous avoir lancé un regard mi-complice, mi-moqueur. Nous montâmes dans une voiture sanitaire, dont le chauffeur nous rejoignit, les yeux bouffis de sommeil. Venez aussi, Morin, déclara l'aumônier, nous ferons croire que nous avons été appelés au chevet d'un poilu si l'on nous interroge. Mais n'ouvrez pas le bec, c'est moi qui parlerai. L'automobile s'ébranla. L'abbé s'était placé à l'avant, entre le chauffeur et Morin qui fredonnait sourdement ses bien-aimées chansons de Mayol, celles qu'il défendait contre les moqueries de Declercq, disant qu'il n'avait peut-être pas des goûts aussi raffinés que lui, mais qu'il s'en moquait : il était un garçon simple et terre à terre, et cela ne l'empêchait pas de s'amuser, oui, il s'amusait, il s'amusait et comment ! J'avais pris place à l'arrière, sur un brancard, comme Declercq, lequel était extrêmement pâle, pâle et grave, et je songeais aux mots qu'il avait prononcés un peu plus tôt – *je rachèterai ma maison à ma mère, suffit qu'elle ne la vende pas avant* – qui, dépouillés du bégaiement de l'ivresse, avaient une tout autre résonance. Puis je m'assoupissais, et ces pensées se mêlaient à des lambeaux de chansons, pas seulement *Y s'appelait Bou-da-bou-da-bou*, la préférée de Morin, et tout cela avait un tour fort étrange. Ainsi parcourus, les quelques kilomètres qui nous séparaient de notre cantonnement me parurent brefs, et je fus surpris quand le chauffeur ouvrit la porte arrière. L'abbé ayant hâte de ramener l'automobile à sa remise, nous nous contentâmes d'échanger quelques accolades puis, après avoir regardé nos amis s'éloigner, Declercq et moi regagnâmes notre logement et nous jetâmes sur nos lits tout habillés.

Nous croyions avoir échappé ainsi aux regards, mais quand, le lendemain en fin de matinée, je revins, encore un peu assommé, de la visite au CVAD, je tombai nez à nez avec Jules qui m'attendait devant l'écurie ; saisissant les rênes de ma monture, il me conseilla de me rendre au plus vite auprès du patron – Il vous a convoqué. Il paraît qu'il est pas de bonne humeur, mais vous bilez pas, il a jamais été très gai, cet homme-là. En réalité, il fait beaucoup de vent, et je suis prêt à parier qu'il filera avec son cabot aux colonies un jour pas éloigné, tout comme le précédent. Je lui pressai l'épaule et, après avoir rajusté ma tenue, frappai à la porte du médecin-chef : il était assis de travers derrière son bureau, une cheville posée sur le genou, et il abattait en rythme un crayon sur ses leggings. L'absence du chihuahua dans son giron me sembla, plus encore que les rumeurs rapportées par Jules, de mauvais augure, et de fait il se lança dans une diatribe contre l'alcool et les ivrognes, me rappela que le conseil de guerre et une période de trente jours d'arrêts de rigueur étaient prévus pour tous ceux que l'ivresse empêchait de remplir leur devoir. Je le fixai d'un air obtus tandis qu'il répétait *abandon de poste*, l'expression par laquelle l'armée qualifiait ce genre de situation, persuadé qu'il était inutile d'objecter que nous étions au repos et que tous les officiers ou presque s'étaient enivrés au cours du dîner, comme toujours dans ce type de réunions. Un instant, je craignis qu'il ne se ravisât et ne m'expédiât, à la place de Legrand, au GBD de la 170e division, mais il conclut, magnanime, qu'il ne signalerait pas mon attitude à la hiérarchie ; en revanche, il me consignait, comme Declercq, déjà avisé, au cantonnement pour une période de quinze jours, ce qui signifiait : aucune invitation à déjeuner ou à dîner dans les compagnies où j'effectuais la visite, aucune promenade à l'extérieur du village, aucune sortie, pas même pour assister à la prochaine représentation du Théâtre aux armées.

Une simple démonstration d'autorité, voilà en quoi cette punition consistait, et Declercq, à qui je confiai cette pensée un peu plus tard, en convint. Il referma le livre qu'il lisait allongé sur son lit, puis rit de me voir en colère ; lui, dit-il, il se moquait des sorties dans ces petits patelins, ou à Belfort, il se moquait du Théâtre aux armées ; le Théâtre aux armées était une chose insupportable à voir, une chose qui vous rendait nauséeux, mais peut-être n'était-ce pas mon cas, peut-être aimais-je les bourrées auvergnates et les chants patriotiques dont les actes étaient entrelardés ? Nous avions des propriétaires charmants, nous avions un gramophone et des livres, des stylos, des feuilles de papier, nous avions Jules et Lucien, prêts à faire des emplettes à notre place, que nous manquerait-il ? Si le médecin-chef croyait nous punir, il se trompait et comment ! Il me tendit la main et nous topâmes là, même si nous bouillions tous deux : comme moi, Declercq détestait les manifestations d'autorité, les règlements, l'hypocrisie de l'armée, mais le refus de se montrer piqué au vif était chez lui une marque d'élégance que je lui enviais depuis que je le connaissais, et je jouai donc le jeu.

En vérité, cette période de *consignation* n'eut rien de désagréable. Avec la complicité de nos ordonnances respectives et de nos camarades, nous organisâmes de petites réunions chez nos propriétaires, qui battirent le rappel de leurs nièces, de grandes et solides filles au teint et aux cheveux clairs qui dansaient volontiers au son du gramophone, désormais installé sur le buffet de la salle à manger, jouaient aux cartes avec nous, riaient de bon cœur à nos plaisanteries, faisant de la maison où nous logions la plus animée du village. Gaies, franches, simples, elles me plaisaient presque toutes, mais je ne pouvais m'empêcher de les comparer à Zouzou, de trouver à la fille du Dr Lévêque, dont les lettres continuaient de nous parvenir, tous les charmes, toutes les qualités.

Nous avions coutume, Declercq et moi, d'élaborer ensemble les missives que nous lui destinions et, bien qu'il fût beaucoup plus doué que moi pour manier la plume, nous la prenions à tour de rôle, lui relatant les anecdotes les plus drôles qui nous arrivaient, telles que notre départ de la Somme, quand il nous avait fallu pousser dans les autobus des brancardiers transformés en ivrognes mûrs après une station de plusieurs heures au *bistro*, au grand scandale des habitants venus nous dire adieu, ou la chute du gros dentiste dans le ruisseau pendant que nous attendions le train lors de notre dernier embarquement, même si elle nous reprochait souvent de la traiter comme une enfant, d'éviter sciemment *les vrais sujets*. Les vrais sujets, me lançait Declercq, méditatif, que crois-tu qu'elle entende par là ? Le sens de la vie ? Zut, je suis mal placé pour en parler, je le cherche encore. Les *vrais sujets* enflaient de jour en jour entre nous, et je les soupçonnais d'avoir quelque chose à voir avec un sentiment qui allait plus loin que l'amitié, ce sentiment que je m'efforçais d'étouffer quand, en cachette, je portais à mes narines le mouchoir brodé des trois initiales *H.E.R.*, ou la mèche de cheveux logée dans mon portefeuille. Et qui, j'en étais persuadé, s'emparait aussi, s'était déjà emparé, de Declercq. Voyons… les animaux ? hasardai-je. Ou la carrière ? – La carrière ? N'est-ce pas un peu excessif ?

C'était bien, pourtant, ce qui occupait l'esprit de notre amie. N'avait-elle pas déclaré que, se représentant l'avenir, elle se voyait en vétérinaire ou en poétesse ? Et si elle clamait parfois sa rage d'appartenir à un sexe qui n'avait pas l'occasion de s'exprimer, de décider, autant que le nôtre, elle ne manquait jamais l'occasion de souligner les mérites de ses représentantes les plus illustres : *Papa m'a montré un article sur Marie Curie, connaissez-vous femme plus admirable ? Elle se rend au front, parfois accompagnée de sa fille, à bord d'une automobile qui est aussi une unité de radiologie. Grâce à elle, de nombreuses vies seront épargnées. C'est la preuve que le monde ne pourra être sauvé que par les femmes*. Elle nous annonça qu'elle se présenterait, dès que possible, à l'examen du permis de conduire et, dans la missive suivante, qu'elle avait entrepris la rédaction d'une pièce de théâtre en vers dont tous les personnages étaient des animaux, une pièce qui en apprendrait *beaucoup aux hommes sur leur prétendue supériorité*. Elle n'avait aucune difficulté à se glisser dans leur peau, prétendait-elle, étant elle-même une créature hybride, mi-animal, mi-femme, et d'un genre tout particulier encore, car sa moitié animale empruntait tour à tour l'aspect d'un taureau, d'une mouette, d'une chatte ou d'un lapereau, d'un tigre aussi, peut-être même d'une licorne, personne ne pouvant affirmer en toute certitude que cette espèce n'avait jamais existé, puis elle confiait : *J'ai lu que les bouddhistes attribuent, dans leurs réincarnations, des grades inférieurs aux animaux. Je suis persuadée qu'ils se trompent. Les hommes n'atteignent qu'au prix d'énormes efforts le degré de perfection qui est le quotidien des animaux, la loyauté, la liberté, la fidélité, et j'en passe.*

Je la jugeais partiale, connaissant assez bien les animaux pour distinguer en eux, certes de l'amour et de nobles sentiments, mais aussi de la jalousie, ou des désirs de suprématie, et je n'étais pas certain qu'il fallût scinder en deux sa personnalité, attribuer à sa prétendue moitié animale les revirements, les accès d'enthousiasme et de faiblesse dont ses lettres témoignaient : ainsi, après avoir exposé le projet de sa pièce, elle se plaignit de ne pas avoir de goût à écrire parce qu'elle avait *la tête remplie de bruit et de fumée, de pluie et de sang, non pas de mots, de mots incisifs et justes*. Pourtant, ces contradictions et ces changements d'humeur n'avaient rien d'agaçant ; en vérité, je les trouvais aussi plaisants que sa franchise, sa sincérité, si éloignées des artifices, minauderies et autres coquetteries de la plupart des filles de son âge. *Je n'imaginais pas que le temps et la distance conserveraient l'affection que j'éprouve pour vous ; en vérité ils l'ont même renforcée, ne trouvez-vous pas cela singulier ?* nous écrivit-elle un jour. Et un autre : *J'ai pleuré toute la journée d'hier, j'en ai les yeux encore rouges, les pau-*

pières enflées, je ne devrais pas vous le raconter car pleurer ainsi est bien misérable, mais mon esprit a été brusquement traversé par la pensée que vous puissiez mourir, que vous étiez peut-être déjà morts sans que je le sache. Nous la rassurâmes, expliquant que nous nous trouvions dans un patelin perdu, loin des conflits, oubliés du reste du monde : nous nous demandions, du reste, vingt fois par jour ce que nous y faisions et avions presque honte en pensant aux hommes qui étaient engagés au même moment dans de rudes combats dont les échos nous parvenaient par la TSF. Et elle, dans la lettre suivante : *À force de vous ennuyer de la sorte, vous avez sans doute rencontré des jeunes filles à aimer. Peut-être m'avez-vous oubliée ?*

Comme c'était moi qui tenais la plume ce jour-là, j'écrivis que jamais nous ne l'oublierions, comment le pourrions-nous ? Depuis que nous avions fait sa connaissance, elle était dans tout ce que nous voyions, dans les champs et dans les forêts, à la surface des cours d'eau, dans les flocons de neige et les gouttes de pluie, elle courait sur les rails que nos convois avalaient et le long des routes, flottait dans le ciel ensoleillé, se tenait à nos côtés pendant les longues heures de veille à l'intérieur des postes de secours, sous les marmitages, et c'était grâce à elle que nous les supportions mieux. Declercq me demanda alors ce que je griffonnais et je lus ma phrase à voix haute, puis, ne l'entendant pas manifester son approbation, me tournai vers lui : il affichait une expression interloquée, qu'un éclat de rire vint masquer, suivi des mots *Tu fais du sentiment !* qui étaient une allusion à une expression coutumière de la jeune fille. Je ne fus pas vexé : je savais bien que je ne possédais aucun style, aucun talent d'écrivain, et que j'avais tendance à m'émouvoir ; mais je mesurai en un instant le gouffre que nos sentiments respectifs à l'égard de Zouzou risquaient d'ouvrir entre nous. Tu as raison, dis-je, c'est ridicule – et je froissai la feuille de papier. Il protesta par politesse, puis s'exclama : Tu sais ce que j'ai envie de faire, après-demain, pour fêter la fin de notre punition ? Un petit tour à Luxeuil. Et, comme je ne réagissais pas : Voyons, c'est là qu'est basée l'escadrille américaine dont nous a parlé le fiancé de Juliette. Je voudrais voir son fameux William Thaw, surtout caresser le lionceau – et l'incident en resta là, si tant est que ce fût un incident.

12

À Luxeuil, nous n'avions pas trouvé les aviateurs américains, partis entre-temps pour la Somme, mais leurs photos accrochées aux murs de la *Pomme d'or*, l'auberge où ils avaient, semblait-il, leurs habitudes : elles montraient le fameux William Thaw, un homme bien bâti, à la moustache épaisse, qui souriait comme tous ses compatriotes à l'exception d'un certain Lufbery, au regard sombre, presque mélancolique, en compagnie du lionceau que les serveuses avaient élevé avec du pain et du lait, nous avaient-elles dit. Nous partîmes à notre tour, quelques jours plus tard, vers la région de Belfort, que nous gagnâmes après trois jours de marche dans un froid sec, pénible, à travers une série de rampes où les voitures régimentaires tombaient en panne les unes après les autres. Certes, les sommets offraient des points de vue splendides, mais pas au point de nous dédommager des efforts accomplis pour les atteindre : chaque fois il fallait patienter jusqu'à ce que la route se dégageât, doubler les attelages, pousser les fourgons dans les côtes, puis les bloquer aux descentes car les chevaux glissaient et les roues patinaient sur le verglas. Avec le froid, le pain et le vin étaient gelés, nous nous précipitions dans les épiceries et les cafés des villages qui s'échelonnaient sur notre route pour acheter de quoi nous sustenter et, plus encore, la paille sur laquelle nous dormîmes quelques heures au terme de la deuxième étape. De fait, lorsque le 3 février au soir nous parvînmes à destination, Grandvillars, un centre industriel à six kilomètres de Delle, nous étions tous, hommes et bêtes, épuisés, et seule la vue du médecin-chef qui, par défi, avait tenu à faire les trois journées d'étape à pied et paraissait maintenant marcher sur des épingles nous dérida, Declercq et moi. Mais les habitants, pour la plupart des ouvriers, étaient aimables et je dénichai une chambre dans laquelle je dormis comme un loir, indifférent à la température de la pièce puisque je fus surpris de découvrir, le lendemain matin, mes souliers collés au parquet, mon pot à eau rempli de glace et mon éponge ne formant qu'un bloc avec son sac.

Declercq s'en alla bientôt à Paris en permission exceptionnelle à l'occasion du mariage de sa sœur : les choses s'étaient précipitées dans la perspective d'une prochaine entrée en guerre de l'Amérique, ce qui donnerait lieu, m'avait-il dit, à une cérémonie assez simple, non à une de ces interminables fêtes où l'on se fatiguait à sourire et à s'empiffrer. Je lui confiai un mot de félicitations à l'intention de Juliette, ainsi qu'une lettre à poster dans laquelle j'expliquais à mes parents où je me trouvais exactement et pour quelles raisons : des *travaux de couverture sur la frontière suisse*, nous avait-on expliqué, expression qui semblait annoncer que, cette fois encore, nous ne ferions rien de nos journées. En réalité, je fus chargé d'assurer le service médical du CVAD et du QG, et quand Declercq rentra j'avais installé mes pénates à deux kilomètres cinq cents de notre cantonnement, précisément à Morvillars, dans le pavillon d'un château où vivait le chauffeur des propriétaires, et mon infirmerie dans un salon de coiffure où je voyais défiler chaque matin toutes sortes de gens, postiers, téléphonistes, automobilistes, conducteurs, ainsi que les prisonniers en prévention de conseil de guerre, avant de me livrer l'après-midi à la vaccination à outrance.

Il me rejoignit dès que le service le lui permit et nous nous octroyâmes une promenade à cheval jusqu'à Delle, puisque je bénéficiais du cheval du vétérinaire, parti en permission, une bête un peu folle mais douée de moyens exceptionnels. Il m'avait apporté de la part de sa sœur les traditionnelles dragées et me relata en détail cérémonie et repas, la tenue de la mariée, les pleurs que leur mère avait feint, selon lui, d'étouffer dans un mouchoir pendant la messe, à moins que ce ne fussent, ajouta-t-il malignement, des pleurs de dépit suscités par le spectacle de la famille américaine, belle, élégante, dotée d'un français excellent – Tu aurais vu Émile ! Il a conduit Juliette à l'autel en faisant la roue comme un gros paon. On aurait dit qu'il célébrait doublement le triomphe du nouveau monde sur l'ancien : le triomphe de son monde à lui, les affaires, et celui du Nouveau Monde à proprement parler, l'Amérique qui, au dire de John, ne va plus tarder à nous tirer de cette sale guerre. Je n'ai pas cessé de penser à Zouzou. Tu te souviens de ce qu'elle répétait ? *La caresse chaude de l'ancien monde en train de s'écrouler ?* Eh bien, je l'ai sentie tout au long de ces jours-ci, et elle n'était pas chaude mais brûlante, je peux te l'assurer. Et comme je voulais savoir si son frère aîné avait rompu son vœu d'exil pour participer aux noces, il répondit par la négative et ajouta qu'il l'avait dignement remplacé – Ma mère m'a fait les gros yeux, mais à quoi bon assister à un mariage si l'on ne peut pas s'amuser ? En ce qui me concerne, je ne trouve rien de plus déprimant que ces promesses d'amour éternel ; lier son sort à celui d'un autre être pour le restant de sa vie, n'est-ce pas terriblement assommant ? Je répliquai qu'il était peut-être agréable de s'attacher la femme dont on était amoureux. S'attacher ? ! s'écria-t-il. Crois-tu vraiment qu'on puisse s'attacher qui que ce soit ? Il est possible de s'attacher un animal, mais les gens sont comme des substances volatiles. On imagine aimer quelqu'un, or c'est son image qu'on aime, une image fugace, qu'elle soit vraie ou créée de toutes pièces, et l'on finit par cohabiter avec un parfait étranger, ou une parfaite étrangère. Regarde ce qui s'est passé dans ma famille.

Nous étions déjà à Delle, et nous contemplâmes un moment la frontière suisse qui s'étendait à cinq cents mètres de là, avant d'aller boire un grog dans un café. Le soir, de retour dans ma chambre, j'ouvris machinalement la boîte de dragées et découvris à l'intérieur un billet plié dans la longueur. C'était une réponse de Juliette à ma lettre de félicitations, et elle disait *Vous nous avez manqué, Raymond, mais vous êtes pardonné, nous savons tous que la guerre est la guerre. Vous imaginez peut-être que le mariage m'a donné dix ans de sagesse et dix kilos de plus. Venez donc constater qu'il n'en est rien. Du reste, maman ne tolérerait pas que vous couchiez à l'hôtel lors de votre prochain passage à Paris. Une chambre vous attend.* Je songeai que c'était pure politesse, ou coquetterie, et que de toute façon mon départ ne serait pas pour bientôt, mais je me trompais : le patron, venu remplacer pour quarante-huit heures le médecin principal, me rendit visite quelques jours plus tard et m'annonça que, après une telle période de repos, nous risquions d'être engagés pour longtemps à l'entrée du printemps – J'aurai besoin de vous en secteur. Je serais donc heureux que vous partiez dans votre famille vers la fin de la semaine. Le général a déjà donné son accord, le principal ne refusera pas le sien à son retour, conclut-il en lissant sa moustache, et il ne me resta plus qu'à obtempérer. Certes, j'aurais préféré espacer un peu mes permissions, confiai-je à Jules pendant qu'il préparait mon sac, mais il répliqua avec son bon sens habituel qu'il valait mieux *tenir que courir* et que je risquais de *courir* longtemps au printemps.

Je retrouvai ma famille telle que je l'avais quittée deux mois auparavant, ou plutôt je le crus, car il y avait eu des changements entre-temps dont on ne m'avait pas informé : ma sœur Lily était toujours occupée par ses leçons de piano et ses travaux d'aiguille, mais ses pensées volaient maintenant vers le fils d'une famille amie, revu à la faveur d'une permission, qui avait presque achevé ses études d'ingénieur à Paris à la mobilisation. Ces retrouvailles étaient récentes, voilà pourquoi je n'en avais pas été averti, m'expliqua Gabrielle qui qualifia de *faiseur* le garçon en question, puis, soulevant un pan de son corsage, me montra *son* cilice, une ceinture de crin qu'elle portait à même la peau afin de se punir d'avoir souhaité la mort d'Ernest, *son* poilu, tombé au champ d'honneur un peu plus tôt – J'y suis certainement pour quelque chose, affirma-t-elle avec ce mélange de naïveté et de vantardise qui la caractérisait, d'ailleurs je me demande si je ne porte pas malheur depuis un certain temps. Et elle roula des yeux. Mais tels n'étaient pas les changements les plus remarquables : je tombai, à mon arrivée, sur Pierre, mon frère cadet, confortablement installé, en pyjama et robe de chambre, à la table du petit déjeuner ; je ne l'avais pas revu depuis mon départ au front, il me sembla différent, non pas plus maigre ou plus fort, non pas plus triste, ou plus mûr, peut-être y avait-il un soupçon de tout cela, ou peut-être était-ce le fait qu'il avait échappé à mon champ de vision, à mon influence, pendant un an et demi, même si, comment l'ignorer ? je n'avais déjà plus grand ascendant sur lui lorsque j'étais parti. De fait, il répondait rarement à mes lettres, et les nouvelles que j'avais de lui étaient en général celles que me transmettait notre mère, au point que je m'étais demandé s'il n'avait pas changé d'adresse, intrigué par le silence qui avait accueilli mes vœux du premier de l'an.

Une fois demeurés seuls, je le questionnai un peu sur le front d'où il venait mais il se montra évasif, distant, alors même qu'il était désormais le seul membre de ma famille en mesure de partager mon état d'âme concernant la guerre, ce mélange de fierté et d'effroi qui me rendait tout civil étranger ; l'indignation que suscitaient en moi la lâcheté et la mesquinerie de l'armée ; l'absurdité des situations dans lesquelles nous étions plongés ; enfin cette peur qui nous saisissait au ventre au milieu des combats et qu'il fallait dissimuler à tout prix. Et quand, décontenancé, je me rabattis sur une ancienne habitude, la taquinerie, ironisant sur les privilèges des artilleurs, je n'eus pas plus de succès : il répliqua, piqué au vif, qu'il y avait beaucoup à dire sur les non-combattants. J'étouffai un mouvement de colère et m'obligeai à écouter impassiblement le récit de ses prouesses sportives : il avait prié notre mère de lui envoyer ses gants, et il pratiquait à présent la boxe avec un tirailleur sénégalais, un garçon qui serait devenu champion du monde si la guerre n'avait pas interrompu sa carrière, précisa-t-il en sautillant et en mimant dans l'air uppercuts et crochets, à la fureur des chiens qui frétillaient autour de nous dans le jardin. Que je retienne le nom de son ami, me dit-il, je le verrais en haut de l'affiche quand la guerre s'achèverait, en admettant bien sûr qu'il réchappât aux combats, et ce fut jusqu'à la fin de notre séjour commun sa seule allusion aux dangers que nous courions.

Était-ce son attitude ? Ou la pensée que ce n'était pas seulement l'ancien monde qui avait pris fin, comme l'avaient affirmé à quelques mois d'intervalle Zouzou et Declercq, mais aussi le monde de l'enfance, ce monde que caractérisait une complicité presque naturelle ? Je ne m'amusai guère au cours de ces quelques jours de permission, redoutant jusqu'aux promenades en ville, durant lesquelles je tombais invariablement sur d'anciens camarades désireux de me décrire toutes sortes d'exploits dont je me moquais désormais qu'ils fussent réels ou inventés. Je ne manifestai même aucune surprise tandis que le *petit comte*, rencontré sur le boulevard, m'apprenait, triomphant, qu'il avait obtenu une citation pour avoir porté secours à la fameuse duchesse de M., escortée tout près des lignes et projetée au sol par l'éclatement d'une marmite, sans se douter que j'avais recueilli au cours du dîner chez les Declercq une version dans laquelle il n'était pas le héros de la situation mais l'imbécile de service ; et pourtant j'avais songé alors que, à cause de son impair, il devait croupir dans un régiment d'infanterie, loin des réceptions, des baronnes, duchesses et autres comtesses à mener en visite au front. Malgré le froid, je préférais sillonner la campagne à bicyclette, et je ne proposais pas à Pierre de m'accompagner, puisqu'il avait ses propres occupations ; le soir, après le dîner, je m'attardais avec notre père qui relatait, les traits tirés, les problèmes qu'il rencontrait auprès de l'administration de la Croix-Rouge et de certains confrères, les disputes puériles autour des convois de blessés. Je n'hésitais plus maintenant à lui donner mon avis, sinon des conseils, et nous nous enfoncions dans de longues conversations sur l'état du service de santé, sur les injustices des traitements entre médecins, mais aussi entre étudiants en médecine : ceux qui servaient à l'arrière, dans une ambulance ou dans un hôpital, expliquais-je, avaient tout loisir de se perfectionner au sein d'une équipe chirurgicale et de passer leurs examens, ce qui était loin d'être le cas à l'avant, et nous enchaînions alors sur les dernières discussions à l'Assemblée ou sur la politique en général, pour laquelle il manifestait de plus en plus d'intérêt. À ce stade des discours, Pierre avait souvent battu en retraite dans sa chambre, ennuyé, ou peut-être agacé ; *si papa se lance dans la politique, tu t'y lanceras toi aussi, puisque tu l'imites en tout*, semblaient signifier certains de ses regards ; mais je m'obstinais à croire que je me le figurais, qu'il n'y avait, n'y avait jamais eu entre nous aucune rivalité.

J'eusse été amer si, la veille de son départ, un incident ne nous avait pas rapprochés. Ayant décrété que nous laissions les vendeuses nous mener par le bout du nez, notre mère avait exigé de diriger l'achat des articles dont nous avions besoin au front, bien qu'il s'agît de bêtises, cirage, lames de rasoir, miroirs, lampes électriques, cubes d'alcool solidifié, sacs de couchage, papier à lettres, etc., puisqu'elle se chargeait avec nos sœurs de la fabrication des tricots, passe-montagnes et autres gants de laine. Cela avait duré toute la matinée car, au Bazar de l'Aveyron, nous nous étions heurtés à plusieurs amis ou connaissances de la famille et il avait fallu qu'elle exposât à chacun d'eux notre situation, ainsi que celle de *ses* blessés, à la clinique, négligés le temps de quelques heures, glissait-elle en pinçant un peu les lèvres avant d'ajouter qu'elle n'avait pas le choix : elle acceptait d'offrir ses fils en sacrifice à la patrie, mais il importait qu'ils ne fussent pas trop incommodés par l'inconfort. Alors que nous nous tenions, muets, à ses côtés, j'avais eu le sentiment d'être redevenu, malgré moi, le gamin timide et obéissant d'autrefois, et, m'impatientant, j'avais balayé des yeux le magasin à la recherche d'une issue ou d'une diversion ; c'est ainsi que j'avais croisé le regard de mon frère. Il avait étouffé un rire, signe que la même pensée occupait son esprit, et, de retour à la maison, il me proposa de fumer une cigarette dans le jardin pendant que notre mère filait à la cuisine donner des instructions.

Nous discutâmes un moment de tout et de rien puis, comme il s'ouvrait enfin, je constatai qu'il était plutôt content de son sort ; en fin de compte, sa vie à lui ne s'était pas véritablement arrêtée : il s'était présenté avec succès à son concours, il pratiquait la boxe, son sport de prédilection, il s'était même inscrit à un stage d'aviation ; surtout, m'avoua-t-il, il continuait de voir sa bien-aimée, qui avait quitté Montpellier pour s'installer à Paris, où il y avait encore du travail dans la couture grâce aux ouvroirs qui s'y étaient créés, et s'il repartait le lendemain, c'était avec un jour d'avance, afin de passer un peu de temps auprès d'elle. Oui, c'était une histoire sérieuse, il épouserait Louisette dès que la guerre serait terminée, lança-t-il d'un ton qui ressemblait à du défi puis il tira de son portefeuille une photographie et, tandis que je regardais la femme brune et menue, joliment habillée, plus piquante que belle, qui y était figée dans une pose languissante d'actrice de cinéma, me demanda si j'avais moi aussi *une amie*.

L'image de Zouzou passa devant mes yeux, ainsi qu'elle m'était apparue la première fois : vêtue d'un long tablier, ses cheveux roux formant autour du crâne une sorte de nuage où s'accrochaient une perruche émeraude et les derniers rayons du soleil, et je bredouillai que non, voyons, j'en avais plusieurs un peu partout, comme les marins. Cela sonnait sans doute faux, mais un fait était certain : je n'avais aucun droit de mentionner la fille du Dr Lévêque ; n'avait-elle pas dit *Je serai pour vous ce que vous êtes pour Henry et pour Henry ce que vous êtes pour lui. Et je le serai jusqu'à ma mort ?* Et si, faisant fi des convenances, je m'étais demandé mille fois, non pas si pareille amitié entre deux hommes et une femme pouvait exister, mais si elle pouvait durer, je m'étais interdit de songer à elle autrement.

Je rendis le portrait à Pierre en débitant quelques compliments. Jusqu'alors, je n'avais pas beaucoup cru à sa romance, mais voilà que je me surprenais à l'envier un peu, et cela suffit à balayer toutes mes objections, par exemple l'accès barré à un milieu qui lui apporterait des avantages, la fureur et le chagrin de nos parents, le risque de devoir se chercher un métier avant l'heure ; du reste, la nécessité de se bâtir une position valait également pour moi et m'interdisait à moi aussi tout projet de mariage. C'est alors que nos petits frères surgirent dans le jardin. Pierre escamota son cliché et fut le plus prompt à renvoyer d'un coup de pied le ballon dans lequel avait tapé André avec un air malicieux, cet air qu'il affichait depuis qu'il s'était enivré, quelques semaines plus tôt, à une réunion de famille en avalant tous les fonds de verre, avais-je appris ; j'ôtai à mon tour mon manteau et nous nous lançâmes dans une partie effrénée où Louis, le plus jeune, ne se montra pas le moins habile.

Le lendemain, Pierre voulut que je l'accompagne à la gare et, avant de le serrer dans mes bras, je l'invitai à me donner plus souvent des nouvelles. Il se mit alors à sautiller, à mimer des uppercuts et des crochets, et finit par me tomber dans les bras comme un gosse. Je regardai son sourire gai, lumineux, s'éloigner jusqu'à ce que la dernière voiture eût disparu dans le virage et, de retour chez mes parents, rédigeai à l'intention de Juliette un petit mot où je lui annonçai mon passage à Paris quelques jours plus tard : je serais heureux de la voir et de voir sa famille, écrivis-je et j'indiquai le jour de mon arrivée dans la capitale.

Je fus invité par retour du courrier à déjeuner et je me présentai à l'heure dite à Passy non sans avoir laissé à la consigne mon gros sac, rempli par ma mère de sucreries et de conserves. Dans le train, j'avais presque regretté de m'être manifesté, craignant d'être de nouveau pris en aparté par la maîtresse de maison et impliqué dans des manœuvres visant à éloigner mon camarade du front contre sa volonté. Mais je ne pouvais que m'incliner devant une évidence : si la mère de Declercq me paraissait moins envoûtante depuis que je l'avais entendue envisager, le cœur léger, la vente de la maison dans laquelle il rêvait de s'installer une fois la guerre puis ses études terminées, je continuais de subir le charme de cctte famille. Dans ma lettre, j'avais averti Juliette que je repartirais dans l'après-midi, et je me traitais d'imbécile en m'asseyant à la table du déjeuner, songeant qu'il eût été agréable de gagner Paris un jour à l'avance, comme mon frère Pierre, et de passer la nuit dans cet hôtel particulier, même si aucun sentiment amoureux ne m'y poussait. Une fois encore j'avais apporté un bouquet de roses, et une fois encore la maîtresse de maison m'avait grondé d'avoir dépensé de l'argent, ajoutant que je devais me considérer comme un membre de la famille, par exemple un cousin de province qui se rendait dans la capitale pour affaires de temps en temps. C'était une comparaison étrange, parce qu'elle niait l'état de guerre dans lequel nous vivions, à moins que ce ne fût une façon de me placer sur un pied d'infériorité, mais comme la mère et la fille faisaient assaut de gentillesses, je conclus que cette pensée n'était que malignité de ma part.

On m'avait prié d'excuser l'absence d'Émile, de plus en plus occupé par ses affaires, puisqu'il avait remonté ses filatures non loin de Paris et signé des contrats importants avec le ministère ; quant à John, le gendre, il courait de comité de secours en comité de secours et était, me dit-on, de plus en plus exalté – Il ne pense qu'à l'entrée en guerre de son pays, il ne rêve que du front, alors qu'il dispose d'une fonction prestigieuse dans de beaux bureaux dorés que tout le monde lui envierait, déclara Juliette. Voilà donc ce qu'est la nature humaine, un concentré de contradictions. Elle rit en affirmant que, si les prédictions de son mari s'avéraient, elle risquerait d'être veuve, tout juste mariée, mais sa mère la fit taire d'un de ses *Juliette !* qui claquaient comme un coup de fouet, et je crus bon, pour détendre l'atmosphère, de relater l'expédition que nous avions entreprise, Declercq et moi, dans le but de rencontrer les aviateurs dont John, justement, nous avait parlé et que tout le monde s'accordait à traiter de héros. Vous êtes bien tous pareils ! commenta Juliette avant de s'écrier : Oh, Satie ! Satie !

Quelques secondes me furent nécessaires pour me rappeler que c'était le nom du cochon d'Inde : il avait grimpé sur les rideaux de fil brodés et risquait de se rompre le cou. Je demandai l'autorisation de me lever pour le récupérer et, monté sur un tabouret, attrapai la petite bête affolée, que je rendis à sa maîtresse. Laquelle murmura : Voilà peut-être tout ce qui me restera – mais d'une voix maintenant privée d'ironie ; avec sa boule de poils contre la poitrine, elle n'avait plus rien de la panthère que Declercq et son parrain voyaient en elle, on aurait dit une gamine boudeuse, rien de plus. Cette jeune femme a emménagé dans un somptueux appartement au Champ-de-Mars, dit alors sa mère, mais elle n'y a curieusement pas emmené son animal, censé pourtant lui tenir compagnie. Je n'y trouve qu'une seule explication : elle préfère qu'il fasse ses dégâts chez les autres. Pour une raison que j'ignore, ces mots prononcés d'un ton glacial provoquèrent en moi un fou rire que rien ne sembla pouvoir arrêter, pas même l'expression décontenancée de mon hôtesse, qui m'aurait à un autre moment donné envie de disparaître sous terre. Puis ses lèvres s'étirèrent, et elle rit à son tour ; dépourvue de son air hiératique, les joues rosies, les yeux embués, elle était vraiment très belle, plus encore que sa fille, qui l'avait imitée ; c'était bien là l'ondine du portrait, me dis-je en pensant à la représentation qui m'avait tant fasciné et à la jeune mariée qui s'obstinait sans doute à se cacher dans un recoin lointain de sa personne.

Nous reprîmes tous notre sérieux et je priai les deux femmes de m'excuser, mais il flottait maintenant dans la pièce un air de gaieté qui persista jusqu'à la fin du repas – Vous êtes beaucoup moins guindé que vous ne le paraissez, mon chou, murmura Juliette alors que nous quittions la table, ses doigts fins posés un instant sur mon avant-bras, et je me rappelai soudain la phrase que Declercq m'avait lancée aux premiers jours de notre amitié après avoir imité Nijinski, le danseur, à son retour de permission : *Je suis content de vous entendre rire, j'avais peur que vous ne soyez trop solennel*. Le frère et la sœur n'avaient pas seulement les mêmes yeux gris-bleu, ils se ressemblaient comme les deux faces d'une unique médaille, et cette pensée étouffa mon premier élan de susceptibilité.

De retour à Grandvillars, je racontai cet épisode à mon camarade et lui exposai les sentiments contraires qu'avaient fait naître en moi la conduite de mon frère jusqu'à la veille de notre séjour commun. Tu vois ? s'exclama-t-il. N'avais-je pas raison ? Personne ne connaît jamais personne, même pas les membres de sa propre famille. En es-tu persuadé maintenant ? *Les hommes, la connaissance des hommes*, c'était effectivement un sujet passionnant, et nous y revînmes souvent au cours des jours et des semaines suivants, nous absorbant dans de longues conversations sur nos familles respectives et sur ce qui attendait, aurait dû attendre, des garçons de notre âge, études, amours, espérances, grandes et belles espérances, évidemment, ne nous interrompant que pour alimenter notre correspondance avec Zouzou, prendre notre service, ou participer aux parties de poker auxquelles nous invitaient nos camarades, confinés comme nous à l'intérieur par le mauvais temps, ou encore pour satisfaire les caprices du médecin-chef, lequel nous entraîna un jour dans une promenade à cheval et finit par s'égarer à la nuit dans les champs après m'avoir interdit de consulter mes cartes, prétendant qu'il défiait quiconque de connaître la région mieux que lui.

Au fil de ces conversations, le temps passait, il passait en étrange mouvement circulaire, la neige fondant pendant quelques jours puis réapparaissant, Beveuge revenant après Grandvillars, et le farniente succédant au farniente puisque la seule activité du groupe consistait à établir des postes de secours fictifs dans les champs tandis que les paysans, aidés des hommes et des chevaux de la division, vaquaient à leurs labours, et sans doute aurions-nous été tout étourdis, en proie au sentiment de vivre en dehors du conflit, si les journaux et la TSF ne nous avaient pas délivré leurs nouvelles, la démission de Lyautey, mal vue des milieux militaires, puis la chute de Noyon, Bapaume et Péronne, qui nous fit tous exulter. Nous étions à Sochaux quand nous apprîmes l'entrée en guerre officielle de l'Amérique, et nous embarquâmes enfin à Belfort, une dizaine de jours plus tard, pour une destination inconnue. Le nez collé derrière la vitre du compartiment, nous tentâmes de la deviner, comme en un jeu, au nom des gares qui défilaient, Épinal, Mirecourt, Neufchâteau – *La Meuse ?* – et encore Vaucouleurs, Ligny-en-

Barrois, Bar-le-Duc, des noms qui ne m'auraient rien évoqué quelque temps plus tôt et auxquels j'associais maintenant des souvenirs ; par exemple à Savonnières, mon séjour à l'hôpital avec notre ancien patron, et à Revigny, notre débarquement en mars 1916. Mais le convoi poursuivait son chemin vers l'ouest, nous traversions maintenant les ruines de Sermaize-les-Bains, puis d'immenses champs piqués de croix, terrain de la bataille de la Marne – *La région de Reims ? La Somme ?* Quand, à Sézanne, on annonça enfin le secteur auquel nous étions destinés nous nous dévisageâmes, Declercq et moi : *si nous restons là*, disaient nos regards, *nous serons tout près d'elle, il nous suffira d'un train, d'une permission de quelques heures, pour la revoir.*

13

Dès notre arrivée, nous avions griffonné un billet à l'intention de Zouzou pour lui annoncer que nous nous trouvions dans la région et que, si nous ne montions pas tout de suite en ligne, nous lui télégraphierions à la première occasion pour tenter d'établir avec elle un lieu de rencontre, par exemple à mi-chemin ; mais qu'elle ne se nourrît pas trop d'illusions, avions-nous ajouté : après une période de repos et d'instruction aussi longue, nous ne pouvions être destinés qu'au front. De fait, nous gagnâmes rapidement l'Aisne où, le 17 avril 1917, nous reçûmes l'ordre du jour de Nivelle : *L'heure est arrivée, courage, confiance, vive la France !*, ce qui laissait supposer que nous entrerions sans tarder dans la danse, étant donné que nous appartenions à l'armée d'exploitation du succès. Restait à savoir si succès il y aurait : malgré les dix mille prisonniers que mentionnèrent les journaux le lendemain, il était manifeste que les Ve et VIe armées, confrontées à des nids de mitrailleuses et à d'importantes batteries d'artillerie lourde, avaient été dans l'incapacité de remplir leur mission ; et la pluie qui se mettait à tomber n'était guère propice pour un deuxième jour d'offensive. Nous poursuivîmes toutefois notre chemin en direction du front, changeant chaque jour de cantonnement, au point que je cessai de demander qu'on déchargeât mes bagages pour éviter à Jules d'avoir à faire et refaire sans cesse les paquets. Cette incertitude, tout comme l'ignorance de notre sort, nous rendait un peu fébriles, et il nous semblait absurde d'errer ainsi dans la même région, franchissant un jour la Marne pour la repasser deux ou trois jours plus tard. Nous nous pliâmes en grommelant à ce manège, y compris après que l'offensive eut connu un arrêt forcé qui en désillusionna plus d'un et, une fois la situation mieux connue, nous conforta, Declercq et moi, dans notre indignation envers un état-major mal renseigné ou, pis encore, indifférent à des données aussi simples que la puissance de feu de l'ennemi contre lequel il lançait les bonshommes ; les querelles entre les généraux et les discussions qui s'ensuivirent à l'Assemblée achevèrent de contribuer à l'amertume ambiante.

Près de quinze jours après notre arrivée, nous finîmes par nous installer à Citry, un village sur les bords de la Marne, où logeait déjà tout le génie et où, nous annonça le médecin-chef, il y avait un court de tennis : il organiserait un nouveau tournoi, qui serait une manière de nous remettre en forme après tant d'inactivité, ajouta-t-il comme si nous n'avions pas été soumis les derniers mois à des marches et des entraînements. Bien entendu, il comptait sur nous pour assurer la victoire au service de santé, dit-il, les mots mêmes qu'il avait prononcés l'année précédente, lors de notre installation à Togny-aux-Bœufs. C'était étrange, pensai-je, le temps s'obstinait à adopter un mouvement circulaire, celui d'une valse tantôt macabre, tantôt gaie. Une valse ? s'exclama Declercq, à qui je confiai ces réflexions. Je pencherais plutôt pour la ronde des démons ou des squelettes par une nuit de pleine lune dans un cimetière ! Mais tu as raison, c'est comme si Dieu, ou l'espèce de logique qui fait tourner ce monde, nos existences et notre mémoire, prenait un malin plaisir à fourrer régulièrement le doigt dans nos plaies pour le cas où nous risquerions de les oublier… Je me demandais s'il faisait allusion au suicide de son père, ou à ses douloureuses relations avec sa mère, et je revis un instant le tableau animé que j'avais admiré chez son parrain, cette salle de bal où des petits danseurs disparaissaient sous une voûte avant de retrouver toujours le même partenaire.

En vérité, j'avais hâte de revoir Zouzou et à la fois je redoutais ces retrouvailles. Il ne fut pas aisé de les organiser car, si les marches ne nous occupaient qu'en tout début de matinée, nous devions compter sur nos heures de service au cantonnement et sur le tournoi de tennis, qui avait effectivement commencé ; mais il fut une fois encore notre allié : il concentrait l'attention du patron, l'empêchant par exemple d'être trop regardant sur la présence de Declercq à sa popote ; il fallait aussi trouver un autre moyen de transport que le train, qui nous obligeait à effectuer trop de détours pour nous rapprocher de Zouzou et manquait de discrétion. Lucien dénicha une automobile du groupe, que son conducteur nous céda contre une somme rondelette pour la journée : il était, hélas, impossible de nous mouvoir de nuit, moment favorable à toutes sortes d'escapades que chacun, au groupe, s'octroyait, en général à l'aide d'un vélo, le plus silencieux des véhicules.

C'est donc en proie à une étrange griserie mêlant la crainte d'être découvert et l'appréhension de cette rencontre que je me mis au volant : depuis près d'un an, Zouzou occupait la plupart de mes pensées, et je me demandais ce qui se produirait quand elle réapparaîtrait devant nous dans toute sa réalité, non plus portrait photographique, non plus souvenirs, mais chair, os, cheveux et voix. Declercq, je l'imaginais, devait être dans un état d'esprit identique : la scène de la lettre, son *Tu fais du sentiment !* m'avaient laissé entendre que l'amitié qui nous liait à la fille du Dr Lévêque n'avait plus rien d'un jeu. J'avais tiré de ma cantine une de mes cartes pour choisir un lieu de rencontre qui fût à mi-chemin entre notre cantonnement et Togny-aux-Bœufs, même si mon camarade s'était déclaré prêt à courir le risque d'être surpris et arrêté : il y avait là de nombreux patelins qui nous permettraient de passer inaperçus. Par je ne sais quelle espèce d'ironie, j'avais écarté la petite ville de Vertus, située non loin du bois homonyme, mais, dans son dernier télégramme, Zouzou nous donna une adresse à Étoges, à environ trente kilomètres de chez elle. Ruelle des Sœurs, c'était là, apprendrions-nous, que vivait son ancienne nourrice à laquelle elle rendait visite de temps à autre, munie d'un panier de victuailles, de linge et d'autres articles de première nécessité.

Sur la carte, de petites formes bleues représentant des lacs ou des étangs entouraient ce village, et l'on distinguait, plus au sud, le symbole des marais. L'hiver, des vapeurs de brume nimbaient sans doute le paysage, lui apportant cette touche de romantisme que l'on trouvait dans les romans anglais du siècle précédent, mais nous étions au printemps, l'air qui s'engouffrait par les vitres était parfumé et sec. Nous atteignîmes les lieux en avance et nous promenâmes un moment autour de l'imposant château qui se dressait là, protégé par de larges douves : il avait hébergé Louis XIV puis Napoléon, la demeure étant devenue la propriété de l'épouse du maréchal Lannes après la Révolution, nous informa un passant après nous avoir interrogés sur l'offensive qui s'enlisait. L'homme possédait une quantité d'anecdotes sur des souterrains, des passages secrets, des cellules où des indésirables avaient été emmurés vivants et, trop heureux que Declercq le questionnât, les dévida l'une après l'autre, mais si mon camarade les écoutait avec un intérêt apparent, j'étais incapable d'en retenir le moindre mot et ne pouvais m'empêcher de consulter régulièrement ma montre. Enfin nous nous présentâmes au numéro indiqué de la ruelle des Sœurs, devant laquelle stationnait l'automobile du Dr Lévêque.

Pour je ne sais quelle raison, j'avais imaginé que Zouzou nous ouvrirait la porte, mais ce fut une fillette qui apparut dans l'embrasure : trapue, grave, vêtue d'une robe informe et coiffée d'un fichu, elle évoquait en vérité plus une vieillarde qu'une enfant. Elle nous conduisit dans la pièce principale, dotée d'un mobilier rustique et d'une grande cheminée où trônait une cuisinière en fonte, puis s'engouffra dans un escalier sur le côté pour réapparaître quelques minutes plus tard et, les lèvres toujours scellées au point que je la crus muette, se précipiter sur une cafetière. Ce qu'elle allait en faire était prévisible, mais nous nous en désintéressâmes car Zouzou survenait enfin, marquait un temps d'arrêt sur la dernière marche. Elle n'avait guère changé : ses cheveux moussaient toujours sur sa tête avant de s'assagir en une tresse épaisse, elle portait un chemisier blanc à col montant sur une jupe bleue qu'il me semblait lui avoir déjà vus ; peut-être son visage était-il plus émacié, comme éprouvé, à moins que ce ne fût le reflet d'une fatigue passagère. Elle étreignit Declercq, puis moi-même, et je dus accomplir un effort pour éviter de la retenir par les poignets alors qu'elle s'écartait, tant je désirais prolonger le contact avec son corps qui sentait, non pas cette odeur un peu sauvage de végétaux et d'animaux que je continuais de lui associer, mais une fleur de haie, l'églantine ou plutôt l'aubépine. Et comme nous nous enquérions de sa santé, celle de son père et de sa tante, elle nous invita à nous asseoir à la table, sur laquelle se matérialisèrent des tasses. Leste, la fillette les remplit d'un jus clair et bouillant puis se planta près de Zouzou, laquelle, ayant tiré un mouchoir de sa poche et l'ayant mouillé de salive, entreprit de lui frotter les joues et de nous raconter ce qui les liait : la gamine, prénommée Babette, était la petite-fille de l'ancienne nourrice, ce qui faisait de sa mère la sœur de lait de notre amie. Elle rit en répétant *sœur de lait*, elle rit d'un rire nerveux et elle poursuivit très vite son récit à propos de la maîtresse de maison et du rôle qu'elle avait joué auprès d'elle, du rôle qu'elle jouait, elle, Zouzou, maintenant que la femme était malade, couchée à l'étage. Des mots qui nous éloignaient d'elle, tel un bouclier, à l'instar de la fillette qu'elle serrait sur sa poitrine après l'avoir débarbouillée et qui affichait à présent un air effronté, voire mauvais.

Je sirotai le café, non sans avoir remarqué que Declercq avait furtivement versé dans sa tasse une rasade de gnôle et escamoté sa fiasque comme si de rien n'était : son silence me surprenait, se pouvait-il qu'il fût hypnotisé par le babillage incessant de Zouzou ? Un instant, je fus pris du soupçon que l'espèce de représentation à laquelle se livrait la jeune fille ne dissimulât de l'embarras, de la timidité, ou même de la déception, et que le silence de mon camarade n'eût rien d'innocent. Partageaient-ils un secret ? Était-ce cela qui les gênait ? Mais Declercq lança d'une voix blanche : Si nous allions faire quelques pas en plein air, rien que nous trois ? et Zouzou obtempéra avant de murmurer quelques mots à l'oreille de sa protégée. Elle nous entraîna dans le parc du château par une porte de l'enceinte que masquait un pan de glycine, expliquant qu'elle connaissait bien les propriétaires, pour l'heure absents, et s'engagea entre deux immenses haies de buis qui formaient des sortes de coulisses, un décor approprié au moment, pensai-je, mais, était-ce ce contact avec les végétaux ou la brusque reconstitution de notre trio ?, elle abandonna peu à peu son rôle pour redevenir elle-même, ou en tout cas l'image qu'elle nous avait toujours offerte. Elle s'élançait et tournoyait devant nous puis retournait sur ses pas, alternait reproches et tendres aveux : elle avait su, dit-elle, que notre division avait traversé Vitry-le-François à la mi-avril ; si nous l'en avions informée, elle se serait plantée sur la grand-rue et nous aurait offert des bouquets. Declercq répliqua que nous ne connaissions pas nous-mêmes nos itinéraires à l'avance – Vous devriez savoir que ces déplacements n'ont rien de visites touristiques ou de promenades comme on en effectuait avant-guerre pour se vivifier le corps et l'esprit – et, baissant le ton malgré nos rires – Qu'est-ce donc que ce nouvel amour pour les fillettes sales ? Je vous préférais en bienfaitrice des animaux, cela sied mieux à votre nature rebelle. Elle avait pris chacun de nous par le bras et resserré si fort les siens qu'elle pouvait presque croiser les deux mains, aussi dès qu'elle eut répondu *Ne me grondez pas, ne voyez-vous donc pas que je suis totalement en votre pouvoir ?* nous élançâmes-nous au pas de charge, l'obligeant à soulever les pieds et à rester suspendue en l'air.

Alors ses rires dégringolèrent et ils ramenèrent tout, le mois de juillet de l'année précédente, les parties de campagne, les goûters dans le jardin, la recherche d'animaux perdus, les visites à la volière et la lecture des poèmes. Tout, amputant d'un grand coup de ciseaux les mois qui nous avaient éloignés, s'en débarrassant sans scrupules et recousant les deux bouts du ruban à toute allure d'un point si fin et d'un fil si solide qu'on eût dit que l'étoffe n'avait jamais subi d'entaille. Nous nous immobilisâmes dans une salle de verdure pourvue en son centre d'un bassin et bordée de bancs en pierre que ponctuaient à intervalles réguliers des statues placées devant des haies qui semblaient vouloir les étreindre et les retenir car, n'ayant pas été taillées à l'évidence depuis longtemps, il en jaillissait de multiples branches. Mais : Qui vous a dit que je suis rebelle ? demandait Zouzou. Et, sans aucun rapport : Je crois que j'ai envie de jouer à cache-cache.

Encore une fuite, pensai-je en fermant les yeux pour obéir aux règles qu'elle avait édictées et conclues par un avertissement : *Attention, il y a dans ce jardin un labyrinthe. Si vous vous y égarez, criez, et je viendrai vous chercher*. Le gravier crissa sous ses pas pendant que s'égrenait, *cinq, six, sept*, le compte de Declercq, censé aller jusqu'à trente, et quand ce nombre fut prononcé, il déclara : Partons chacun dans une direction différente, ce sera plus amusant. J'obtempérai et, tout en avançant, me dis que si les propriétaires du château étaient absents, ils avaient bel et bien laissé à l'abandon leur beau jardin à la française, son entretien étant sans doute trop coûteux ou impossible, du fait de la mobilisation des jardiniers, à moins qu'il n'apparût absurde, superflu, par les temps qui couraient. En tous les cas, l'ensemble produisait un curieux effet : la géométrie et l'harmonie des motifs végétaux étaient bouleversées, comme si la Nature se vengeait d'avoir été si vigoureusement domptée. Tout cela offrait des cachettes innombrables, me dis-je, toutefois persuadé que Zouzou s'était précipitée dans le labyrinthe qu'elle avait évoqué en se sauvant ; il s'agissait juste de le trouver.

La logique voulant qu'il existât des hauteurs, ou une terrasse, d'où admirer un jardin aussi raffiné, je remontai une allée et découvris au sommet un kiosque sur la balustrade duquel je grimpai. Malgré le fouillis de la végétation, je pus distinguer au loin un ensemble de haies plus compact en forme de cercle, et je m'élançai dans cette direction tout en m'efforçant d'être discret, la tactique opposée de celle de Declercq, dont les *Zou-zou ! Zou-zou !* se multipliaient sur ma gauche. Taquins, ils étaient probablement destinés à provoquer les rires ou les cris de la jeune fille et donc à l'amener à se trahir ; ils s'éloignèrent puis semblèrent dessiner une boucle, tandis que j'avançais, et même se rapprocher. Le labyrinthe se dressait maintenant devant moi, il évoquait moins une architecture raffinée que la création d'un cerveau dérangé, ou la présence d'un esprit de la nature ayant pris possession des lieux : ici aussi, les haies avaient poussé à tort et à travers, et leurs branches jaillissaient sauvagement pour barrer la vue du ciel ou le passage. En y pénétrant, je songeai à ces contes dont les héros semaient miettes de pain, cailloux, bouts de ficelle pour mieux retrouver leur chemin ; or mes poches ne renfermaient rien de tel, et surtout pas les croquis qui me permettaient de me repérer dans les tranchées quand leurs noms se mêlaient en un enchevêtrement inextricable. Des croquis dont je n'étais pas non plus pourvu dans mes cauchemars habituels, alors que surgissaient devant moi parois, murs, palissades infranchissables.

Je m'engageai dans la deuxième puis la troisième allée en essayant, afin de garder un semblant d'orientation, de me figurer l'ensemble, une sphère à rayons concentriques munie d'un cœur à l'intérieur duquel Zouzou nous attendait certainement, cependant je perdis vite tout repère et, bientôt en proie aux symptômes de la panique, me figeai sur place. Je m'efforçais de reprendre mon calme, de m'agripper au moins au fil de la raison, quand un autre fil vint à mon secours, un fil tout aussi immatériel, mais perceptible, la voix de Declercq, de plus en plus nette, non loin de moi : il s'était introduit dans le labyrinthe par une autre entrée et il y progressait sans cesser de dévider ses *Zou-zou !* malgré l'absence de réaction de notre amie. Je m'élançai dans cette direction, car peu m'importait désormais de débusquer le premier la jeune fille, et je fus bientôt certain d'être tout près de lui : sans doute aurait-il suffi de traverser quelques haies pour l'atteindre, mais elles étaient trop compactes pour le permettre, elles ne laissaient même pas entrevoir ce qui se trouvait de l'autre côté, ni mouvement ni couleurs. J'avançai, reculai, tournai à droite puis à gauche, revins de nouveau sur mes pas… enfin des cris retentirent, suivis d'un *comment avez-vous fait pour me retrouver ?*, et d'autres mots que je ne compris pas. Il me fallut encore quelques efforts pour m'extirper de ce diabolique agencement végétal, et lorsque je débouchai enfin au centre je me heurtai à un spectacle inattendu : pas tant la chambre de verdure aux parterres en désordre que Zouzou, les bras repliés derrière le dos et les poignets prisonniers des mains de Declercq, dont le profil n'était séparé du sien que par quelques centimètres. Je pensai qu'ils avaient échangé un baiser, même si, à ma vue, la jeune fille se libérait et s'écartait avec le plus grand naturel, me disait Mon Dieu, comme vous êtes pâle ! Vous ne vous sentez pas bien ? – et, comme je rétorquais que je me portais à merveille – Maintenant, c'est à votre tour de vous cacher. Si nous édictions une nouvelle règle ? Si nous autorisions la proie à se déplacer ?

Alors j'éclatai : Ne croyez-vous pas que nous ayons mieux à faire ! À en juger par vos lettres, vous souffriez de notre séparation ! Maintenant que nous sommes réunis, n'avez-vous donc rien à dire, à raconter ? Puis je me tus, confus, à la vue de l'expression interloquée qui s'était peinte sur les traits de mes amis et, bredouillant quelques excuses, pivotai, mais : Non ! Pas par là ! s'exclama Zouzou qui bondit et me saisit par le bras. C'est de l'autre côté. Vous avez raison, rebroussons chemin. Vous n'êtes pas le premier sur qui ce labyrinthe produit cet effet. Incapable même de contester, je me laissai guider, tandis que Declercq nous emboîtait le pas, les allées étant trop étroites pour que nous nous y déplacions de front tous les trois. Mon accompagnatrice tournait, retournait, allait d'une allée à l'autre sans aucune hésitation, se penchait vers mon épaule pour murmurer, indifférente à mon silence : Je n'ai pas été très loyale, je connais tous les passages secrets de ce labyrinthe car j'y ai joué d'innombrables fois lorsque j'étais enfant, Voilà, Raymond, vous le savez maintenant, je suis une méchante personne, une très méchante personne. Me pardonnerez-vous un jour ? Enfin, comme par magie, la salle de verdure revint vers nous, avec ses bancs de pierre, ses statues, son bassin rond au fond duquel on apercevait les ombres frétillantes de quelques poissons – Regardez, dit Zouzou, ils doivent être très vieux et très coriaces, sinon les habitants du village les auraient déjà pêchés et dévorés depuis longtemps. Mais il est vrai que la plupart sont effrayés par cet endroit, auquel ils accolent toutes sortes de légendes. Je m'assis sur le rebord, en nage, tirai mon mouchoir de ma poche afin de m'éponger le front ; or Zouzou, prenant place à mes côtés, me le subtilisa et : Vous l'avez conservé ? s'écria-t-elle avant de passer le doigt sur le *H.*, le *E.* et le *R.* comme si elle les voyait pour la première fois. Ses yeux étaient brillants de larmes quand elle les leva sur moi, bien qu'elle voulût lancer : Mon Dieu, quelles vilaines broderies ! Je crains de ne m'être guère améliorée depuis. J'ai égaré tout ce qu'on m'avait inculqué dans le but de me transformer en parfaite jeune fille, à l'exception des leçons de piano. Vous ai-je raconté dans mes lettres la dernière lubie de ma tante ?

Elle nous apprit que, après avoir envisagé d'émigrer en Afrique, pays où l'on ne devait pas entendre les rumeurs de la guerre, sa tante avait cédé devant les objections du Dr Lévêque et, comme si ce projet farfelu avait été un ultime sursaut de volonté, s'était ensuite abandonnée à l'apathie, ne manifestant plus d'intérêt ni pour les actualités ni pour les dernières portées des chattes ou des chiennes de la maison ; sans doute était-elle persuadée que rien ne la sauverait du grand anéantissement qui, au bout de trois années de combat, continuait de menacer. Seules les pièces de Chopin et en particulier ses *Nocturnes* la tiraient de sa torpeur, expliqua la jeune fille, qui s'était remise à l'étude du piano afin de les interpréter sans trop trébucher, même s'il lui semblait peu probable que sa tante accordât de l'importance à la qualité de son exécution. Et comme Declercq demandait pour quelle raison elle s'était entichée de compositions aussi romantiques, peu propices à égayer l'auditeur, Zouzou répondit que sa tante se moquait bien d'être *égayée* : c'était parce que les *Nocturnes* l'émouvaient qu'elle exigeait qu'on les lui jouât. Elle pleurait en les écoutant, elle pleurait en silence, elle pleurait sur le monde qui s'écroulait dans lc bruit et la fureur, et peut-être aussi, mais elle, Zouzou, n'en était pas certaine, sur les occasions perdues par insouciance ou conformisme, son installation en Afrique, l'ascension des montagnes de Chamonix, et bien d'autres encore, elle pleurait surtout à l'écoute de l'opus 48, dédié à Mlle Laure Duperré, le plus tragique, son préféré, puis elle se mouchait et déclarait qu'il ne devrait pas être permis d'écrire des morceaux aussi tristes, des morceaux qui vous tiraient toutes les larmes du corps. De temps en temps, par contagion, elle aussi, Zouzou, fondait en pleurs, ses pleurs coulaient sur ses joues et sur les touches du piano, mais ce n'était pas désagréable, cela avait même quelque chose d'exaltant, et quand elle avait terminé elle se mouchait à son tour, allait poser la tête sur les genoux de sa tante et se laissait bien volontiers traiter de *petite sotte*. Oui, elle se laissait volontiers traiter de petite sotte, car ces mots étaient empreints d'amour et accompagnés de caresses tendres.

Zouzou rit et, tournant vers moi ses yeux de nouveau luisants, déposa un baiser sur mon mouchoir avant de me le rendre. Je refermai mes doigts dessus, comme pris de court : j'avais été bouleversé en la découvrant dans les bras de Declercq, puis presque soulagé à l'idée que la situation était enfin claire, qu'il n'y aurait ni mensonges ni trahison, seule la souffrance d'avoir à s'effacer, mais ce baiser renversait la donne, ou était-ce moi qui ne comprenais rien au jeu ? C'est alors que mon camarade s'exclama : Ce sont des nymphes ! Il était resté debout, à quelques pas de nous, et il examinait à présent les statues placées entre les bancs de pierre, ces statues mêmes qui m'avaient frappé à mon arrivée, les branches rebelles des haies m'ayant donné l'impression de vouloir les retenir, les étreindre. Dressés sur un piédestal, leurs sujets étaient, en effet, de jeunes femmes légèrement vêtues, à la longue chevelure ornée – Voici une naïade ! Voyez-vous les plantes aquatiques qui lui servent de coiffure ? Et sa voisine, cette belle jeune femme à la couronne de feuilles de chêne, ne peut être qu'une dryade. Il passait d'une statue à l'autre et feignait de réfléchir un instant, mais nommait invariablement la nymphe qu'ellcs représentaient grâce à l'attribut dont l'artiste les avait parées : fleurs, cruche d'eau, hache, ou torche. Zouzou l'avait rejoint pour mieux les examiner et recouvré toute sa gaieté en l'écoutant ; quand ils eurent parcouru ensemble le cercle, elle demanda à quel esprit de la nature elle ressemblait le plus, à notre avis. Un esprit de la nature, c'était là une définition qui lui convenait à merveille, pensai-je, beaucoup mieux en tous les cas que cette combinaison de femme et d'animal qu'elle revendiquait dans ses lettres. Or Declercq répondait : Éliminons les naïades, qui, comme vous le savez, ne se contentent pas de libations de vins, de miel et d'huile, mais de sacrifices de chèvres et d'agneaux. Je pencherais pour une dryade, protectrice des arbres et des forêts, si ce n'est que ce sont des créatures timides, qui se montrent rarement aux mortels, ce qui n'est pas votre cas. Voilà, une épimélide ! Elles protègent les moutons et les chèvres, dont leurs cheveux ont la couleur.

Une épimélide... répéta Zouzou, une épimélide... je ne sais pas... Je crains que les nymphes ne soient des créatures volages. Si mes souvenirs sont bons, elles passent leur temps à peigner leurs cheveux et à admirer leur reflet dans l'eau. Et puis, si j'étais une nymphe, qui seriez-vous ? Des satyres ? Des centaures ? Aimeriez-vous avoir des cornes et des pieds de bouc, ou plutôt un corps de cheval ? – Nous pourrions être des fleuves ! répliqua Declercq, se tournant soudain vers moi. Mais Zouzou abandonnait déjà ce sujet et nous demandait l'heure : elle avait rendez-vous avec le chauffeur, qui patientait au café du village, et elle n'entendait pas être en retard ; certes, elle avait le permis de conduire depuis quelques semaines, mais son père lui interdisait de prendre l'automobile pour parcourir plus de cinq kilomètres ; c'était ainsi, elle n'y pouvait rien, il était déjà bien beau qu'il l'eût autorisée à se présenter à l'examen.

Nous passâmes une partie du temps qui nous restait à parler de choses plus futiles, en particulier de nos familles respectives, dont Zouzou réclama des nouvelles comme si elle les connaissait, se montrant surtout intéressée par Gabrielle qui lui paraissait, dit-elle, un peu *timbrée*, caractéristique pour laquelle elle avait un faible. Est-ce pour cette raison que vous déclarez apprécier notre compagnie ? lançai-je. – Bien sûr ! Cela explique aussi pourquoi j'aime ma tante Louise plus qu'une véritable mère. J'ai en horreur les gens guindés et conformistes ! Et la vie bien réglée des foyers, où chacun occupe la même place, la même fonction, jusqu'à la fin de ses jours, me répugne plus que tout ! Je ne pourrais vivre avec des êtres qui, au nom d'un prétendu amour, s'emploieraient à me brider, à me contraindre, je préférerais mourir, ou mener une existence solitaire dans une forêt. Declercq intervint : Dans ce cas, je me suis trompé, vous êtes plus proche des dryades que je ne le pensais – mais cette discussion érudite n'avait plus lieu d'être, et un moment de silence s'ensuivit. Puis : Quelque temps après votre départ, dit Zouzou, ma tante a prié mon père de ne plus héberger de militaires, elle a prétendu que vous étiez souvent dans ses pensées et que cela la tourmentait, elle qui n'avait ni fils, ni frère, ni mari en danger de mort au front, juste des parents éloignés dont elle n'avait cure. Elle a ajouté qu'elle songeait souvent à la promesse que vous aviez échangée, et qu'elle s'en voulait de l'avoir acceptée car c'était, selon ses propres termes, une promesse bien cruelle : la table en fer demeurerait après la guerre, c'était sûr et certain, mais qui s'assiérait autour ? Personne ne pouvait l'affirmer, Dieu lui-même ne lui était d'aucune aide. Quand elle y réfléchissait, elle voyait un grand flou autour de cette table, des silhouettes indistinctes, sans traits précis, sans nom, et aucune qui ne ressemblât à la sienne, a-t-elle confié. Et si mon père l'a satisfaite à contrecœur, puisqu'il estime que ce petit service aurait constitué sa contribution personnelle à la guerre, elle continue de répéter qu'elle regrette cette promesse, que cette promesse est comme un poignard dans son cœur.

Tandis qu'elle parlait, nous nous dirigions d'un pas lent vers le château ; soudain, elle s'immobilisa et s'exclama : Vous reviendrez chez nous ? vous reviendrez, n'est-ce pas ? Maintenant que le tsar a été renversé et que l'Amérique se bat à nos côtés, ce n'est plus qu'une affaire de quelques mois d'après l'opinion générale. Declercq eut un rire un peu narquois et je répondis, pour ma part, qu'il valait mieux ne pas se bercer d'illusions : nous avions déjà cru à maintes reprises en être arrivés au commencement de la fin et chaque fois la déception avait été, elle aussi, un poignard dans le cœur. Peut-être mes mots sonnèrent-ils comme une sentence, car nous continuâmes notre promenade en silence. Nous avions presque atteint le château quand Zouzou s'écria : « Regardez ! » Des martinets avaient surgi d'on ne savait où et ils volaient maintenant le long de la façade non pas en la rasant, ainsi qu'ils en avaient coutume, mais en effectuant des mouvements qui évoquaient la nage : ils s'élevaient dans l'air puis se laissaient glisser, comme emportés par des vagues, reprenaient de l'altitude et se confiaient de nouveau à des flots imaginaires. Poussant des cris aigus et nets qui n'avaient rien d'inquiétant, ils semblaient follement heureux, concentrés sur la tiédeur et la légèreté de l'air ; ils poursuivirent ce manège un moment puis se rassemblèrent et disparurent.

14

Durant le trajet de retour, je feignis de m'absorber dans la conduite pour mieux réfléchir à nos retrouvailles avec Zouzou. Il était fort possible, pensais-je, que Declercq et elle jouent une représentation, simulent du détachement, ayant clamé tous deux qu'ils rejetaient l'amour et le mariage, cependant, d'une part j'avais des difficultés à croire que cette attitude reflétait leurs véritables sentiments, de l'autre je me sentais incapable de les imiter ; pis, j'étais révolté par cette idée. Peut-être avais-je trop présumé de mes capacités en me prêtant à ce jeu, peut-être aurais-je dû rester à la place qui avait toujours été la mienne depuis mon entrée à la faculté de médecine, dans ces sortes de limbes qui séparaient les *flamboyants* des *laborieux* et que j'avais imaginé franchir au contact de Declercq et de sa famille. Sans doute les choses eussent-elles été plus claires si nous avions eu la possibilité d'en discuter ouvertement, or mon camarade avait opposé des plaisanteries à toutes mes tentatives, et j'avais bien compris que c'était un terrain sur lequel, par son éducation ou par pudeur, il ne souhaitait pas que je l'entraîne. Je me disais aussi que, s'il avait en commun avec Zouzou une telle quête d'élévation, un tel mépris des élans terre à terre, il ne pouvait que remporter ses faveurs, et pour la première fois je lui en voulus un peu.

Nous n'eûmes pas loisir de revoir Zouzou au cours de notre séjour à Citry : Declercq fut contraint de remplacer le patron qui partait en permission et les manœuvres commencèrent, tout comme les cours théoriques concernant le rôle du GBD dans la guerre de tranchées et de mouvement, ainsi que le relèvement des blessés par deux, trois ou quatre brancardiers. Cela me contraria, car j'avais l'impression que nous ne nous étions rien dit au cours de notre rencontre à Étoges, rien d'important, tout du moins : il semblait que le seul fait d'être ensemble dût suffire à notre bonheur, à moins qu'il importât, justement, de ne parler qu'à mots couverts. Comme le temps était maussade, je m'acharnais, aux heures d'oisiveté, dans des parties de poker avec les potards et le second médecin auxiliaire, qui ressassaient jusqu'à la nausée les dernières nouvelles, la nomination de Pétain au poste de chef d'état-major général de l'armée par le Conseil des ministres, l'éviction de Mangin, second de Nivelle, ou les interpellations déposées à l'Assemblée, et relayaient toutes les rumeurs du moment, allant jusqu'à affirmer que Mangin s'était suicidé, qu'Anthoine et Mazel étaient eux aussi remerciés, ou encore que Poincaré serait bientôt remplacé par Caillaux, favorable à la paix. En vérité, le chambardement des généraux semblait alimenter le désarroi qui régnait parmi les officiers comme parmi les bonshommes, lesquels avaient toujours aux lèvres, je le constatai à la visite, les mots *fiasco*, *boucherie*, *loupée* ou *bec de gaz*. Les brancardiers n'étaient pas en reste et Jules, qui recevait *Le Petit Parisien*, rappelait avec ironie les titres qui avaient précédé l'offensive – *La vertigineuse avance*, tu parles ! Tout ça n'est qu'un lamentable four, une purge, une sacrée purge. Et nous autres, pauvres imbéciles qui avons cru les bourreurs de crâne et leurs salades ! À quoi bon continuer de se battre si c'est pour en arriver là ? Les Boches, on n'arrivera jamais à les chasser.

Je l'écoutais sans répliquer : je comprenais sa lassitude et étais moi-même révolté par l'arrogance et l'incompétence de l'état-major dans cette affaire, par le nombre inconcevable de morts qu'on avançait tout bas, par cette guerre qui ne semblait jamais devoir finir, mais le défaitisme me répugnait et je m'obstinais à croire que la victoire décisive ne serait reportée que de quelques mois. Bien entendu, pareille conviction me valait les sarcasmes de Declercq qui me traitait d'idéaliste sans accepter toutefois d'entrer dans le débat : dès le début, il m'avait fait comprendre que si le patriotisme ne l'inspirait guère, il ne se soustrairait pour rien au monde à ses obligations. Mais qui, de nous deux, était vraiment l'idéaliste ? Moi, qui croyais à la victoire finale, ou lui, qui s'exposait au danger par crainte de déchoir alors qu'il lui eût été facile, grâce aux relations de son beau-père, d'occuper un poste dans une ambulance ou un hôpital, à l'arrière, où il eût pu commodément poursuivre ses études de médecine ?

Enfin, l'ordre de départ arriva et nous pliâmes bagage pour rejoindre en plusieurs étapes notre nouveau cantonnement, non plus un charmant village dans une vallée boisée mais un patelin misérable, privé de ressources, y compris du vin tant apprécié des poilus, raison pour laquelle nombre d'entre nous accueillirent avec joie l'ordre d'alerte qui nous atteignit quelques jours plus tard, même s'il signifiait que nous gagnerions le front. Ainsi, le 23 mai, peu avant trois heures du matin, nous quittâmes par une nuit noire la pièce où nous avions dormi sur des brancards pour nous fondre parmi les soldats qui remplissaient les rues et cherchaient à tâtons leur rassemblement. Declercq, qui faisait la route à pied, m'avait confié Sidi pour cette étape, et je réglais les étriers quand Jules vint m'annoncer, tout penaud, qu'il avait trébuché en pénétrant dans le parc aux voitures et laissé choir mes couvertures dans le ruisseau. C'est donc dans l'idée de passer la nuit au frais que je sautai en selle, mais, monté sur cette bête splendide, qui avait fière allure au milieu des chevaux de l'armée, j'oubliai vite cet inconvénient et abordai même, le cœur léger, la côte abrupte qui s'élevait au sortir de Nampteuil. J'avais mémorisé l'endroit en étudiant mes cartes la veille au soir et n'avais pas besoin de la lumière du jour pour savoir que cette côte menait à un grand plateau traversé en son milieu par une route que jalonnaient de grosses exploitations aux noms aussi étranges que *la ferme de l'Épitaphe*. La nuit était douce et presque bienveillante, elle semblait accueillir volontiers la rumeur de l'armée, espèce de machine aux engrenages de tissu, de métal, de bois et de cuir produisant toutes sortes de bruits mêlés, grincements des mécanismes, soufflements et piétinements des chevaux, voix des bonshommes qui grommelaient, s'interpellaient et plaisantaient. Après avoir parcouru le plateau, nous nous engageâmes sur l'autre versant qui nous conduisit à la vallée de l'Aisne, précisément à Ciry-Salsogne, petite ville située à dix kilomètres du front, où notre division demeurerait en réserve ; les militaires s'y arrêtèrent et je me dirigeai vers le mamelon que l'officier de cantonnement avait assigné au groupe. Surmontant la ville, coiffé de bâtiments vides attenants à une gare à betteraves, isolé au milieu de la verdure et des bois, c'était un lieu désert où nous aurions pu nous croire de parfaits Robinsons en l'absence des bruits de bombardements qui parvenaient à nos oreilles. Je choisis deux vastes pièces qui serviraient, l'une de chambre commune aux officiers et aux auxiliaires, l'autre de dortoir pour les hommes, et attendis le détachement. Comme de bien entendu, Jules pesta contre la rusticité de ces locaux, mais il s'employa à construire un de ces épatants fourneaux en briques dont il avait le secret, tandis que j'emmenais quelques brancardiers dans les bois environnants ramasser de quoi construire tables et bancs. Après leur départ, je m'attardai un instant, en proie à des pensées contraires : la perspective de replonger dans l'action ne me déplaisait pas, mais je ressentais devant ce paysage apparemment idyllique une impression de défaite et de mort fort pénible ; au reste, n'était-ce pas au milieu de ces feuillages que la cavalerie était massée en ce funeste 16 avril qui avait donné le signal de départ à ce qu'on appelait la *boucherie* ?

Le surlendemain, je profitai de ce qu'une voiture du groupe se rendait à Soissons pour m'évader un peu : nous traversâmes Sermoise en ruine et, suivant la grand-route pavée, atteignîmes bientôt notre destination. Une fois convenu d'un lieu de rendez-vous avec mes camarades, j'allai flâner du côté de la cathédrale, monument grandiose qui, comme les maisons environnantes, avait souffert des bombardements, une de ses tours ayant même été décapitée. La place de la République et tout le quartier commerçant avaient été plus épargnés et les civils les réintégraient, attirés par l'appât du gain : les QG des corps d'armée, des divisions et les services d'armée étaient, en effet, installés en ville, ce qui produisait un grand va-et-vient de soldats et d'officiers, et toutes les vitrines exhibaient, à côté de leurs rossignols d'avant-guerre, les articles militaires les plus divers. J'assistais à la réouverture d'une pharmacie poussiéreuse, dont le vieux personnel alignait avec un soin méticuleux les pots de céramique en devanture, quand j'entendis mon nom crié par une voix familière. Je me retournai : Morin se dirigeait vers moi entre deux officiers qui s'écartèrent avant qu'il m'eût rejoint. Il était cantonné avec son bataillon de chasseurs à l'est de la ville depuis trois jours, m'annonça-t-il, et il avait hâte de monter en ligne : en Alsace, il s'était ennuyé à mourir. Nous allâmes nous asseoir dans un café, où nous échangeâmes des nouvelles de nos camarades communs, en premier lieu de Declercq et de l'abbé Lemoine, puis : Tu ne t'enquiers pas de l'ami Perret ? demanda-t-il, narquois. Figure-toi qu'il a été pris à partie, l'autre soir, et bousculé par un groupe de petits chasseurs éméchés qui lui en voulaient depuis longtemps, sans doute parce qu'il les avait renvoyés en ligne un jour où ils étaient malades, tu le connais. Étrangement, il ne les a pas dénoncés, ce qui m'amène à supposer qu'il a quelque chose à cacher, une faute commise en service ou pire encore. On murmure qu'il risque le conseil de guerre, mais il n'a jamais rien laissé filtrer. Un fait est certain : il redouble d'efforts dans le but de quitter son bataillon. Et si tu postulais ? Je suis sûr que tu aimerais être, comme moi, plus proche des combats.

Ce n'était pas faux, mais je n'avais pas l'intention de contacter ce personnage. Et comme je gardais le silence, Morin admit que, ces derniers temps, les hommes étaient de moins en moins intimidés par les officiers et le personnel sanitaire, le savais-je ? Oui, je le savais, et je savais aussi que, en ce printemps 1917, les mutineries commençaient à se multiplier dans divers corps d'armée.

Alors il affirma que cela ne se produirait pas dans son bataillon, où il n'y avait que des braves : certes, les états-majors comptaient un grand nombre de *salauds* et d'*incapables* dans leurs rangs, mais ce n'était pas une raison pour se débiner ; de ce pas, on en arriverait à une guerre civile qui offrirait à l'ennemi la victoire, et puis c'était une question d'honneur et une insulte aux hommes qui étaient morts courageusement depuis le début de la guerre. Incapable, comme d'habitude, de s'attarder sur un sujet grave, il posa la main sur mon avant-bras et me dit qu'il m'avait en partie menti : il ne s'était pas ennuyé autant qu'il l'avait prétendu en Alsace, car il y avait rencontré une créature au teint de porcelaine, aux cheveux blonds et aux yeux bleus qui semblait tout droit sortie d'un rêve, même si elle était mariée et bien mariée avec un officier. Des semaines de passion charnelle, voilà ce qu'avait été son séjour en Alsace où il n'y avait rien d'autre à faire, il pouvait maintenant me l'avouer ; par lettre c'eût été indécent ; il entra dans les détails en ponctuant son récit de grands éclats de rire. Ces rires me rappelèrent une considération de Declercq – que la guerre révélait des personnalités stimulées par le désastre – qui s'appliquait parfaitement à son cas : la joie qu'il affichait, son impatience d'en découdre étaient de toute évidence sincères, et il était légitime de penser que la proximité de la mort, l'éventualité de la défaite le galvanisaient, augmentaient son désir de mordre dans la vie. Qu'en avait-il été de lui en temps de paix ? Il m'était difficile de l'imaginer, mais j'avais du mal à croire que la chasse qu'il disait pratiquer avec acharnement dans la propriété de ses parents près de Paris, ou la familiarité des cadavres à la faculté de médecine, suffisaient à susciter en lui tant d'euphorie, tant de fureur.

Quant il eut terminé, l'heure avait tourné et je lui proposai de m'accompagner dans les boutiques où je devais faire des emplettes pour la popote ; il m'aida même à porter les paquets jusqu'à l'automobile du groupe, devant laquelle il me quitta en formulant ses vœux habituels, que ça barde encore et encore, et que les Boches se prennent une belle déculottée – Mon vieux, la prochaine fois que nous nous verrons, tu me diras le nombre de blessés et de prisonniers que tu auras eus entre les mains. Et nous nous verrons vite, car nous occuperons sans doute des secteurs voisins.

Mais le groupe était toujours sur son plateau désert quand j'appris, deux jours plus tard, que le bataillon de Morin montait en ligne, et il semblait que l'attente dût encore se prolonger, de surcroît dans le plus grand désœuvrement puisque nous n'avions pas d'autres distractions que le poker, la lecture et le courrier. Declercq lisait et relisait une lettre de Juliette qui lui racontait avoir assisté à une création des Ballets russes, au Châtelet, à laquelle étaient associés Massine, Cocteau, Picasso et Satie. Il enrageait de ne pas avoir été présent et répétait les quelques renseignements que sa sœur lui livrait sur le rideau de scène et les décors, les danseurs revêtus de constructions en bois, préférant s'attarder sur les insultes que les spectateurs avaient échangées et sur les toilettes des femmes les plus en vue, Misia Sert en lamé d'argent, coiffée d'une tiare et les bras ornés de bijoux barbares, la princesse de Polignac en tenue d'infirmière et la princesse Eugène Murat arborant en guise de collier le ruban réglementaire du torpilleur dont elle était la marraine. Juliette avait choisi pour sa part une longue tunique drapée de Vionnet, précisait-elle avant de dire qu'elle ne savait pas si elle avait envie de sacrifier sa chevelure à la nouvelle mode des coupes courtes ; pour sûr, leur mère en serait horrifiée, ce qui avait de quoi la tenter, mais qu'en penserait John, cet insensé qui s'apprêtait à abandonner ses bureaux dorés pour partir à la guerre ? Declercq interrompait là la lecture de la missive ; il était fâcheux, déclarait-il, que sa sœur n'eût pas évoqué la musique et le livret, il lui faudrait écrire à Maxime pour obtenir quelques détails : il en était sûr et certain, Maxime avait traversé la Manche pour assister à ce spectacle, fût-ce incognito, fût-ce déguisé, il n'aurait raté pareille occasion pour rien au monde. Sachant que les deux frères ne correspondaient pas, je gardais le silence, et il me demandait alors si je l'écoutais ou si je rêvais.

Je l'écoutais, bien sûr, cependant toutes ces considérations me paraissaient irréelles en un moment pareil, alors que nous nous préparions à rejoindre un front réputé extrêmement dangereux et que des soldats refusaient de marcher ou participaient à des manifestations violentes en agitant des drapeaux rouges et en chantant *L'Internationale* dans les rues de Soissons ou des villages environnants. Morin avait affirmé que son bataillon était composé de braves qui ne se révolteraient jamais, et pourtant sa division fut aussi touchée que la nôtre, le 17e RI refusant d'embarquer et tentant d'organiser avec d'autres mutinés une marche vers Paris. Redescendus d'Alsace, reposés et enthousiastes, ces hommes avaient apparemment été saisis de panique à l'idée de gagner les lignes, et l'un d'eux n'avait pas hésité à blesser de deux coups de couteau le médecin-chef, un homme charmant, que nous connaissions tous. Cette nouvelle troubla le patron, qui prit la décision de ne plus se déplacer sans son ordonnance et son aide-major ; et comme il emmenait Declercq en reconnaissance de secteur, il me chargea de la visite, en me recommandant d'être dur envers les malades dont le nombre ne cessait d'augmenter, et des cours destinés à former les nouveaux brancardiers pour la fin du mois. L'échéance se rapprochait, l'ordre qui plaçait notre division et celle de Morin sous le même commandement vint le confirmer ; mais j'étais prêt à partir ; mieux, il m'en tardait, tant cette attente fébrile et cette atmosphère délétère m'étaient devenues insupportables. Je fus donc soulagé quand, quelques jours plus tard, le patron m'ordonna de courir à Vailly installer un poste de secours, préparer des abris et des logements pour tout le groupe ; voilà, songeai-je, ce serait de nouveau *La Guerre* selon l'acception de Morin.

Je partis avec mes brancardiers et quatre autos sanitaires pour cette ville située sur la rive droite de l'Aisne que nous avions reprise à l'ennemi au cours de l'offensive du 16 avril, et découvris un champ de ruines à l'ampleur duquel on pouvait juger qu'il s'était agi d'un chef-lieu de canton important avant la guerre ; il paraissait relativement tranquille, malgré l'intense circulation d'hommes et de convois, ainsi que l'activité d'artillerie. Dans notre secteur, on m'indiqua l'ancienne maison d'un notaire, dont les sous-sols avaient servi de PC aux Allemands, un abri de trois pièces meublé aux dépens du bâtiment qui s'élevait naguère au-dessus : boiseries plaquées, immense miroir de salon, armoire à glace, tables de toilette, un intérieur luxueux qui conviendrait au patron, pensai-je avant de choisir pour les conducteurs des autos sanitaires, Jules, mon cycliste et moi-même des caves souterraines très profondes, et pour le poste de secours un ancien PS ennemi, vaste, confortable et d'une solidité à toute épreuve ; ce serait le poste central du groupe, où stationneraient environ cinquante brancardiers. Une fois ce choix arrêté, j'enjoignis aux hommes d'entreprendre le nettoyage des caves et de faire les aménagements nécessaires pour accueillir le groupe, puis m'en allai avec Jules par des chemins défilés reconnaître les emplacements des trois postes avancés, un premier dirigé par Declercq, à Aizy, à trois kilomètres et demi au nord, un deuxième confié à un pharmacien auxiliaire, à la carrière ouest, à proximité

de la ferme Hameret, qui était aussi celui du 1er BCP, et un troisième aux Grands Riès, côte au nord de Vailly, qualifié de PS modèle et destiné au bataillon en réserve, au génie et à l'artillerie. À cette besogne, effectuée ce jour-là et le lendemain par une chaleur caniculaire, s'ajoutaient mille tâches inutiles, remplissage de papiers, rapports et situations, lecture de consignes, dont m'affligeait le médecin-chef qui ne cessait de remettre à plus tard son installation parmi nous. Aussi tout n'était pas entièrement achevé quand se produisit le premier coup dur, une violente attaque ennemie sur le front de la 6e DI, à droite de la nôtre, suivie d'une contre-attaque qui provoqua une cinquantaine de blessés au 1er BCP.

Si je devais aujourd'hui situer dans le temps et l'espace le début du désastre je le placerais là, à Vailly, en date du 6 juin 1917, même si rien ne laissait présager alors ce qui arriverait. Certes, les blessés se succédaient dans le PS, certains venant y expirer ; certes, les bombardements, et en particulier les tirs d'obus fusants, frappaient tous les soirs le village de dix heures à minuit en raison du grand nombre de troupes qui le traversaient pour les relèves et de la proximité des ponts sur l'Aisne, cependant la situation semblait bien moins dangereuse qu'à Verdun ou dans la Somme, et l'appareil téléphonique installé dans ma cave ravivait de temps à autre l'espoir, rapportant par exemple le succès de l'attaque anglaise au sud d'Ypres, nouvelle qu'on nous chargea d'ailleurs de diffuser pour relever le moral des troupes. Le premier dimanche fut une journée calme, dont je profitai pour écrire à mes parents en soulignant d'un petit point, au fil des lignes, les lettres composant les mots *Chemin des Dames*, nom qui évoquait une promenade galante des siècles passés, pas ce plateau aride arrosé de coups assourdissants et baigné de sang. Je leur écrivis environné du parfum des roses rouges que Jules avait cueillies dans l'ancien jardin de mon poste et

déposées sur ma table afin de masquer l'odeur de moisissure qui flottait autour de nous, et j'écrivis aussi une brève missive à Zouzou, puisque Declercq et moi étions maintenant séparés pour un laps de temps indéfini. Lui écrire librement était un soulagement depuis que mon camarade m'avait accusé avec moquerie de *faire du sentiment*, et je glissai quelques pétales dans l'enveloppe en espérant qu'ils seraient encore odorants quand ils parviendraient à la jeune fille.

Puis le téléphone se remit à sonner, cette fois pour signaler des officiers blessés au PC du colonel du 12e d'artillerie, et tout sembla s'accélérer, se mêler, tout, images et sons : le gendarme de service aux Grands Riès qui, en m'indiquant la route, m'invitait à me hâter car *il n'y faisait pas bon* ; les cratères et les branches cassées dans les bois Marcou où était installé le PC Brunet ; l'affolement à l'intérieur ; le transport d'un officier, victime d'une plaie pénétrante à l'épigastre, sur un sentier si bien repéré que les tirs nous encadrèrent dès que nous nous y engageâmes ; les obus qui éclataient autour du véhicule pendant le chargement sous le regard impassible du colonel ; l'attente interminable, sans broncher, jusqu'à ce qu'arrivent enfin les brancardiers chargés de deux autres blessés ; les marmites qui dégringolaient au moment du départ. Et juste après, même si plusieurs heures s'étaient écoulées et si c'était le soir, le bombardement à cinq cents mètres du PS ; la course avec tous les brancardiers ; les quatre tués et les dix blessés gisant au sol, affreusement déchiquetés ; les cris des rescapés que je pansais, horrifié, utilisant pour chacun d'eux caféine et huile camphrée dans une absence totale d'asepsie et songeant que les chirurgiens des ambulances auraient dû assister à pareil spectacle, eux qui se plaignaient de l'état dans lequel nous leur expédiions les blessés. Et encore, mais c'était un autre jour au petit matin, l'auto patinant sur une côte raide, trouée par les obus, couverte de terre fraîche que la pluie transformait en boue et, une fois notre destination atteinte à grand-peine, le sous-lieutenant du 12e d'artillerie à la face emportée ; la porte de l'entrée supérieure de mon PS volant en éclats quelques minutes après que je l'eus fermée, les murs enfoncés, les meubles culbutés à l'intérieur. Et de nouveau, mais était-ce un soir ? était-ce un matin ?, les dix soldats ensevelis par un obus à percussion retardée et les quatre survivants, noirs de brûlures, fous de terreur, que je montai prendre à notre relais ; le lieutenant du 1er BCP venu achever de mourir dans mon poste tandis que j'emmaillotais la main aux trois quarts arrachée d'un de ses sergents, blessé par un éclat pendant qu'il se rasait. Et les marmitages de plus en plus fréquents, de plus en plus violents ; la recherche vaine d'un PS plus sûr en compagnie du patron, installé en fin de compte à Sermoise, à l'arrière, du médecin divisionnaire et d'un capitaine de l'état-major si froussard qu'il sursautait à chaque pas dans le village ; la nouvelle qu'un de nos anciens aumôniers avait été tué par un obus alors qu'il lisait son bréviaire devant son abri ; le départ de ces messieurs en toute hâte ; l'enterrement de l'abbé.

C'est au beau milieu de ces événements que je reçus une convocation, valable pour tous les médecins auxiliaires du corps d'armée, à l'examen de candidat sous-aide-major qui aurait lieu deux jours plus tard à Soissons. Ce rappel à la réalité, ou plutôt à une réalité qui n'avait plus cours depuis le début de la guerre, celle des études et des examens, m'apparut presque comme une moquerie, d'autant plus qu'il ne promettait, en cas de succès, qu'une élévation au grade d'adjudant-chef, quinze sous de plus de solde par jour, ainsi que des avantages matériels et moraux sans aucune importance. Mais je décidai de jouer le jeu et, la veille au soir, repassai avec le médecin auxiliaire d'un bataillon voisin quelques notions d'anatomie qui me semblaient fort éloignées et qui ne me permettraient certainement pas de m'en tirer, compte tenu du programme encyclopédique et universel qu'on nous avait adressé avec la convocation. Parti le jour dit en automobile avec deux médecins auxiliaires de la division, je retrouvai à l'HOE de Soissons d'anciennes connaissances éparpillées dans des régiments et bien entendu Morin qui déclarait qu'on avait mieux à faire, en ces temps périlleux, que de ressasser des leçons théoriques. Il y avait aussi Perret, que je m'appliquai à ignorer tout au long de la matinée, ce qui ne me demanda guère d'effort puisque nous eûmes à rédiger en l'espace d'une heure quatre questions écrites sur les symptômes de la rougeole, ceux des plaies pénétrantes de l'abdomen, le traitement de la syncope, l'organisation et le fonctionnement d'un poste de secours, puis à les lire devant un imposant jury de médecins à quatre galons. Aucun d'entre nous ne se montra particulièrement brillant, raison pour laquelle nous concordâmes, Morin et moi, en attendant qu'on nous servît le déjeuner, que si cet examen était sérieux, nous serions presque tous recalés, excepté les quelques privilégiés, pour ne pas dire les *embusqués*, qui avaient eu la possibilité de travailler.

C'est alors que Perret nous rejoignit : il nous adressa un salut onctueux et précisa qu'il concourait, quant à lui, pour le grade d'aide-major auquel il était sûr d'accéder, tant il s'était préparé ; il ne semblait en rien changé, si bien que je me demandai si l'agression que m'avait relatée Morin avait effectivement eu lieu. Je faillis répliquer que c'était un examen qui ne signifiait rien, mais – Pardon, mon vieux, nous avons à nous entretenir, mon camarade et moi, d'un sujet plus urgent, finis-je par dire en entraînant Morin vers l'autre bout de la table. Perret eut un petit rire narquois puis parut s'absorber dans le lissage de sa moustache jusqu'à la fin du repas, non sans nous jeter de temps à autre un regard suffisant ; cependant l'heure de l'oral était arrivée et chacun d'entre nous dut répondre à brûle-pourpoint à quatre questions. Je le revis au dîner : cette fois le hasard l'avait placé non loin de moi, et je sentais son regard peser sur mon visage tandis que je racontais à Morin que j'avais reçu une lettre de notre ancien patron, désormais directeur du service de santé au Laos, qui se disait encore affecté par le grave accident de chasse qui avait failli lui coûter une cuisse quatre mois plus tôt. Ah ! C'était bien la peine de filer si loin du front ! s'exclama mon camarade. Profitant de notre hilarité, Perret nous questionna sur d'anciennes connaissances du GBD et glissa d'un ton que j'estimai perfide : Et l'ami Declercq ? Comment se porte l'ami Declercq ? – Il se porte comme un charme, répondis-je, et je ne crois pas qu'il m'ait chargé de vous saluer. – Comme un charme, vraiment ? – mais je m'étais déjà détourné avec une indifférence ostentatoire.

Ces sous-entendus me gâchèrent la fin du repas, qui heureusement ne se prolongea guère : après une heure de trajet en automobile en compagnie des deux médecins auxiliaires de ma division, je réintégrai mon poste en proie à une violente migraine et à des pensées noires. Depuis que j'étais installé à Vailly, je n'avais vu Declercq que rarement, poussant jusqu'à son PS quand je montais reconnaître des emplacements destinés aux bataillons de réserve et des voies d'évacuation, et chaque fois il m'avait semblé accomplir un effort sur lui-même pour s'arracher à une sorte de torpeur malsaine, rire et plaisanter ; chaque fois je lui avais trouvé le teint blafard, les yeux enfoncés et injectés de sang. Je décidai de lui rendre visite à la première occasion, mais le village fut l'objet de bombardements de plus en plus énergiques au cours des jours suivants, et je dus patienter jusqu'au début du mois de juillet pour mettre cette résolution en pratique. Entre-temps j'avais été nommé, à ma grande surprise, au grade de sous-aide-major, et invité à déjeuner par le médecin-chef, étrangement désireux de fêter ce succès qui n'en était pas un ; à table, il s'était montré fort aimable et m'avait proposé de lui fixer moi-même la date de ma prochaine permission ; aussi, quand l'aide-major de l'ambulance 7/21 m'eut remplacé le lendemain après-midi, je me précipitai à vélo à Aizy.

Declercq était penché sur un blessé et distribuait des ordres aux deux pharmaciens auxiliaires dont il était flanqué ; à ma vue, il sourit et me demanda si j'étais venu lui donner un coup de main. Je répondis que j'avais un peu de temps devant moi puisque je partais en perm le lendemain matin, et ôtai ma vareuse ; mais, à mieux y regarder, il n'y avait là que des blessés légers, qu'il n'était pas urgent d'évacuer, ainsi que deux cadavres, dont celui d'un artilleur qui avait eu la cuisse et le bras sectionnés, et la besogne fut vite expédiée. Nous nous dirigeâmes ensuite vers l'espèce de chambre dont disposait mon camarade, un coin misérable, où Lucien nous apporta du café et une bouteille de gnôle. Declercq s'était effondré sur la couche, aussi écartai-je la chaise de la table sur un bout de laquelle le plateau avait été déposé non sans mal puisqu'elle était couverte de livres et de courrier ; remarquant parmi tous ces papiers une enveloppe lilas que je connaissais bien, je demandai ce que Zouzou racontait de beau dans sa missive. Lis-la donc, dit-il. J'acceptai, non sans lui tendre celle que j'avais moi-même reçue et que j'avais justement dans ma poche. Il fut plus leste que moi à réagir, s'exclamant : Elle nous a écrit la même chose !

Je crois vous avoir dit un jour que mon père ne m'avait pas élevée de façon que l'existence m'apparût à travers un brouillard couleur de rose, et que la chance avait voulu que je ne m'use pas la vue dans un brouillard couleur de suie, comme bon nombre de pauvres gens, était-il en effet tracé. *Je pensais être pour toujours à l'abri des brouillards, des brumes, des vapeurs, mais depuis quelque temps il en est un qui m'enveloppe et m'étouffe partout où je me trouve, s'insinuant dans le jardin et la maison, auprès des êtres que j'aime et de mes animaux. C'est un méchant brouillard qui fait perdre le nord, l'est, tous les points cardinaux, et nous sépare davantage de jour en jour. Sa couleur, ne la devinez-vous pas ? C'est celle de la poussière, de la cendre, celle de cette fichue guerre...* À force de les relire, j'avais mémorisé ces phrases grandiloquentes, et j'étais capable de réciter la suite.

Sous l'effet de la surprise, je me laissai aller à un commentaire que j'eusse réfréné autrement : Je pensais que les choses avaient changé, enfin… avancé, entre vous. Declercq répliqua : Changé ? Je pourrais t'adresser la même remarque. Et aussitôt après : Alors, tu pars demain ? S'il n'y a pas de grabuge, ce devrait être ensuite mon tour. Tu sais ce dont j'ai le plus envie ? Coucher dans un bon lit et aller au spectacle. À en croire Juliette, on s'amuse de plus en plus à Paris. Les gens dissimulent leur mauvaise conscience derrière des associations de bienfaisance pour organiser réceptions et représentations artistiques. Il eut un rire, m'invita à nous servir et poursuivit à toute allure : savais-je qu'Erik Satie avait écopé de huit jours de prison pour injures et diffamation après avoir été traité publiquement de Boche par des goujats, des béotiens, lors de la représentation de son œuvre ? Que Cocteau, l'auteur du livret, avait giflé l'avocat de la partie adverse et qu'on l'avait traîné au commissariat ? Qu'on attendait encore la seconde représentation de leur ballet ? Avais-je lu l'ignoble critique du *Carnet de la semaine* ? Juliette la lui avait envoyée, il allait me la montrer, dit-il en se levant, où donc l'avait-il mise, pouvais-je tenir un instant ce maudit plateau ? Mais il interrompit bientôt ses recherches comme s'il en avait oublié l'objet et saisit un recueil de poèmes, dont il tint à me lire quelques vers. Il était ivre quand il en vint aux aviateurs américains que nous avions cherchés en vain dans les Vosges, même s'il tenait désormais si bien l'alcool qu'un autre que moi eût pu le croire sobre : il avait appris qu'ils étaient cantonnés à Chaudun, au sud de Soissons, et il se proposait de leur rendre visite. Le lionceau, c'était surtout le lionceau qui l'intéressait, pour une raison qui lui échappait, il mourait d'envie de caresser ce lionceau, pas moi ?

Et comme il appelait Lucien pour lui réclamer une seconde bouteille, je lui fis remarquer qu'il exagérait peut-être : ne redoutait-il pas une visite surprise du patron et les conséquences que cela aurait ? Il s'esclaffa – Le patron ? Rarement à l'avant, et jamais à cette heure-ci ! dit-il. Il était tard, en effet, et je me levai. J'avais encore à parcourir trois kilomètres et demi pour réintégrer mon poste, à mettre au point les derniers détails avec mon remplaçant et à préparer mon sac, expliquai-je, puis en le saluant : Quand même, prends soin de toi. – Et toi, ne te perds pas dans ta province ! Reviens vite ! N'oublie pas que c'est mon tour ensuite. Reviens vite, n'oublie pas, mon vieux !

Avant de m'élancer dans la nuit sur ma bicyclette je me tournai, un peu hésitant, vers Lucien, qui m'avait raccompagné à l'extérieur. Ne vous bilez pas, dit-il. Il sait exactement quand s'arrêter, et personne ne pourra l'accuser de perdre sa lucidité. D'ailleurs, c'est peut-être ce qu'il y a de plus terrible. Mais tout de même, je suis là. Bien le bonjour à Jules et bonne perm ! Je lui serrai la main et le remerciai, puis m'en retournai par le sentier défilé.

15

Je regagnai Vailly plus tard que prévu, mes huit jours de permission s'étant transformés en douze après que, tombé malade le lendemain de mon arrivée, j'eus laissé mon père écrire au patron pour lui demander une prolongation, accordée d'autant plus volontiers, avait répondu le médecin-chef, que l'impassible colonel Leroy du 12e d'artillerie avait fait une proposition de citation pour moi. Bien que, à entendre Jules, le secteur se fût assagi pendant mon absence, mon remplaçant m'accueillit avec soulagement et repartit aussitôt pour son ambulance, suivi de Papot, le pharmacien auxiliaire qui m'était adjoint et qui attendait sa permission. Tandis qu'il tirait de mon bagage les douceurs et les pâtés dont ma mère l'avait rempli, Jules m'apprit également que Declercq se trouvait toujours à Aizy, aussi profitai-je d'une visite obligée au nouveau PS installé au château de Vaucelles pour monter le saluer. Étaient-ce sa coiffure et sa vareuse impeccables ? Il me parut en bien meilleur état que la veille de mon départ et voulut tout de suite me raconter son escapade à Chaudun : ce n'était pas un lion que les aviateurs américains avaient pour mascotte, me dit-il, mais deux, un mâle et une femelle, respectivement nommés Whisky et Soda. Il avait caressé le premier, plus affable que la seconde, et sympathisé avec Raoul Lufbery, un Américain élevé en France et réputé pour être l'as des as, qui avait apostrophé l'animal en ces termes : *Whisky man, venez donc, vous, le plus beau des lions, vous qui êtes mieux qu'un homme* – Tu aurais dû voir ça ! La bête s'est assise sur sa queue et l'a écouté dévider ses compliments en penchant la tête comme si elle le comprenait. Puis elle a foncé sur lui, apparemment prête à le dévorer, mais en réalité pour jouer. Il mima le lion et répondit, à mes questions sur les aéroplanes, qu'il ne les avait pas bien regardés : ils arboraient une tête d'Indien séminole sur leur fuselage, c'était tout ce qu'il pouvait en dire ; en revanche, il me décrivit dans les moindres détails tout le reste : les repas préparés dans une popote luxueuse par un cuisinier du Ritz, la musique que les aviateurs passaient sur leurs gramophones, fox-trot, ragtime, ainsi que d'étranges mélodies de Hawaï, jouées sur un instrument du nom d'ukulélé, dont raffolait le même Lufbery et qui avaient peut-être un pouvoir apaisant sur les nerfs. Et encore le volumineux courrier d'admiratrices déversé chaque matin, les risques fous que ces hommes prenaient pour un pays qui n'était même pas le leur, la mort qui décimait régulièrement leurs rangs et la fierté, l'arrogance avec lesquelles ils l'affrontaient. Il promit de me conduire au terrain d'aviation à son retour de permission afin que je puisse constater de mes propres yeux qu'il ne mentait pas et mima une seconde fois le lion.

Vous voyez ? me lança Lucien tandis que je remontais sur mon vélo. Il est aussi élastique qu'un chat tombé d'un étage, il reprend son équilibre au moment où on le croit perdu et retombe toujours sur ses pattes. Je vous avais dit de ne pas vous biler. – Que cela dure, que cela dure au moins jusqu'à la fin de la guerre, voilà ce que je demande, Lucien. – Il est plus fort que nous, je vous l'assure, répondit-il d'un ton mêlant la fierté et l'admiration. Un chat, pensai-je, la comparaison n'était pas mal trouvée ; d'ailleurs, j'avais vu mille fois mon camarade passer de la mélancolie à la gaieté aussi vite qu'un chat qui se retourne dans l'air avant de poser les pattes sur le sol.

Declercq partit un peu plus tard avec la promesse de m'écrire : il avait rendez-vous au Chatham Bar, rue Daunou, lieu de retrouvailles des Américains et des pilotes français en permission, où l'on savourait, lui avait-on dit, de fameux cocktails, et il goûterait ainsi à cette fête permanente que les membres de l'escadrille Lafayette n'avaient cessé d'évoquer devant lui. Je replongeai, quant à moi, dans la routine ; désormais le secteur n'était plus assagi, mais carrément léthargique : de chaque côté, on s'observait et attendait l'offensive anglaise que les journaux annonçaient à mots couverts. Elle avait débuté quand les orages éclatèrent et nous songeâmes que, une fois encore, nous aurions les éléments contre nous ; pour passer le temps utilement, j'occupais mes hommes à construire des puisards et des remblais afin de préserver nos caves que l'eau menaçait, et allais faire la tournée des postes de relais par des chemins de terre aussi boueux qu'au mois de décembre. Il était rare que le médecin-chef se montrât, et c'était une chance : chaque fois qu'il venait en inspection, il furetait partout puis m'inondait le lendemain de paperasses bourrées de nouvelles directives concernant l'hygiène et l'organisation des postes. Mais je n'osais pas m'absenter trop longtemps : le remplaçant de Papot, le pharmacien auxiliaire qu'on m'avait adjoint au PS, avait un penchant pour le liquide qui le mettait, contrairement à Declercq, dans un état embarrassant puisqu'il bégayait et titubait en fin d'après-midi. Et comme les Allemands recommençaient à s'agiter, nous gratifiant notamment de salves d'obus toxiques, je préférais rester dans les parages. Mais cette fois les choses semblaient tourner à notre avantage : les blessés étaient peu nombreux et les attaques ennemies faisaient *bec de gaz*, nous valant même des prisonniers. J'en regardais défiler plusieurs dizaines devant mon poste quand Jules me rejoignit, une lettre à la main. Je pensai qu'elle venait de Declercq, dont la permission devait être proche de sa fin, voire terminée, et dont je n'avais pas encore reçu les nouvelles promises ; or l'enveloppe ne portait pas d'adresse : juste mon nom, tracé au crayon ; à l'intérieur, un mot de Lucien me priant de monter à Aizy à la première occasion.

Le lendemain étant un dimanche, journée calme par excellence, je me dirigeai vers le nord du secteur après avoir expédié le service courant. Bien que ce fût la fin de la matinée et que le temps fût magnifique, Declercq était à l'intérieur, à moitié allongé sur son lit, en manches de chemise, un ouvrage à la main. Était-il absorbé dans sa lecture ? Il attendit que je me fusse assis pour se redresser et me lut quelques vers, en apparence nullement surpris de ma présence. Alors ? demandai-je quand il eut terminé. – Alors quoi ? N'est-ce pas poignant ? – Poignant. Et ta permission ? – Ah ! Je suis rentré avant-hier, répondit-il. Il m'apprit qu'il n'avait pas dessoûlé de huit jours et qu'il avait passé le plus clair de son temps dans l'appartement de Thaw, chef de l'escadrille et ami de son beau-frère, rue de Longchamp, avec les aviateurs en permission. Et pas seulement les aviateurs, ajouta-t-il : je n'imaginais pas le nombre de femmes qui s'y pressaient, danseuses, chanteuses et dames de la bonne société. Il enchaîna sur des descriptions de fêtes, de jeux de toutes sortes, de courses dans de somptueux bolides à la recherche d'une femme, d'un camarade, ou de bouteilles, d'effeuillages et autres divertissements, de fins de nuit galantes, avec une telle abondance de détails que je pouvais presque entendre les rires, les cris aigus, les applaudissements, les commentaires graveleux, les défis ou les bons mots des acteurs de ces scènes, et encore les crissements de pneumatiques, les détonations sourdes des bouchons de champagne, les bruissements de vêtements et de draps.

Puis il me demanda si j'avais envie d'écrire une lettre à Zouzou avec lui comme avant : il avait cru l'impressionner en lui racontant qu'il avait caressé un lion, mais elle lui avait répondu qu'elle avait honte pour lui, que les lions étaient des animaux fiers et nobles faits pour courir dans la savane, non pour être exhibés dans un cirque ou dans un hangar d'aviation par une bande d'ivrognes – Il faut que je me rachète, mon vieux, je crois que j'ai perdu tout crédit auprès d'elle. – *Tra deri dera*, voilà ce qu'elle dirait si elle t'entendait. N'importe quelle lettre de toi en vaut deux des miennes. C'est toi, le poète. Et si nous nous aérions un peu ? Ta cave sent autant le moisi que la mienne. Il rechigna un moment sous prétexte qu'il n'y avait rien à voir à l'extérieur, puis : Je me demande où Lucien a fourré cette maudite vareuse. Lucien ! L'ordonnance accourut avec le vêtement pendu à un cintre et, après m'avoir adressé un bref salut, aida Declercq à l'enfiler. Il s'était éclipsé quand je remarquai le brassard noir qui se détachait sur la manche – Tu as perdu quelqu'un ? interrogeai-je. – Oh, je te l'avais écrit, mais j'ai déchiré la lettre… sans doute parce que je l'ai trouvée trop larmoyante. Et, finissant de se boutonner : C'est Maxime. Ma mère pensait qu'il faisait l'intéressant. Tu vois, elle se trompait. Il semble que les fils aînés doivent imiter leur père. Par malchance, ou par chance, je n'ai pas, comme toi, ce privilège. Et cette promenade ? Tu n'as plus envie de sortir ?

J'étais abasourdi. Non seulement par la nouvelle, mais aussi par le ton détaché sur lequel il l'avait annoncée et qui me rappelait celui de sa sœur quand, dans leur maison d'Artois, elle avait lancé : *Vous savez certainement que notre père s'est suicidé il y a plusieurs années. À Paris, tout le monde le sait.* Je songeai aussi à mon propre frère et fus saisi de colère ; agrippant Declercq par sa vareuse, je le secouai – Tu te rends compte de ce que tu dis ! Tu me parles de ton frère ! De la mort de ton frère ! Il me repoussa et tenta de poursuivre dans le registre du cynisme, mais il finit à son tour par me crier au nez : Comment veux-tu que je réagisse ?! Tu crois que j'ai le choix ?! Il s'effondra sur sa couchette et, après avoir étouffé quelques sanglots, raconta tout, le visage entre les mains : le suicide de Maxime par pendaison advenu à Londres deux semaines avant sa propre arrivée en permission et que sa mère n'avait pas jugé bon de lui apprendre soi-disant pour ne pas le troubler au milieu du danger, sa fuite chez son parrain puis chez l'aviateur américain où il avait tenté de tout oublier, tout, ce suicide, les mensonges, le chagrin de son oncle, le silence de cette mère qui avait certes perdu de la même façon son époux et son fils aîné mais qui préférait se murer dans sa dignité offensée, se contentant de lui envoyer Juliette en délégation, et qui pouvait jurer qu'elle l'avait vraiment envoyée ? Oui, sa dignité offensée, répéta-t-il, car elle ne songeait qu'au scandale que ce second suicide risquait de jeter sur elle et des complications qu'il valait à Émile dans ses affaires anglaises, il en était persuadé, non à son père, non à Maxime, qu'elle n'avait su retenir sur cette rive ; c'était, au reste, la raison pour laquelle elle ne l'avait pas averti : mieux valait tout étouffer.

Je lui demandai s'il avait pu s'épancher un peu auprès de sa sœur, de son parrain, ou encore de l'aumônier, s'il s'était confié à Zouzou dans ses lettres. Il releva le front : Tu sais bien que ce ne sont pas des sujets à aborder. Les suicidés ne méritent que les appellations de *lâches* et un mépris universel. Même en famille, surtout en famille, mon vieux. Tu connais aussi bien que moi la position de l'Église, pas de cérémonie, pas de commémoration, la honte, juste la honte. Et puis, j'ai beau essayer, je n'arrive pas à croire en Dieu… J'ai eu l'impression d'en être tout proche quand le pauvre Makline traduisait son fameux bouquin et qu'il répétait dix mille fois sa prière, mais ça n'a pas marché. Pourtant, j'aimerais bien avoir les consolations et tout le reste. D'un autre côté, pourquoi s'entêter à vivre quand la vie est insupportable ? Maxime était malheureux depuis des années, tu l'as vu toi-même… Non, non, ne dis rien, s'il te plaît. Il suffit que tu m'écoutes. Écoute-moi encore un peu et promets-moi que nous n'en reparlerons plus.

Je demeurai à ses côtés jusqu'à ce qu'il eût terminé, et même après, songeant non pas au disparu mais à lui, Declercq, au gouffre qui s'était une nouvelle fois ouvert sous ses pieds et à l'image que Lucien avait utilisée quelque temps plus tôt pour le définir, celle d'un chat tombant d'un étage. Soudain je le voyais tourner sur lui-même afin de retrouver son équilibre, mais le sol était loin, loin, et il continuait de virevolter dans l'air. Au cours des jours suivants, je multipliai les tournées afin de passer au moins un moment à son PS, projet qui me fut facilité, d'ailleurs, par le nouveau médecin inspecteur général, un homme de quarante-cinq ans, très actif, qui contrairement au patron se faisait un point d'honneur de visiter les postes et m'entraînait régulièrement jusqu'à Aizy et la ferme Hameret. Au retour je m'invitais à dîner chez Declercq, qui recevait des officiers avec ce sens des mondanités que je lui connaissais bien et derrière lequel il parvenait par je ne sais quel tour de magie à masquer son état d'âme. Mais je ne m'attardais jamais très longtemps : les bombardements avaient repris avec de plus en plus de virulence, et la route qui menait à Vailly n'était pas épargnée. Et puis, je devais rendre compte au patron de tous ces déplacements : s'il ne se souciait pas d'accompagner le médecin inspecteur à l'avant, il entendait connaître la moindre de ses remarques et m'accusait de ne jamais le tenir au courant de rien, lui qui était bien mieux placé que moi pour obtenir ce genre de renseignements. Il réitéra à demi-mot ses accusations pendant le déjeuner auquel il nous avait conviés, Papot et moi, pour fêter notre citation, proposée par le colonel Leroy du 12e d'artillerie et enfin signée par le général, mais je ne l'écoutais que d'une oreille : le sort de Declercq occupait mon esprit et je me demandais comment lui venir en aide.

Par chance, nous fûmes relevés avant la fin du mois et, une fois arrivés à notre cantonnement de repos, Vierzy, un gros village au sud de Soissons, je le pressai de m'emmener à Chaudun, à quelques kilomètres de là, prétendant que j'avais hâte de caresser à mon tour la mascotte des aviateurs américains. Hélas, répondit-il, l'escadrille était partie sous d'autres cieux, précisément en Flandre, ainsi que le lui avait écrit Raoul Lufbery. Je fus surpris d'apprendre qu'il correspondait avec ce pilote, et je m'aperçus bientôt que c'était le seul destinataire de ses missives, excepté Zouzou et son parrain ; plus encore, qu'il jetait au panier les lettres de sa mère et de sa sœur sans même les ouvrir. Il se fâcha quand je hasardai qu'elles risquaient de s'inquiéter pour sa santé et ajouta qu'elles se moquaient bien de sa santé, n'avais-je donc pas compris comment elles étaient faites, ou étais-je moi aussi passé dans leur camp ? Bien entendu, ces insinuations me blessèrent, mais je ne lui en voulus pas, je l'invitai plutôt à organiser une nouvelle rencontre avec Zouzou en profitant des perms de vingt-quatre heures à Paris que le patron avait promises avant son propre départ. Il répliqua qu'il était censé remplacer le médecin-chef pendant son absence mais que, si je le souhaitais, je pouvais mener à bien ce projet sans lui ; de la même façon, il refusa de se promener dans la campagne sous prétexte que le temps était pluvieux et qu'il n'avait pas envie de monter à cheval – À propos, tu me rendrais service si tu entraînais un peu Sidi, il n'est pas sorti depuis longtemps, dit-il. La vérité, c'était qu'il passait ses journées, couché sur son lit, à lire, à dormir et à boire, chargeant tel ou tel d'entre nous de la visite ou d'autres corvées du service ; parfois, après le dîner, il se joignait aux pharmaciens et à moi-même pour une partie de poker et se laissait invariablement dépouiller. J'admets qu'il n'y avait guère de distractions dans ce gros bourg où se prélassaient une ambulance et un HOE jouissant injustement des avantages du front, et qu'il ne pouvait éprouver, comme moi, de l'intérêt pour l'immense ferme où étaient logés nos brancardiers et dont, après avoir fait galoper Sidi, j'allais de temps en temps contempler les superbes chevaux, les dix paires de bœufs provenant de ma région, ainsi que les charrues à vapeur.

Je méditais d'écrire à Zouzou pour lui demander de l'aide, quand l'ordre d'alerte vint nous surprendre : on remontait en ligne, dans le secteur de La Malmaison, tenu par la 170e DI, la division de Morin. Du fait de la brièveté de notre période de repos, cet ordre était accompagné des rumeurs de toutes sortes, certaines affirmant que les Allemands, prêts à reculer, coupaient les arbres fruitiers, faisaient sauter les ponts et déplaçaient les batteries, d'autres que nous attaquerions dans huit jours, d'autres encore que notre division n'irait effectuer que des travaux. Nous ralliâmes en automobile le village de Condé, notre nouveau cantonnement, et passâmes la première nuit au PS du GBD/170 où, à ma question concernant le 10e BCP, on me répondit qu'il avait déjà été relevé. Je le regrettai car j'aurais aimé parler à l'abbé Lemoine : il avait toujours un mot de consolation ou d'encouragement aux lèvres et aurait peut-être su réconforter Declercq qui, au reste, l'estimait. Je n'avais pas oublié qu'il avait célébré une messe pour son cheval, tué à Belrupt avec celui de notre ancien patron ; j'étais donc persuadé que, contrairement à la plupart des membres du clergé, il n'exprimerait pas de condamnation sévère pour le geste de Maxime. Je n'osai pas confier de billet à son intention à mes collègues du GBD, dont certains étaient pourtant d'anciens camarades, mais je les priai de m'informer de leur destination de repos. On reviendra vite, Bonnefous, me lança l'un d'eux, célèbre pour ses soûlographies : à en juger par les travaux, cela chauffera bientôt dans la région ! Il nous offrit, comme de bien entendu, à boire et c'est au terme d'une nuit blanche que nous partîmes, Declercq et moi, en reconnaissance avec un petit détachement à établir en ligne. Nous découvrîmes ainsi notre nouveau secteur, à gauche du précédent : les PS et les PC occupaient de vastes ruines, mais aussi des abris à flanc de coteau dans des bois, ou encore une carrière sur une crête, reliés par des sentiers, des pistes et des boyaux que je dessinais grossièrement, marqués de leurs noms, sur mon calepin.

Pendant ce temps-là Declercq patientait, absorbé dans une sorte de méditation ; en vérité, en dehors des considérations dictées par notre service, il demeura silencieux pendant toute la marche, pour ne pas dire absent. Au bout d'une quinzaine de kilomètres, je m'aperçus qu'il traînait un peu la jambe, qu'il avait une mine épouvantable et je le lui fis remarquer, suggérant qu'il pourrait essayer de demander une autre affectation le temps de se retaper. Tu veux dire à l'arrière, comme les embusqués ? Jamais ! répondit-il d'un ton amer, et je n'insistai pas, mais je me demandais comment il résisterait à l'offensive dont on parlait à mots couverts et que confirmaient les multiples travaux entrevus en chemin. À notre arrivée au Chemin des Dames, début juin, alors que je m'attardais dans les bois où les brancardiers ramassaient de quoi fabriquer un ameublement sommaire, j'avais été saisi de mauvais pressentiments ; ils ne m'avaient jamais abandonné depuis, et voilà qu'ils se rappelaient plus crûment à mon souvenir. Ils n'étaient pas destinés à faiblir : trois jours plus tard, en effet, alors que j'étais de garde au PS, on m'amena un de nos caporaux dans le coma après qu'un éclat, pénétré dans l'angle interne de l'œil, l'eut frappé pendant qu'il surveillait le déchargement d'un chariot de madriers. Affolé, le médecin-chef, tout juste rentré de permission, m'ordonna d'accompagner le brave homme à l'ambulance, où il mourut dans la soirée, précédant dans l'au-delà un de nos conducteurs, blessé l'avant-veille d'une balle dans le thorax à Condé où deux fusants avaient explosé, et emporté par une péritonite alors que le chirurgien l'estimait hors de danger. Nous nous réunîmes en grande tenue pour leurs obsèques et écoutâmes les discours émus du patron, qui excellait dans ce genre d'exercice, mais nous étions nombreux à penser que, pour un début, c'était un fort mauvais début, pis, la guigne noire, et nous repartîmes très affectés.

C'est ainsi que je me résolus à écrire à Zouzou : j'avais hésité car je n'aimais pas raconter les faits et gestes des autres comme une commère, et parce que cela m'obligeait à accomplir un sacrifice qui me coûtait, mais j'étais désormais d'avis qu'il convenait d'agir, et d'agir au plus vite pour tirer mon camarade de sa mauvaise passe. Je la priai, pour commencer, de taire mon initiative à notre ami, l'informai qu'il sombrait dans la neurasthénie depuis la disparition de son frère et lui exposai mes craintes, *je ne trahis aucun secret en affirmant qu'il nourrit pour vous, non pas une simple amitié, mais de tendres sentiments, et je crois savoir que ces sentiments sont partagés. Ma prière vous paraîtra peut-être hardie, cependant j'ai de bonnes raisons de penser qu'un encouragement de votre part le rendrait à lui-même. J'avoue que mes efforts sont demeurés vains, et je redoute qu'il ne s'expose davantage que de coutume au danger, ou qu'il ne perde l'instinct de survie qui nous est si précieux, voire indispensable, durant les attaques. Vous seule pouvez l'aider. Au reste, ne lui avez-vous pas juré votre attachement éternel ?* C'était une lettre un peu pompeuse, mais je ne sus mieux me débrouiller, je priai encore une fois sa destinataire d'agir comme si elle n'était au courant de rien et lui renouvelai toute mon affection ; une fois cachetée, je la confiai à Jules afin qu'il la remît au vaguemestre, et attendis, à la fois penaud et soulagé, sa réponse.

Elle arriva quelques jours plus tard, curieusement remplie de reproches : *je n'ai jamais manqué à aucun engagement, que ce fût un serment ou une promesse, et vous n'ignorez pas que l'amitié est à mes yeux un lien sacré*, s'insurgeait-elle par exemple. Je la relus non sans perplexité puis ouvris le reste de mon courrier au fur et à mesure que les enveloppes se présentaient ; il renfermait des lettres de ma mère, de ma cousine Cécile et de ma sœur aînée, ainsi que de quelques camarades aveyronnais, mais aussi, je le constatai non sans surprise, de la mère de Declercq. Dans cette missive à l'écriture et au papier élégants, elle se disait inquiète de ne plus recevoir de nouvelles de son fils et me demandait de la rassurer sur son état de santé : il lui avait paru très ébranlé lors de sa permission, et le moment était peut-être venu de le persuader d'accepter l'affectation à l'arrière dont elle m'avait parlé. Je la froissai aussitôt et la brûlai tant elle me paraissait imprégnée d'hypocrisie, me souvenant que mon camarade m'avait soupçonné d'être passé *dans leur camp*, comme si sa mère et sa sœur étaient l'ennemi, un autre front dans cette guerre, ou une autre guerre.

Je rédigeai une réponse laconique puis m'efforçai de ne plus y penser ; en vérité, ce n'était guère difficile : il suffisait de se plonger dans l'intense activité qui régnait dans notre secteur, lequel se garnissait d'innombrables batteries, abris, dépôts de munitions et de matériels, pistes, voies de 60, et de véhicules de toutes sortes, notamment de Ford américaines dont les automobilistes, qui baragouinaient à peine quelques mots de français, vous accueillaient volontiers à bord

pour un bout de chemin. Et je traquais des signes de changements sur les traits de Declercq chaque fois que je le voyais : à Condé, tandis que nous admirions la fausse gare avec de faux quais et des matériaux peints, censée attirer les tirs ennemis, à trois cents mètres des véritables voies de tir, cachées sous de savants camouflages ; ou lors des conférences que nous donnaient de multiples médecins, inventeurs de poudres et d'émulsions censées guérir les blessures de guerre, traiter les brûlures par liquides enflammés ou nous protéger des gaz suffocants, lacrymogènes, vésicants ou puants qu'employait l'adversaire, me demandant, anxieux, si Zouzou lui avait écrit, et ce qu'elle avait pu lui écrire. Des lettres que m'adressait la jeune fille je ne savais tirer aucun indice, pis, j'avais le sentiment qu'elle m'en voulait.

Nous étions là depuis trois semaines quand une moitié du GBD fut relevée ; menée par Declercq, elle regagna Vierzy, pendant que je demeurai à Condé avec le médecin-chef. Mais nos fonctions avaient changé : les brancardiers étaient désormais chargés d'œuvrer nuit et jour avec les travailleurs du génie qui nous construisaient des postes, et nous autres médecins dégagés de nos obligations pour surveiller les chantiers. J'étais surpris par la vitesse à laquelle ceux-ci se multipliaient et par les soins qu'on apportait à nos installations ; nous étions censés, pour le grand jour, assurer le fonctionnement et le personnel de six postes, en dehors des PS régimentaires, une rude besogne pour nos hommes qui devraient franchir un marais sur une passerelle et traverser des pistes boueuses, copieusement marmitées. Entre deux averses, je reproduisais ces lieux sur les pages de mon calepin, flanqués de noms, et, le soir, complétais la carte que je dessinais avec des couleurs.

J'étais donc fin prêt quand débuta la préparation d'artillerie, retardée par le mauvais temps. J'avais aussi classé les brancardiers de notre futur poste par équipes et catégories, dressé des tours de service et des listes de matériel à emporter, glané des renseignements sur l'arrivée des bataillons et le début des tirs de 320 sous Condé. La seconde moitié du GBD était rentrée depuis quelques jours, augmentée de vingt brancardiers de corps, et tout le monde se montrait agité, en particulier le patron, qui me convoquait sans cesse pour me communiquer de nouvelles consignes et de nouvelles modifications dans les itinéraires et les moyens d'exécution, ou l'officier d'administration, dont les recommandations au sujet des vivres de réserve ne semblaient jamais devoir finir. En comparaison, le calme de Declercq était frappant ; il m'avait raconté sa visite à Chaudun, que les aviateurs américains et leurs deux lions avaient réintégré, et expliqué que cela n'avait pas été très gai : Lufbery s'inquiétait pour la santé de Whisky, victime de rhumatismes, et craignait que le commandement n'obligeât l'escadrille à se séparer de ses animaux encombrants et turbulents au profit d'un jardin zoologique. Tout à cette histoire, il ne sembla même pas remarquer le premier tank qui passait devant nous, et seul le déluge d'obus tombant sur les lignes ennemies, auquel nous assistâmes depuis un observatoire de seconde ligne, parvint à l'y arracher. C'était en vérité un spectacle étonnant : on voyait des panaches de fumées jaunes, noires, blanches et rouges s'élever des tranchées et des boyaux allemands, créant peu à peu un véritable brouillard. Mais contrairement à nos voisins, galvanisés, il contemplait la scène d'un regard fixe, et je me demandais à quoi il pouvait bien songer.

J'aurais aimé le questionner à ce sujet, or le vacarme effroyable que produisaient des centaines de pièces grosses, petites, longues et courtes crachant en même temps nous obligeait désormais à hurler pour nous entendre, ce qui n'était guère propice aux confidences. Le dimanche, veille présumée du jour J, l'aumônier célébra la messe de bonne heure, puis tous les camarades du groupe se réunirent pour les adieux avant de gagner chacun son PS respectif – Prends soin de toi, dis-je à Declercq. – Que veux-tu qu'il m'arrive, mon vieux ? Il n'y aura pas plus à l'abri et plus tranquille que moi dans mon nouveau poste. C'est plutôt toi qui es à plaindre, maintenant que le patron ne te quitte pas d'une semelle. Chacun son tour, pas vrai ? Flanqué de Jules et du père Henry, je partis pour le PS Caen, le PS central, où Papot m'attendait et où le médecin-chef était censé nous rejoindre le lendemain. Mais tandis que je m'installais dans ce poste flambant neuf qui consistait en une galerie boisée de vingt-cinq mètres, éclairée par des lampes à acétylène, pourvue de deux ouvertures, une de plain-pied, l'autre en plan incliné, et de six alvéoles où dormir et travailler, j'avais l'esprit hanté par l'image du chat qui tournait, tournait dans l'air, loin du sol. Je n'eus toutefois pas le temps de m'appesantir : nous vîmes bientôt affluer des agents de liaison aux yeux injectés et larmoyants, à la voix enrouée, à la face brûlée, surpris par un tir d'obus vésicants ; et, le soir, subîmes une dégelée de grosses marmites qui mit sens dessus dessous la cuisine, la chambre mortuaire ainsi que l'entrepôt de désinfectants et d'effets huilés, faisant couler le crésyl à flots. Mais je savais que ce n'était rien, que *La Guerre* était encore à venir, la guerre, la vraie, celle qui ne se déplaçait pas sans son cortège de divinités ou d'esprits jaillis de l'enfer.

Et elle vint. Elle était même si assoiffée qu'elle vint avant l'heure H, en ce 23 octobre 1917, s'annonçant par un coup de téléphone qui signalait un tank atteint de plein fouet par un obus et réclamait des équipes de brancardiers. Elle vint avec le sous-chef d'état-major du CA, terreur du service de santé, indigné que le médecin-chef ne fût pas encore levé, alors que le feu roulant tonnait dans toute son intensité. Elle vint avec le patron en pleine crise de nerfs, qui triait les premiers blessés devant l'entrée, criait à un soldat que le sang qui maculait sa figure était celui d'un autre, tout comme le bout de chair rouge gisant à ses pieds, hurlait à un second *tu n'as que des égratignures, salaud, retourne à ta compagnie*, soulevait les capotes jetées sur les brancards à la recherche des galons, ordonnait aux plus valides de respecter leur tour, rabrouait tout le monde, me renvoyait à l'intérieur injecter du sérum, panser et encore panser. Elle vint avec les chasseurs, les fantassins, les sapeurs, les crapouillots, les cuirassiers, les équipiers des tanks, les tirailleurs aux yeux remplis de peur, de folie, de douleur, que Papot et moi soignions sans répit, elle vint avec les premiers prisonniers, des hommes du régiment Augusta, jeunes et bien bâtis, des officiers, des médecins, infirmiers et brancardiers que nous adjoignîmes aux nôtres pour aller chercher les blessés de l'attaque restés en ligne. Elle vint avec ce *Chavignon genommen* qui était la preuve de notre avancée, avec nos cris d'exultation devant un ennemi vaincu. Avec les pitoyables colonnes de blessés légers qui gagnaient Condé à pied avant d'être évacués, avec les convois de la section SSA 116 et de la section américaine 56 chargés des plus atteints et dirigés sur Sermoise.

Et elle était déjà solidement installée le lendemain, quand je partis en reconnaissance avec le patron et trois Américains sur une route transformée en succession de cratères où nous dûmes abandonner la Ford et continuer à pied. Elle se montrait fièrement à nous sous forme de paysage bouleversé où tranchées, boyaux et réseaux avaient laissé la place à des trous, des trous et encore des trous et sur la route pavée de Maubeuge, où des mitrailleurs allemands, cachés dans les bas-côtés, avaient cueilli nos soldats avant d'être tués à leur tour. Alors que nous rentrions par nos anciennes premières lignes, accrochées au bord du plateau, nous nous aperçûmes que, de là où ils étaient placés, nos adversaires avaient eu tout loisir de surveiller nos mouvements ; il leur aurait suffi d'une attaque un peu vive pour nous déloger, mais ils n'avaient pas attaqué et maintenant ils se succédaient, blessés, dans nos PS, ou se rendaient, privés de ravitaillement. Car le 1er BCP, qui tenait Chavignon, avançait, il atteignait Les Bruyères et se fixait au bord du canal de l'Oise à l'Aisne.

Cela signifiait aussi qu'il fallait se déplacer, afin de suivre le mouvement. Je fus ainsi envoyé aux carrières Montparnasse, un immense dédale où stationnait le 1er BCP et où l'on m'assigna une galerie traversée de courants d'air, que mes hommes furent obligés de cloisonner et de fermer hermétiquement d'un côté avant d'y transporter des couchettes et tout le matériel. J'étais censé évacuer mes blessés au poste de La Malmaison, installé à l'intérieur d'une cave sous les ruines de la ferme, d'où Declercq les dirigerait avec les siens vers le patron, resté au PS Caen. Mais nous n'étions pas en fonctionnement depuis vingt-quatre heures que je reçus une communication du médecin-chef me signalant que les véhicules sanitaires étaient bloqués en raison du mauvais état des routes ; nous devrions donc transporter les blessés par brouettes porte-brancards jusqu'au carrefour de la ferme Colombe, point de stationnement de la section américaine, un long et pénible trajet à travers champs, entre les cratères, puisque les routes et les chemins n'existaient plus. Cela ne faisait, bien entendu, pas notre affaire, d'autant plus que les Allemands s'étaient réorganisés et qu'ils recommençaient à marmiter l'entrée des carrières justement et les batteries de 75 installées à découvert non loin de là.

Par chance, il y eut peu de blessés dans nos rangs et lorsque nous eûmes achevé de transporter les tués, ce jour-là, je décidai de descendre à Chavignon avant d'aller à La Malmaison, chez Declercq, chercher les vingt-quatre brancardiers de renfort que j'avais réclamés en raison des nouvelles dispositions. Parti en compagnie de Jules et d'un caporal, j'atteignis cette petite ville fraîchement reprise que, m'avait-on dit, plus personne n'occupait en raison de la proximité des lignes et de l'absence d'abris. Les rues étaient très praticables, car de nombreuses maisons s'y dressaient encore, quoique toutes mutilées, offrant à la vue pièces d'ameublement, piles d'obus, caisses de grenades et de cartouches. Nous y errâmes un moment ; il y régnait une atmosphère pesante de mort, de putréfaction, de destruction, et un silence qui mettait mal à l'aise : on devinait que l'ennemi avait fui à toute allure, abandonnant ses plaques et ses inscriptions dans sa langue, mais aussi une partie de son armement ainsi que des objets de toutes sortes, paperasses, effets, et même piles de pain noir et de choux maintenant à moitié pourris. Pas seulement : au rez-de-chaussée d'un PS installé dans une école de filles et surmonté d'un drapeau de la Croix-Rouge, gisaient sur leurs brancards trois blessés pansés et munis de leur fiche d'évacuation, qui avaient fini par mourir là ; la compagnie sanitaire était partie sans eux, oubliant également son cahier d'évacuation ouvert sur la table, des ampoules de sérum, des pansements. Je ressortis, écœuré, et déclarai qu'il était temps de s'en aller. Tandis que nous nous éloignions, nous aperçûmes encore, au tournant d'une rue, six chevaux morts attelés à un caisson d'artillerie en miettes, puis dépassâmes l'église, totalement démolie. C'est alors que Jules posa la main sur mon avant-bras et m'indiqua deux silhouettes debout au milieu des débris, à quelques mètres de là. Je le priai de m'attendre un instant avec le caporal et pressai le pas, laissant venir vers moi Lucien, qui m'adressa un bref salut au moment où il me croisait.

Juste avant de rejoindre Declercq, je prononçai son nom tout bas pour éviter de le faire sursauter. J'eus l'impression qu'il ne m'entendait pas, tant il semblait absorbé dans la contemplation de la cathédrale de Laon, dont on distinguait les tours au sommet de la colline, à l'horizon, mais il finit par tourner la tête – Ah, c'est toi, répondit-il, hagard. La peau blafarde, marbrée, les yeux plus enfoncés que de coutume, il évoquait une étrange apparition parmi ces décombres, sous ce ciel gris. Il ne parut pas me comprendre quand je lui annonçai que j'allais justement chez lui chercher mes brancardiers de renfort. Écoute, dit-il, écoute, tu entends ? Derrière le canon, tu entends ? C'était maintenant à mon tour de ne pas comprendre : les seuls sons qui parvenaient à mes oreilles, en dehors de la canonnade, au lointain, étaient les voix étouffées des deux ordonnances et du caporal qui bavardaient à quelques mètres de nous. Tu n'entends pas ? reprit-il. – Je n'entends pas quoi ? – Oh, rien, rien… j'ai juste cru que… – Qu'y a-t-il ? Ça s'est mal passé ces derniers jours ? Tu as eu trop de travail ? – Ça se passe toujours de la même façon, les blessés graves, les blessés légers, les morts, les prisonniers, ça fait trois ans que ça se passe comme ça, et je croyais m'y être habitué – il s'interrompit un instant puis : Bon Dieu, certains jours j'ai l'impression de devenir fou. – Personne ne peut s'y habituer. – Je crains que ce ne soit faux. Morin adore ça, et toi… toi, tu vas même jusqu'à y trouver un sens, une mission. Qu'avez-vous donc que je n'ai pas ? – Chacun essaie de se raccrocher à ce qu'il peut, c'est tout.

Il donna quelques petits coups de pied dans les débris et : J'ai bien peur de ne plus croire en rien, affirma-t-il comme s'il établissait un simple constat. – Voyons, pense à ton parrain, pense à la camaraderie. – La camaraderie ! Pardon, mon vieux, pardonne-moi, je ne… – Pense à Zouzou, ne t'écrit-elle donc plus ? Il eut un petit rire et admit qu'elle lui écrivait, oui, qu'elle lui écrivait même tous les jours, ce qui lui paraissait, au reste, excessif. – Je me demande si elle ne commence pas à faire du sentiment. Il se peut que l'arrière aussi ait les nerfs usés. Elle prétend qu'elle ne pleure plus qu'une seule fois par semaine, le mercredi matin. Elle dit qu'elle a beau s'y efforcer, elle ne peut pas s'en empêcher. Et pendant qu'elle pleure, elle pense à nous. – Elle pense à nous ! Que veux-tu de plus ? Il sourit et murmura : Tu as raison. Puis : Mais qu'est-ce que tu fiches ici ? – Un tour de reconnaissance, avant de monter chez toi, à La Malmaison. – Veux-tu que nous y allions ? – Oui, on a assez traîné ici. On ne devrait pas, d'ailleurs, tarder à quitter ce sale endroit. Aux carrières, les officiers du 1er BCP parlent déjà de relève. Cette fois, le patron ne pourra pas nous refuser notre perm.

J'adressai un signe aux ordonnances et au caporal, qui nous emboîtèrent le pas.

16

Nous fûmes effectivement relevés deux jours plus tard et après avoir atteint en automobile notre cantonnement de repos, un château et ses deux fermes situés à Villers-les-Maillets, en Seine-et-Marne, nous fîmes le siège du patron pour obtenir notre permission. Il rechigna un peu à nous laisser filer à la même date, mais finit par accepter ; aussi, dès que nos cantines furent arrivées, nous employâmes-nous à préparer nos sacs et à gagner Paris au plus vite. Declercq m'invita chez son parrain qui, à ses dires, était désormais sa seule famille, son parrain et sa gouvernante demeurée en Artois dans la maison qu'il aimait tant et qui avait été transformée en hôpital. Il eut un rire forcé et me demanda si je me rappelais l'épisode de *La Foire aux vanités* où le riche M. Osborne s'empare d'une énorme bible et raye solennellement le nom de son fils George, parce qu'il a transgressé ses ordres ? Eh bien, il aurait aimé posséder un ouvrage identique et y rayer de la même façon les noms de sa mère, de sa sœur et, au fond, peut-être même le sien ; ainsi, il n'en resterait plus. Je me rappelai ce passage, bien sûr, et je me rappelai aussi qu'Osborne, le vieil homme d'affaires anglais, avait amèrement regretté son geste quand la mort de son fils était survenue, mais je gardai cette réflexion pour moi et dis plutôt que je ne comprenais pas la disgrâce à laquelle il avait condamné Juliette : n'avait-il pas mille fois déclaré l'admirer parce qu'elle savait tenir tête à leur mère, était féroce et rebelle comme une panthère ?

En vérité, j'étais embarrassé : j'avais reçu une lettre de la jeune femme juste avant de partir et l'avais dissimulée à l'intérieur de mon sac afin que mon camarade ne la vît pas ; c'était une invitation à lui rendre visite lors de mon prochain passage à Paris, dans l'appartement qu'elle occupait au Champ-de-Mars depuis qu'elle était mariée, et que John avait abandonné, écrivait-elle, *attiré par le front comme une mouche sur le miel*. Mais Declercq haussa les épaules et préféra, durant tout le trajet en taxi, s'interroger sur ce que nous mangerions pour le déjeuner et le dîner : il avait faim, m'annonça-t-il, il n'avait jamais eu aussi faim ; en revanche, il n'avait aucune envie de sortir. Il s'enfermerait chez son parrain et y resterait jusqu'au moment du départ, il n'irait pas rue de Longchamp, chez les aviateurs américains, il y avait trop bu, la dernière fois. Le savais-je ? Ces diables-là étaient si assoiffés qu'on les dispensait de vol pendant toute une journée quand ils rentraient de permission afin de leur laisser le temps de dessoûler.

Je feignis de le croire et gravis avec lui l'escalier menant à l'appartement de son oncle. Celui-ci m'accueillit avec autant de chaleur que la fois précédente, mais je le trouvai vieilli et las, la peau un peu jaunie, comme s'il couvait une méchante maladie. Tandis que je me débarbouillais dans la chambre, avant de passer à table, j'entendis une discussion éclater et, incapable de réfréner ma curiosité, entrouvris ma porte. Dans le petit salon, au bout du couloir, Declercq et son parrain parlaient de tableaux, des tableaux que Maxime avait eus dans son appartement londonien : comment en vouloir à sa famille de les avoir vendus ? objectait le vieillard. Comment sa mère ou Juliette auraient-elles pu les accrocher sur leurs murs et les regarder chaque jour ? Elles n'y auraient vu qu'un reproche vivant, pis, les témoins des derniers mois du malheureux et de son geste fatal ! Un bruit retentit alors, peut-être celui d'un fauteuil, ou d'une chaise, qui tombait, suivi des excuses de mon camarade. Je refermai la porte et patientai un moment avant de rejoindre les deux hommes, auxquels je crus bon de signaler mon arrivée par des toussotements ; mais ils sirotaient un verre de porto comme si de rien n'était, et j'acceptai volontiers celui qu'on me tendit.

Le repas fut excellent et la conversation agréable. Si je n'avais pas été au courant des faits, je n'aurais jamais pu deviner qu'oncle et neveu étaient en proie au plus vif tourment, ils devisaient gaiement, évoquant des œuvres musicales et littéraires ; c'était, de leur part, une marque de délicatesse, de politesse, or cela me mettait mal à l'aise, et je me surpris à regretter les distractions que je m'étais promises en prévision de ce dimanche, le Concert Mayol dans l'après-midi puis une soirée de flânerie sur les boulevards. Quand Declercq annonça qu'il allait faire la sieste, je me retirai moi aussi dans ma chambre où, malgré la fatigue, j'occupai le temps à lire un roman, dont mes pensées me détournèrent plus que je ne l'aurais voulu : qu'aurais-je donné pour revoir mon camarade actionner les mécanismes des automates et des tableaux dans la lingerie, et l'entendre rire, béat, au milieu de ce vacarme ? me disais-je avant de songer que, en renonçant à Zouzou, j'avais déjà poussé très loin la camaraderie.

À cause de cette gêne, je m'éclipsai le lendemain

après le déjeuner en prétextant des emplettes et une visite à des cousins, non sans avoir convenu avec Declercq de nous retrouver à mon retour pour effectuer ensemble le trajet jusqu'à notre cantonnement. Je débarquai le matin suivant à Rodez et me précipitai à la maison ; une fois les premières effusions passées, je m'aperçus qu'il y régnait un calme pour le moins insolite et en demandai à ma mère les raisons : se pouvait-il qu'on pleurât l'absence d'André, placé, comme elle me l'avait écrit, dans un pensionnat à Sarlat en raison de ses mauvais résultats scolaires ? Elle me répondit que mes sœurs étaient en visite chez Henriette, alitée après une fausse couche, et Louis à l'école, puis, baissant le ton, me raconta que Gabrielle avait failli jeter le scandale sur la famille. Quelques semaines plus tôt elle avait eu, en effet, l'idée saugrenue de consacrer son mouvement de jeunes bigotes par un second baptême et persuadé un vieux prêtre à moitié stupide de présider la cérémonie. La petite troupe s'était dirigée vers une anse isolée de l'Aveyron, où les adolescentes avaient quitté leurs manteaux et s'étaient immergées, seulement vêtues d'une longue chemise blanche fermée au cou et aux poignets. L'une d'elles s'était un peu éloignée de la rive et avait perdu pied ; comme elles ne savaient pas, elles non plus, nager, les autres avaient dû former une sorte de chaîne humaine pour la ramener sur la terre ferme. Forte de ses qualités de meneuse, Gabrielle avait eu la présence d'esprit d'envoyer un gamin, qui observait la scène, chez notre père, lequel, accouru en automobile, avait réussi à secourir la noyée. Il l'avait ramenée chez nous afin qu'elle se ressaisît avant de retrouver sa famille et, en plusieurs voyages, toutes ses acolytes claquant des dents dans leurs chemises trempées. Gabrielle était montée en voiture la dernière ; quant au prêtre, mon père n'avait pas eu le courage de trop le gourmander, eu égard à sa fonction et surtout à sa sénilité. Pff !, siffla ma mère, elle savait, elle, ce qu'elle lui aurait dit, elle était persuadée qu'il s'était prêté au jeu par lubricité, comme tous les vieux gâteux, ce qui était inadmissible chez un représentant du clergé ; mais tels étaient les mystères de la vie, mon père était si bon qu'il en devenait faible. De même il avait refusé de fouetter Gaby, qui le méritait, il s'était contenté de lui interdire ces réunions à l'avenir et l'avait consignée trois jours dans sa chambre. Trois jours ! Trois jours n'étaient rien du tout, trois jours ne pouvaient avoir de prise sur pareille entêtée, ils ne pouvaient même pas lui rabattre son caquet ! Pendant ce temps, on avait attendu avec terreur que les bruits se répandent dans la ville et ruinent la réputation de la famille, de la clinique, mais par chance la honte des parents concernés, la débilité du prêtre et la pièce donnée au petit messager l'avaient emporté sur les bruits : ils n'avaient même pas eu à retomber car ils n'avaient pas enflé.

Je ne pus m'empêcher d'éclater de rire à la fin du récit, ce qui mit ma mère hors d'elle : jusqu'à présent, s'exclama-t-elle, elle n'avait eu confiance qu'en moi, son fils aîné, mieux, elle avait placé en moi toutes ses espérances, de grandes et belles espérances, et voilà comment je la remerciais ! Il était bien vrai que je ressemblais à mon père ! Allais-je donc devenir faible, moi aussi, à force d'être clément ? Était-ce la guerre ? Cette guerre qui brisait les familles et s'amusait à détruire les rêves d'avenir les plus légitimes ? Quand cela allait-il finir ? Elle en avait soupé de la patrie, des sacrifices pour la patrie, il lui arrivait certains jours de ne plus avoir de mots à dire aux opérés à la clinique, bandés de la tête aux pieds, parce que les *courage*, les *patience*, les *honneur* lui écorchaient la gorge et manquaient de l'étouffer, comme la salade frisée. Elle renifla un peu puis, furieuse de s'être laissée aller, m'interdit de répéter ce qu'elle m'avait confié, même si, pour dire la vérité, cela l'avait un peu soulagée, oui, un peu soulagée ; d'ailleurs, ajouta-t-elle, que faisais-je là encore, à boire du café, n'y avait-il pas de meilleures occupations pour un garçon à son premier jour de permission ?

Je me levai, tout réjoui, et montai dans ma chambre. Ayant un peu de temps à ma disposition avant le retour du reste de la famille, je l'employai à me laver et à défaire mon sac. Un instant, je jouai avec la lettre de Juliette, aussi brûlante que de la braise et tout aussi dangereuse, puis ouvris mon secrétaire et l'introduisis dans un compartiment secret où Gabrielle ne pourrait pas la dénicher. Plumes, loupe, encrier, crayons à papier, un choix de quelques livres reposaient à leur endroit habituel, tout comme les objets de papeterie et de photographie, les cartes géographiques et les plans, bien rangés, je le savais, dans leurs tiroirs respectifs. Je fis glisser machinalement celui du centre et le plaçai devant moi : il contenait les vestiges stupides, éclats d'obus, porte-stylo et briquet confectionnés par les poilus au moyen de projectiles et de boutons allemands, que j'avais réunis au cours de mes premiers mois au front, et tous mes clichés ; j'avais certes eu soin de marquer au dos les numéros des rouleaux et des prises de vues, et d'établir une liste dans un de mes carnets, mais j'avais omis de les classer. Je les passai donc en revue tels qu'ils venaient et vis ressurgir pêle-mêle les cadavres entassés devant le fort de Tavannes, Morin et Maillet juchés sur une barque renversée au Crotoy, mes camarades revêtus de leur masque à gaz en Artois, le bouquet de fleurs dont Jules avait orné la cagna modèle au camp de l'Arbre R, Makline à cheval avec Declercq, la tombe où nous avions enterré le portrait de mon cousin René, la baignade à Togny-aux-Bœufs… L'un d'eux, pris par l'abbé Lemoine, nous montrait, Declercq, Morin, Maillet et moi, assis sur l'herbe, en 1915, en Artois, aux premiers jours de notre amitié ; nous avions tout l'air de garçons aux belles espérances, ainsi que l'avait dit ma mère un peu plus tôt. J'avais été naïf à l'époque, croyant m'être lancé dans une aventure extraordinaire, pourtant je ne regrettais rien : ce monde étranger était devenu mon monde, ces garçons mes plus chers camarades, et je savais que je ne pourrais rien oublier de ces années de guerre. Mais comment reprendrions-nous le fil de notre vie quand tout serait terminé ? Et serions-nous alors tous trois entiers d'esprit et de corps ?

Je rangeai les photos dans le tiroir et remis ce dernier à sa place, puis je m'emparai de mon portefeuille dont je vidai le contenu sur l'abattant. J'écartai les billets, les images saintes, le portrait de mes parents, et contemplai la photo de Zouzou, sa mèche de cheveux ainsi que le petit carton sur lequel j'avais recopié le poème qu'elle nous avait envoyé. Le moment était venu de les déposer dans le compartiment secret

où j'avais glissé la lettre de Juliette : maintenant que je m'étais résolu à m'effacer, je n'avais aucune raison de les garder sur moi. Et le mouchoir ? Le mouchoir brodé de nos trois initiales ? Fallait-il aussi que je m'en sépare ? Il était devenu, pour moi, une sorte de talisman auquel je prêtais plus de pouvoirs qu'aux représentations de sainte Thérèse et autres Sacré-Cœur que ma mère m'adressait régulièrement. J'hésitai quelques instants puis décidai de le conserver ; en revanche, je fourrai dans le compartiment poème, mèche et portrait. Et comme du bruit retentissait dans l'entrée, je refermai mon meuble à clef, allai au-devant de mes sœurs.

Je regagnai Paris le 20 novembre au matin et attendis dans un café que l'heure se prêtât à une visite place des Vosges, où j'avais rendez-vous avec Declercq. Je me sentais parfaitement reposé après ces dix-neuf jours de permission au cours desquels j'avais dormi, mangé comme un ogre et fait des promenades à la campagne, seul ou en compagnie de mon père et de mon plus jeune frère. Pour une fois je n'avais pas eu à souffrir des élucubrations de Gabrielle que la punition avait un peu éteinte, contrairement aux affirmations de notre mère ; quant à Lily, où qu'elle fût, elle semblait ailleurs, auprès de son fiancé, qui avait obtenu un galon supplémentaire, et j'aurais été curieux de savoir comment elle se représentait le front dans ses rêves. Je me réjouissais à l'idée de raconter les exploits de la première à Declercq, qui ne manquerait pas d'en rire, quand je sonnai à la porte de son parrain, mais le vieillard me demanda si je ne m'étais pas trompé de date : son filleul n'était pas chez lui. Je rétorquai que nous étions convenus de passer la journée et la soirée à Paris, de retourner ensemble à notre cantonnement le lendemain matin : n'avait-il pas laissé de mot pour moi ? Il me répondit par la négative, et j'en conclus que mon camarade n'avait pas pu résister à l'appel de la fête, qu'il se trouvait probablement chez les aviateurs américains. Après avoir remercié le maître de maison de sa proposition de m'héberger quand même, je m'éloignai de ce quartier et me mis à la recherche d'un hôtel bon marché, où je déposai mes bagages, et me dirigeai en début d'après-midi vers le Champ-de-Mars : pendant ma permission, j'avais écrit à Juliette, et elle m'avait renouvelé son invitation à lui rendre visite ; il était important que nous nous voyions, avait-elle prétendu, car j'étais le seul en mesure d'œuvrer à une réconciliation entre son frère et elle.

Elle se leurrait sans doute, mais je n'avais rien à faire de particulier à Paris, et je sonnai à sa porte. Elle me sauta au cou et ordonna à la femme qui m'avait conduit au salon qu'on apportât café, liqueurs, friandises. Vêtue d'une longue jupe grise qui mettait sa silhouette en valeur et d'une veste tout aussi ajustée, les cheveux crantés et relevés en chignon, elle reprit sa place sur le sofa, qu'elle tapota pour que je m'asseye auprès d'elle. Elle était heureuse de me voir, dit-elle, car depuis que son mari était parti au front elle s'ennuyait, Dieu, comme elle s'ennuyait, avais-je une idée de ce qu'était l'ennui ? Puis elle raconta qu'elle était fâchée avec sa mère et qu'Henry n'avait rien écouté, n'avait rien compris, que c'était d'ailleurs la raison pour laquelle je la trouvais là, à se morfondre avec son cochon d'Inde, au lieu de se laisser choyer à Passy comme la fille d'un pacha. Soudain elle battit dcs mains : et si nous allions nous dégourdir les jambes ? dîner au restaurant ? écouter un concert ? Elle, elle en mourait d'envie, elle en mourait tellement qu'elle se tuerait si je refusais. Comme j'étais moi-même désœuvré, j'acceptai : c'était pour lui servir d'accompagnateur qu'elle m'avait invité, je le comprenais, non pour régler des problèmes familiaux, et en fin de compte cela m'amusait ; au reste, elle aurait fait perdre la tête à n'importe quel homme tandis qu'elle croquait des chocolats sur le sofa, ressurgissait dans un tailleur encore plus élégant, enfilait un manteau à col de fourrure, déambulait sur le Champ-de-Mars, minaudait dans le restaurant qu'elle avait choisi et qui engloutit une partie de mon pécule, écoutait le concert auquel nous assistâmes ensuite à la Cigale.

Il était tard quand je la ramenai en taxi à son appartement. Elle me pria d'entrer une minute, le temps qu'elle eût allumé toutes les lampes et se sentît en sécurité, mais ce fut dans le noir que nous commençâmes à nous embrasser, une fois la porte refermée, à nous débarrasser de nos vêtements. Lors de notre rencontre en Artois, me souvins-je, Declercq m'avait répondu, après que je lui avais confié que je ne croyais pas plaire à sa sœur, *Jamais personne ne semble lui plaire, mais ce n'est qu'une impression*, et voilà que j'étreignais la jeune femme, uniquement concentré sur sa peau blanche et fine, ses lèvres et son corps nerveux. Quand ce fut fini elle quitta la chambre, totalement nue, pour revenir armée d'une bouteille de champagne et de deux coupes. Vous rendez-vous compte que je possède maintenant une arme contre vous ? me lança-t-elle une fois que je les eus remplies. Vous êtes désormais en mon pouvoir, mon chou, et vous serez obligé de m'obéir jusqu'au dernier de vos jours. Je me joignis à ses rires, bus à mon tour, puis nous refîmes l'amour.

Je me sauvai à l'aube après un dernier baiser et ralliai non sans peine l'hôtel dans lequel j'avais réservé une chambre ; je n'eus que le temps de réunir mes affaires et de jeter un coup d'œil à la glace qui surmontait la table de toilette : mes joues étaient noires de poil et mon allure pour le moins négligée, mais je préférai ne pas m'attarder. À la gare du Nord, je montai dans un train qui partait à sept heures moins le quart et me calai sur une banquette, contre la vitre, bien décidé à dormir pendant tout le voyage ; j'étais déjà à moitié plongé dans le sommeil quand les portes claquèrent et que le coup de sifflet du chef de gare retentit. Tout autour de moi, le bavardage des permissionnaires formait un arrière-fond aussi peu dérangeant que le bruit des roues et des engrenages, pourtant j'eus l'impression qu'on prononçait mon nom et qu'on me secouait l'épaule ; en ouvrant les yeux, agacé, je tombai nez à nez avec Declercq : rasé de frais et bien coiffé, il remerciait le soldat qui lui avait cédé sa place et s'asseyait en face de moi. Disant : Alors, mon vieux, tu m'as fait faux bond ? – Faux bond ? Qu'est-ce que tu racontes ? C'est toi qui n'étais pas au rendez-vous ! Il m'expliqua qu'il était passé, quelques jours après mon départ, au Chatham Bar, où des pilotes américains lui avaient annoncé l'arrivée de Raoul Lufbery.

Il avait donc rejoint ce dernier à l'hôtel Henry, où il avait coutume de descendre, et fait la nouba avec lui. Comme convenu, il était rentré la veille, à l'heure du déjeuner, chez son parrain et avait appris que j'étais venu et reparti sans laisser d'adresse. Imaginant que je me présenterais de nouveau, il avait attendu en vain – Où donc étais-tu fourré ? À en juger par ta tête, tu as dû trouver un accueil plus chaleureux que chez mon parrain. Jc brcdouillai : Unc adresse de Morin – puis répliquai que nous nous étions mal compris : j'étais persuadé que nous avions rendez-vous dans la matinée.

Il haussa les épaules et entreprit de me relater les deux jours qu'il avait passés avec l'aviateur américain, leurs sorties à bord de son roadster Hispano-Suiza, offert par la compagnie qui fabriquait les moteurs de son avion, et les conquêtes qu'il hésitait à attribuer au véhicule ou au prestige de l'as des as. J'étais un peu surpris, car je ne l'avais jamais entendu manifester le moindre intérêt pour les engins mécaniques, aéroplanes ou automobiles ; puis je compris : ce n'était pas le mode de vie excentrique de l'homme qui l'intriguait, mais le fait qu'il ne parvenait pas à cerner sa personnalité ; oui, il s'était soûlé, avait joué au bridge, écouté de la musique et courtisé des filles en sa compagnie, et pourtant il ne savait toujours rien de lui, sinon qu'il aimait les lions et qu'il se rendait régulièrement à Clermont-Ferrand dans sa famille. N'est-ce pas admirable ? lança-t-il, personne ne peut prétendre le connaître parce qu'il ne laisse rien transparaître. Il est un mystère vivant et il mourra en emportant tous ses secrets. Nous autres, ne sommes-nous pas misérables, avec nos jérémiades et nos petites histoires de famille ?

Je ne pus m'empêcher de sourire : on aurait dit un gosse parlant d'une vedette du cinéma, ou du music-hall, un de ces gosses qui suscitent un élan de tendresse irrésistible, le désir de les protéger, ainsi que l'angoisse à l'idée qu'ils seront de toute façon jetés dans la mêlée, qu'ils devront lutter pour surnager. Au fond, c'était ce que j'appréciais en lui, pensais-je, et je mesurais le mal que je lui causerais s'il apprenait mon aventure avec sa sœur. Malgré ma honte, nous bavardâmes gaiement jusqu'à notre destination, La Ferté-Gaucher, où, en attendant le fourgon du ravitaillement qui nous amènerait au cantonnement, nous recueillîmes des rumeurs de départ pour l'Alsace ou pour l'Italie avec la 170e DI, et donc Morin. L'Italie ! s'exclamait Declercq. Au moins, nous aurons de la lumière, au lieu de ce brouillard, cette pluie fine, et l'occasion de voir des merveilles de l'art !

À vrai dire, enveloppé dans la brume, le château de Villers-les-Maillets était plutôt romantique et tranchait par son calme sur l'effervescence de Paris : nombre de nos camarades étaient partis en permission et le médecin-chef, victime d'une pleuropneumonie pendant notre absence, rongeait son frein au coin du feu, sa petite chienne sur les genoux. Il fit sa première sortie dans le parc le lendemain de notre arrivée, tel un monarque entouré de courtisans ; bien entendu nous étions présents, Declercq et moi, et nous riions encore de sa réaction lors du déjeu-

ner : il avait pris pour du gibier les deux pintades que j'avais rapportées de Rodez et que le cuistot avait préparées avec des truffes, des marrons et du *pinard* amélioré ; mieux, il s'en était régalé. Dès lors il exigea que je l'initie *aux charmes et aux mystères de l'agriculture*, comme il le disait au cours de ses promenades, poussant de grands cris quand un lièvre détalait dans nos pieds ; pour le reste, il se montrait fort aimable et peu regardant sur notre emploi du temps, d'ailleurs très simple : nous dormions une partie de la matinée, lisions et écrivions ; montions à cheval l'après-midi quand le temps s'y prêtait et, le soir, jouions au poker devant un grand feu de bois dans la salle à manger. Depuis que j'étais rentré, je redoutais le passage du vaguemestre, auparavant mon moment préféré, et, de crainte que Declercq pût apercevoir une missive de sa sœur, j'avais chargé Jules d'intercepter mes lettres et de les mettre de côté. Les mots qu'elle m'avait lancés sur le ton de la plaisanterie pendant que nous buvions du champagne dans son lit, *Vous rendez-vous compte que je possède maintenant une arme contre vous ? Vous êtes désormais en mon pouvoir, mon chou*, m'apparaissaient à présent pour ce qu'ils étaient : une menace ; et je devinais qu'elle m'avait séduit non pour moi-même, mais parce que j'étais l'ami le plus proche de son frère, se démontrant dans cet exercice plus habile à m'attirer dans son *camp* que sa mère, dont j'avais cru, instruit par Declercq, que provenait le danger. Telle était la réalité : j'étais en son pouvoir, même si je ne ressentais pour elle qu'une attirance physique, et c'était sans doute ce qu'il y avait de plus mortifiant dans l'affaire. Je lui écrivis que j'avais passé de merveilleux moments en sa compagnie, et que j'avais perdu la tête, oubliant son mari et la jeune fille que j'aimais, ce dont je me repentais à présent. Ne valait-il pas mieux que nous demeurions bons amis ? C'était un peu expéditif, mais au moins je n'avais pas l'impression de mentir.

Le dimanche suivant notre retour, je me promenais avec Papot, le pharmacien auxiliaire, dans les rues de La Ferté-Gaucher quand je tombai nez à nez avec le médecin-chef du 1er BCP. Il nous offrit un verre de Tarragone et nous livra bon nombre de *tuyaux*, confirmant qu'on en savait toujours plus long dans son bataillon que dans les autres unités de notre division. J'appris que le QG du corps d'armée et la 170e DI se trouvaient près de Péronne, où ils assistaient à l'offensive anglaise de Cambrésis, et que nous jouirions encore d'une dizaine de jours de repos avant que le CA redescendît et nous emmenât dans l'Est. Je rapportai ces nouvelles à Declercq, qui paressait sur son lit, un livre à la main, et l'engageai à proposer à Zouzou une rencontre, puisque nous étions assurés de stationner encore un peu dans sa région ; tout nous souriait, insistai-je, car le patron partait en perm le surlendemain. Cette fois il accepta et, après un échange de lettres, nous donnâmes rendez-vous à la jeune fille à la gare de Fère-Champenoise : le jour convenu, Papot, qui était chef de popote, nous emmènerait à La Ferté à bord de son automobile, et nous nous faufilerions, ni vu ni connu, dans un train. Tout se passa ainsi que nous l'avions prévu et, en début d'après-midi, nous débarquâmes dans la petite gare, où se pressaient civils et permissionnaires. Ignorant par quel moyen de transport Zouzou nous rejoindrait, nous décidâmes que l'un de nous, Declercq, se posterait dans la rue, tandis que l'autre arpenterait le hall.

Le sort voulut qu'elle eût choisi la voie ferrée et c'est donc moi qui, le premier, la vis avancer le long du quai. Elle portait un manteau en velours vert foncé qui n'était pas du dernier cri et l'engonçait un peu, cependant elle me parut mille fois plus belle que la somptueuse Juliette dans ses tenues sophistiquées. Elle marchait d'un pas décidé et, à ma vue, agita la main, puis sans se soucier des autres passagers s'élança et se jeta dans mes bras. Je la retins un moment contre ma poitrine, même si elle murmurait *Je suis très fâchée contre vous, Raymond, mais par pur égoïsme je vous en parlerai un autre jour*, ajoutait, taquine, *Est-ce bien à vous ce cœur qui bat si vite, presque aussi vite que le mien ?* Je peux l'avouer maintenant : j'aurais aimé que la ville et les rues voisines disparaissent avec leurs passants, que tout autour de nous se figeât comme dans les contes de fées que mes sœurs affectionnaient, même si cela eût signifié l'évaporation provisoire de Declercq dans les airs ; j'aurais même aimé m'enfoncer sous terre en serrant la fille du Dr Lévêque contre moi. Mais je la conduisis dans la rue, où elle salua mon camarade avec autant d'effusions, et nous nous dirigeâmes tous les trois vers un salon de thé : il avait neigé la veille, et l'air vif interdisait toute promenade à pied, ce qu'elle eût sans doute préféré. Par chance, les lieux n'étaient pas trop fréquentés et nous nous assîmes à une table à l'écart, qui promettait le calme, à défaut du secret ; débarrassée de son manteau, dans sa tenue assez simple, la jeune fille ne paraissait pas très à son aise et, curieusement, cela me plut. Mais très vite : Je ne vous donnerai pas des nouvelles de mon père ni de ma tante, car je leur ai menti, déclara-t-elle. C'est la première fois que je le fais. M'éloigner toute seule par le train… imaginez-vous ? Papa me tuerait s'il le savait. Je vais vous confier un secret : cette petite transgression ne me déplaît pas. Mieux, je crois que j'aime ça – Elle ramena une mèche de cheveux derrière l'oreille – Me trouvez-vous inconvenante ? Puis elle me dévisagea, cramoisie : je la contemplais, hébété, en me disant qu'elle était tout ce que je désirais.

Alors je fis une de ces espèces de pari auxquels jouent les enfants et les amoureux, je décidai que si elle adressait quatre remarques d'affilée à Declercq, c'était la preuve qu'il était son préféré, ce dont, au reste, j'étais persuadé tant ils avaient de goûts en commun. Je l'épiai tandis qu'elle commandait un chocolat chaud avec un petit pot de crème, entamait son financier et, reposant sa fourchette, disait à mon camarade qu'il avait le teint bien terne et des cernes autour des yeux, qu'il avait certainement perdu quelques kilos. Ce n'était pas bien, dit-elle, il importait qu'il conservât sa santé afin de mettre en pratique les projets que nous avions formulés tous trois pour l'après-guerre, les avait-il oubliés ? À présent, elle était fermement décidée à entreprendre des études de médecine vétérinaire, elle les mènerait d'une façon ou d'une autre, en partie à Paris, puis elle ouvrirait un cabinet à Reims, où nous pourrions lui rendre visite. Cela ne signifiait pas qu'elle traçait un trait sur la poésie, elle s'y essaierait à ses heures perdues, mais elle n'était pas certaine d'y parvenir : il fallait sans doute se détacher du monde pour s'élever jusqu'aux sphères du plus sublime des arts, et le nouveau monde, elle le pressentait, mettrait du plomb dans nos semelles, ne serait pas aussi insouciant que l'ancien. Puis elle demanda à Declercq s'il avait oublié également ses promesses. Oui, parfaitement, ses promesses, enchaîna-t-elle, par exemple celle d'emmener sa tante Louise à Chamonix afin qu'elle goûtât à l'alpinisme. Pouvait-elle lui dire une vérité ? Il n'y avait rien qu'elle détestât plus que les promesses non tenues. Les promesses non tenues étaient pires que les cauchemars, pires que les tortures chinoises, pires même que le poison : aucun lien d'affection, aucune amitié ne pouvaient leur résister.

Tout en l'écoutant parler je la soupçonnais de jouer la comédie, d'interpréter un rôle, mais peu importait, son discours était ce que j'attendais d'elle, la raison même pour laquelle je lui avais écrit : ramener Declercq à ce qu'il avait de plus pur, de plus fantasque, lui redonner un but, l'envic dc vivre ; et si je n'avais pas pleinement mesuré les conséquences de mon initiative, je pouvais estimer avoir vu juste, être parvenu à mes fins. J'avais cessé de compter ses attentions envers mon camarade quand elle m'interrogea sur mon air prétendument sombre : ses propos sur l'inconvenance m'avaient-ils froissé, moi qui étais le plus respectueux des usages, le plus *droit* de nous trois ? Je répondis : D'où tenez-vous donc cette idée ? – troublé parce qu'elle avait marqué l'accent sur cet adjectif, puis ajoutai en tâtant mes poches que j'avais oublié mes cigarettes, refusai les Caporal que Declercq m'offrait : elles étaient trop fortes pour moi ; m'excusaient-ils le temps que j'aille acheter un paquet de Maryland ou d'un tabac plus léger ?

Je récupérai mon képi et ma capote au vestiaire ; dehors, il tombait une neige fine qui ne mouillait pas, et je m'éloignai à grandes enjambées. J'errai ainsi une bonne heure, passant et repassant devant les mêmes boutiques, feignant de regarder les vitrines dont je ne voyais pas les objets exposés, mais des images reflétées, les joues cramoisies de Zouzou, le geste nerveux avec lequel elle avait ramené une mèche derrière son oreille, et aussi les lèvres de Juliette, son corps abandonné, remâchant la même réflexion, à savoir quel fieffé imbécile je faisais. Ou avançant, hagard, dans des ruelles désertes et pauvres, où rien, pas même une femme de petite vie, ne justifiait la présence d'un homme en uniforme. Au-dessus de ma tête, le ciel virait d'un blanc laiteux à un gris souris, et quand il fut devenu anthracite je repris le chemin du salon de thé.

Declercq et Zouzou y bavardaient avec animation, penchés l'un vers l'autre, ; ils sursautèrent à ma vue, voulurent savoir pourquoi j'avais tant tardé : j'étais, à leur dire, extrêmement pâle et je semblais frigorifié. Je répondis que j'avais rencontré dans la rue un vieux camarade aveyronnais et que nous avions parlé de nos connaissances communes sans nous soucier du temps ni de l'heure : en Aveyron, c'était bien connu, tout le monde était plus ou moins cousin, et il y avait tant à raconter en ce moment sur ceux qui étaient partis et les autres. Puis, anticipant le geste de Zouzou, je frottai mes mains l'une contre l'autre tout en sachant combien le contact de ses paumes eût été chaud, eût été doux. Et des Maryland, tu en as trouvé ? interrogea Declercq. Non, dis-je, il ne me restait plus qu'à attendre celles que j'avais réclamées à mon père. Mais il était possible qu'il y eût aussi de la pénurie à l'arrière : mon camarade aveyronnais, qui était la veille encore à Paris, m'avait raconté qu'on organisait des services d'ordre devant les débits de tabac.

Nous regagnâmes la gare après avoir devisé encore un moment comme si de rien n'était et attendîmes que le train de Zouzou fût parti pour nous glisser discrètement dans celui qui nous reconduirait à La Ferté-Gaucher. Nous pensions renouveler cette expérience au cours des jours suivants, mais lorsque nous nous présentâmes de nouveau à La Ferté ce fut en pleine nuit et en colonne, pour embarquer en direction de l'Est.

17

Il régnait un froid sec dans les Vosges quand nous y débarquâmes au petit matin du 8 décembre 1917 et, apprenant qu'une marche nous attendait, nous nous réjouîmes de l'absence du médecin-chef, censé nous rejoindre à notre destination : elle nous évitait ses crises de nerfs à chaque étape, ses récriminations, ses ordres et ses contrordres. Declercq se substituant à lui, je fus chargé du cantonnement, besogne qui consistait à gagner à vélo un village choisi à l'avance, frapper aux volets d'une maison quelconque, demander où était située celle du maire, du garde champêtre ou de l'instituteur, palabrer, secouer les portes afin que, à l'arrivée de la colonne, chevaux, hommes et officiers eussent un logement et qu'on pût disposer d'une popote. Nous avions encore en mémoire le pénible parcours de l'hiver précédent, mais, cette fois, l'état-major avait organisé des étapes courtes, de douze à quinze kilomètres, moins fatigantes pour les hommes comme pour les attelages qu'il fallait doubler sur les rampes verglacées. Et si le pays semblait un peu sauvage, avec ses côtes, ses cols, ses lacets, ses villages entourés de sapins, au fond des vallées, les habitants se montrèrent pour le moins accueillants, proposant de confortables lits, de la paille en abondance, n'hésitant pas à sortir nappes fines, argenterie et cristaux pour la popote. Il n'était pas rare non plus que le maire, ou le curé, répondît à notre invitation à dîner en apportant une bonne bouteille de bordeaux ou de vieille prune.

Au bout de huit jours, nous atteignîmes notre cantonnement définitif, Pont-de-Roide, gros chef-lieu de canton où stationnaient déjà le QG et ses innombrables services, ce qui compliqua la tâche du cantonnement. J'obtins quelques chambres éparpillées aux quatre coins de la petite ville et installai les hommes dans des logements ouvriers, puisqu'il y avait là plusieurs usines, dont une fabriquait des automobiles. Cette dernière possédait aussi un hôpital, dont on nous céda quatre pièces afin d'y installer l'infirmerie de cantonnement destinée au QG, c'est-à-dire ma salle de visite et un cabinet dentaire. Tout était prêt quand le patron se présenta, bien décidé à poursuivre les promenades dont il avait d'une certaine façon instauré l'habitude après le déjeuner. Mais il n'y avait là point de campagne où lever lièvres et perdreaux, et, montrant un manque total de discernement, il nous emmena aussi bien dans la montagne qui surplombait le village, du sommet de laquelle les passants avaient l'allure de fourmis, qu'à l'usine de Fourneau voir la coulée de la fonte, ou encore sur de simples routes dépourvues d'intérêt.

Nous venions de grimper à la batterie des Roches, un ouvrage dominant Pont-de-Roide et la vallée du Doubs qui faisait partie du fort de Lomont, un jour où la brume nous interdisait d'admirer la vue, quand nous vîmes surgir un petit homme maigre et insignifiant en qui nous reconnûmes Perret. Les bras croisés dans le dos, il se dirigea vers nous comme s'il se trouvait en excursion sur une place de Florence ou un pont de Venise, si bien que je pensai qu'il ne lui manquait plus qu'un guide touristique à la main. Il connaissait le patron, puisqu'il avait appartenu à notre division avant que son bataillon de chasseurs, comme celui de Morin, fût cédé à la 170e, et il lui distribua ses flatteries coutumières. Il lui expliqua ensuite qu'il venait d'être muté au 158e RI, cantonné non loin de là, à Saint-Hippolyte, et répondit que non, il n'avait pas quitté ses chasseurs à regret : le 158e était un régiment valeureux, et il était heureux de travailler avec le GBD/43 au sein duquel il avait fait ses premières armes, oui, le GBD/43 réunissait des hommes de choix, pour ne pas dire des esprits supérieurs, et il espérait être convié un jour à la popote du médecin-chef afin de profiter de sa conversation raffinée.

J'étais indigné par son outrecuidance et par l'attitude du médecin-chef, qui se rengorgeait tant qu'on eût pu s'attendre à le voir sautiller et battre des ailes. Il invita l'homme le soir même à dîner ; en attendant, dit-il, qu'il se joignît à nous, il n'y avait rien de meilleur pour la santé qu'une bonne marche en plein air. Perret obtempéra, et Declercq et moi, demeurés quelques mètres en arrière, nous amusâmes un moment à le singer, mais le patron, qui entendait être toujours au centre de l'attention, se retourna et nous accusa de *faire bande à part*. Je laissai mon camarade hâter le pas, moqueur ; j'avais, pour ma part, envie de tordre le cou aux deux autres et je me disais que la soirée ne serait pas bien agréable.

Le sort voulut toutefois que je n'assiste pas à ce dîner. Au moment de passer à table, on vint m'annoncer qu'un poilu avait eu un accident et qu'on m'attendait à l'hôpital Peugeot pour le soigner ; il était tard quand j'en eus terminé et je renâclai à l'idée de parcourir, en pleine nuit, par un froid glacial, les deux kilomètres qui séparaient la popote de mon logement. Je priai donc Jules, qui avait pris l'habitude de m'apporter un *jus* le matin pour m'éviter ce trajet, de me dénicher un casse-croûte car je rentrerais directement me coucher ; en vérité, je n'avais guère envie de voir Perret dans son exercice de flatterie préféré sans avoir la possibilité de réagir. Et puis mes mauvais pressentiments me remontaient à l'esprit, et je me demandais si l'arrivée de cet individu ne les confirmait pas. Avant de me coucher j'écrivis à mon frère, qui cantonnait en Alsace, pour lui proposer de nous rencontrer à mi-chemin en effectuant chacun la moitié du trajet en chemin de fer ; cela faisait des mois que je ne l'avais pas vu, et rares étaient les nouvelles qu'il m'envoyait.

Le lendemain, Declercq me raconta que tout s'était déroulé ainsi que je l'avais imaginé : Perret avait sans aucun mal embobiné le patron qui s'était révélé moins coriace que son prédécesseur, lequel n'avait jamais apprécié notre collègue – Et maintenant, nous l'aurons toujours dans les jambes, commentai-je, furieux. Mais je me trompais : la veille de Noël, alors que je rentrais de l'hôpital, je fus abordé par un sous-aide-major du 12e d'artillerie qui voulait savoir quel jour je comptais rejoindre mon nouveau poste au premier bataillon du 149e RI. Je rétorquai qu'il s'agissait d'une méprise, mais il exhiba une circulaire sur laquelle il était inscrit que je permutais avec mon collègue Lebranchu. Personne n'étant au courant au GBD, j'allai l'après-midi avec le patron questionner le médecin divisionnaire, qui confirma cette disposition, ajoutant que j'avais été réclamé par le Dr Rouquié. Le patron leva les sourcils et pinça les lèvres, comme chaque fois qu'il ne parvenait pas à exprimer sa contrariété, et attendit que nous fussions repartis pour se lancer dans une de ses scènes habituelles, demandant pourquoi il fallait qu'il fût toujours averti le dernier de ce qui concernait son service : au reste, qui pouvait lui assurer que je n'avais pas pris moi-même l'initiative de cette manœuvre ? Maintenant qu'il y repensait, il m'avait vu, quelques jours plus tôt, m'entretenir avec Rouquié d'une manière qui sentait la conspiration, le coup monté. Et comme, un peu assommé, je continuais de garder le silence, il déclara que l'affaire ne s'arrêterait pas là : j'allais écrire à son collègue du 149e afin de lui annoncer qu'il ne me lâcherait pas avant le 3 janvier, oui, pas avant le 3 janvier, et qu'on ne l'accusât pas de vengeance mesquine, il entendait se faire respecter, rien de plus. À propos, n'avais-je pas inscrit sur le menu du réveillon du foie gras confectionné par ma mère ? Était-il bien arrivé ?

Il n'arriva que le 26 décembre, avec une avalanche d'autres colis de provenance familiale contenant cigarettes, gâteaux, truffes, boîtes de galantine et autres pâtés, mais peu importait : le réveillon avait donné le signal de départ à des réjouissances qui se renouvelaient tous les soirs, où les plats fins se succédaient, arrosés de champagne, et où l'on chantait au son d'un piano mécanique traîné à la popote pour l'occasion. Je me forçai à imiter mes camarades : en réalité, j'étais peiné de quitter le groupe, où j'avais mes habitudes depuis mon arrivée au front, et en particulier Declercq, frère plus constant que le mien, lequel, à l'heure des vœux de fin d'année, n'avait pas encore répondu à ma proposition de rendez-vous à mi-chemin entre nos deux cantonnements, même s'il se portait bien, ainsi que me l'avait assuré mon père, auprès de qui j'avais manifesté par voie épistolaire de l'inquiétude pour sa santé. Aussi mécanique que le piano, je me répétais que je serais très bien dans ce régiment de braves, détenteur de la fourragère, dont j'appréciais le médecin-chef, un trois galons de l'active efficace et énergique, mais j'avais beau crâner, je cédais toujours au cafard quand Declercq, entre deux verres, m'accusait de l'abandonner : il n'avait pas suffi que Morin s'en fût allé, disait-il, il fallait maintenant que je m'éclipse, même si je demeurais au sein de la division, et donc dans un rayon de portée inférieur à vingt kilomètres.

Il n'était pas le seul à penser à Morin : la neige qui s'était mise à tomber le soir de Noël me rappelait la soirée de nos adieux, moins d'un an plus tôt, bien que nous ne fussions pas aussi ivres que cette nuit-là, ivres au point de bégayer. Avec le temps, le médecin-chef avait cessé de s'émouvoir de l'ébriété de son personnel, tant elle était répandue, du simple brancardier à l'aide-major, en passant par les dentistes et les potards ; les jours de fête, on servait à sa popote des vins fins et du champagne, qu'il n'était pas le dernier à goûter, même s'il ne franchissait jamais la limite du raisonnable. Sans doute était-il freiné par son goût pour les laïus que, nous le savions, il écrivait et réécrivait avec la manie de la perfection qui le caractérisait. Celui qu'il nous fit dans la nuit du 31 décembre fut particulièrement pompeux et ennuyeux ; il est vrai que, après avoir lunché à six heures, joué au baccara et être repassés à table pour le souper à dix heures, nous n'étions guère disposés à l'entendre parler d'enterrement, fût-ce celui de 1917. Il recommença le soir du 2 janvier, mais cette fois c'était à moi qu'il s'adressait, m'accablant à ma grande surprise de compliments, si bien que je m'embrouillai quand mon tour fut venu de lui répondre et bafouillai lamentablement. Par chance, le piano mécanique était là, et tout s'acheva dans les chansons.

Le lendemain, une fois mes cantines bouclées, je filai à l'hôpital saluer mes infirmiers et me dirigeai à la popote en compagnie de Jules qui me répétait combien il était navré ; je l'étais moi aussi et je savais que sa franchise et sa simplicité me manqueraient, tout comme ses attentions, par exemple les bouquets de fleurs qu'il avait eu soin de placer sur mes tables successives chaque fois qu'il l'avait pu, se faufilant dans les jardins abandonnés auxquels il redonnait vie le temps de nos séjours en ligne. La prochaine fois que nous nous reverrions, dit-il, il viendrait vider mon poste de secours, mais en attendant il m'écrirait pour me donner des nouvelles du groupe et, quand tout serait terminé, il m'inviterait à admirer les serres qu'il reconstruirait chez lui, à Nogent. Je le quittai, ému, sur le seuil de la popote, après avoir un peu regarni son portefeuille, et me préparai à d'autres adieux. La veille, le patron avait annoncé qu'il m'accompagnerait en début d'après-midi à Vandoncourt, situé à dix-neuf kilomètres, d'où il ramènerait le collègue avec qui je permutais ; mais il neigeait fort depuis le matin, et il déclara au moment de passer à table qu'il n'avait pas très bien digéré le repas de la veille. Malgré des regrets apparents, il fut ravi que Declercq se proposât de le remplacer et c'est donc aux côtés de mon camarade que je pris place, un peu plus tard, dans un traîneau équipé d'un bon trotteur bien ferré, dont il me laissa les rênes.

Nous parlâmes peu au cours de l'heure et demie que dura le trajet. De temps en temps Declercq me proposait sa flasque de gnôle, dont il avalait une bonne rasade, puis il poussait des exclamations quand nous croisions un véhicule semblable au nôtre, ou des lugeurs. N'était-ce pas merveilleux, dit-il, on se croyait dans le pays que Makline nous avait mille fois décrit ! À travers cette brume de neige et d'air, on pouvait s'attendre à tout, par exemple à voir surgir l'équipage du prince André, ou le train d'Anna Karénine. Non, pas Anna Karénine, elle l'assommait, se reprit-il, ce qu'il nous fallait, ce n'était pas une femme de la littérature russe, mais une jeune fille ! Les jeunes filles de la littérature russe avaient de folles idées et se laissaient aller à des passions brûlantes : on ne pouvait pas mieux rêver. En fin de compte, Zouzou leur ressemblait un peu, avec ses lubies, même si elle était née près de Reims, et il se demandait pourquoi elle s'obstinait à nier ce qui n'était autre que sa nature. Puis il se tut, adoptant une attitude songeuse, cette attitude qu'il semblait avoir rapportée de Paris avec son brassard noir et qui m'amenait à supposer, chaque fois que je la lui voyais, qu'il poursuivait une idée ou un rêve, à moins que ce ne fût un cauchemar. Avant que je descende il me retint un instant et, tirant de sa poche un petit paquet rectangulaire entouré d'un ruban, déclara qu'il n'avait pas eu le temps de me dénicher un cadeau adéquat en raison de la brutalité de mon départ : il espérait toutefois que cela me plairait quand je l'ouvrirais un peu plus tard. En vérité, j'avais songé moi aussi à un présent et j'y avais renoncé, craignant d'être une fois de plus accusé de *faire du sentiment*. Je le regrettai et je répondis que nous demeurions presque aussi proches qu'avant ; d'ailleurs, j'avais bien l'intention de me faire inviter à déjeuner ou à dîner au GBD dans la semaine : la distance n'était pas excessive, l'avait-il remarqué ? Il dit *bien sûr, bien sûr* et me demanda si je croyais que Lebranchu était un bon conducteur : il n'était pas certain de retrouver son chemin au milieu de toute cette neige ; et s'il ne voulut pas m'accompagner à l'intérieur du bâtiment, où notre collègue attendait, fin prêt, il agita la main à mon adresse alors que je regardais le traîneau repartir.

Je fus aussitôt emporté par les premières formalités et les présentations d'usage : avec mon aide-major, un dénommé Richard, jeune homme blond apparemment simple et doux, qui avait été interne à Lyon et qui remplaçait le médecin-chef en permission jusqu'au lendemain ; puis avec le personnel militaire, et en premier lieu le chef de bataillon, le commandant de Chomereau de Saint-André, qui me réserva un accueil fort aimable. Les officiers des première et deuxième compagnies, dont je fis la connaissance un peu plus tard à la popote, représentaient une gamme étendue de militaires, pour ne pas dire de l'humanité masculine, puisqu'ils allaient du gros dur à l'air menaçant, le capitaine, au jeune homme au visage de bébé, le lieutenant de Parseval, de la classe 16, en passant par le gros et brave type, son sous-lieutenant. Un peu dépaysé, je gagnai ma chambre après le dîner ; j'avais conservé celle de Lebranchu, tout comme son ordonnance, un Vosgien qui m'avait préparé un bon feu. En accompagnant mon collègue au traîneau, je lui avais chaudement recommandé Jules, et je riais maintenant à la vue des courbettes et des manières policées, presque serviles, de son remplaçant : Lebranchu serait sans doute désarçonné par la différence de style entre les deux hommes, mais s'il était intelligent il comprendrait que le bon Julot était plus appréciable.

Je tâtais la consistance du lit quand le cadeau de Declercq me revint à l'esprit. Je l'avais glissé dans la poche de ma capote, où je me hâtai de le récupérer ; une fois le ruban et le papier ôtés, je découvris un étui à cigarettes en argent : c'était le sien, je le reconnus ; au reste, il était impossible de se tromper, car ses initiales y étaient gravées. Il l'avait garni de Maryland, et je ne pus m'empêcher de songer à l'épisode du salon de thé, à Fère-Champenoise, où je l'avais laissé en tête à tête avec Zouzou sous prétexte d'aller m'acheter des cigarettes moins fortes que les Caporal, qu'il me proposait ; c'était en tout cas un objet de prix, beaucoup plus élégant que celui que m'avait volé une des trois prostituées au cabaret de la rue des Petits-Champs où j'étais allé avec Morin. J'acquerrais dès que possible un cadeau, me dis-je, afin de rendre à mon ami non pas la pareille, mais son geste, puis j'allumai une cigarette et ouvris le courrier que l'ordonnance avait posé sur la table de nuit. À peine ma nouvelle affectation connue j'avais, en effet, donné l'adresse du bataillon à ma famille et à mes camarades, et nombre de ces missives renfermaient des vœux pour la nouvelle année ; parmi elles une carte de Morin, toujours en secteur, ainsi qu'un mot de mon frère Pierre m'annonçant qu'il n'y avait pas à compter pour le moment sur le rendez-vous projeté.

Au fil des jours suivants je me plongeai dans la vie du régiment, dont je finis bientôt par connaître tous les officiers, les infirmiers dotés d'un prêtre pour caporal et les brancardiers, apparemment polis et bien disciplinés. Les discussions à la popote tournaient toujours autour des mêmes sujets terre à terre, opérations militaires, politique, femmes, permissions, et il ne me fallut guère de temps pour regretter mes longues conversations avec Declercq. Et pas seulement : son esprit raffiné et vif, ses extravagances, la vulnérabilité qu'il dissimulait sous une apparence mondaine, ses enthousiasmes et même cette espèce de désespoir qui l'avait conduit depuis plusieurs mois à boire plus que de raison. Je ne voyais pas avec qui instaurer autant de complicité à mon nouveau poste : le médecin-chef était compétent, franc et même amical, mais il s'agissait de mon supérieur ; quant à l'aide-major, il paraissait surtout occupé par sa thèse de médecine.

Nous déménageâmes bientôt pour Saint-Dizier, un village tout en longueur, perché au sommet du plateau, à cinq kilomètres de là, où les trois compagnies se réunirent au terme d'un trajet effectué par des sentiers sous bois. Nous dûmes donc emballer tout le matériel pour le déballer quelques heures plus tard et nous installer dans un nouveau cantonnement. Je venais d'achever cette tâche et de prendre possession d'une chambre minuscule dans la maison de la popote, quand je reçus la visite d'un lieutenant de la 2e compagnie qui me demanda si j'acceptais d'aller à Morvillars m'enquérir d'un homme du 109e avec qui il s'était battu la nuit précédente et qu'il avait blessé. Malgré le mauvais temps, c'était, pensai-je, une bonne occasion pour m'éloigner un peu et revoir des têtes connues, puisque j'avais séjourné dans ce coin-là l'année précédente, et je sautai sur un vélo.

Il y avait une dizaine de kilomètres à parcourir et je m'acquittai aussitôt de ma mission pour avoir ensuite plus de temps à ma disposition, au retour : le soldat en question n'avait en réalité qu'une écorchure, mais il se montra satisfait de l'attention de son assaillant. Je rebroussai donc chemin et m'arrêtai à Grandvillars, où j'avais plusieurs connaissances, en particulier une certaine Mlle Fernande, la fille du débitant de tabac qui me vendit deux paquets de Maryland, tirés d'une cachette, à l'insu de son père. Je me fis ensuite offrir un bon thé à la crème par le couple qui m'avait hébergé près d'un an plus tôt, et filai vers Delle, où je comptais m'attarder afin d'y acheter le cadeau que je destinais à Declercq : les boutiques y étaient plus fournies, en effet, que celles des deux patelins. De fait, je finis par dénicher ce que je cherchais, un carnet à couverture en maroquin et à tranche dorée ainsi qu'un stylo assorti, que mon camarade pourrait utiliser pour recopier des vers, des tirades, ou des passages de roman. La nuit était noire quand je remontai sur mon vélo, et je regagnai le cantonnement tout crotté.

Je comptais me rendre au plus vite à Pont-de-Roide, où le GBD stationnait, mais il neigea tant les jours suivants que je me résignai à demeurer à la popote, à lire et à m'occuper de ma correspondance, tandis que la plupart des militaires bayaient aux corneilles. Cependant je reçus bientôt une lettre du patron du GBD m'annonçant qu'il s'apprêtait à évacuer Calippe, le plus jeune potard du groupe, qui crachait du sang, et me transmettant son désir de me dire adieu, aussi me résolus-je à gagner mon ancien cantonnement sur des pentes glissantes, parmi des amoncellements de neige gelée qui m'obligèrent plusieurs fois à porter mon vélo sur mon dos. Je pénétrai à l'hôpital Peugeot en milieu de matinée et me précipitai auprès du pharmacien, qui m'accueillit en larmes et déclara que je ne le reverrais jamais plus. Je protestai et m'attardai à son chevet, où je constatai que mon ancienne infirmerie était presque aussi animée qu'une popote, puisque je vis défiler collègues et brancardiers, en particulier Jules que Lebranchu, suivant mon conseil, avait pris à son service. Je commençais à songer que j'avais eu tort de revenir si vite au groupe et que j'aurais de nouveau du mal à le quitter ; Declercq se présenta, lui aussi, et affirma qu'il souhaitait me parler quelques minutes avant que nous passions à table : pouvais-je le rejoindre chez lui ? Je répondis par l'affirmative et, un peu désarçonné par sa froideur, me replongeai dans ma conversation avec le malade.

À l'heure dite je frappai à la porte de son logement, une chambre située au premier étage d'une maison qui faisait face à la popote. Lucien m'ouvrit et, après m'avoir salué, s'éclipsa, du linge dans les bras, me laissant en tête à tête avec mon camarade, qui achevait apparemment d'écrire une lettre à une table sur laquelle étaient alignés plusieurs volumes reliés. J'ôtai ma capote et la posai sur une chaise ; je m'apprêtais à en tirer le petit paquet contenant mon cadeau quand Declercq se leva, une enveloppe à la main. Les traits tirés, il me dit : Après ton départ, j'ai demandé à Jules de me remettre ton courrier car je comptais te rendre visite à ton nouveau cantonnement. Il n'y avait que trois lettres, et l'une d'elles a attiré mon attention. Elle vient de ma sœur, j'ai reconnu son écriture. J'ignorais que tu correspondais avec elle… Je marmonnai qu'il s'agissait sans doute de vœux de fin d'année, rien de plus. Au reste, pouvais-je empêcher quelqu'un de m'écrire ? Ne m'avait-il pas présenté lui-même à sa famille ? Oui, admit-il, mais les choses ont changé. Tu sais bien que je ne vois plus ma mère ni ma sœur depuis la mort de Maxime, à l'exception de mon parrain. Je les tiens pour responsables. – Responsables ! Qu'as-tu fait, toi, pour aider ton frère ? – Ne change pas de sujet de conversation. Que t'ont-elles demandé ? De m'espionner ? Que t'ont-elles offert en échange ? Je rétorquai que ces insinuations me blessaient : certes, sa mère m'avait prié de veiller sur lui, ce qui n'était pas un crime, mais plutôt une preuve d'intérêt pour son sort, et de toute façon il était avant tout mon ami, et je n'étais moi-même pas un homme à vendre. Peut-être l'alcool qu'il avalait lui donnait-il de telles idées, peut-être allait-il maintenant me parler de complot ? Mais où se croyait-il ? Dans un roman ?

Je ne parvenais pas à garder mon calme, contrairement à lui ; à ma grande surprise il éclata même de rire, bien que ce fût d'un rire amer, et déclara que si l'un de nous se croyait dans un roman, c'était moi. Le prenais-je donc pour un idiot ? J'avais essayé de pousser Zouzou dans ses bras afin de pouvoir me laver les mains et le trahir en toute impunité. Comme un metteur en scène, j'avais organisé la rencontre à Fère-Champenois et j'avais imaginé qu'il n'y verrait que du feu. Mais qui me disait qu'*il* l'aimait ? Et étais-je sûr qu'*elle* l'aimait ? Je crois que tu t'égares, dis-je. – Que je m'égare ? Sais-tu ce que c'est que d'avoir une mère qui ne t'aime pas ? – Je ne le sais pas, mais je suis persuadé que tu souffres et que tu ne vas pas bien. Et je n'ai rien à voir là-dedans.

Il me jeta qu'il allait très bien, au contraire, et que s'il buvait un peu trop de gnôle cela n'altérait en rien sa lucidité. J'étais bouleversé par la violence de ses propos et par des accusations que je jugeais totalement déplacées, mais je comprenais aussi combien j'avais été naïf : ce qui avait été, à mes yeux, un renoncement, un sacrifice, m'apparaissait maintenant comme un acte d'un autre temps, ridicule, grotesque, et j'assistais, horrifié, à l'anéantissement d'une amitié que j'avais placée au-dessus de tout le reste. Puis Declercq me tendit l'enveloppe et me dit de lire son contenu à voix haute : ainsi nous verrions s'il s'agissait de simples vœux pour la nouvelle année. J'acceptai : n'ayant plus eu de nouvelles de Juliette depuis le mot expéditif que je lui avais adressé à mon retour de permission, j'étais persuadé qu'il n'y avait là rien de compromettant. Je parcourus les quelques lignes qu'elle renfermait, mais je n'eus pas la force de les lire à voix haute, car elles commençaient par un *Gros bêta* et évoquaient la nuit que nous avions passée ensemble : j'aimais une jeune fille, écrivait leur auteur, et alors ? N'aimait-elle pas John ? Était-il donc interdit de s'octroyer un peu de plaisir par ces temps si sordides ? De soigner la solitude de son esprit et de son corps ? Cela s'appelait une liaison, et les liaisons n'étaient faites que pour durer un certain temps. On les interrompait dès qu'elles cessaient d'être amusantes, voilà tout.

Je repliai la lettre et la glissai dans son enveloppe, puis la rendis à Declercq. Alors que je reprenais ma capote, le petit paquet contenant mon cadeau tomba au sol. Je le posai sur le lit et : Je t'avais apporté ça, dis-je avant d'ouvrir la porte et de la claquer derrière moi. Je sortis dans le froid glacial de cette journée de janvier et, en traversant la rue, jetai un coup d'œil à la popote où le déjeuner n'allait pas tarder à être servi. Tandis que je m'éloignais, j'aperçus Perret qui venait vers moi sur le même trottoir. J'essayai de l'éviter mais : Dis donc, Bonnefous, tu n'as pas l'air de bonne humeur ! me lança-t-il avec son arrogance habituelle. C'est ton régiment que tu as du mal à avaler ? Je comprends, la distance t'empêchera désormais de jouer ton rôle préféré, celui de l'ange gardien. Je l'avais déjà croisé lorsqu'il prononça ces derniers mots, aussi revins-je sur mes pas. Il avait pivoté pour mieux me narguer et me toisait, un sourire aux lèvres. Incapable de me réfréner, je lui assenai un coup de poing en plein visage, puis poursuivis mon chemin pendant qu'il vitupérait derrière moi.

18

Je n'eus pas l'occasion de revoir Declercq après notre dispute, et je n'en éprouvais, d'ailleurs, pas le désir : étant donné ce que j'avais entendu, il me paraissait inutile d'entamer une nouvelle conversation avec lui ; il était persuadé que je l'avais *trahi*, *espionné* pour le compte de sa mère, il considérait que j'étais passé dans l'*autre camp* et je comprenais que, désormais, la guerre n'était plus seulement autour de lui, mais en lui, ancrée dans son cœur et son esprit. Peu importait que cette attitude fût à mettre sur le compte de sa consommation excessive d'alcool, de notre coexistence quotidienne avec des morts, des blessés, des fous, ou de bombardements qui eussent usé les nerfs de n'importe qui, et à plus forte raison de ceux qui y étaient confrontés depuis longtemps, dans son cas depuis la mobilisation générale, puisqu'il était un peu plus âgé que moi. Ou encore du drame qu'il vivait au sein de cette famille qui m'avait tant séduit et qui se révélait cruelle pour un esprit aussi fantasque que le sien, désireux d'attentions et de marques d'affection, en dépit des apparences. Un fait demeurait : l'amitié constituait à mes yeux un lien tout aussi sacré que l'amour, et j'avais cru que celle qui nous liait nous accompagnerait jusqu'au terme de cette guerre et se poursuivrait avec la paix. Oui, je l'avais cru dès ce jour de juillet 1915 où, tout juste arrivé au front, je m'étais assis à la table des médecins auxiliaires et avais fait sa connaissance et celle de Morin. Et maintenant j'étais saisi d'une sorte de peur, comme si l'on m'avait soudain retiré ma seconde béquille et qu'il me restât un long chemin à parcourir ; moins égoïstement, je craignais que Declercq ne se laissât emporter dans une spirale sans fin, et je sentais mon cœur se serrer à cette idée.

J'eus tout loisir de remâcher ces pensées car, deux jours après mon départ précipité de Pont-de-Roide, la division entama un mouvement par voie ferrée vers le nord des Vosges, où se situait un front que tout le monde disait *pépère* et qualifiait de *paradis terrestre*. Il fut impossible de s'en assurer à notre arrivée, puisque nous parvînmes au camp de La Cude, notre destination, à la nuit noire, au terme d'une dernière marche de vingt kilomètres sur un sentier abrupt, puis sur une route qui s'enfonçait dans les bois et longeait la crête. Mais le lendemain, à mon réveil, en sortant du PS avancé, accroché à flanc de coteau, que j'avais gagné après le dîner, j'admirai un panorama splendide : des montagnes et des forêts de sapins à perte de vue ; au loin, dans la vallée, Sainte-Marie-aux-Mines, et, tout au fond, la plaine d'Alsace. Il régnait en effet un calme sans pareil : sur l'autre versant, les fumées des abris allemands s'élevaient bien tranquillement dans l'air sans que personne songeât à inquiéter leurs occupants, et le camp de La Cude, où je redescendis quelques jours plus tard, disposait d'un confort que je n'avais jamais vu à une si courte distance du front : baraques éclairées à l'électricité, chapelle, salle de douches, lavoir, écuries et infirmerie. Parfois, on entendait un coup de fusil ou un éclatement de grenade qui se réper-

cutait longuement dans les montagnes, mais c'était bien tout. Chargé par le commandant d'effectuer une inspection minutieuse des abris des compagnies afin de contrôler leur organisation contre les gaz, j'errais une partie de la journée dans le secteur, où je prenais quelques photos, puis trompais le temps qui me restait en lisant *Le Monde médical* et le *Journal de l'Aveyron* que mon père me retournait, ainsi que des romans et même quelques pages d'anatomie topographique.

Mon courrier m'occupait aussi. La division de Morin était installée tout près de la nôtre et nos unités se relevaient mutuellement, ce qui nous privait de la perspective de nous rencontrer dans un cantonnement de repos, mais mon camarade manifestait dans les quelques lignes qu'il m'envoyait de temps en temps sa bonne humeur habituelle et le désir de retrouver un secteur plus animé. Tout aussi brèves étaient les missives de Jules, qui me donnaient, comme promis, des nouvelles du GBD : le groupe n'était plus ce qu'il avait été depuis mon départ et l'évacuation de Calippe, le jeune potard qui crachait du sang, écrivait-il ; certes, on n'y

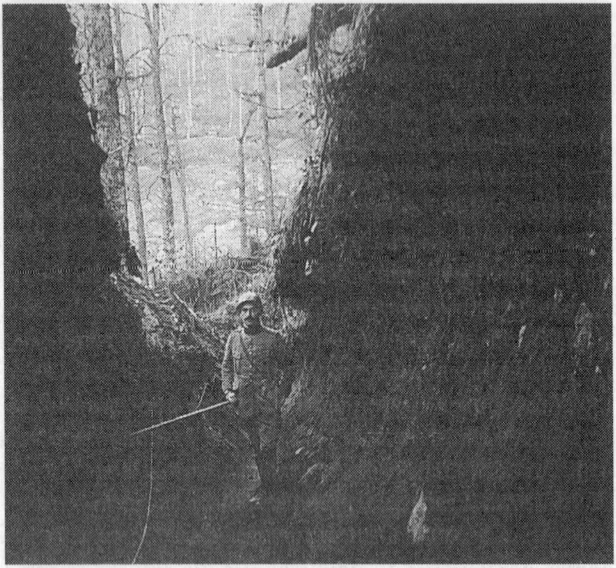

avait jamais beaucoup rigolé, mais c'était maintenant un *enterrement de première classe*. Même l'aide-major qui était *si chic* avec tout le monde avait changé, il criait, lui qui avait toujours été poli et mesuré, il avait renvoyé Lucien pour une raison de rien du tout. S'il y avait du grabuge dans le secteur, concluait-il, nous nous verrions bientôt, mais pour l'instant tout était tranquille et les brancardiers n'avaient aucun motif de quitter Saint-Dié.

Ma correspondance avec Zouzou se poursuivait également : la jeune fille m'avait informé que Declercq lui avait adressé une lettre étrange dans laquelle il la priait de se considérer comme déliée de tout lien envers lui qu'on lui eût imposé, et m'avait demandé ce que cela signifiait. Je le lui avais expliqué, sans trop entrer dans les détails, et je reçus bientôt une missive dans laquelle elle m'exhortait à me réconcilier avec mon camarade : *Je peux vous avouer maintenant que j'ai été très fâchée lorsque vous m'avez invitée à venir en aide à Henry en mettant en avant les prétendus sentiments qu'il nourrissait pour moi. J'aurais cru que mes déclarations sur le mariage et tout lien de ce genre entre un homme et une femme seraient assez claires pour vous éviter de telles divagations, que notre amitié constituait à elle seule un motif suffisant pour multiplier les lettres et les mots de réconfort, sauter dans un train à l'insu de son père, effectuer bien d'autres actes encore sans se soucier qu'ils soient ou non convenables, voire compromettants. Je n'ai pas protesté car je savais que vos mots vous étaient dictés par cette amitié à laquelle je n'ai cessé d'aspirer en vous implorant de ne jamais me considérer comme une jeune fille. Oui, je pense à vous soir et matin et je pleure parfois car je vous sais en danger, mais c'est toujours au nom de cette amitié que j'ose espérer éternelle. Vous êtes l'un comme l'autre mes plus chers amis et je ne pourrais jamais vous oublier, même si je le souhaitais. Et maintenant, monsieur le fantassin, c'est à moi de vous demander d'agir, de vous rappeler nos promesses pour la guerre et l'après-guerre : n'écoutez pas votre fierté, trouvez le moyen d'éclaircir ce malentendu avec Henry, dont l'amitié à votre égard est intacte, j'en suis certaine ; je m'emploierai de mon côté à lui montrer dans quel égarement il se trouve.*

Je la relus plusieurs fois sans parvenir à me décider : j'avais caché à son auteur les aspects plus délicats de l'histoire, la promesse que j'avais faite à la mère de Declercq, quoique jamais tenue, et surtout ma nuit avec Juliette, qui alimentait mes sentiments de culpabilité et constituait à elle seule un bon motif pour empêcher tout rapprochement ; de plus, je craignais que Declercq ne fût, comme le prétendait Jules avec tout son bon sens, sous l'emprise de Perret, lequel ne devait guère chanter mes louanges après avoir encaissé mon coup de poing, même s'il ne m'avait pas cherché noise, ainsi qu'il n'avait pas dénoncé les chasseurs qui l'avaient agressé à l'époque des mutineries, m'avait raconté Morin, lequel estimait qu'il avait quelque chose à cacher.

Début février, mon aide-major partit en permission et je gagnai son poste, un abri propre et lumineux, éclairé à l'électricité, tapissé, meublé et muni d'un bon poêle. J'intégrai aussi la popote du commandant dont je fus immédiatement nommé chef : ce n'était pas une tâche très compliquée car nous n'étions en général que quatre à table en comptant le capitaine adjoint et le lieutenant de Parseval, un gamin de la classe 16 fort aimable, ainsi que je le constatai lors des reconnaissances dans lesquelles il m'emmena, à la recherche de données de tir ; de plus, nous disposions d'une coopérative au camp, et j'envoyai tous les matins un cycliste effectuer les achats à Saint-Dié. En revanche, il n'était pas aisé de boucler le budget tant le prix des denrées les plus ordinaires était élevé, ni même d'accommoder de manière un peu variée le bœuf et les pommes de terre qui revenaient quotidiennement dans notre menu. Les cigarettes continuaient de manquer, à l'avant comme à l'arrière, et après avoir fumé toutes les Maryland que contenait l'étui de Declercq je fus obligé de m'habituer aux Caporal, le tabac, trop fort à mon goût, que la coopérative nous fournissait. J'occupais aussi une partie de mon temps à installer une chambre à gaz et à surveiller le passage des poilus dans l'atmosphère lacrymogène, opération dont les conclusions étaient chaque fois accablantes : comme leurs officiers, les soldats manifestaient une totale insouciance vis-à-vis des moyens de protection, savaient à peine mettre leur masque et ignoraient la manière de s'en servir. Et je courais au PS Brial où le médecin-chef, qui préparait l'agrégation avant la guerre, me présentait ses cas les plus instructifs afin de s'exercer, puis me posait des colles, et comme je séchais souvent je me replongeais dans mes manuels, ce qui était une façon de s'avancer pour l'après-guerre et un moyen sûr d'écarter les idées noires.

Je m'étais établi ainsi une sorte de routine au sein du régiment quand l'abbé Lemoine y fut à son tour muté. Après le déjeuner, je le pilotai dans le secteur, que je connaissais désormais de fond en comble, et m'aperçus qu'il avait perdu un peu de sa jovialité, qu'il paraissait vieilli, éteint. Mais sa présence me laissait entrevoir la possibilité de conversations plus profondes qu'avec les militaires, et j'étais heureux de pouvoir me confier à lui comme autrefois ; à l'évidence, la guerre nous avait tous plus ou moins usés, pensai-je, à l'exception de Morin qui, l'aumônier me le confirma, affichait toujours le même enthousiasme et la même insouciance. Quoi qu'en dît Declercq, j'étais moi aussi ébranlé, en particulier par les mesquineries de l'armée auxquelles j'assistais maintenant que je vivais de plus près avec des officiers : depuis notre arrivée à La Cude, près de deux mois plus tôt, il n'y avait guère eu que quelques attaques isolées, et chaque fois les *huiles* de l'état-major étaient parvenues à trouver la petite bête pour se laver de toute responsabilité et accabler leurs subordonnés. Le commandant en était navré, il fut plongé dans la consternation lorsque, au petit matin du 19 février, après un puissant marmitage et un coup de main allemand qui se solda par la prise de cinq de nos hommes, il apprit que les consignes n'avaient pas été totalement observées. C'était mon jour de départ en permission et je craignis que ma demande ne revînt pas de la signature ; par chance, ce ne fut pas le cas ; je me hâtai donc de me mettre en tenue et de descendre à La Truche où je montai en selle, pour atteindre Saint-Dié à cinq heures de l'après-midi.

Malgré le froid, les rues étaient remplies de bonshommes et d'officiers, et après avoir confié mon cheval à l'ordonnance de l'aide-major, qui m'avait accompagné, j'entrepris de les arpenter. Je n'avais pas échafaudé de plan, j'avais juste pensé qu'une rencontre fortuite avec Declercq préluderait peut-être à la conversation censée dissiper les malentendus entre nous que j'avais promise à Zouzou, aussi, une fois sur place, hésitai-je un moment quant à la conduite à adopter. Je feignais de regarder une vitrine quand j'entendis qu'on m'appelait : c'était Jules, qui effectuait une course pour Lebranchu, et, soulagé, je l'invitai à boire un verre dans le café le plus proche. Il se plaignit, comme dans ses brèves lettres, de l'atmosphère qui régnait au GBD maintenant que tous les anciens, à l'exception du major et de l'aide-major, avaient abandonné la *vieille boîte*, et tressa les louanges des Vosges, un pays bleu, aux beaux arbres ténébreux, aux cascades et aux lacs transparents, surtout un pays accueillant et pacifique où, malgré le climat, il faisait bon vivre. Puis il voulut savoir s'il m'avait *dit pour Perret et pour Juanita*. Dit quoi ? demandai-je. – Dit que Perret a été limogé, parce qu'il volait de la cocaïne et d'autres produits dans les réserves de médicaments, pardi ! Dit que Juanita s'est sauvée ! Pour Perret, c'est tout frais, et les bonshommes ont fêté ça dignement. Quant à Juanita, ça s'est passé il y a environ un mois pendant une promenade que faisait le médecin-chef avec tous ses flatteurs. Pour une fois, il lui avait permis de se dégourdir les pattes, au lieu de la serrer contre lui comme un joujou, ou de la confier à Marcel. Au bout d'un moment, ne la voyant pas revenir, il l'a sifflée et appelée, puis il a ordonné à ses accompagnateurs de fouiller les bas-côtés de la route, de descendre dans les villages, de frapper aux portes, partout. Je le sais par Marcel, qui s'est fait drôlement enguirlander, lui qui n'y était pour rien. Et je le sais aussi par moi, vu qu'on a tous été réquisitionnés pour continuer les recherches les jours suivants. Rien de rien. On n'a pas retrouvé l'animal, ni même son petit cadavre. Ce qui me fait dire qu'elle s'est enfuie à toute allure parce qu'elle ne supportait plus de le voir en peinture, son cher maître, et parce que, comme nous, elle en avait assez des bombardements et de la guerre. M'est avis qu'elle avait compris que ces Vosges étaient le paradis, que c'était le moment idéal pour mettre les voiles, étant donné que, depuis un certain temps, ce ne sont plus les hirondelles mais les offensives qui annoncent le printemps. Faut pas croire que les bêtes ne savent pas, elles savent tout, et mieux que nous. Avec son air de ne pas y toucher, la petite Juanita s'était fait un tableau exact de la situation, je vous le dis. Et je serais pas étonné si elle se trouvait aujourd'hui dans une maison au toit rouge, couchée près du feu sur les genoux d'une belle Vosgienne, ouais, je serais pas étonné.

Cette vision idyllique lui ayant fait monter les larmes aux yeux, je lui proposai de porter un toast à Juanita, à sa nouvelle vie, loin du patron et du front. Nous en portâmes un deuxième au limogeage de Perret et un troisième à la fin de la guerre, après quoi il poursuivit son récit ; depuis cet épisode, le patron avait perdu le peu de bon sens qui lui restait et passait ses journées dans un état de prostration dont rien ne pouvait le tirer. Il s'était mis à boire, lui aussi, et comme il ne tenait pas l'alcool, il titubait et pleurait au bout de quelques verres, on en aurait eu de la peine, dit-il, si ça avait été un autre. Voilà pourquoi c'était le foutoir dans le service, tout le monde n'en faisait qu'à sa tête, et il fallait bénir le ciel qu'on fût bien tranquille dans cet endroit pépère, où on se croyait au repos même quand on était en ligne. Si le patron ne se ressaisissait pas, il serait limogé lui aussi, c'était certain, conclut-il, même si les médecins ne couraient pas les rues, et même s'il y avait toujours des braves types pour rattraper les fautes des autres.

Nous nous quittâmes un peu plus tard. Jules m'avait expliqué où habitait Declercq et je me dirigeai vers son logement ; mais la propriétaire m'apprit qu'il était sorti et demanda si j'avais un message à lui confier. Je griffonnai quelques mots sur une feuille arrachée à mon agenda et gagnai une auberge, où je dînai et dormis quelques heures. Une automobile devait m'emmener le lendemain matin ; après avoir traversé Raon-l'Étape, brûlé en 1914, elle me déposa à Baccarat sous une pluie mêlée de neige. Je m'y promenai un moment, malgré une forte migraine, et constatai que la ville était remplie d'Américains dont j'admirai les équipements et les attelages de mules, puis je finis par me rendre à la gare où étaient concentrés, au contraire, de nombreux Italiens misérables et en mauvais point qui

1918

appartenaient, me dit-on, aux divisions ayant lâché pied là-bas et venaient en France comme travailleurs. Enfin, mon train arriva.

Je ne reçus aucune réponse de Declercq pendant ma permission et n'en trouvai pas non plus dans le courrier volumineux qui m'attendait, classé et ficelé par mon ordonnance, décidément très méticuleux, lorsque je réintégrai La Cude, après quatre jours de voyage. La situation avait changé depuis mon départ et le front vosgien n'avait plus rien, semblait-il, de *pépère* : le camp avait fait l'objet pendant plusieurs jours d'un marmitage intermittent qui s'était intensifié le matin même de mon arrivée, provoquant la destruction d'un certain nombre de baraques, dont notre luxueuse installation de douches, et précédant un coup de main qui avait valu à l'ennemi la prise de l'un de nos lieutenants et de trente-sept de ses hommes. Même si le calme était momentanément rétabli, le commandant se montrait nerveux, tout comme les fantassins et le médecin-chef ; dans toutes les conversations, il n'était plus question que d'*attaque boche* et de départ pour Baden-Baden, de diversion sur nous au déclenchement de la prétendue *grande offensive* de l'ennemi. Un fait était certain : nous étions en bien médiocre posture sur notre arête du Violu, et nous aurions eu du mal à empêcher nos adversaires de descendre sur Saint-Dié s'ils l'avaient voulu.

Et pendant que les rumeurs et les suppositions se multipliaient, vinrent les mauvaises nouvelles : se transformant en une sorte de messager de l'enfer, l'abbé Lemoine m'annonça d'abord que Maillet, mon premier aide-major au GBD, dont j'avais été proche, avait été emporté au Maroc par le typhus, puis que Morin avait été blessé. Dans les deux cas, il avait été averti par lettre ; la seconde, très confuse, écrite par l'ordonnance

de notre camarade, évoquait un violent bombardement sur le village de Launois et sur la Quevelle, survenu le 12 mars en représailles de tirs d'artillerie français, et ne donnait aucun détail, sinon que Morin avait été évacué conscient mais dans un sale état. Tandis que nous lisions et relisions ce mot à la recherche d'informations qui ne s'y trouvaient pas, mon ordonnance m'avertit avec sa componction habituelle que le bataillon allait être relevé. Mais nous étions trop consternés pour nous en réjouir et ne pûmes nous empêcher de voir un mauvais présage dans le tragique combat d'avions auquel nous assistâmes un peu plus tard de la terrasse de La Cude : au terme de quelques échanges de mitrailleuses, un gros avion d'observation de l'escadron de Corcieux, pris à partie par deux engins allemands, s'enflamma, et ses deux pilotes s'élancèrent dans le vide pour s'écraser probablement au sol.

Nous redescendîmes dans la nuit du lendemain et, après quelques heures de sommeil, nous employâmes à glaner des renseignements sur le sort de Morin. Ces renseignements arrivèrent, mais pas des membres du personnel sanitaire du 10e BCP que nous tentâmes de joindre, ni même de l'ordonnance qui nous avait prévenus, ils vinrent d'une lettre apportée par un brancardier, sur l'enveloppe de laquelle mon nom s'étalait, tracé de la main de Declercq. Comme si nous n'avions jamais cessé de nous parler ou de correspondre, il m'y apprenait que notre camarade avait été surpris devant l'entrée de son PS et gravement blessé aux jambes ; évacué vers une ambulance, il aurait été amputé d'un des deux membres. Apparemment très inquiet, Declercq me proposait de nous retrouver à son cantonnement ou au mien pour débattre de la question : si Morin s'abstenait de nous écrire, par fierté ou par abattement, ou parce qu'il n'était pas dans l'état de le faire, il conviendrait peut-être de s'adresser à ses parents, que j'étais, de nous deux, le seul à connaître puisqu'ils m'avaient hébergé un jour.

Je devais aller déjeuner le lendemain à Algoutte, invité par les officiers de la CM et de la 2e, et je pouvais gagner ensuite Saint-Dié à cheval : telle fut la réponse que je griffonnai et confiai à l'ordonnance qui m'avait apporté la missive, et ce fut ce que je fis, accompagné de deux officiers qui avaient envie de gagner la petite ville pour *s'amuser*, c'est-à-dire errer de café en café, de magasin en magasin. Après avoir mis ma monture à l'abri, je me rendis au logement de mon camarade, dont la propriétaire paraissait subir le charme, à en juger par le regard bienveillant qu'elle lui lança devant sa chambre. Il me serra la main puis m'étreignit, riant de ma stupeur, ou peut-être pas, riant tout simplement de ce rire juvénile qui était le sien quand il était content ; oui, il était content de me voir, affirma-t-il, vraiment content : ce fut la seule allusion au froid qui avait suivi notre querelle et je m'en contentai, tant j'étais heureux, moi aussi, de le retrouver. Il m'invita à m'asseoir et poursuivit : il ne parvenait pas à croire que Morin, le plus téméraire et le plus courageux d'entre nous, avait été blessé et peut-être amputé, il y pensait toute la journée, et même la nuit lorsqu'il ne dormait pas. Je l'observai : il ne semblait pas ivre, mais il avait toujours le teint blême et les yeux rouges ; surtout, son visage était parcouru de mouvements convulsifs qui évoquaient le tremblement par lequel les chevaux essaient de chasser les insectes accrochés à leur pelage. Fallait-il écrire aux parents de Morin ? demandait-il. Fallait-il écrire à Morin chez ses parents ? Ou convenait-il d'attendre qu'il jugeât bon de nous adresser de ses nouvelles de l'hôpital où il se trouvait ? Était-ce plus poli ? Était-ce négligent ? Croyais-je que Morin risquait de commettre un geste irréparable ? Qu'il aurait la patience de supporter son état, s'il était vraiment aussi diminué qu'on le prétendait ?

Pour la première fois, je le voyais en proie au désarroi, comme si tous les repères de son éducation et de son expérience s'étaient évanouis dans un claquement de doigts, désintégrant du même coup la façade mondaine qui m'avait tant fasciné aux premiers jours de notre rencontre, et il ne parut guère se rasséréner après que nous eûmes résolu de prendre des nouvelles de notre camarade auprès de ses parents avant de lui écrire une lettre directement. Il était encore dans ces dispositions d'esprit le lendemain, pendant notre promenade, monté sur un Sidi qui, à en juger par sa fougue, n'avait pas fait d'exercice depuis quelque temps ; oui, me confirma-t-il, il avait eu moins de goût pour l'équitation dernièrement, et les deux cavaliers auxquels il avait confié son cheval n'étaient pas restés en selle longtemps. Il me dévisagea un instant, semblant chercher la raison pour laquelle je n'avais pas entraîné moi-même l'animal, puis me pressa de questions avant de projeter une seconde promenade pour le lendemain.

Mais elle n'eut pas lieu, car je ne le revis que plus d'un mois plus tard, début mai, dans la forêt de Compiègne : le régiment avait dû remonter brusquement en ligne, où nous avions vécu dans la plus grande morosité, contraints par la pluie et les bombardements à demeurer dans les abris et, en ce qui me concernait, à me partager entre les soins aux blessés, ma correspondance, la lecture de mes manuels de médecine et des communiqués allemands, français et anglais si alarmants que le commandant ne nous lâchait la vérité que par bribes. Chomereau avait ensuite été promu à la tête du 48e BCP et, à Compiègne, le bataillon s'était présenté avec un nouveau chef, monté dans notre wagon à Épinal, un homme jeune et blond dénommé Hassler, portant six brisques de blessures et détenteur de douze inscriptions en médecine, rien de moins. La ville s'étant vidée de ses habitants, affolés par la retraite précipitée des Anglais et par les bombes d'avions, je m'étais installé en compagnie de mon aide-major, de Parseval et d'autres officiers dans une maison abandonnée dont nous avions fouillé les armoires à linge et les bahuts comme si elle nous appartenait ; mais si les rues étaient désertes la nuit, certains commerçants revenaient par le train du matin et ouvraient pendant quelques heures leurs boutiques, aussitôt assaillies par les militaires. Le GBD avait pris, quant à lui, ses quartiers à Béthisy-Saint-Pierre, de l'autre côté de la forêt, aussi Declercq m'avait-il donné rendez-vous au carrefour du Hourvari, et voilà que je l'apercevais au fond de l'allée, patientant debout à côté de Sidi. Je le rejoignis au galop, et nous nous promenâmes sous les jeunes feuilles, parmi les sous-bois en fleur tout en parlant de Morin, dont nous avions enfin reçu des nouvelles par une lettre dans laquelle il se disait ravi de ne plus avoir à endosser la tenue des tranchées et égrenait des anecdotes concernant les infirmières qui l'avaient soigné, toutes jolies et délurées à l'en croire.

De toute évidence, il crânait, commenta Declercq, la preuve en était qu'il ne faisait aucune allusion à sa ou ses blessures, mais il eût été plus inquiétant qu'il ait gardé le silence car cela aurait signifié qu'il était abattu, nous nous en rendrions compte lors de notre prochaine permission. Je n'en étais pas si sûr, et je n'étais pas non plus certain que Morin eût envie qu'on le vît diminué, lui dont les plaisirs étaient surtout sportifs. Mais sur son fil d'acrobate tendu au-dessus du gouffre Declercq paraissait s'être enfin redressé, avancer d'un pas assuré, après s'être longtemps balancé sans équilibre, et je préférai abonder en son sens. Comme je n'aimais guère mentir, je changeai de sujet de conversation, lui annonçant que c'était mon anniversaire, le troisième passé loin de chez moi ; j'avais déjà vingt-cinq ans, je n'arrivais pas à m'y faire, et je me demandais si nous serions encore en guerre l'année suivante à pareille date ; d'après le commandant Hassler, ajoutai-je, les pertes allemandes atteignaient six cent mille hommes, tandis que nos réserves de manœuvre étaient intactes, et la prochaine offensive porterait donc à l'ennemi le coup décisif. Declercq ricana ; depuis que j'appartenais à un régiment, dit-il, j'étais devenu encore plus patriote qu'avant, c'en était désespérant, allais-je finir par m'engager dans l'armée ?

Il était bon de se revoir et de rire ensemble, et ce jour-là le champagne que mon camarade fit sabler en l'honneur de mes vingt-cinq ans, à la popote du GBD, me semblait surtout fêter son apaisement et notre amitié retrouvés même si nous n'avions jamais éclairci les malentendus qui nous avaient éloignés et si nous ne parlions plus de sa famille. J'ignorais ce qui l'avait rendu à lui-même, l'affection de Zouzou, l'acceptation du suicide de son frère, l'espèce de choc que lui avait causé la blessure de Morin, ou je ne sais quoi encore, et, devinant ce nouvel équilibre fragile, je m'abstenais de l'interroger à ce sujet. La chaleur et le repos, après ce rude hiver, se prêtaient à l'allégresse, et nous en profitâmes pour nous rencontrer chaque jour dans la forêt, nous mesurant parfois sur le trajet de *cross-country* que mon régiment avait organisé avec des haies, des doubles barres, des murs et des fossés. S'il n'y avait eu les manœuvres, les avions ennemis qui parcouraient les nuits claires et une épidémie de grippe de plus en plus virulente, nous aurions pu nous croire dans un lieu de villégiature, à l'abri de la guerre, et nous avions beau savoir que celle-ci nous rattraperait tôt ou tard, nous parvenions très bien à chasser cette pensée. Mieux, j'avais l'impression d'être retourné en 1915 : quoique éprouvé, Declercq ressemblait de nouveau au garçon désinvolte et gai de cette époque, et l'illusion eût été presque parfaite si Morin avait été à nos côtés.

Or c'était justement une illusion et, comme toutes les illusions, elle n'était pas destinée à durer : soudain la guerre revint. Elle revint toucher de près Declercq par une missive qui lui annonçait en anglais la mort tragique, le 19 mai, de son ami, l'as des as, Raoul Lufbery : il avait sauté de son avion en flammes et, au lieu d'atterrir dans une rivière, s'était abattu un peu plus loin sur la clôture d'un pré, emportant ses secrets, ce mystère que Declercq m'avait dit tant admirer. Et quand elle l'eut touché, elle se propagea à notre division entière, nous jetant dans des camions au terme d'une série d'ordres et de contrordres hystériques et nous emmenant au sud de Soissons où le régiment débarqua un matin, précisément à Arcy-Sainte-Restitue, à quatre kilomètres de l'ennemi. Alors commença, pour mon bataillon, une sorte de ballet infernal, qui le fit pendant une semaine progresser puis reculer sous les nappes de balles, changer de position tous les jours et même plusieurs fois par jour, se dissimuler dans des trous, au milieu d'un bois, à l'intérieur d'une immense ferme où le sang des volailles et des lapins frénétiquement égorgés se mêlait à celui des innombrables blessés, puis, menacé d'encerclement, dévaler le versant d'une côte pour remonter de l'autre et découvrir les Allemands qui avançaient en face en colonne par quatre, établir un PC dans un hangar en plein champ avant de l'évacuer en catastrophe, se tapir dans une large haie, dortoir et éphémère PS, et encore reculer sous un marmitage assourdissant, reculer en arrière de la ligne américaine qui arrivait en renfort, suivie de l'artillerie, reculer jusqu'à la lisière du bois où les hommes s'écroulèrent enfin, hébétés, ivres de fatigue.

Puis le vert tendre des feuilles observées d'en bas se stabilisa et je crus que je rêvais du domaine de mon grand-père, ainsi que je l'avais fait à plusieurs reprises au début de la guerre, mais ce n'était pas un rêve, c'était même la fin du cauchemar : je me réveillais, sale, barbu, au nord de la ferme Heurtebise où s'était replié notre bataillon, relevé à minuit, les yeux bouffis non de sommeil, mais de piqûres d'insectes, comme ceux de mes camarades, des camarades présents tout au moins, car maintenant que nous pouvions nous compter, je me rendais compte qu'il ne me restait plus, au bataillon, que l'aide-major et le lieutenant de Parseval : tous les autres avaient été tués, blessés ou capturés. J'eus unc pensée pour Morin, qui jugeait la vie du GBD ennuyeuse et ne jurait que par les combats, et j'écrivis une lettre pompeuse à mes parents, dans laquelle je disais sans aucun sens du ridicule que ces journées *étaient à marquer en lettres rouges dans le livre de la guerre*, mais j'étais bouleversé par ce nouveau, cet énième gaspillage de vies humaines, dégoûté par cette guerre qui n'en finissait pas, je brûlais de quitter ce bois infecté de moustiques pour un cantonnement de repos où m'enquérir du GBD. C'est ce que je fis le lendemain, après avoir retrouvé l'abbé Lemoine dans un patelin désert, et j'appris que si Declercq était sain et sauf, Lebranchu, mon remplaçant, avait été capturé. Réjoui par le sort du premier, je ne m'appesantis guère sur celui du second, qui m'aurait échu si nous n'avions pas permuté en janvier ; du reste, j'étais fort occupé entre les nombreux éclopés à soigner après les efforts prolongés et les emplettes à effectuer pour la popote. Mais nous n'eûmes pas le temps de nous installer : deux jours après notre arrivée, des automobiles vinrent nous enlever pour nous déposer à minuit, noirs de poussière, dans un village qui se nommait Pringy et qui, comme le révéla ma carte examinée à la lueur de ma lampe électrique, se trouvait à dix kilomètres de celui des Lévêque.

19

Une fois installé, je filai à vélo vers Vitry-le-François, où cantonnait le GBD, et après avoir déniché la popote et des individus susceptibles de me renseigner, gagnai le logement de Declercq, une chambre dans une maison abandonnée, où je le trouvai endormi. Il rechigna un peu puis accepta de faire quelques pas avec moi dans cette ville déserte, qui possédait une jolie place d'armes, et me relata les dernières journées, énuméra les noms des brancardiers qui avaient été capturés avec Lebranchu. M'écouta, l'air consterné, lui dire que mon régiment avait perdu huit cent vingt hommes ainsi que vingt et un officiers, tués, blessés ou disparus, et que, en raison des mouvements de repli rapides, plusieurs blessés étaient restés aux mains de l'ennemi. Je lui demandai ensuite s'il savait où nous étions. Il répondit qu'il n'avait pas mis le nez dehors depuis son arrivée et qu'il ne disposait pas de mon attirail de cartes. Alors je le lui dis et je lui proposai de rendre visite aux Lévêque le lendemain, arguant qu'il était fort possible que nous quittions très vite la région, étant donné la gravité des opérations qui se déroulaient en ce moment ; comme il semblait décontenancé, j'éclatai de rire et : Ne me dis pas que tu as peur de ne pas être assez présentable ! m'exclamai-je. Tu m'as regardé ? Ce n'était pas une question et pourtant il affirma, sérieux, qu'il m'avait effectivement vu meilleure allure, oui, j'avais le visage émacié et je flottais dans ma tenue. Nous plaisantâmes un peu et nous entendîmes : il me rejoindrait à Pringy le lendemain après le déjeuner, et nous irions ensemble chez nos amis.

C'est ainsi que nous retournâmes à Togny-aux-Bœufs, près de deux ans après en être partis : en ce mois de juin, la nature triomphait, l'odeur des fenaisons dont l'air était imprégné me montait presque à la tête, ou était-ce la perspective de revoir Zouzou ? Nous mîmes pied à terre à quelques mètres de chez elle pour laisser le portail blanc venir vers nous plus doucement, et voilà que les chiens aboyaient au coup de cloche, voilà que la jeune fille accourait, les manches de son chemisier retroussées, à l'évidence fâchée d'être dérangée par ces deux militaires dont le visage, baissé, était caché par leur képi. Puis elle poussa un cri, et nous étions maintenant dans ses bras, l'un après l'autre, et tous les deux à la fois, avides de sa peau, de son parfum, des larmes qui coulaient sur ses joues et qu'elle maudissait, disant *Quelle idiote !*, disant *N'avez-vous pas honte de vous présenter à l'improviste ?*, manifestement plus embarrassée par ses émotions que par ses cheveux ébouriffés et son long tablier. Et comme Sidi secouait la tête, attiré par les feuilles d'un noisetier, elle se ressaisit, nous invitant à lâcher nos bêtes dans le jardin d'où elles ne pouvaient pas s'échapper, et tant pis pour leur crottin, ou plutôt tant mieux : on le ramasserait et on s'en servirait pour fumer les rosiers.

Le Dr Lévêque survint alors et la pria de nous faire servir du café avant de nous conduire, sur ses pas, dans la maison où nous entendîmes bientôt une cloche tinter, tinter avec insistance, jusqu'à ce que notre amie, montée puis redescendue, nous entraînât à l'étage non sans que son père eût écarté les bras en signe de résignation. La tante Louise, bien entendu, était responsable de ce vacarme. Couchée dans son lit en compagnie de quatre ou cinq chats, bien calée sur des oreillers aux taies ourlées de dentelles, tout aussi imposante que du temps où nous l'avions connue debout, et peut-être plus encore, elle nous invita à approcher et voulut nous examiner : nous étions maigres et avions mauvaise mine, c'était triste à voir, déclara-t-elle, mais avions-nous au moins appris quelque chose de la guerre ? avions-nous un secret à lui livrer sur la bêtise des hommes avant qu'elle s'en allât dans l'autre monde ? Nous protestâmes en chœur, tandis que le Dr Lévêque la gourmandait : nous n'étions pas venus entendre ses gémissements, dit-il, nous devions déjà avoir notre lot de souffrances pour ne pas avoir à subir celles des autres. Alors elle lui demanda s'il savait combien de temps durerait encore ce massacre : il ne le savait pas ? Ah, il ne le savait pas ! Dans ce cas, il n'avait rien à dire. Elle, elle nous avait fait une promesse, et elle n'était plus certaine de pouvoir la tenir à cause de son cœur, de la vieillesse et de cette guerre qui n'en finissait pas, elle avait promis, elle s'en souvenait très bien car, par malheur, sa tête était ce qu'elle avait de plus coriace, elle avait promis que nous nous retrouverions dans le jardin, autour de la table en fer, à la fin de cette guerre, pour parler et raconter. Mais au moment où nous étions entrés dans sa chambre, une idée avait germé dans son esprit, et elle décrétait solennellement devant nous que la guerre et son cœur ne l'emporteraient pas sur ses promesses, non, elle n'avait jamais rien subi au cours de son existence, elle avait toujours été maîtresse d'elle-même, et elle n'entendait pas changer. Nous n'avions qu'à accomplir un petit effort, un petit effort de rien du tout, imaginer que la guerre était terminée, que nous nous trouvions non pas entre ces quatre murs ennuyeux, mais dans le jardin, où soufflait une brise tiède, et que son lit n'était pas un lit, mais la table en fer, et les fauteuils à fleurs des chaises du même métal. Était-ce si compliqué ? Était-ce trop demander ?

Declercq fut le plus prompt à réagir et, l'imitant, nous disposâmes les fauteuils autour du lit comme autour d'une table, appuyâmes sur le mince édredon bleu pâle les tasses que Marie, la domestique, appelée par Zouzou, nous avait distribuées, dérangeant par ces mouvements les chats, qui allèrent se placer sur le traversin et les oreillers en une sorte de couronne de fourrure semée de pierres dures. Sirotâmes le café, tandis que la brise tiède de ce mois de juin filtrait à travers la fenêtre que la jeune fille avait entrouverte, et racontâmes. Ou plutôt Declercq raconta avec son talent habituel, il raconta la guerre comme si elle était terminée, il raconta tout, les marmitages, la boue, les mouches, les rats et les poux, les mutilés, les fous, les morts, les ensevelis vivants, tout, jusqu'aux peurs et aux souffrances que nous nous étions toujours ingéniés à nous cacher, puis il inventa une victoire, un armistice, des cloches qui sonnaient à toute volée, des drapeaux agités dans les rues, des embrassades, des trains arrivant sur les quais de gare et des familles se retrouvant après avoir été si longtemps séparées, des bouchons de champagne sautant dans les foyers, des femmes dans leurs plus beaux vêtements, des parades, des récompenses, la vie qui reprenait, qui allait reprendre dans les facultés de médecine et ailleurs. Il raconta tout cela avec une profusion de détails, emporté par son imagination et sa fougue d'autrefois, il raconta sous les yeux jaunes, orange, bleus et verts des chats, et quand il eut terminé, nous étions incapables d'en douter : la guerre n'existait plus, la chambre était un jardin, et le lit une table d'ardoise, les larmes qui rayaient les joues de Zouzou étaient des larmes de joie, le gazouillis des oiseaux avait remplacé à jamais la canonnade. Ce gazouillis persista un moment, puis la tante Louise prit la parole, elle dit qu'elle était joyeuse, oh, comme elle était joyeuse, cette guerre s'était enfin achevée, et en fin de compte on n'était pas trop à plaindre, ces quatre années avaient passé assez vite pour qu'on pût maintenant commencer à les oublier, non, pas à les oublier, à les reléguer dans un coin de notre esprit d'où il serait possible de les tirer de temps en temps, quand on le voudrait, uniquement quand on le voudrait. Elle nous pria de nous rapprocher davantage ; pour une raison qu'elle ignorait, car, que le Seigneur la pardonnât, elle n'avait jamais été très croyante, pour une raison qu'elle ignorait elle avait envie de nous bénir, peut-être cela nous protégerait-il durant les mois et les années à venir, maintenant que nous nous apprêtions à poursuivre nos études de médecine, peut-être sa bénédiction ne valait-elle rien, mais elle ne nous ferait sans doute pas de mal. Après quoi, nous aurions tout loisir d'aller voir les animaux de Zouzou, puisque c'était pour cela que nous étions venus, et de nous promener un moment avec elle.

Nous nous agenouillâmes l'un après l'autre à son chevet, le temps qu'elle traçât de ses doigts une petite croix sur notre front, puis nous quittâmes la pièce tandis que Marie, demeurée sur le seuil, remettait les fauteuils à leur place et récupérait les tasses en reniflant, et que le Dr Lévêque, également bouleversé, s'attardait auprès de sa sœur. Dans le jardin, les deux chevaux broutaient tranquillement, et Declercq se dirigea vers Sidi, comme attiré par une anomalie sur son pelage, mais il avait besoin de reprendre contenance, tout comme moi, qui aurais aimé avoir des fleurs des champs à portée de main, pour les couper et les tresser. Feignant de débarrasser l'animal d'une de ces mouches plates qui se logent d'habitude dans le pli de leurs cuisses, il posa un moment la joue contre son flanc avant de revenir vers nous. Zouzou qui n'avait rien dit, elle non plus, se contentant de fixer ses souliers, les bras croisés, releva la tête, et je la revis telle qu'elle nous était apparue la première fois, près de deux ans plus tôt : les deux images semblaient superposées en une sorte d'illusion, cependant il manquait un détail, la perruche vert émeraude qui aimait se blottir dans ses cheveux. Quand je ne peux pas la surveiller, je la laisse dans la volière, répondit-elle après que je lui eus posé la question, voulez-vous que nous allions la voir ? Elle nous précéda dans l'immense structure en grillage pourvue de perchoirs qui tenait d'une pagode ou d'un temple, et un instant plus tard la perruche était blottie dans le buisson roux, comme si elle y avait toujours été. C'est avec ce petit oiseau sur le crâne que Zouzou tendit les mains vers Declercq afin qu'il les lui saisît, et le remercia d'avoir contenté sa tante : la vieille dame s'était montrée très agitée au cours des derniers mois, maintenant elle serait peut-être en paix. En entendant son récit, elle, Zouzou, avait eu comme une révélation, il était un écrivain, il fallait qu'il écrivît la guerre et tout le reste, pouvait-il le lui promettre ? Qui vous dit que je n'ai pas commencé à le faire ? rétorqua-t-il et, d'un geste théâtral, il baisa l'une des mains de la jeune fille. N'ai-je pas le droit d'avoir mes petits secrets ? – Je suis sûre que vous en avez, et peut-être même trop. Il n'est pas bon de trop en avoir, voyez-vous. Ou plutôt il n'est pas bon d'en garder trop. Les secrets sont faits pour être confiés et partagés, non pour brûler la langue de leurs dépositaires et leur ronger le foie, dans l'interdiction qu'ils ont de les révéler. – Pas forcément. Que faites-vous du mystère ?

Il songeait peut-être à Raoul Lufbery, mais il eut un rire joyeux et déclara qu'il ne raffolait ni des cages ni des sifflements, qu'il aimerait mieux se promener un moment le long de la Guenelle. Zouzou referma donc la volière et poussa le petit portillon qui séparait le jardin de la campagne. Nous demanda de lui donner chacun le bras et nous interdit de nous lâcher, quitte à nous aplatir l'un contre l'autre, comme les silhouettes d'une guirlande découpée par un enfant, et à faire des pas de côté dans les passages les plus étroits. Ses rires fusaient à chaque difficulté, aussitôt rejoints par les nôtres, et se forçaient en vain à être gais. Elle attendit le moment de notre départ, en fin d'après-midi, pour nous expliquer la raison de sa contrariété, elle nous dit, devant nos chevaux sellés, que sa tante avait eu une très mauvaise idée : les événements ne se fêtaient jamais à l'avance, que ce fussent des anniversaires ou un armistice, elle ne comprenait pas ce qui lui avait pris, peut-être une faiblesse due à son âge. Elle nous avait remerciés un peu plus tôt de nous être prêtés à son jeu, ajouta-t-elle, mais elle tenait à nous dire à présent qu'elle nous en voulait un peu, oui, elle tenait à nous le dire même si c'était le moment des adieux, il y avait quelque chose dans cette scène qui l'avait perturbée. Et maintenant qu'elle l'avait dit, que nous n'y pensions plus, c'était terminé, que nous jurions tout simplement d'être prudents, de ne pas braver le danger, comme sans doute l'avait fait notre ami Morin.

Avant que son père la rejoignît, elle nous étreignit l'un après l'autre et demeura ensuite derrière le portail d'entrée, sa silhouette découpée en bandes verticales, tout comme celle du Dr Lévêque, qui avait posé la main sur son cou. À en juger par leurs traits tirés, ni l'un ni l'autre ne paraissaient croire que nous nous reverrions bientôt, ainsi que nous le leur avions assuré, à moins qu'ils ne fussent inquiets pour la tante Louise, couchée à l'étage parmi ses chats et ses dentelles. C'était aussi l'avis de Declercq : il avait éprouvé un étrange sentiment tandis que la vieille femme traçait une croix sur son front, avoua-t-il, le sentiment qu'elle se résignait à la mort. Oui, elle avait eu l'air d'annoncer qu'elle était prête, prête à mourir, et cela lui avait donné le frisson. Le frisson ? demandai-je. N'exagérait-il pas ? Non, pas le moins du monde, répondit-il. Par un étrange mystère, il avait lu dans ses pensées et il avait songé lui aussi que, maintenant, il pouvait mourir. Il ne réagit pas à mon *pourquoi ?*, il dit : C'est bizarre, Zouzou a oublié de nous faire chanter son refrain préféré – et il le fredonna, il le fredonna plusieurs fois sur le chemin du retour, aussi était-ce la tête pleine de ces mots que, à Pringy, je le regardais continuer sa route vers Vitry-le-François, ces mots qui disaient *Loin de nous la mélancolie / Au diable tous les tristes vers / Sur l'existence et la folie / Chantons plutôt ce joyeux air, / Lanlaire !* et qui me semblaient soudain d'une férocité inouïe.

Au cours des jours suivants, je repensai à plusieurs reprises au trouble qui s'était emparé de Zouzou et de Declercq, au terme de la fiction que nous avions jouée dans la chambre de la tante Louise : croyaient-ils vraiment que ce jeu aurait le pouvoir de hâter la mort de la vieille dame ? que le désir d'assister à la fin de la guerre la retiendrait encore des semaines, des mois ? étaient-ils plutôt superstitieux ? ou refusaient-ils d'accepter que son heure était venue, l'heure de son organisme vieilli, usé, que ni la médecine ni les rêveries ne réussiraient à ranimer, pas plus qu'un horloger ne peut relancer une horloge au mécanisme cassé ? J'y songeai encore une fois à la mi-août, quand je reçus la nouvelle de son décès : je me trouvais dans la région de Somme-Suippe, en ligne depuis deux mois, et j'étais épuisé. Mais fier, comme les officiers de mon bataillon qui occupait, au moment de l'offensive allemande, le 14 juillet, la ligne intermédiaire, la fameuse ligne sur laquelle il fallait *tenir à tout prix*, une fois que l'ennemi, ayant écrasé comme prévu la première position, se serait déployé. La ligne intermédiaire était restée irréductible, et les tanks des Allemands avaient sauté sur nos pièges comme des bouchons de champagne, leurs

vagues d'assaut avaient été décimées par les barrages de l'artillerie et les feux de l'infanterie. Furieux de leur échec, ils avaient continué de nous arroser d'obus, et notre commandant avait été touché au crâne par un éclat qui avait transpercé son casque : je l'avais évacué, malgré ses protestations, aux premiers signes d'hémiplégie, mais il avait gagné entre-temps un septième insigne à sa croix de guerre, le bataillon ayant été cité à l'ordre du corps d'armée. Ces bombardements avaient également causé des dégâts au poste du GBD, où un dentiste avait eu la joue traversée par un éclat et, ironie du sort, avait perdu deux molaires.

Je refermai l'enveloppe de Zouzou en pensant que cela faisait maintenant quatre ans que nous étions en guerre, et ouvris une lettre de Lily, qui me priait d'intercéder auprès de nos parents afin qu'ils l'autorisent à célébrer ses fiançailles avant la fin du conflit. Je leur écrivis en ce sens, assurai mon père que je pensais pouvoir faire coïncider ma permission avec la sienne et participer à l'ouverture de la chasse avec lui : ainsi, je verrais à l'œuvre le nouveau chien dont il vantait les qualités dans sa dernière missive. Puis je passai, honteux, à l'une des innombrables lettres de mères sans nouvelles de leurs fils, auxquelles il fallait apprendre le moins brutalement possible qu'ils avaient été blessés, ou, pis, tués lors des derniers combats ; oui, cela faisait quatre ans, et en dépit du *bec de gaz* allemand la solution n'apparaissait toujours pas, la tante Louise l'avait peut-être compris avant nous.

La relève arriva enfin le 1er septembre et le bataillon gagna ce jour-là Somme-Suippe, où était installé le PS central du GBD. Malgré toutes les obligations liées à l'établissement, à l'organisation du service et à la présence d'un gros contingent de malades appartenant à de multiples formations de l'arrière-front privées de médecin, j'eus le temps d'évoquer avec Declercq nos dernières expériences et la mort de la tante Louise, qui semblait l'avoir affecté, à moins que ce ne fût notre séjour en ligne. Un fait était certain, il n'avait pas perdu ses tics nerveux et il avala comme de l'eau fraîche le champagne qu'il avait voulu commander pour fêter ma cinquième citation, citation qui me permettrait, déclarai-je, d'obtenir deux jours de permission supplémentaires, maintenant qu'on les avait rétablies et portées à treize pour cent. Il espérait, lui aussi, retourner à Paris dès qu'on aurait atteint nos cantonnements de repos et il n'avait pas, comme moi, à attendre le retour des médecins des autres bataillons, qui ne se montraient guère pressés de rentrer : parti depuis soixante-six jours pour l'Algérie avec une permission d'un mois, l'un d'eux avait averti le matin même mon patron qu'il était hospitalisé à l'Institut Pasteur d'Alger pour une morsure. Malgré ma contrariété, je finis par en rire avec Declercq et restai, le soir, à dîner à la popote du GBD, invité par le médecin-chef, qui paraissait consolé de la perte de sa petite chienne puisqu'il organisa un joyeux baccara qui se termina à deux heures du matin.

J'obtins enfin ma permission quelques jours plus tard, au retour de l'examen d'aide-major que j'étais allé passer à Châlons, et filai à Paris, non sans avoir chargé mon ordonnance de remettre un mot à Declercq qui, m'avait-on dit, venait d'arriver avec le GBD à son propre cantonnement, à quelques kilomètres du mien. Je pris une chambre à l'hôtel de la Gare du Nord, dînai au Café de Madrid, prolongeai la soirée à l'Olympia, et me présentai le lendemain en fin de matinée rue d'Assas, chez Morin, que j'avais averti par lettre de ma visite. Sa mère m'accueillit aimablement et m'introduisit dans le salon, avant de s'éclipser ; je restai donc en compagnie des trois filles de la famille, qui ne détournèrent pas un instant les yeux de leurs ouvrages, broderies et tapisseries, pas même pour répondre à mes remarques de circonstance. En regardant leurs doigts nus manier l'aiguille, je songeai aux affreuses bagues composées d'une couronne impériale découpée sur un manteau d'uniforme allemand que Morin leur avait reproché de ne pas arborer lors de ma visite précédente et qu'elles avaient dû aller chercher pour qu'il consentît à se calmer. Elles ne pouffaient plus comme ce jour-là, elles paraissaient même atterrées, et je craignis que l'état de mon ami ne se fût détérioré malgré les nouvelles qu'il donnait dans ses lettres, mais elles me livrèrent des réponses vagues quand je les interrogeai à ce sujet, et je compris bientôt que leur attitude était dictée moins par l'affliction que par l'embarras : ressurgissant, leur mère m'annonça d'un ton qui sonnait faux que son fils n'était pas rentré de sa promenade matinale. Voulais-je patienter un peu ? ou préférais-je repasser un autre jour ? Je rétorquai que je prenais le soir même le train pour la province et m'attardai un moment, mais la gêne de la mère, ajoutée à celle des filles, me persuada qu'on me mentait : nul doute, Morin était dans sa chambre et, peu désireux de se montrer diminué, avait fait dire qu'on me renvoyât ; je finis par poser sur un guéridon la boîte de bonbons que j'avais gardée gauchement contre moi et priai la femme d'assurer son fils de toute mon amitié. Je me promenai ensuite dans le quartier, désœuvré, en espérant sans trop y croire que Declercq aurait plus de succès que moi.

Mais Declercq n'était pas encore parti en permission quand je le croisai début octobre à Mourmelon-le-Grand où nous étions tous réunis provisoirement au terme d'un dur séjour en ligne. À mon retour, j'avais réintégré mon régiment en réserve après une brillante offensive qui l'avait mené jusqu'aux bois au sud d'Orfeuil et, trois jours plus tard, l'avais suivi à l'attaque, cette fois avec des hommes fatigués et démoralisés par les pertes précédentes, contre un ennemi qui avait eu le temps de se réorganiser, de recevoir des troupes et qui disposait d'un nombre inouï de mitrailleuses. Et maintenant que nous étions à Mourmelon, nous pouvions faire nos comptes : monté avec quatorze officiers, le bataillon en était redescendu avec quatre ; le capitaine qui était mon voisin de ligne avait perdu à sa seule compagnie quatre-vingt-dix-neuf hommes et trois sous-lieutenants, dont le plus âgé avait vingt-trois ans ; deux compagnies étaient sans officiers. Tandis que nos camarades allaient s'étourdir dans les cafés de la ville, je restai avec Declercq autour des casernes où nous étions logés dans l'attente de gagner notre cantonnement de repos ; trop assommés pour soutenir une vraie conversation, nous parcourions quelques mètres puis nous immobilisions et nous distribuions une bourrade, incapables de trouver mieux pour nous réconforter ; au lieu de formuler clairement le dégoût qui m'habitait, je répétais les mêmes phrases : comment avait-on refusé de relever mon régiment, après qu'il eut avancé de dix kilomètres en profondeur, capturé neuf cents Boches, pris des canons et du matériel en quantité ? Et encore : que j'aurais aimé être plus vieux de quelques mois… Cette rengaine courait aussi sur les lèvres des officiers que je recommençai à fréquenter quand Declercq eut filé à Paris, même s'ils préféraient évoquer l'épidémie de grippe, de plus en plus virulente, et citaient volontiers en exemple un de nos poilus, rentré de l'enterrement de son jeune fils pour repartir le lendemain assister à celui de son père et de sa sœur. Seul le capitaine de Parseval affichait un enthousiasme qui était peut-être dû à son jeune âge ; sa présence était revigorante et, en cette fin des vendanges, il était agréable de se promener avec lui à cheval dans des chemins de vigne, de nous gorger de bons petits raisins de Champagne sucrés, ou encore d'écouter de la musique sur les bords de Marne.

Nous étions persuadés que nous nous reposerions longtemps dans cette région riche et riante puisqu'il fallait repeupler les bataillons et que les renforts nécessaires n'étaient toujours pas annoncés, mais nous repartîmes bientôt à travers la zone récemment conquise sans guère plus d'effectifs qu'à notre descente de secteur et sans aucune certitude sur notre sort. Les nouvelles mirobolantes concernant le recul de l'ennemi avaient beau se multiplier, je ne parvenais pas à me défaire d'un sentiment d'échec à la vue de nos maigres troupes, un sentiment que renforçaient les paysages traversés : des villages rasés, des ponts remplacés par des passerelles improvisées, partout les traces des Allemands qui avaient vécu là pendant quatre ans et, pour terminer, la ville de Reims, amas de ruines qu'il semblait impossible de faire revivre un jour. Nous poursuivîmes notre chemin vers le nord, certains que désormais nous ne connaîtrions plus de lits ni de popotes confortables, car les régions habitées seraient trop éloignées pour qu'on nous y ramenât.

De fait, au terme d'une longue marche en ces lieux désolés, nous échouâmes en pleine nuit dans une bande de bois, du côté d'Avaux, où nous montâmes en toute hâte nos tentes-abris, tant la pluie était pénétrante, et demeurâmes toute la journée du lendemain, trempés, désœuvrés, privés de courrier, dans l'attente de l'attaque qu'on disait imminente. Au soir, je reçus l'ordre de me mettre à la disposition du major du 1er BCP, à qui il manquait un médecin, et j'abandonnai mes brancardiers pour rejoindre le PS de ce bataillon dans une cave de Lor, un village aux trois quarts détruit, à proximité des lignes. C'était là aussi que se trouvait un des deux postes du GBD, appris-je, et comme le lendemain l'attaque était de nouveau différée je m'y présentai à tout hasard ; par chance, Declercq le dirigeait, et je passai un long moment avec lui : pas plus que moi, me raconta-t-il, il n'avait réussi à forcer la porte de Morin durant son séjour à Paris, mais il était convaincu que, quand la guerre serait terminée, quand nous aurions jeté nos uniformes, notre camarade n'aurait plus aucune raison de nous repousser. En proie à une exaltation fébrile, il ajouta que tout cela ne saurait plus durer, cela ne saurait plus durer, n'est-ce pas ?, dans quelques semaines, dans quelques mois au plus tard, nous reprendrions le cours de nos vies. Soudain, je le revis raconter la fin de la guerre et l'armistice dans la chambre de la tante Louise, et j'en eus le souffle coupé, mais tel était sans doute le discours qu'on tenait à la capitale d'où il revenait, dans les milieux informés et les autres, loin de la pluie, de la boue et des marmitages incessants.

En me raccompagnant, il voulut me montrer le piano qui trônait au salon de la maison éventrée dans la cave de laquelle il était installé ; c'était un Pleyel, affirma-t-il, si l'on s'éternisait ici, il le ferait descendre dans l'abri. Puis il s'assit devant et : Tu te souviens de ce que disait Zouzou ? Que sa tante exigeait qu'elle lui joue des *Nocturnes* de Chopin afin de pouvoir pleurer sans honte ? N'était-ce pas délicieux ? Voyons si je n'ai pas oublié… Je crois que l'opus 48 était son préféré.

Et dans ce salon dévasté, au milieu du vacarme, il se mit à jouer, il joua ce *Nocturne* du début jusqu'à la fin, six longues minutes, sans se déconcentrer, comme si le reste n'existait pas. C'était un acte extravagant et périlleux, un défi aux marmites qui tombaient, risquaient de tomber, à quelques mètres de nous, mais aussi, me sembla-t-il, un hommage à la vieille dame disparue, à notre ancien monde, ce monde dont Zouzou percevait, avait perçu, la caresse chaude tandis qu'il s'effondrait et qui n'était définitivement plus que décombres, cendre et poussière. Et comme j'applaudissais, ému, à la fin du morceau, il fit une courbette puis éclata de rire. En lui serrant la main, je lui dis : Ne fais pas trop d'imprudences –, une nouvelle image à l'esprit, celle du tableau animé de son parrain dont les petits danseurs ne cessaient de clamer que tout revenait, oui, tout revenait en une ronde inexorable, ce qu'il existait de plus beau et de plus triste, et le temps n'y pouvait rien.

L'attaque eut lieu deux jours plus tard, le 25, sur la ligne Hunding, vers laquelle je m'étais dirigé la veille avec le 1er BCP. Nous poursuivîmes notre avance, franchissant le ruisseau des Barres et nous dirigeant vers le ravin de Lacroix, mais nous fûmes surpris à notre arrivée par un violent bombardement et nous précipitâmes contre le talus ; c'est là, en plein air, sous les marmites, que je pansai les nombreux blessés qui commençaient à arriver, et c'est là que nous dormîmes, rejoints par le PC, après avoir creusé des niches que nous recouvrîmes de nos toiles de tentes. J'y demeurai cloué trois jours durant, trois jours qui me semblèrent une éternité tant les difficultés étaient grandes et les nouvelles toutes plus alarmantes que les autres : notre préparation d'artillerie avait été insuffisante et les hommes, chargés de prendre Banogne, avaient marché contre des mitrailleuses bien placées et abondamment ravitaillées, oui, l'état-major avait cru bon de les envoyer sur des mitrailleuses après quatre ans de guerre… Les blessés n'avaient pas assez de mots pour clamer leur colère et raconter ce qu'ils avaient vu ; à moitié en pleurs, l'un d'eux m'apprit que Parseval, dont il était agent de liaison, avait été tué d'une balle après avoir franchi la route de Banogne. J'en fus navré, vraiment navré, et, comme un hébété, je répétai en mon for intérieur *pauvre petit capitaine*, ignorant que ce n'était que le début.

Alors que je me glissais dans mon trou pour la nuit un officier m'annonça, en effet, que le PS du GBD avait été touché la veille par trois obus qui avaient fait des morts et des blessés, on ne savait pas qui exactement. Je dus patienter, à la torture, jusqu'au lendemain soir pour courir à Lor, à la faveur de la relève, faussant compagnie au 1er BCP, qui poursuivait son chemin vers Neufchâtel-sur-Aisne. Le GBD n'était pas encore parti, je me précipitais vers son PS, son ancien PS, quand j'entendis qu'on m'interpellait dans l'obscurité. Je reconnus la voix de Jules et allai vers lui. Il se mit à sangloter avant même que je l'eusse rejoint, il me raconta qu'ils n'étaient plus que sept, un auxiliaire et six brancardiers, les autres avaient été blessés ou tués, et comme il commençait à bredouiller je l'attrapai par le col en criant le nom de Declercq. Il était mort, mort sur le coup, répondit-il, mort comme le second aide-major et deux brancardiers ; le médecin-chef s'en était tiré, quant à lui, avec un pied transpercé. Je reculai, anéanti, mais il me rattrapa et, exhibant un objet : L'auxiliaire a réuni les effets de votre ami pour les faire envoyer à sa famille, mais j'ai trouvé ceci dans la poche de sa vareuse, et j'ai pensé que cela vous ferait un souvenir. Tenez. Je le reconnus sans avoir à allumer ma lumière électrique : c'était le carnet de maroquin que j'avais choisi à Delle pour mon camarade et que j'avais posé dans un petit paquet sur son lit le jour de notre dispute. Je le serrai sur ma poitrine tandis que Jules fondait de nouveau en larmes. J'avais pour ma part envie de hurler de chagrin et de rage, mais j'assenai une bourrade amicale à mon ancien ordonnance et repris mon chemin dans la nuit.

20

Je rejoignis mon bataillon au petit jour et, flanqué de l'abbé Lemoine, à la recherche de qui j'étais aussitôt parti, descendis au cantonnement de repos, un gros village au bord de la Marne, où ne trouvant pas de logement je louai une chambre. Mais nos prières communes pour notre camarade n'allégeaient que peu ma peine, et je passai la plupart de mes journées sur mon lit à contempler l'étui à cigarettes que celui-ci m'avait offert et la photo que le Dr Lévêque avait faite de sa fille et de nous en juillet 1916, dans son jardin. Elle était glissée à l'intérieur du carnet de maroquin, entre deux poèmes : Declercq n'avait donc pas menti quand il avait répondu à Zouzou, qui le priait d'écrire, *Qui vous dit que je n'ai pas commencé à le faire ?*, mais je n'étais pas certain que ces vers lui plairaient tant ils étaient sombres, presque désespérés : j'avais moi-même du mal à les relire. Chaque fois que je fermais les yeux, cent images de mon ami défilaient dans mon esprit, et je m'efforçais de retenir les plus gaies ainsi qu'on sélectionne des photos à coller dans un album : je le revoyais bavardant, retourné sur sa selle, tandis que nous nous rendions pour la première fois dans sa maison d'Artois ; dansant la valse, un buste sculpté de femme entre les bras ; tendant sa flasque de gnôle sous la neige du village des Vosges où nous célébrions nos adieux avec Morin ; ou encore planté dans la lingerie de son parrain devant les tableaux animés. Mais c'était la dernière image que j'avais de lui en vie qui revenait le plus fréquemment à mon esprit, peut-être parce qu'elle symbolisait, plus que toutes, son extravagance et sa pureté, son refus du sale monde de la guerre : penché sur le clavier, égrenant les notes du *Nocturne* de Chopin dans ce salon crevé par les marmites, où le piano demeurait seul intact, au milieu des gravats.

Au cours de ces jours de repos, il me fallut écrire à Zouzou pour lui annoncer ce qui s'était passé, tâche fort pénible qui m'amena à déchirer de nombreuses feuilles de papier mais à laquelle je ne pouvais me soustraire, bien qu'elle eût prétendu qu'elle *saurait tout de suite* s'il arrivait malheur à l'un de nous. J'envoyai aussi un mot à Morin, une lettre de condoléances à Mme Declercq, qui avait perdu deux fils en l'espace de quelques mois, et au parrain de mon ami, racontai à mes parents tout ce qui s'était produit ces derniers temps : n'ayant pas reçu les cartes que j'avais envoyées à l'arrière par l'intermédiaire de brancardiers et d'agents de liaison, ils s'étaient inutilement inquiétés. Je ne sortis que pour prendre mes repas à la popote et me rendre au cantonnement du GBD, où j'interrogeai le gestionnaire et le vétérinaire sur le sort de Sidi ; bien que mon amitié pour Declercq fût connue des deux hommes, ma demande d'acheter son cheval fut rejetée sous prétexte qu'il appartenait désormais à l'armée, et il ne me resta plus qu'à aller lui dire au revoir à l'écurie. C'était une bête magnifique, j'avais le cœur gros de le savoir abandonné à des cavaliers de passage, surtout de le savoir privé de Declercq, aussi m'attardai-je un long moment avec lui et, tout en le flattant, repensais aux projets que mon camarade et moi avions bâtis pour l'après-guerre, notamment aux saisons des Ballets russes, à nos études en commun : eux aussi n'étaient plus que cendre et poussière. En vérité je n'y avais jamais vraiment cru, sachant que je n'aurais pas eu la possibilité de louer une chambre à Paris loin de ma famille et des professeurs auprès desquels mon père avait fait ses propres études de médecine, cependant ils m'avaient accompagné toutes ces années comme des enchanteresses.

À la fin de notre période de repos, nous rebroussâmes chemin, passant par la Montagne de Reims, Neufchâtel, la ferme Tremblot et le bois d'Avaux, où nous avions bivouaqué sous la pluie quelques jours avant l'attaque du 25. C'est ainsi que je me retrouvai devant la tombe de Declercq, une croix parmi d'autres croix, une croix identique à celles que j'avais photographiées tant de fois dans les cimetières des principaux champs de bataille à l'intention d'amis de ma famille ayant perdu un fils. Et tandis que je récitais un requiem avec

l'abbé Lemoine, je repensai à celui que nous avions dit au Mesnil devant une tombe improvisée à l'intérieur de laquelle Morin avait déposé un portrait du mari de ma cousine Cécile ; c'était une nuit chaude du mois de juillet, je m'en souvenais, Jules et Lucien avaient participé également à cette mise en scène, puis nous étions tous allés boire un verre de prune dans mon PS où, feignant d'écouter les suppositions de Declercq sur notre prochain lieu de séjour, je m'étais contenté de souhaiter en mon for intérieur que nous demeurions ensemble jusqu'à la fin de la guerre. J'allai m'incliner ensuite sur la tombe de Parseval : nous étions le 8 novembre, la veille, les Allemands avaient déposé une demande d'armistice ; le petit et brillant capitaine était tombé, lui aussi, tout près du but. Je ne décolérais pas.

Puis la colère s'effaça peu à peu devant la neurasthénie, et c'est comme à mon insu que je vécus les semaines suivantes, incapable de me réjouir de ma nouvelle citation et de ma nomination au grade d'aide-major, ni de retenir grand-chose des lieux que nous traversions à la poursuite des bandes allemandes attardées qui, disait-on, maltraitaient les populations locales après avoir abandonné dans leur débandade camions, tracteurs, obus et outils en tout genre. Le 11, l'armistice fut fêté à Remaucourt, village désert où nous cantonnions, d'une façon beaucoup plus terne que celle qu'avait décrite Declercq au chevet de la tante Louise : si les cloches sonnèrent à toute volée, il n'y eut ni cris, ni pleurs de joie, ni drapeaux flottant aux fenêtres, faute d'habitants, ni de retrouvailles familiales sur des quais de gare, puisque seuls partirent des soldats munis d'une permission exceptionnelle pour soutenir leurs parents grippés ou les enterrer. Plus joyeuses furent les festivités dans les zones qu'avaient occupées les

Allemands, notamment les Ardennes et la Belgique, où, tandis que nous défilions au son de la musique, jouée dans des kiosques, les hommes agitaient leurs chapeaux, les femmes criaient *Vive la France !* et les gosses s'accrochaient aux soldats. Mais tout cela avait, pour moi, un goût amer et du reste je passais presque tout mon temps, trimbalé en voiture de ferme en ferme, à soigner des familles entières pincées par la grippe. Novembre et presque tout décembre s'écoulèrent de la sorte ; enfin, juste avant Noël, des notes concernant la mise en sursis et le retour des étudiants à leurs facultés commencèrent à circuler ; le 28 au matin je quittai le Luxembourg en compagnie de l'abbé Lemoine, une permission de vingt-quatre jours en poche.

J'avais plusieurs tâches à accomplir avant de rentrer chez moi. À Paris, je cherchai une chambre puis, comme convenu, retrouvai l'abbé rue d'Assas, devant le domicile de Morin, dans l'après-midi. Était-ce sa présence ? Cette fois, notre camarade ne refusa pas sa porte et je pus enfin l'étreindre : amaigri, il était allongé sur son lit et, flanqué de fioles, de flacons, de remèdes, il se mit à pleurer sur sa malchance, sur ses souffrances, sur la morphine qui ne le soulageait pas, sur les difficultés qu'il éprouvait ne serait-ce qu'à s'habiller, puis sur la mort de Declercq, et son courage reprit alors le dessus. Il affirma qu'il attendait une prothèse américaine qui lui permettrait peut-être d'avoir un semblant de vie ; si la chirurgie lui était désormais interdite, dit-il, certaines spécialités de la médecine ne requéraient pas d'efforts physiques, et il retournerait à la faculté dès que possible. J'étais heureux de le revoir, malgré son pitoyable état, et tandis qu'il réacquérait de l'assurance, se berçant peut-être d'illusions, mes pensées rebroussaient chemin, elles remontaient le

DECEMBRE

27 VENDREDI. S. Jean, év. 361-4

Visite à Mr Rouquier l'après midi : autorisation de partir ; visite à l'Officier de Détails, à l'I.D. ; ma nomination est enfin ratifiée et je rentre. Visite au Bureau du Colonel. Après bien des hésitations, le soir, je me décide à partir en permis. demain et je travaille une partie de la nuit à régler mes comptes de popote et à faire mes paquets.

28 SAMEDI. Ss Innocents 362-3

Je quitte Wilwerdange et mes camarades à 8 h. (les reverrai-je jamais ?) Le Gros Louis me porte à la gare de Trois Vierges. Départ 10 h 40. A Luxembourg à midi. Visite de la ville en une heure sous la pluie. Ville très jolie et très pittoresque. Arrivée à Metz à 5 h. Jusqu'à 8 h. nous attendons le train dans lequel nous nous enfilons les uns sur les autres.

courant, pareilles à de petits poissons frétillants, et me ramenaient en Artois, au mois de juillet 1915, précisément dans le jardin de la popote de Sains-les-Mines, sur la pelouse duquel nous étions assis, Declercq, Maillet, lui et moi, posant devant l'aumônier. Je n'avais pas besoin de fermer les yeux pour sentir la chaleur, l'odeur de l'herbe, entendre le *Ne bougez plus !* puis les exclamations de mes voisins après le déclic de l'appareil photo, éprouver la joie et l'ivresse de la camaraderie.

Encouragé par l'abbé, Morin redevenait loquace et nous nous attardâmes auprès de lui jusqu'au soir, évoquant des épisodes et des personnages, morts et vivants, nos patrons successifs, Maillet, Makline, Declercq encore, et même Perret, son minable trafic. Pendant ce temps-là sa mère apparaissait régulièrement, armée de thé et de gâteaux, elle nous pressa de rester pour le dîner *en famille*, mais si mon compagnon accepta, je refusai, prétextant une invitation chez des cousins : j'avais besoin d'arpenter les boulevards, de m'étourdir de visages et de lumières, sans plus penser à rien, surtout pas aux souvenirs.

Je me couchai tôt et gagnai la gare le lendemain matin ; à Châlons, je sautai dans un petit train jusqu'à Vitry-la-Ville et parcourus à pied la route qui menait à Togny-aux-Bœufs. Il faisait un froid humide qui, associé à la présence du cours d'eau, jetait sur la campagne, les haies, les arbres nus un voile de brume au piège duquel semblaient se prendre tous les bruits, les bruits quotidiens désormais, les bruits de pas sur l'herbe raidie par la gelée blanche, puisque les canons et les marmites s'étaient enfin tus. Après l'effervescence de Paris, ce silence relatif était presque inquiétant, à moins que ce ne fût l'incertitude dans laquelle je me trouvais. Malgré mon uniforme et mon manteau, j'étais gelé quand je sonnai au portail blanc des Lévêque et m'engouffrai en toute hâte dans l'entrée où m'avait conduit Marie, la domestique. Je la priai de ne pas m'annoncer et me dirigeai tout seul vers le salon, d'où s'échappait la voix de Zouzou ainsi qu'une autre, plus fluette : celle de la gamine d'Étoges, débarbouillée, présentable, constatai-je tandis qu'elle tournait la première la tête vers moi ; assise sur une bergère, elle brodait auprès de la jeune fille même qui avait prétendu mépriser les travaux d'aiguille. Je n'eus pas le temps de saluer le Dr Lévêque, qui baissait son journal sous l'effet de la surprise : Zouzou avait bondi et elle m'étreignait comme on étreint les rescapés, en les pinçant discrètement afin de s'assurer qu'ils sont bien en vie. Sans doute surpris, eux aussi, les chiens qui n'avaient pas réagi à mon arrivée se mirent à aboyer tous ensemble, sous le regard dédaigneux des chats, blottis sur les fauteuils, les guéridons et le sommet des meubles, mais ils recouvrèrent vite leur calme, intimidés par le journal plié que le maître de maison brandissait sans aucune intention de s'en servir. Il me félicita, à la vue de ma seconde palme et de la soutache or qui ornait mon képi, puis me présenta la protégée de Zouzou, qui avait apparemment égaré son air insolent.

Au cours du déjeuner, j'appris que l'enfant avait perdu coup sur coup sa grand-mère et sa mère, victimes de la grippe, et que les Lévêque l'avaient accueillie sous leur toit : elle rêvait de devenir couturière, et Zouzou s'ingéniait à lui apprendre les quelques rudiments qu'elle possédait en la matière. La conversation se poursuivit sur la fin de la guerre, aussi racontai-je les dernières semaines en rassemblant mes maigres souvenirs et en évitant soigneusement la période de l'attaque sur la ligne Hunding : ce n'était pas le moment ni le lieu, croyais-je. Pourtant, au dessert, le maître de maison voulut boire à la mémoire de ceux qu'il appela *nos disparus*, et nous portâmes aussi un toast à Declercq. Zouzou fixait sur moi des yeux secs et, une fois le café et les liqueurs avalés, elle me proposa de faire quelques pas, enfila un gros manteau et enveloppa le bas de son visage dans un châle. Dehors, les arbres étendaient leurs branches nues, gainées de givre, et tandis que nous traversions le jardin je me rendis compte que la table et les chaises en fer où nous avions promis de nous réunir à la fin de la guerre ne s'y trouvaient plus : sans doute les avait-on remisées jusqu'au prochain printemps.

Zouzou avait d'abord gardé le silence ; après avoir poussé le portillon, elle me pria de lui relater la vérité : que je la lui relate, cette fois-ci sans ménagement, exigea-t-elle, elle n'était pas une enfant, elle était assez solide pour tout encaisser ; oui, que je lui relate tout en détail, voilà ce qu'elle me demandait. Je répliquai que je lui avais déjà tout écrit, tout ce que je savais : le choc avait été très violent et Declercq était mort sur le coup, un des brancardiers rescapés me l'avait assuré. Peut-être ne s'était-il même aperçu de rien, peut-être était-il assis à ce piano Pleyel où il avait joué la dernière fois que je l'avais vu un *Nocturne* de Chopin, l'opus 48, le préféré de sa tante, n'est-ce pas ?, peut-être le jouait-il encore quand les obus avaient éclaté. Et comme je me tournais vers elle, dans l'attente d'une réaction, elle dit qu'il n'était pas nécessaire de la regarder pendant que nous parlions, elle le dit parce qu'elle avait les yeux remplis de larmes, j'avais eu le temps de le remarquer. Dans la lumière blanche, j'avais noté aussi que ses taches de rousseur semblaient lui dévorer le visage et que, étrangement, ses cheveux étaient d'un roux plus flamboyant. Je la laissai se ressaisir, interroger d'une voix plus ferme : Ce brancardier était-il sûr de ce qu'il avançait ? Pouvions-nous lui faire confiance ? Oui, nous le pouvions, répondis-je, c'était mon ancien ordonnance, j'avais vécu trois ans à ses côtés, je le connaissais bien. D'ailleurs, il m'avait remis un objet que Declercq portait sur lui et qui, je le croyais, devait lui revenir, à elle. Je tirai le carnet de maroquin de la poche intérieure de mon manteau et le lui tendis. Elle le feuilleta, sourit en trouvant entre les pages le fameux portrait dont nous avions chacun un exemplaire. Ces poèmes… sont-ils tous de lui ? demanda-t-elle. – Oui. Lisez-les, ils sont très beaux, et regardez aussi la dernière page.

Sur la dernière page, Declercq avait recopié au crayon une partie du poème que la jeune fille nous avait envoyé dans une de ses premières lettres, mais il avait rétabli le *tu* de la version originale. *Si je t'oublie /,* avait-il écrit, *C'est que la grève peut oublier l'océan ; Oui, si j'oublie / Ce cœur qui fit naître en mon cœur / Ce doux et merveilleux tourment, / Je veux sombrer dans le malheur, / Plus bas que le plus misérable, / Solitaire, exilé, maudit, / Si je t'oublie !...* Elle lut les vers puis se jeta dans mes bras, où elle fondit en pleurs, sans plus se cacher désormais. Je m'efforçai de la calmer, lui frictionnant le dos, lui caressant les cheveux, et, tout naturellement, pressai les lèvres sur le haut de son front. Elle murmura un *non* qui n'avait rien de dissuasif, et, comme je continuais, finit par reculer – Que faites-vous ? – Pardonnez-moi, dis-je, j'ai cru… et puis, autant vous le dire, je n'ai jamais cessé de penser à vous depuis le premier jour. – Vous oubliez que vous avez voulu me jeter dans les bras d'Henry, essaya-t-elle de rétorquer sur un ton ironique. – Vous savez très bien pourquoi je l'ai fait. Il était complètement égaré, il avait besoin de vous. D'ailleurs, j'ai toujours imaginé que, de nous deux, c'était votre favori, vous aviez tellement de goûts en commun, à commencer par la poésie… – Alors, soudain sèche : Ce n'est pas une raison. Je n'ai jamais eu l'intention d'unir ma vie à celle d'un autre, et je n'en ai jamais fait mystère, vous ne pourriez me le reprocher. – Vous voulez endurcir votre cœur ? – Je ne veux pas vivre dans l'ombre d'un homme. Je veux être maîtresse de moi-même, exercer un métier, peut-être même entreprendre une carrière. – Est-ce une manière de me dire que vous me repoussez ?

Elle eut un mouvement d'irritation et me demanda pourquoi je refusais de comprendre : j'avais aimé Declercq sans doute plus que je ne l'aimais, elle, et personne n'aurait pu qualifier ce sentiment d'amour. Pourquoi l'amitié devait-elle être réservée aux personnes du même sexe ? Pourquoi refusais-je de me contenter de celle qui me liait à elle ? De vous en contenter ! poursuivit-elle, l'air contrarié. Raymond, essayez donc de vous figurer l'amitié comme une forme supérieure d'amour, une forme libérée des tracas quotidiens, de l'habitude et de je ne sais quoi encore ! Essayez donc. Cela vous coûterait-il beaucoup ? Je répondis que j'étais incapable de ne voir en elle qu'une amie – Declercq, lui, y serait certainement parvenu, ajoutai-je, parce que son âme était plus élevée que la mienne et qu'il aimait les jeux de l'esprit. Je suis, pour ma part, plus terre à terre. Pardonnez-moi, mais je désire votre esprit et votre corps de la même façon. Je ne peux m'en empêcher. Il serait hardi, je le sais, de vous prier de m'attendre jusqu'à la fin de mes études, car elles dureront longtemps et je n'ai pas de fortune personnelle… Votre refus est-il définitif ?

Elle baissa la tête et murmura : Je vous en prie, Raymond, ne me privez pas de votre amitié. – Mon amitié vous est acquise, mais… – Chut ! – Comme elle posait les doigts sur mes lèvres, je lui saisis le poignet et : Peut-être changerez-vous un jour d'avis ? Elle rit – Ce jour-là, si ce jour se présente, ce qui ne sera sans doute jamais le cas, vous m'aurez certainement oubliée. N'ayant plus rien à objecter, je gardai le silence et marchai à ses côtés sur le sentier que nous avions parcouru au mois de juillet, mais le froid était pénétrant, les arbres nus, et il n'y avait dans l'air aucun écho de rires. Nous avions rebroussé chemin et presque atteint la maison quand elle glissa son bras sous le mien et voulus me confier qu'elle avait *un détail à rectifier* : c'était avec moi qu'elle avait le plus d'affinités, parce que je connaissais les signes de la nature, les animaux et que je savais tresser, mieux que quiconque, dit-elle, des couronnes de pâquerettes. Les yeux de nouveau emplis de larmes, elle déposa un baiser sur ma joue et se précipita vers la porte d'entrée.

Le Dr Lévêque s'étant opposé, après le thé, à ce que je reparte à la nuit, je couchai dans une chambre d'invités, celle-là même que j'avais occupée en juillet 1916, mais ne dormis que quelques heures, sans cesse dérangé par les chats qui en étaient les usagers légitimes. Le lendemain, en fin de matinée, Zouzou tint à m'accompagner à la gare de Vitry avec sa protégée, sous prétexte qu'une longue promenade leur ferait du bien ; elle avait emporté un panier et un canif pour couper du gui et du houx qui égaieraient sa table de la Saint-Sylvestre, ce soir-là, et elle mettait sans cesse en garde contre un risque de chaud et froid la dénommée Babette qui courait de tous côtés, enfin semblable à une fillette, non plus à l'espèce de vieillarde ou de sorcière que j'avais vue en elle lors de notre première rencontre. Je cueillis moi aussi du gui, que j'entrelaçai avec du lierre, et je tendis à Zouzou cette couronne hivernale une fois que nous fûmes sur le quai en lui disant que, en ce qui me concernait, c'étaient les derniers vers de notre poème que je préférais, s'en souvenait-elle ? Elle sourit sans que j'eusse besoin de réciter *Tu demeures ma souveraine, / Moi, sujet à jamais soumis ; / Ton souvenir reste béni, / Si tu m'oublies !* Puis elle posa la couronne sur ses cheveux et me fit promettre de répondre à ses lettres.

Il me restait peu de temps quand je débarquai à Paris, aussi me hâtai-je d'effectuer quelques emplettes dans la cohue de la fin de l'année avant de courir à l'hôtel, au restaurant, à la gare d'Orsay.

Note de l'auteur

Ce roman n'existerait pas sans le « carnet de route » (deux gros carnets de moleskine et deux agendas de poche), les dizaines de photographies, les centaines de lettres, documents et objets que mon grand-père, Raymond Bonnefous, avait conservés de ses trois années et demie au cœur de la Grande Guerre, seuls souvenirs personnels à avoir survécu à trois déménagements. Retrouvés pêle-mêle dans une grande quantité d'archives politiques, administratives et médicales, époussetés, aplatis, classés et retranscrits, selon leur nature, ces documents ont peu à peu restitué un passé d'où surgissait un jeune homme indécis, parfois horrifié mais toujours avide de bonheur, probablement le garçon qui n'a jamais cessé d'habiter l'homme vieillissant, fort et sage, que j'ai connu, admiré, profondément aimé, et qui s'est éteint le lendemain de mes seize ans.

Plus j'étudiais ces documents, plus ce jeune homme hantait mes pensées et comme, peu à peu, sa guerre devenait ma guerre, ses tourments mes tourments, ses « copains » mes « copains », j'ai ressenti le besoin de mieux comprendre ce qu'il avait vécu en consultant d'autres sources – aux archives de l'Armée de terre, les journaux de sa division et de ses diverses unités ; à la Bibliothèque nationale, de nombreux témoignages de médecins, infirmiers, brancardiers, ambulanciers, soldats, officiers, prêtres et écrivains –, ainsi que des essais contemporains. Ces lectures m'ont permis d'établir une toile de fond rigoureusement exacte du point de vue historique sur laquelle il m'était possible de bâtir une intrigue romanesque dont les personnages étaient tout trouvés : le héros de ma jeunesse et ses camarades ne pouvaient que se changer en héros de roman.

J'ai conservé la plupart des noms cités dans les carnets, mais les faits et gestes des personnages, en dehors des activités liées à leur service, relèvent de mon imagination, tout comme ceux de mes grands-oncles et grands-tantes. Les photographies et les documents (lettre, agenda et page d'agenda, pages de carnet de route) reproduits dans ce livre sont, en revanche, entièrement réels ; à l'exception du portrait de Jules Adam, l'ordonnance, sans doute offert par ce dernier, du cliché de La Cude, dans les Vosges, et de ceux sur lesquels il apparaît, les photos ont été prises par mon grand-père avec le Vest Pocket Autographic Kodak qu'il avait acheté à Bruay en septembre 1915, comme il est écrit dans le roman, et qu'il a conservé.

Les phrases que le personnage d'Edith Wharton prononce lors du dîner chez les Declercq, sont tirées de sa nouvelle « Le retour à la maison », dans *Le Retour à la maison*, traduit de l'anglais avec la collaboration de l'auteur et édité par Isabelle Péchoune (Toulouse, Ombres, 2009). Le poème de Keats que déclame Zouzou à Togny-aux-Bœufs est « La Belle Dame sans merci », dans *Odes à un rossignol et autres poèmes*, traduit par Fouad El-Etr (Paris, La Délirante, 2009). Celui d'Edmund Gosse, qu'elle adresse à ses amis dans une lettre, s'intitule « *Two points of view* », traduction d'Antoinette Six, dans Thomas Hardy, *Les Forestiers* (Paris, Phébus, 2009). Les vers que cite Declercq en Artois lors de la première rencontre et dans la Somme, après la prise de Soyécourt, sont quant à eux de Sir William Davenant, « Le soldat en route pour la bataille », dans *Anthologie bilingue de la poésie anglaise* (Paris, Gallimard, 2005).

Glossaire

Ambulance : unité médicale destinée à apporter les premiers soins aux blessés et à les évacuer vers l'arrière.

Bataillon : fraction d'un régiment dont l'effectif oscille entre 600 et 1 000 hommes.

BCP : bataillon de chasseurs à pied, unité dont les membres étaient caractérisés par leur mobilité et leur grand esprit de corps.

Brigade : formation réunissant deux ou trois régiments d'infanterie, d'artillerie ou de cavalerie.

CA : corps d'armée, unité regroupant au moins deux divisions sous un même chef. Il y en avait 21 à la veille de la Grande Guerre.

Cagna : abri creusé dans les tranchées.

CM : compagnie de mitrailleuses.

Compagnie d'infanterie : subdivision d'un bataillon composée d'environ 150 hommes.

CVAD : convoi administratif.

DI : division d'infanterie. La 43e DI regroupe jusqu'en décembre 1916 les 149e et 158e RI, les 1er, 3e, 10e et 31e BCP, le 6e régiment de chasseurs à cheval, le 12e RAC, le 11e régiment du génie.

Division : unité de base réunissant 12 000 hommes répartis en quatre régiments.

EM : état-major.

GBD : groupe de brancardiers divisionnaires.

HOE : hôpital d'évacuation, dans lequel sont examinés les blessés avant d'être acheminés vers un dépôt de convalescence, maintenus dans la zone des armées ou réunis pour former un train sanitaire.

PC : poste de commandement.

PS : poste de secours.

RAC : régiment d'artillerie de campagne.

Régiment : regroupe 300 à 400 hommes placés sous le commandement d'un colonel.

RI : régiment d'infanterie.

SS : section sanitaire (ambulances automobiles).

SSA : section sanitaire américaine.

Voie de 60 : chemin de fer léger, de 0,60 mètre de largeur, posé pour faciliter le transport de matériel près du front.

RÉALISATION : NORD COMPO À VILLENEUVE-D'ASCQ
IMPRESSION : CPI BRODARD ET TAUPIN À LA FLÈCHE
DÉPÔT LÉGAL : AOÛT 2012. N° 108745. (69112)
IMPRIMÉ EN FRANCE